金門情深又深

方亞先 著

序文　千山萬水總是情

方亞先

二〇二一年元旦我在金門工作四十六年的中華電信公司光榮退休，功成身退，從此開啟我的人生第二春，退休生涯。我的另一半在半年之前已經在大連解甲歸田，她趕在我退休之前一個月冒著疫情烽火漫天，間關千里遠從大連輾轉上海，飛越千山萬水到台北集中隔離十五天，再飛到金門來接我到東北共同生活。為感謝媳婦的厚愛及辛苦，我就把她的這一段行程寫作《起疫來歸的大連媳婦》，留作紀念。我退休當時是三年疫情中的第二個年頭，我們反向飛到上海，又是自投羅網酒店隔離十四天，飛往大連還有七天居家隔離，只能把姑娘趕出去跟表姐一家居住，我把我倆這段回程寫成《情深疫濃送雁歸》，千山萬水總是情。

我對退休生涯的初步構想是，先出門旅遊一兩年之後，再靜下心來用一年時間好好寫一本小說二十萬字左右，這樣就算對得起自己了，至於要不要寫第二本那就以後再說吧！疫情第二年我留在大連免費打完兩劑疫苗，做好增強防疫力，而此時台灣盼望疫苗如同大旱之望雲霓而不可得，一劑都沒有。最後是郭台銘及証嚴上人出面購買輝瑞疫苗捐贈給台灣政府，老百姓才有活命的機會，這是什麼樣的政府？冷血冷酷、毫無人性是台灣政府；有情有義、仁民愛物是大陸政府。

我本來打算春節回山東和丈母娘一起過年的，因為我從 2012 年春節開始已經連續在大連和媳婦及姑娘過新年十年，這也算是一項里程碑，可以告一段落了。可是十二月初聽說丈母娘每天食用的安麗蛋白粉只剩一桶，我恐怕斷檔會影響到她的身體健康，於是我立刻動身返回金門採購郵寄。在大連買二段式聯程機票，第一段在大連登機，到上海降落一小時後再度登機飛往台北，照舊酒店隔離十四天，出關後再飛回金門。採購一年份的蛋白粉郵往山東，除夕夜的早上丈母娘高興的收到千里之外飛來的口糧，過上一個快樂的春節。

因著給丈母娘購買蛋白粉食用，我說不得立馬動身回金門採辦，千里返鄉走單騎，疫情第三年只好獨自一個人在家過春節。閑來無事，把多年來從未使用的筆記本電腦重灌後啟用，居然還可以使用。上網搜尋自己的電子帳號，驚奇的發現多年來所有寫作的文章統統保存完好，這雙重的意外收穫，令我欣喜萬分。於是加以編輯排序之後洽商台北秀威公司出版事宜，談妥簽約二〇二二年七月起順利出版《金門情深深》、《大連的小魏傳奇》、《大連的花季少女》各一本。

二〇二三年四月四日兒童節起，我決定開始動筆寫作原先所預訂的那本小說，每天一千字以上，早前的當年已經寫好一萬字了，一個月之後達到四萬字，完成五分之一。可是，我們夫妻倆在金門接待美國孫子和孫女回來度假二個月，同時三代同堂充分享受中美祖孫情的天倫之樂，還留下一篇紀錄《小少爺帶妹妹回金門》文章，篇幅三萬三千字，令人回味無窮。加上之前孫子周歲後連續三年回金門都留下了珍貴的紀錄，因此我決定小說暫時擱筆以後再寫，改寫一般的散文，提早出版金門情深系列。果然等到今年暑假孫子及孫女回金門一個月，依舊其樂融融，寫下一篇文章《小孫女帶哥哥回金門》，篇幅二萬二千字，樂趣無限。合計一下所寫的小孫子六篇文章七萬六千字，達到本書篇幅的三分之一，真是洋洋灑灑，蔚為可觀也！

十三年來我從廈門到大連這樣南來北往的飛行六十多回，兩地航空距離二千公里，需時三至五個小時，偶爾也會感覺疲倦，但是為了幸福不敢言苦。等到美國孫子周歲還在襁褓之中，被我女兒從芝加哥飛越一萬五千公里飛行十五個小時千辛萬苦帶回台灣，其飛行時間是我的五倍，我更不敢說什麼辛苦了，真的是小巫見大巫！孫子七歲往返飛五趟，孫女三歲飛兩趟，實在了不起，我心疼他們，不捨得他們受苦，但又衷心希望他們能飛回來和我們吃喝玩樂在一起，幸好能把他們每一趟回來的生活點滴記錄下來，等到將來長大之後能夠回憶起來，重溫舊夢，為之莞爾一笑。

2024／09／03

目錄

目錄

第一回　雙重的意外收穫

二〇二一年元旦退休，我開始打包行李預備五天後要出遠門，帶著我媳婦回去東北的大連度假，家裡有好幫手她一切都能搞定。我唯一要處理的是那一台二〇一二年我姑娘在大連買給我的華碩筆記本電腦／手提電腦，因為鍵盤是英文字母，沒有注音符號，而我使用的是注音輸入法，因此這台筆電帶回金門八年來我都未曾使用過。我們也知道電腦的升級和換代速度很快，最多半年便會換代或者升級，所以八年來不知道更新了多少代？別看裝在包裡的筆電保養得那麼乾淨亮麗，可是電腦裡邊的軟體及硬體／硬件都已經是老古董，可以送進文物博物館了。

看完外殼上依然嶄新漂亮的電腦，我的第一個念頭就是再度把它裝進手提包裡繼續保存吧！可是隨後第二個念頭又捨不得從未啟用的筆電二度走入塵封的境地，如此有違反物盡其用的準則，何況當初是我姑娘攢了四個月的全部工資才能買下來贈送老爸的一番心意，禮不輕情意更重！所以最好的安排是讓電腦發揮其應有的功能，達到物盡其用的效果，還能在看電腦時聯想到我姑娘的一番孝心，如此一來豈不是兩全其美嗎？思前想後，我決定朝這個方向來進行，而且要盡快，趕在出遠門之前開始出手。而我的行程預訂一月出門五月回家，因為五月份我還需要回來報稅，善盡國民應盡的義務。

處理電腦的事務本該找電腦行，可是我沒有跟電腦行打過交道，不知道要找哪一家接洽比較理想？反而是我公司的同事中有的是電腦高手，有人是大學電機或資訊畢業的高材生，甚至還有兩位博士級的高手，而且都跟我私交不錯，不如先跟同事請求幫忙一下。首先打電話給年輕的同事黃家輝，他今年四十歲，正當年富力強的階段，他一聽完我的要求就首肯了，讓我把筆電送到他辦公室，他會利用空閑的時候檢查看看。過兩天他回電說這台電腦外觀上雖然漂亮好看，但是硬體和軟體都遠遠落後，屬於古董級的產品了，硬體無法支援軟體的需要，唯一能做的就是重灌，把軟體清空保留硬體而已，問我要不要重灌？重灌需要相當長的時間。我說好的，我的想法是且把死馬當活馬醫，能走到哪一步就算哪一步好了，如果不行的話也不要緊的。

一月上旬我飛到上海入住防疫酒店集中隔離十四天後，再轉飛大連居家隔離七天，家輝打電話告知筆電已經完成重灌可以取回，我說人在大連，筆電能不能暫時存放你處？等我回家立馬過去拿回，他說沒有問題、可以的。由於五月中旬台灣疫情大爆發，我不敢冒險返鄉報稅，交代人在金門的大女兒代為報稅完畢，我就沒有時間限制了。

直到十二月中旬我單獨返鄉，在台灣隔離十五天後於月末回到家鄉，離開故鄉再回到故土轉眼一年，元旦連續假期過完我就打電話給家輝，隨後到他辦公室取回電腦，感謝他的大力幫忙。過完元旦接著過春節，閒著沒事就想摸一摸這台筆電，看一看有沒有起死回生的可能？

過完春節連續假期我打電話給另一位老同事蔡水田，他今年六十出頭，邀請他來家裡幫我看一下電腦，問他能不能安裝必要的軟體／軟件？他開機之後檢查一下說電腦已經清空，可以進行軟體下載及安裝，經過兩天的安裝及測試完成，那天二月九日是農曆正月初九天公生日，大功告成。我可以在筆電上敲敲打打了，這比在手機上編輯和打字方便太多了，對我來說這是一個好日子，這個電腦救活稱得上是我的第一項意外收穫。我第一個要感謝的人是家輝，第二個是水田。

經過幾天的練手，在筆電上的打字和編輯文章一如我退休前在辦公室的桌上型電腦一樣的方便及順暢。然後我就上網將我在公司的幾個電子郵件帳號搜查一下，意外的發現到郵件中保存的資料統統在，一件也沒少，真有一種失而復得的感覺。也就是說自從二〇〇五年之後我所寫的文章，不論發表過或未發表的全部完整保存，這個檔案存在算得上是我的第二項意外收穫，而且還是一項更大的驚喜，當然我還是要感謝家輝和水田的幫助。

十七年來筆耕不輟的成果還是蠻可觀的，我試著把所有文章彙整在一個檔案中觀看，長短不一的作品總共上百篇。二月二十日起我決定把文章重新排列、編輯目錄、製作頁碼，做成一本書的模型，不承想，這還真是一件大工程。我馬不停蹄、夜以繼日的排列，整整用掉二十天，大出意料之外，不過，這項基礎工程確實非常必要、不可或缺的。我歸納一下篇幅是一百篇三十三萬字，這個規模遠遠超過我的第一本書《金門情深深》，那是二〇〇五年中出版的，篇幅是六十篇十二萬字，那是自一九九八年底我開始寫作，歷經七年所集結出來的文章。

三月中旬我隨即和台北秀威公司聯絡，告以有份書稿《金門情深深》想要出版，是否願意考慮再度合作？因為十七年前的第一本書就是交由秀威出版，雙方合作愉快而且滿意，所以再度找他洽商。對方主任編輯同意讓我傳送書稿電子檔案過去，他們盡快安排評估會議，一個月後通知評估結果。可是他們的評估結果是，不同意商業出版，可以同意作者自費出版，如果我願意自費出版的話，他們才會進行下一步的報價作業、編輯作業、出版作業及簽訂合約書。我就請他先做一個報價，將近十五萬元，這是因為篇幅較大，採用一本兩冊出版，等於一冊七萬多元，想不到這麼多，上一次還不到三萬元呢！我因此猶豫了一個月，五月中旬才下定決心出版，簽訂合約書。不過，在我回家這五個月期間，我的寫作也沒有停頓，因此把新的文章也加入書稿中，篇幅變成一百十篇三十六萬字。簽約後開始進行編排及校對，七月下旬完成內文三校及封面校對，預訂八月中出書寄交。

2022／08／13

第二回　拜訪女朋友家裏

我記得是二〇一一年五月十三日晚上，第一次拜訪大連女朋友家，首次與女朋友的姑娘溫馨見面，非常愉快；會面之前就已經知道姑娘很懂事、很有禮貌，見到之後果然如此。隨後我把一些從台灣帶來的物品送到樓上朱君阿姨家裡，誰知她家的姑娘卻完全是另一個樣，任憑她媽媽怎麼樣介紹我，她連理睬都不理睬，枉費我以前還幫她把所喜歡的台灣歌曲燒錄成一張光盤郵送給她，她媽當面告訴她了，她還是毫不領情！雖然我很喜歡朱阿姨，可是我很討厭她姑娘，真是個沒教養的孩子，那麼就一定再沒有下一次了！

進到溫馨家坐下來一看，屋裡是麻雀雖小，五臟俱全，客廳兼飯廳、臥室、廚房、衛生間，一覽無遺。最重要的是室內窗明几淨，收拾得乾淨利索，井井有條，看得出屋子女主人的用心、細心，不愧是一個居家過日子的好幫手。所以看到妳媽把自己收拾得那麼乾淨清爽，一如她把自己的窩也整理得亮亮堂堂的，難怪當初朱阿姨說妳媽是一個特賢慧的女人，我還以為她是一個閑閑呆在家裡什麼都不會做的女人呢，原來並不是那個樣子！妳倒了一杯水給我之後就躲進房間裡，害我沒有機會跟妳當面嘮嗑一會，好可惜哦！

第二天我們相約一起到飯店吃中飯，還跟妳的小舅媽第一次碰面，妳媽要與妳約好上午十一點半會合，結果她卻誤說成是要妳十一點半從家裡出發，因此讓妳到的時間比預定時間晚，也比我們晚到。起初她還怪妳遲到，等妳說明白後她才醒悟到是她自己犯了溝通的錯誤，不能怪妳的。小舅媽直誇妳的模樣俊好像是韓國版的洋娃娃，超可愛的，我也認同她的看法及評價，卡哇依。吃過飯，妳趕著和同學相約去星海廣場玩，便提前離席；臨走之前，跟妳媽拿零花錢就二十元與五十元之間妳來我往的討價還價了好一會才敲定，看得小舅媽在一旁哈哈大笑不止，挺逗趣的。

到了晚上六點，我們又聯系上約好在勝利廣場地下街碰頭，準備有請妳來導購一番，不承想妳遲遲不能到來。等了好久才等到妳來領我們進地下街，草草吃過一些麻辣燙之後預備行動，只見地下街的商店已經紛紛在打烊，我們的購物／血拼因此只得放棄，期待下回再來一圓美夢了。想不到那晚妳回家之後才說起妳的乘車卡給丟了，很可能是掉在地下街那家麻辣燙攤子上，因此次日早上，我和妳媽還專程重回那裡找尋和詢問店員，可惜都說沒有人看到或檢到乘車卡，害妳白白遭受不小的損失和不方便，真抱歉。

第三天下午妳媽上市場採買生鮮食材，大顯身手一展廚藝，要在家裡招待遠方的台灣同胞享受祖國的溫暖和美食。她交代我要在晚上七點正搭公交車去府上吃飯，所以我坐在賓館裡努力的殺時間，好不容易快到七點時，她才打電話問我到了沒有？小姑娘已經在終點站等好久了，我回說還沒有出門，怎麼到呢？我正準備出去坐公車啊！她又把要我七點鐘到達誤說成是要我七點出發，起初她也怪我遲到，等我說明白後她才醒悟到是她自己又犯了溝通的錯誤，不能怪我的，正如前一天她跟妳說的時間情況一般無二！

她只好笑她自個兒了！我說明以後立刻衝出賓館，截住出租車就往妳家飛奔而去，十分鐘趕到，又勞妳來帶路。進家一瞅，哇塞！乖乖隆的咚，只見飯桌上豐盛的菜色擺滿滿，雞鴨魚肉、生猛海鮮，應有盡有，至少有十道菜。我先跟朱阿姨打過招呼，再和漂亮的女主人深深道謝，我說３Ｑ／三克油，太隆重了，小生擔當不起耶！大家落坐後，我還以為有別人呢，女主人說全員到齊，總共四員，宣佈開動。有二道青菜、一道雞肉、蒸魚、鮑魚、大蝦、蜆子、香腸、現學現賣的薛氏涼拌雞爪，除了煎煮炒炸的菜以外，更難得的是還煲了一個羊肉湯。我知道北方的飲食習慣注重飯菜，鮮少做湯；而南方的吃食，是每飯有菜必有湯，真沒想到女主人還能整出這麼一道鮮美的煲湯來。啊！我太幸福了、太有口福了！

次日我聽得妳媽提起在我尚未到達家裡之前，朱阿姨曾經問過妳：「會不會怨恨朱阿姨，把妳媽介紹跟大大認識」？妳回說：「干嘛會怨恨？我還要感謝妳救了我媽，是妳將她從坑裡面拽出來呢」！我聽過妳回答的說話之後，不得不承認妳真是很懂事、很懂得妳媽的心事。為了妳自小就存在的恐懼感，她從來都不曾考慮過自個兒的幸福和快樂，為的就是要能給妳一個完整的家和完整的愛，這樣的堅持迄今為止也有十三年了，多麼不容易啊！因緣湊巧是來自朱君與我相識四年，承蒙她看得起我，今年春天突然給我一個短信說要跟我介紹女朋友，就把電話號碼告訴我；自從與妳媽聯系上，我跟她講電話或發信息都很投機、很投緣，如此而來。

第四天早上妳打電話問妳媽說我要離開大連了，想要買禮物送我，我告訴妳媽千萬別破費，大家見面開心、相處愉快最好；妳還說想要送我去飛機場，我也說那樣很浪費時間，有妳媽送我去就行了，期待下一次再會面時，大家更高興、更滿意就好了。

2011／07／12

第三回　共同的目標

姑娘：我和妳媽共同的目標，就是要走到一起，生活在一起，就像今年春節我們一家三口的生活多麼美滿，多麼幸福啊！妳們現在的住家稍嫌狹窄，環境也不理想，這些都可以忍受，也可以適應的，改變住所並非是那麼迫切。但是，住家的氣氛卻特別惡劣，自妳小時候和懂事以來，到今天一、二十年了，一點沒變，一點也沒有改善，而且往後隨時都會發生不愉快，就像昨天那樣，因此，搬家或改變住所已經變得很迫切了，妳說是不是？不愉快的來源，妳和媽媽都很清楚，不過，一時半刻也只能忍耐，徐圖改善了。如果是租房子來搬家，心裡並不能踏實，如果是買樓來搬家，那就踏實和舒服多了，此所以我要妳媽留意一下房地產行情和資訊，就是要作為買房子的準備和參考。

自從我和妳碰面之後和媽媽一起經過幾次吃飯和談話，我們都一直拿妳當大人看待，咱們仨相處得非常和諧愉快，所以做什麼決定都會儘量告知妳，讓妳知道也能讓妳參與發表看法或意見，集思廣益，能夠力求周延和周到。我在昨天那篇《小老師飄揚我呢》中就說，「妳的心智成熟度比一般同齡的女孩要早二、三年，比同齡的男孩提早三、五年，這當然跟妳的家庭和成長環境息息相關，是妳的苦處，也是妳的甜處」。事實証明，我們沒有錯看妳。

雖然妳媽跟我說完全同意和接受我的安排，不管南來廈門或者北往大連，但是我覺得在沒有把妳安頓好之前就離開妳，在這關鍵時刻的二年，對妳影響很大，甚至妨礙很大，到時候妳媽辛苦十八年的心血豈不是都白瞎了？我不忍心看她的努力受到折損，勸她事緩則圓，暫時還以妳為重，維持現狀。所以能做的便是從看房、買房做準備，慢則一年半載，快則一月兩月做一個選擇。

既然一勞永逸的長久之計一時之間還不可得，那麼過渡性質的權宜之計就只好像妳所說的「只能擠出來之不易的幾天在廈門和大連見上一面，時間不會很長」。但不論是過渡或權宜，都不適合把時間拖得太長或是無限期，必須有一個度啊！就像我昨天說的，「這樣子天南海北的異地戀，時間確實不能拖得太長，頂多也就是三、兩年還可以維持，再長就會疲乏和疲倦，到時候就沒有熱情沒有火花」。

我看過很多親戚朋友在成長過程中處于不愉快或惡劣環境的家庭，早就思考著如何在長大之後儘速脫離原來的環境，結果呢？十之八九的結局並不美好或理想，尤其是女孩子，最方便及最快速脫離方法，就是早早找一個人把自己嫁出去算了。可是遇人不淑之後才發現，原來自己只是從一個坑跳進另一個坑裡，其實也好不到哪裡去！我覺得趨吉避凶是每一個人的相同本能，所以這種想法並沒有錯，錯只錯在對象的選擇上，人選對了一切都好，選錯了後悔一輩子。妳若有此種想法，我不反對，但我建議妳千萬不要隨便找個人嫁出去喔，至少要請家人和親朋好友為妳把把脈，提供一點意見或看法。

是的，媽媽希望住到姐姐家附近，就是方便讓她就近照顧妳一些，這一點她有提過，跟我的規劃並沒有衝突，首選地點就是在泉水區靠近姐姐住家。另外，也想加強妳的生活能力，提升妳的獨立能力，成為一個完整的新好女人啊！

二年後妳離開學校步入社會，最重要的事便是工作，能找到與妳專業對接的工作自然最好，若是其他工作也可以嘗試或重新學習，儘快熟悉和勝任工作，那才算是大功告成之日。那麼除了妳能夠自立自強之外，還能夠適當的回報媽媽，才算是一舉兩得。有一句話說得好，人是充滿無限可能的。妳在大連出生及成長，但有可能會到廈門工作或定居，這兩個城市十分相似，都是新興城市，適合年輕人打天下。在家鄉謀生有種種方便，卻也有不少限制；在他鄉討生活是百般不便，卻又充滿無限希望。所以年輕人出外打拼和奮鬥未必不是好事喔，指不定哪一天妳會把異鄉當故鄉，反而會將故鄉作異鄉呢，現在地球村時代，這種例子已經是越來越多，毫不足為奇呢！

2012／03／01

第四回　意外告別早教中心

姑娘：妳這一年多的實習非常不容易，也非常有價值，現實磨練中很多是書本上及課堂上學不到的，妳很認真、很投入，表現很好、很不容易，值得肯定和誇獎。但是社會很現實，也很無情，妳早晚都會碰到一些妳所無法理解的事情和現象，無解的事還是要拋開到一邊去，立定自己方向，堅強的照已定計畫走下去。單位裡現在的狀況比較特別，妳並沒有錯，也沒有責任，該留人的時候就留人，同樣地，該走人的時候就走人，挺起腰桿，有點志氣有點骨氣，做自己該做的事就對了。

而且，地球是圓的，現在的離開，說不定他日還會有再相見的機會，不要埋怨，不要懷恨。人情留一線，日後好相見。妳日後若是繼續在幼教界謀生，難保不會有再碰頭的機會，那時候一切雲淡風輕，相遇變得愉快，自然也會成就了自己。所以，離開時要有喜悅之情，跟領導及老師們道別，珍重再見，後會有期。

妳到另一家幼兒園應聘有了眉目，從下周起就要換跑道，這又回到騎驢找馬的狀況中，相信妳會適應了吧？到新單位去，妳就從新出發，從新開始，努力學習，努力適應，爭取表現就是了。只要把心態擺對了，妳必然會越來越好的，我們支持妳喔！

老頭愛丫頭十五

前年全家回山東，爹娘接見五女婿；
送紅包千裡挑一，雙親越看越中意。
今年中秋拜丈人，花好月圓人團圓；
不辭千里路迢迢，只願闔家都安康。

2013／09／17

今天早上／九月二十二日的離職道別，妳能聽取我的意見去做，立馬就能感受到不一樣的氣氛，可以說得上是轉守為攻，留給別人一個漂亮的身影和誇獎，真不錯。明天妳又要重新出發，踏上另一個里程碑的開始，沒有沮喪懊惱，只有歡欣鼓舞。其實，每個人大同小異，在人生舞台上，都是一個階段連接一個階段，不會每個階段都很美好，也不會每個階段都很糟糕。重要的是，要記得運動員的精神，勝不驕，敗不餒。

這一次俺們相約山東看望姥姥，跟前年那一趟一般的圓滿和快樂，停留二天，然後在中秋節當晚咱們再飛回大連自己的家裡賞月，雖然那晚月亮害羞地躲在雲端偷看我們的歡樂。在姥姥家第一晚是十七號，我聽媽媽說起妳已經在另外一家幼兒園應聘，就在我們家附近的新穎幼兒園，秋節過後就要轉換跑道，離開香爐礁這一家實習剛滿一年的幼兒園。

轉換職場在一個人的工作生涯中是在所難免的，未必不是一件好事，死守在一處職業場所也不見得就好，雖然人是一種墮性的動物，雅不願意挪窩換工作的，何況，俗話說滾石不聚苔，轉行不聚財，總是勸人家要一動不如一靜，所以願意轉行的人並不多見。不過，俗話也說人挪活，樹挪死。但是出于形勢所逼需要轉換工作的情況，也是所在多有，如果更進一步來講，事業要有所發展和升遷，換工作類別和換工作環境一定是少不掉的，如果把眼光放遠一點，轉行和轉台其實都是有必要，也是有好處的。所以當我知道妳要換工作環境，還是在這一個幼教的行業裡，我倒沒有什麼好擔心，而且香爐礁那兒的氣氛對妳並不友善，遲早都要離去的。

第二晚，我聽妳說要離職的作法是，在周日二十二號那天上班的早上七點，回到單位裡收拾起自己的物品後，不會碰見領導和其他老師之下，悄然的離開。我立馬勸告妳離職不是這樣子做法，妳又沒有做什麼見不得人的事，也沒有犯了什麼過錯，需要這樣夾著尾巴偷偷摸摸的溜走。我告訴妳離職要光明正大，堂堂正正，清清白白的離開。我說妳要在周日上午上班時間，領導和老師都在的時候，先進去跟領導道別，還要說感謝她給妳這一年到單位實習的機會，對妳的愛護和照顧，然後再跟其他老師告別，感謝她們對妳一年來的指導與照顧，大家後會有期，最後才收拾物品離開單位，這樣才是正確與成熟的做法，才不會落人話柄與被人嘲笑。

周日早上，我和媽媽送妳到單位／大連市西崗區第十幼兒園，前身是早教中心，今年七月已經評上示範幼兒園了，在這評鑑過程中妳也參與了兩次接受教育局的檢查，也有那麼一點兒汗馬功勞呢。妳進去辦理離職的事，我們就在外面樹底下坐等，一個多小時後看見有一位個高條好的成熟美女從單位裡面走出來，在門口的車子裡取東西，我就猜想她可能是妳們園長王彩紅，可媽媽也沒有見過她，不知道是或不是？等她進去時，正好跟妳迎面碰上，妳一派輕鬆愉快的走出單位，我們就曉得妳把離職一事辦得圓滿順利。

上車回家時，妳說真的不出大大的意料之外，妳的離別告辭，讓領導和老師們都很誇獎和稱讚，園長說妳還小，需要再多多積累一些經驗，這裡就是妳的娘家，隨時歡迎妳再回來。我就說妳這一場告別，不但為自己留下一個美麗的離職背影，也給單位裡的老師們留下一個口碑和稱許，而且，還能轉守為攻，化被動為主動，說得上是漂亮出擊哦。

妳說「我們一家人去山東真的是順順利利、其樂融融的。一路上都很順利也很開心，在姥姥家看見久違的親人倍感親切。我們一起歡度中秋品嘗月餅，一家人開開心心的真好。工作變動的這件事情的確不是一件壞事，死守在一個地方也不是一件好事，適當的更換環境，也是一種鍛煉，換工作換環境也為以後的發展做鋪墊。您給我提的建議真的讓我很受益，我一開始還準備早早的去把東西收拾完了之後就離開，然後去新的工作單位報到。得到您的建議後，我知道應該和大家一一告別，然後說明離開的原因，這樣以後就算有人提起也不會胡亂猜測，我覺得這樣做真的很到位，謝謝您啦」。

俺們第二趟回山東之前，我就跟媽媽說過以後我們就每兩三年結伴一起回山東看望姥姥她們，我想這個原則今後將會予以落實，妳說好不好呢？妳看這一趟秋天咱們同行去探望姥爺他們，是不是和兩年前的上一趟冬天時節去的過程一樣圓滿和快樂？大家都一樣的開心，妳也是呀，真的是月圓人團圓囉。

現在妳能明白人是需要磨練的，這跟訓練有一些不一樣的地方就是說，合理的要求是訓練，不合理的要求是磨練。所以我們有時會遇上訓練，有時會遇上磨練，只要我們能通過考驗，我們才能更精進，才能更上一層樓。因此我們不需要畏懼考驗，不需要畏懼磨練，只要我們做好了準備，通過了考驗，機會就是我們的，我們才能生存，才能夠發展。死守在一個工作崗位其實不容易有所長進，就像我就是這樣，我在同一個工作場所連續呆了四十年，人也變得有些呆了。幸好是，我在工作之外，開發出工會、宗親會、同學會的學習及歷練，獲得別人所沒有的機會，而且更重要的是我這一段自我訓練是成功的，成績是有目共睹的。所以我沒有怨恨，我沒有不滿，雖然我的工作單位沒有提拔我、沒有提升我，我也沒有埋怨，只是把我的精神及時間大部份擺在自己的事務上，如此而已。

妳今天的轉換跑道，起初一段時間會比較辛苦和不適應，但將來妳回顧自己的人生路途時，妳肯定會感到很欣慰的。如果妳有一點企圖心，想要在自己的職業上或事業上有所表現的話，妳遲早都必須得跳槽、換跑道。對于離職和道別，妳會聽從和採納我的建議，妳就已經是成功了一半，足夠叫領導和老師們對妳刮目相看，恐怕她們都沒有人能夠像妳這麼樣做得漂亮。妳這樣堂堂正正的道別，清清白白的離開，只能留給她們對妳的稱讚和對妳的不捨，所以園長才會說這裡是妳的娘家，歡迎妳隨時再回來。妳自個兒也感受到這樣子的離職很到位，也很漂亮，是不是應了有句話說的，聽得老人言，享福在眼前？

2013／09／22

第五回　大連老婆來信息

魏美芬

在二〇一七年之前，老公你已經開始默默籌劃我們要辦結婚証的手續了，進入二〇一七年你的步伐加快，只是自己承擔，老婆一點也不知道，只有你一個人跑來跑去辛苦著。等你回到大連把金門那邊的手續交到我手上時，老婆抑制不住的開心、感激！

一月二十三日上午我們先到大連涉外婚姻辦事處了解情況，我們的結婚証確定在大連辦不了。眼看就要過春節了，可是你依然決定在次日清晨，冒著零下二十多度嚴寒坐上前往瀋陽的高鐵火車，這也是我有生以來第一次體會溫度最低的一次。從有暖氣的車廂裡走進空蕩蕩冷冰冰的瀋陽南車站，就像一下子走入冰庫，走出車站吸入的冷空氣，感覺鼻孔就要結冰了很不舒服，這時我看看身邊的老公好像沒有什麼不適，身體好就是那麼任性！

我們打車進入瀋陽市到遼寧省涉外婚姻登記處，辦事員說我們來早了，台灣海基會轉交的單身証明還沒有到公証員協會驗証，不能登記。我感覺白跑了一趟，但老公並不這麼認為，說這一次就是抱著來探路的心態，起碼知道應該辦什麼事情。兩個人的來回車票就花了七百多元，還樂得屁顛屁顛的，有錢就是這麼牛！

上崗証雖然沒有辦成，春節依然過得美滋滋的。更讓老婆開心的是，春節過後短短十三天，老公就決定在二月二十三日深夜飛回來陪我去瀋陽辦手續，這又驚又喜的好消息讓老婆怎能不感激呢？終于在二十四日上午把結婚登記、結婚公証兩件大事一切辦好。接下來就是漫長的幸福等待，在等待七十六天之後總算等到期盼好久的消息，再吃兩個饅頭又要團聚，好開心喔！叫我激動的一個晚上沒怎麼睡覺，第二天依然精神抖擻的幹了一天的活，愛情的力量真偉大！

五月十二日下午四點我又回來金門了，在入境口被一名海關工作人員引領進入面談室，先做一下身分初步紀錄，再到另一個房間接受兩位官員面談，剛開始我好緊張，就像是在錄口供一般，詢問一些家長里短的事情，半個小時後順利過關，金門……我又來了。十五日是我這次來金門的主要目的，到戶政所辦理結婚登記，坐在辦事窗口前的椅子上還有點忐忑，擔心會不會少這個缺那個的？這在大陸是常有的事情，沒想到只在窗口坐等半個小時，就辦妥結婚登記，換發新的身分証及戶口名簿，一次ＯＫ。台灣人辦事還真行，這些証件要是在大陸辦理，至少要跑上三天！

有証的感覺真好！接下來就是宴客吃喜酒，每天過得好充實、好開心，認識好多老公的親戚朋友，然後在老公的陪伴下一路往北度蜜月。第一站是回到我的山東老家，告訴兄弟姐妹我的終身大事已經圓滿解決，最開心的是老娘，一直讓他們牽腸掛肚許多年的我總算有了靠山。在山東住了幾天，讓他們充分了解到、喜歡上這個五女婿，他不但人品好、身體好、還有才。我怎能不感謝老娘在家天天燒高香才有這結果哪？

第二站是我的第二故鄉大連，五月二十六日宴請我的十二位好朋友，來見証我們的愛情長跑六年又二個月，總算有了好的結果。告知大家的，首先說明敬請光臨，同飲喜酒，其次懇辭一切賀禮。因為每位到場的朋友，從百忙之中前來參加我們的喜宴，就是給予我們最大的祝福及賞臉，可是，每位朋友都帶上沉甸甸的紅包來，我們只能一一的婉拒。酒席中，朋友們吃的、喝的、聊的，都非常開心，真是皆大歡喜。只是，這十幾天下來，可是讓老公沒少出血喔，有錢就是那麼任性，親愛的，是不是又疼又快樂著？

備註：小媳婦今天一早發來三條信息老長了，至少有一千二百字！

２０１７／06／05

第六回 《沒齒難忘》讀後感

薛博儀

我的女兒春嫣說「經過兩天的閱讀，我把你的舊作讀完了。文中你把拔牙形容成高齡產婦，是個相當有趣的說法，讓人好笑。好險！當年你讀小學的學業成績好，才會有老師出面讓你繼續去學校讀書。但讀書之外，你早上要賣油條、下午要做農務，比一般學生還要辛苦很多。千記油條店，指的是你這位行動叫賣者，是吧？還好有大姑姑的支持，你才能繼續國中的學業，而且這樣一路到高中，真是感謝她當年的慧眼識英雄。

曾經看過舊時候有個職業就叫抓牙蟲，從你文章裏頭的親身經驗，印証了果然是有那麼一回事。小六就斷牙，一直撐到國中畢業才得以裝上活動假牙，高一才把牙蟲消滅，遠離口臭，這麼多年真是不少受罪。鐵沙掌練成的過程，是努力工作得來的，靠自己的雙手和毅力掙錢，非常不容易哦。年輕時憑著努力工作賺錢，吃苦當作吃補，非常了不起。

你是高一數學不及格，我是高中三年每一學期的數學都不及格，哈……哈……。軍校退訓後的貴人是倪阿嬌老師和戴華校長，人人見到你都有愛才之心，都希望你能順利讀完書、完成學業，你是大家眼中的一顆耀眼星星。當時你年紀小小，一邊要努力念書，一邊要擔心隨時沒得念書，心情一定很複雜。

我也覺得你當年的軍校聯招成績單，是讓家人給收起來、藏起來了。當年的父母親可以自作主張，決定孩子的工作和學校。猜想他們應該是覺得在電信局上班，比去軍校讀書更有前途，所以就這麼做了。這個做法，可能影響了你一生。許志新叔叔當年請客的牛肉麵一定很好吃吧，遙想當年和葉漢談叔叔三個人一起吃麵話家常的樣子，是不是有種時光飛逝的感覺？原來你多年的運動習慣，是從去台北帶職訓練時開始養成的。運動好處多多，當年讓你成長茁壯成為男子漢，現在讓你維持健康擁有好體魄。

看來牙齒的花費，從以前到現在都是昂貴的，當年重建門牙花了你兩個月的薪水，現在戴牙套植牙什麼的也要好幾萬塊錢，就如你說的很值得，能吃好飯說好話，這個代價很值得。將來等疫情過去，可以考慮和牙醫師商量看看，今年拔掉的牙齒要不要補齊？有完整的牙齒能讓你將來銀髮族的生活上能夠吃得好，健康的牙齒可以讓你有多樣飲食，攝取多樣營養，健康加分。

坐上牙醫診所裡面的椅子，是需要很大的勇氣，打麻醉藥又是超級痛的，所以我和布萊恩的目標，就是好好維護小春的牙齒。每天讓他固定刷牙兩次、少吃甜食，再加上漱口、定期看牙醫，希望可以讓他沒有蛀牙。你在一九九三年帶阿樸上台中做的假牙，是哪一顆還記得嗎？搪瓷假牙的確好看，但上排門牙的後座要加厚才能穩固，我自己也有兩顆在前排，所以懂得你的感想。沒想到，這一次換裝搪瓷假牙，花光你所有的旅費，不過，換完後那麼好看，一切也都值得了！

將來你如果有興趣的話，可以考慮成立一個學生寫作獎學金，鼓勵和你一樣有寫作天分的學生寫文章，讓他們在求學路上有支持有幫助，就像當年你是學生時一樣被許多貴人幫助和援助。你的學生生涯充滿了奮鬥、努力、上進、讀書、寫作，這些精神可以透過獎學金的方式綿延下去，很有意義」。

老爸說「千記油條店，是借用別人家的房子所開的店，也是晚上一家人睡覺的地方，離自己家的房子不到一百米。早上賣完油條回到自己屋子做家務和農活，吃過晚飯才過去睡覺，我就是在油條店裡面睡覺摔斷大門牙的。油條店在薛南昌家的左前方，牆壁上本來有油漆白底藍字寫著「千記油條店」，後來那間房子倒塌，再後來就拆掉了。

有我的名字在上面，是不是為我取的？那我可是從來沒有聽說過。薛南昌家門口現在有一座照壁，以前並沒有，他家面對珠山大潭。我走村過莊的叫賣油條，久而久之，鄰村的大人都叫我小油條，叫我的父親是老油條。

是的，我當年高中畢業後第一志願是讀軍校，第二志願是讀夜間部大學。可是，計畫趕不上變化，卻是走上壓根想都沒有想過的就業，半年後居然意外地考上電信局，獲得第一份工作，也是一輩子的工作，完全沒有得失心。當時我沒有拿到軍校聯招的成績單，不是因為家裡認為電信局工作比較有前途，那時候根本沒有這個選擇的問題。

七月一日考大學，七月四日考軍校，八月底寄發成績單，九月中旬開學，而電信局招考是八月底報名，十月中旬考試，十一月底寄發成績單，兩者一前一後錯開著。家裡明知我要從軍報國，偏偏不放我去讀軍校，就是要留我在家裡工作撫養家庭。

我前些天去磨牙，就是已經跟牙醫師商量好要補牙，但不是補二月二十二日拔掉的上排那一顆，而是補很多年以前拔掉的下排牙齒，先把這下排補好，再接著補上排拔掉的那一顆，下排另一顆在後面的就不用補了。那一年帶上阿樸去台中補牙，也是上排的門牙，他說是練拳時被弟弟阿瀚給踢壞掉」。

第七回　中國大陸防疫與台灣防疫

其實，早先西安市這一輪疫情自去年二〇二一年十二月九日以來新增本土確診二百多人，宣佈從十二月二十二日起實行小區封閉管理，一千三百萬人口的生活按下暫停鍵。到了今年二〇二二年一月初國家衛健委表示，西安疫情是武漢封城之後最嚴重的一回，希望全國人民給予大力支持。一月十五日有四個省分出現奧密克戎毒株，一月十七日大連疫情又開始緊張了，台灣也在蠢蠢欲動之中，但是，一月十九日西安本土確診及無症狀感染雙雙清零，五天後西安得以順利解封，恢復正常生活秩序。

中國疫情在三月份蔓延起來，起初先是香港，在二月中旬新增本土確診快速升溫，成千上百向上攀升，二月末一舉突破三萬四千多例，到了三月初更是最高達到一日五萬五千多例。香港特區政府緊急向中央政府請求支援，廣東省立即調派醫護人員馳援，但是，內地也不能倖免，最嚴峻的地區是上海與吉林，一律實行小區封閉管理模式，上海實行半封城。三月十四日三十一個省區市新增本土確診破千例，深圳封城，交通停運，一律居家辦公。第二天本土確診破三千例，中國三月份這一波疫情來得迅猛、遍地開花，波及二十九個省區市，僅有二個省份例外，累積本土確診人數暴增超過十萬人，而香港則超過二十三萬人。即使如此，國家衛健委仍然堅持動態清零政策，毫不動搖。香港宣布自四月一日起，飛往內地的旅客必須出示核酸檢測陰性報告，才能夠登機。

四月一日上海新增本土確診二百多例、無症狀感染者六千多例，四月四日各省市馳援上海的醫護人員高達三萬八千人，規模堪比前年馳援武漢的四萬二千人，要對上海二千五百萬人口做全員核酸檢測。

四月六日三十一個省區市新增本土確診一千三百多例、無症狀感染者一萬九千多例，而香港染疫致死者高達八千多人。四月十日上海新增本土確診一千例、無症狀感染者二萬三千多例，四月二十九日上海新增本土確診五千四百多例、無症狀感染者九千五百多例，其中大多數本土確診及無症狀感染者，是在隔離管控當中發現的。五月十三日吉林宣布新增本土確診及無症狀感染雙雙清零，五月十六日上海通報，分階段復商復市，預訂在六月起恢復全市的正常生產生活秩序，次日宣布全市十六個區都已實現社會面清零。

五月十二日美國總統拜登，發表聲明說「今天紀念一個悲劇性的里程碑，一百萬美國人死於新冠病毒，每一個生命都是不可替代的損失」。而台灣的防疫被美國時代雜誌評為，全世界最會吹牛的新冠肺炎防疫。

五月十九日金門累積本土確診破一千人，台灣單日本土確診破九萬人，同一天台灣累積本土確診突破一百萬人。兵敗如山倒的台灣防疫至此完全呈現，一無是處，一敗塗地，真是一場災難性的失敗。台灣的防疫原本是高舉清零政策，但目前已經傾向與病毒共存，只是羞於啟齒宣示政策改弦易轍，有政府不會做事！走在台北街頭看台灣人好像是對防疫不積極也沒錯，台灣人恐懼過、掙扎過、無奈過，最終還是認命，覺得早晚都逃不過確診，也就是放棄了。

四月一日第一次單日新增本土確診破百人，此後日日上升，十五日提前破千人，二十八日提早破萬人，五月十五日一舉突破九萬人，從百人到十萬人是一千倍的成長，已經超過人們的心理承受能力。到了五月二十日累積本土確診人數超過一百萬人，這是遍地烽火，而且實際染疫人數還要比這個數字大好多，老百姓只能自求多福了。

2022／05／24

第八回　金門防疫破功日

二〇二二年三月最後一天，卻是金門人心痛難過的一天，因為一大早縣長楊鎮浯就召開記者會，宣佈金門新增第一例新冠病毒本土確診者。自從二〇二〇年二月十日金門關閉小三通之後，歷經二十六個月零確診，成為全國唯一保持無確診的淨土，如今在一夕之間破零又破功，繼馬祖及澎湖二島之後淪陷！確診者為台灣人定居金門，三月二十六日去台中參加喜宴，返金之後三月三十日下午去篩查為陽性，屬無症狀感染者。嚴格來說，這第一例為台灣輸入者，而非金門本土病例。

但是，第二天四月一日台灣新增本土確診超過一百人，從北到南遍地開花，首度破百，疫情中心今天忘記校正回歸，台灣疫情再度大爆發，就從破百開始了。此後天天破百，節節上升，十三日超過七百人，疫情中心預估四月底會突破一千人，不承想，二天後就提前達標超過一千二百人，二十八日更是一舉突破一萬一千人。四月十五日破千例，四月二十八日破萬例，五月十九日破九萬例。三月末累積破二萬三千人，四月末累積破十三萬人，五月末累積破一百九十萬人，你看世界怎麼跟得上台灣呢？美國確診破一億人，死亡破一百十萬人。

中國確診破九百萬人，死亡破三萬人，其中包括台灣確診破八百三十萬人，死亡破一萬四千人。

金門馬拉松在疫情上升之中的四月二十四日開跑，從台灣跨海前來參賽人數七百多人，當天累積本土確診只有十八人，但是，到五月四日累積本土確診是一百十八人，其中當天新增二十人創下新高，而且累積破百人。五月十日破二百，五月十二日累積本土確診將近三百人，金門迎城隍照辦，雖然規模縮小不少，還是令人不禁為之捏了一把冷汗！五月十四日創新紀錄，單日破百人，五月十九日，累積破一千人，五月三十一日為止，二個月之間累積破二千人，單日破百人的共有十天。難道說這是關閉小三通將近三年，所獲得防疫成績嗎？

進入六月份之後，金門疫情一發不可收拾，到六月底三個月之間累積破五千人，單日破百人的共有十六天。進入七月份、八月份之後，疫情照樣節節高升，七月單日破百人的有二十九天，八月單日破百人的有十九天，九月單日破百人的有二十天，十月單日破百人的有二十三天，到十一月底八個月之間累積破二萬人。金門在八個月之間，確診人數與常住人口數六萬六千人的比例達到百分之三十以上，而台灣在三十四個月之中的確診率為百分之三十四以上，真是大哥不用笑二哥。金門防疫宣告失敗，從此江河日下，不堪聞問了！網路上因此流傳的一段笑話說「早晚都會確診的，所以只能中午出門」。

回首來時路，怎不令人扼腕，金門防控疫情二十六個月掛零，但是，短短八個月一敗塗地，兵敗如山倒，主事者難辭其咎！三月底破零，五月底一舉破二千例，六月底破五千例，七月底破九千例，八月底破一萬二千例，九月底破一萬五千例，十月底破一萬九千例，十一月底破二萬例，竟不知伊於胡底！

2022／11／30

第九回　小心之下還是難逃新冠確診

二〇二二年六月二十四日早上八點吃完早飯，我們夫妻倆懷著忐忑不安的心情做第三次的新冠肺炎快篩測試，因為前天早上第二次做快篩結果是一陰一陽，給我們造成好大的心理壓力，期待今天能有明確的結果，不論好壞，都要坦然接受。先拿棉籤捅完兩邊鼻孔幾下，再放進測試液體內四分鐘，再將測試液體滴上四滴進入標註C、T測試儀器內，如果兩條標註線都出現紅柱線便是陽性，也就是確診，如果只有C標註線出現一條紅柱線，而T標註線沒有紅柱線便是陰性，也就是由陽轉陰，沒有確診了。

我們同時等待測試儀器內的標註線結果，皇天不負苦心人，我們兩份快篩結果都是一條線，把我們提到嗓子眼的一顆心終於落下地了，我們倆同時轉陰了。奮戰一周迎來好的成果，這份功勞全得要歸功我的媳婦，鉅細靡遺做好各種消殺及防護措施，要是我單獨面對這次確診，恐怕得遷延多少時光，吃進多少苦果？真是不敢想像！

我們都知道面對疾病的最高準則是，預防重于治療，除了建構自己的防禦體能及免疫力之外，最好是遠離疾病的病源體，所謂保持距離，以策安全，真是千金不換的道理。雖然我打完二劑疫苗，我媳婦打完三劑疫苗，那都不足為憑，還是必須做好防護措施，以防萬一。

面對當今新冠疫情高危時刻的台灣和金門地區，最好減少人與人的接觸，不涉足人多的地方，不與陌生人接近。只要出門一定戴好口罩，進入公共場所一定不能摘下口罩，戴口罩是最後一道防線，一則保護自己，一則保護別人，因為別人可能是病源體，自己也可能是病源體，特別是自己接觸過確診者，稱為密切接觸者。所以生活模式以深居簡出，足不出戶為準則，除非必要的採購生活物質，方才快去快回。

誰知百密一疏，仍然防不勝防！短短二周我們倆就雙雙中鏢了，叫人猝不及防，打了我們一個措手不及。話說我媳婦五月二十日千里迢迢從大連飛往廈門，停留六天後轉機飛往台灣桃園，千辛萬苦集中隔離八天，於六月三日中午飛回金門。由於這兩三個月以來，我跟社區後面診所陳道實醫師和員工三番兩次聚餐十分愉快，便邀請他們分別於四日及十一日兩次周末來家裡分享媳婦的北方麵食，第一次品嘗餃子及韭菜盒子，來賓有七人，深受讚許，第二次品嘗手擀的炸醬麵，來賓有六位，廣受喜愛。除此之外，再無別人踏入我的家門，防疫上應該是沒有漏洞的！豈知不然，閉門家中坐，禍從天上降。

十三日上午九點我們飯後在會客室泡茶，忽然小高／阿光的太太，也就是社區後面診所的員工之一，開車來到，我們招呼她坐下喝茶，問她來此何事？她說因為梅雨季節下雨斷斷續續下不停，知道我們早上要去移民署服務站領取居留証，好心好意、熱心熱腸的要開車送我們過去。首先我們告訴她謝謝她的好意，我們騎機車只需十分鐘，領証完我們還要去幾個單位辦理健保卡事宜，使用機車比較方便，只要趁著雨歇的時候出門就行。其次我們發現她進門的時候搖搖晃晃，睡眼惺忪，問她是何原故？她回說是昨晚吃了安眠藥，到現在藥效還沒退，媳婦一聽就勸她趕緊回家補睡一覺，睡飽了才起床，她就說那麼她不送我們了，要回家繼續睡覺，她走之後我們也沒有察覺什麼異常之處。

十四日上午七點半、十點、十一點半我三次騎車到豬肉攤子要一些豬皮，吃過中飯開始不舒服。下午咳嗽、有痰、喉嚨癢、流鼻水，幸好我們事先預備了兩次六天份的感冒藥，有退燒、止咳、化痰、流鼻水的四種藥。第二天媳婦也有輕微咳嗽，但是一張健保卡應付兩個人吃藥，只能支持三天而已。我晚上咳嗽不斷，無法入睡，第二天一早起床疲憊不堪，第二晚、第三晚照舊咳嗽綿延不絕，一夜無眠。

十七日吃早餐全無胃口，我心想兩三年沒有感冒了，往年感冒到這種程度之下，至少要咳三十天才能停止，這下子真糟糕！不承想，飯後媳婦突然說我們應該做一下新冠病毒快篩，因為她也有一點輕微的咳嗽了，我壓根心裡想都沒有想到這裡，也就順著她的意思做一下吧。這一做五分鐘就出結果，一模一樣都是兩條線，就是陽性，也就是確診了，把我們兩個驚駭的目瞪口呆，真是不敢相信，又不能不信。第一個反應是，我們該怎麼辦？要不要通報？向什麼單位通報？因為一時不能接受這個結果，暫時不通報，等明天再決定究竟如何做法。幸好是第四晚起咳嗽減少，睡得也好。

十八日中午我們首先通知小高說我們確診，她說多休息多喝水，她會用我的健保卡欠卡的方式請陳醫師開藥後送來家裡。晚上五點她老公阿光把一包感冒藥七天份的二十一小包，放在我家牆頭上再通知我們去拿。但是我們兩人吃藥，只能支持三天半而已。二十一日下午三點我拿健保卡到診所補卡，再開二十一小包的感冒藥，五點阿光進到客廳門外喊我，我推開門一看是他，立馬轉身回頭戴上口罩才問他有事嗎？他笑一笑說「你不用戴口罩，我已經免疫了」。然後遞給我十八小包的愛克痰粉／桔子粉，隨即離開回去。我告訴媳婦說阿光講他免疫了，那不就是意謂著他確診過剛剛轉陰了，也就是十三日前後他才確診的，小兩口住在一間套房裡，小高那天早上開車要來載我們去移民署，搖搖晃晃的狀態，很可能也是確診了。

二十二日早上再做第二次快篩，結果還不一樣，一個是一條線，一個是兩條線，變成是一陰一陽了，那怎麼辦呢？好不容易一個轉陰了，如何避免再被交叉感染呢？自從確診五天來，兩個人都在一張床上咳嗽，早上起床打開臥室窗戶通風之後，就開始噴灑酒精消毒殺菌。前兩天媳婦決定分房睡，她去隔壁那間沒有空調／冷氣的房間睡，但是夏天到了，開啟電風扇並不管用，沒有空調無法睡覺呀！今天她說要回主臥室有空調才能睡覺，但是該如何避免感染呢？她告訴我說夜裡睡覺，兩個人都要戴上口罩，我想這應該是必要的防護措施，當天夜裡開始戴上口罩睡覺，睡了兩晚也沒有什麼不能適應的。二十四日早上我們倆懷著提心吊膽的心情做第三次快篩，幸運的是五分鐘之後結果出來，兩個都是一條線，也就是由陽轉陰，至此總算鬆了一口氣。

2022／06／24

第十回　千里迢迢趕來撞病毒

魏美芬

二〇二二年春節過後開始計畫，打算在七月份之前回金門一趟跟老公團聚。從三月份起一直在關注台灣疫情的防控政策，等待入境隔離時間再次縮短，就可以出發。隨之而來的是從四月份看到台灣疫情再度大爆發，每天看到爆出被感染的人數成千上萬，一天比一天多，也會跟著心慌慌。五月初終於等到台灣隔離政策又一次放寬，從最初十四加七、十加三、現在改成七加三，儘快預訂五月十七日的聯程機票／套票，從大連飛上海、上海飛台北。

行李準備就緒，可是就在準備出發前幾天，航空公司發來信息，十七日的航班取消，改二十一日出發，以前從沒經歷過航班取消的事情。心裏沒底，多次確認出發証件無誤，繼續等待出發時間，又接近出發前，航班第二次被取消，改成三十一日。可是台北隔離酒店已經預定好，錢也交付，趕緊跟老公會商怎麼辦，經商量決定還是按原計畫五月二十一日到達台北。改飛廈門由廈門飛台北，但是廈門每天就只有上午八點飛台北的航班，只好提前一天五月二十日抵達廈門，在機場附近住一晚。

這次出行很特別的是從五月初決定出發時，每天都是心神不寧，沒有以前將要跟老公相聚的那種喜悅心情，特別是在五月二十一日的早上出發前心慌到手抖。酒店負責出車給送到機場，懷著忐忑不安的心情排隊等待值機，果然晴天霹靂瞬間發生，這第六感也太靈了吧？

真是怕什麼來什麼，原來是我的「大陸居民往來台灣通行證」簽注，已經過期半年，三年前辦理的通行証多次簽注。我早就把這事給忘到腦後，而且這簽注是在證件的背面，一行小小的字，出發前多次確認證件到期日和時間，都是看正面，沒有看一眼背面。

在廈門機場六神無主，這可咋整？多次諮詢結果，今天確定走不了。把這消息立馬告訴老公，他的心態非常好，沒有一句怨言，安慰我說吃燒餅沒有不掉芝麻的，事情遇上了就慢慢想辦法解決。首先通知在台北的大兒子阿樸，讓他處理隔離酒店的事情，入住時間延後待定。其次我這邊忙著各種打電話諮詢，打廈門這邊出入境電話諮詢，有的說我的簽證可以在廈門辦，還有的說必需本人回到居住地親自辦理。不管怎樣，我帶上行李打車去廈門出入境管理處面對面諮詢，約三十分鐘車程到達，工作人員說三年前外地人員可以在廈門辦理大陸居民往來台灣通行証簽注，現在真的辦不了。同時遠在大連的閨女也多方打電話諮詢，終於有明白人告知她，帶上我的通行證、入台許可證、居民身份證、委託書，代辦人的身份證就可以代辦簽注。

閨女給我在中山路就近預定酒店住下，同時約順豐特快我把所有證件寄出去，第二天晚上證件收到，第三天早上閨女請假前往大連出入境管理局申請。很快就提交完手續，證件辦好後委託出入境負責郵到廈門我住的酒店，接下來就是等待收取證件。老公說，這幾天就安心在廈門玩幾天，就當上帝給安排一次旅遊的機會。可五月份是廈門的雨季，幾乎每天都在滴滴答答下不停，只能就近走走逛逛，再說沒有人陪伴，玩的也不來勁！二十四日收到大連出入境管理局郵出來的證件物流資訊，時不時就關注一下物流資訊郵件到哪里了。第五天二十五日的下午看到已經到達我所住酒店的附近，但是一看再看過了半天也看不到物流更新，物流資訊上也沒有派件員的聯繫電話，到下午四點，還是沒有物流資訊更新。老公說外邊下雨，再等等，四點過後，我看不能等了，就跟酒店借一把雨傘下樓親自去取。

在高德導航上看，附近郵局大約一公里左右，我就冒雨前往。可是到郵局去查，工作人員說特快件不在他們這裏，在快遞員手裏，我說這個件比較著急，關鍵是我聯系不上快遞小哥。他們很熱情問幾個工作人員，查到取件電話，我趕緊打話諮詢，我的件顯示已到達，怎麼沒有送，也沒有顯示聯系電話。對方說，快遞員生病休息了，今天不能送，她說你要是著急可以自己來取，我跟她要取件地址，沒想到就在我住的酒店不到一百米處。

證件拿到手，跟老公回報，我定二十六日上午八點從廈門出發，二小時後到達台北桃園機場，讓阿樸給台北隔離酒店確認我入住時間。第二次去廈門機場搭機，和準時到達台北一路上都很順利。入住酒店隔離八天出關，六月三號可以自由放飛，回到老公的懷抱裡。這一趟辛苦的行程因著一時疏忽平添幾多惶恐不安，陷在半道上等待，憑空多出五天行程，只能獨自吞下苦果。

可是萬萬沒想到，我回到金門的第十天，跟老公乖乖呆在家裡也被送上門的病毒感染了。剛開始看到快篩／抗原檢測陽性結果，非常懊惱，疫情爆發兩年多，我在大陸被各種居家隔離、社區封閉、三天兩頭做核酸，給生活造成嚴重影響。可是千防萬防，還是防不勝防。六月十三日我們要去移民署辦理居留証，上午九點左右，有朋友蔡先生的太太小高，沒有戴口罩，幾乎是扶著牆飄進我們家。前兩天她聽我們說起辦証的事，她是一番好意要開車送我們去移民署，看她很難受的樣子，問她身體狀況怎麼回事，她說是昨天晚上吃安眠藥，好像藥效還沒退完，身體非常不舒服。我們說妳的好意心領了，我們自己騎摩托車去很方便，辦証完了還要去鎮上辦理健保。但是以妳現在的身體狀態，趕緊回家繼續休息比較重要。

誰知第二天上午，老公身體開始不舒服，他說好多年沒有感冒過，怎麼感覺像是得了感冒。第三天下午我也開始不舒服，本來昨天就想跟老公說，是不是感染病毒了？又擔心給老公增加心理負擔，再說也不太可能，我們最近除了偶爾出去買菜，也沒有接觸任何人。當天晚上我自己偷偷做了一次抗原檢測，顯示一條紅線沒事，放下心來。

十六日症狀依然存在，流鼻涕加上輕微咳嗽，我又再次做抗原檢測，當時看到明顯兩條紅線差點嚇暈，趕緊給老公做一次，也是兩條紅線。我們兩個當場懵了，咋辦？不知是否需要跟地方衛生局通報，在家合計了一天，先跟小高說一下，她在診所上班。過後想想當時好可笑，二年多來被大陸這邊的防疫政策給忽悠傻了，像小偷一樣，不敢用微信打字聊天，怕留下證據，只能用微信語音通話，跟小高說明我們夫妻倆個雙雙中標該怎麼解決？她說要是不通報，她告訴診所給送藥上門，健保卡可以等康復後去補刷，真是非常感謝她。

同時我也聽到她聲音沙啞，問她是不是不舒服？她說是呀，在家休息。過兩天她老公送來兩份吃剩的止咳藥桔子粉，跟我們吃的一樣，小蔡進門時我老公趕緊帶上口罩，他卻說不用戴、不用戴，他已經免疫了。自從我們確認感染後，不管是出門，還是家裏來人，我們都很習慣的把口罩戴好，為的是保護自己，也保護別人。

我老公反應厲害，每天劇烈咳嗽，有三天晚上幾乎不能睡覺，肺都要咳炸了。我的症狀還不太明顯，可是擔心老公會有危險，本身的思想負擔又重，晚上不敢睡也不能睡覺，害怕老公會窒息，偶爾沒有聲音，我要觀察老公呼吸是不是正常？他的咳嗽聲音超大，我覺得前後左右鄰居可能都會聽到。從來沒經歷過這樣的事情，還擔心我們沒有通報，會不會被舉報？會不會有麻煩？那幾天真的好煎熬。

等老公快好了，總算放下思想包袱，哈……哈……反而輪到我的症狀加重，全身無力、沒有食欲、劇烈咳嗽。擔心再次傳染老公，只能每天在家二十四小時戴口罩，最最難過的是，就連睡覺也要戴口罩，非常不舒服，前後大約八、九天終於轉陰。康復後我們徹底檢討病毒從何而來？種種跡象表明，我們的那個朋友小高，給她聯系我們確診的那天，她也生病在家休息，之後她老公來我們家送藥說他已經免疫了。應該就是六月十三日她來我們家喝茶聊天那半小時，被她感染。我們在家還說要是確定是我們的那位朋友給傳染，我們也不會怪她，她那天想送我們去移民署辦事也是一番好意，再一個她自己確診，也許她自己也不知道。

我想起六月十八日跟她通話時也知道她不舒服，出於問候打通她的微信通話，看她自己是否也分享自己被感染的經過？我說妳前幾天不舒服，現在怎樣了？她很理直氣壯地說，她跟她老公那是感冒；讓我震驚無言以對，好的，我從來不會為難別人，也不會去揭穿。又過幾天，小高在我家廚房後面停車，一定是要來我家，我們夫妻倆趕緊把口罩戴起來。她推門進來原本是很高興的樣子，可是一進門看到我們帶著口罩，立刻變臉，就差沒把臉摔到地上的說，你們這是怎麼了？老公說非常時期，保護自己也是保護別人，她很生氣的樣子，轉過身就走了。當時我們夫妻倆四目相對，我說她生氣了，我們很無辜，又沒有針對她一個人，最近對於每個上門的朋友都是這樣，沒有任何人有這種反應啊！她從此以後，大嘴巴顯靈到處傳播，這分明就是惡人先告狀嘛！

2022／12／25

第十一回　確診後一個月之間

六月十四日下午我開始咳嗽、流鼻水，晚上咳嗽綿延不絕，無法入睡，次日起我媳婦也開始輕微咳嗽，接著兩晚我都是一夜無眠、咳嗽不停，心想我感冒到這種程度一般都會咳到三十天，真是糟糕！自救之道，只能是把先前兩次預備下的一個人三天份感冒藥拿出來給兩個人應急服用。十七日吃過早飯媳婦突然說我們倆一起做快篩，我想不就是感冒嗎？何必小題大作呢？只是不好拒絕她的提議，那就順從她的意思好了。不承想，這一做五分鐘結果就出來了，兩人一模一樣都是兩條線，就是確診了，把我們兩個驚駭的一時目瞪口呆，不知如何是好？

我原以為自己是感冒，誰知竟然是確診，而且是雙雙中鑣！從各種疫情報導中得知，依照確診的程度可以分成四種等級，依序是無症狀、輕症、中症、重症，無症狀及輕症大約占到百分之九十九點六，中症及重症占到百分之零點四，也就是千分之四而已，其中無症狀者有一部分會轉成輕症。按照我們咳嗽、流鼻水來看，我倆應該屬於輕症，必須服用感冒藥了。幸好從第四晚起我的咳嗽減少，睡眠也好。

十八日下午小高從她們診所開感冒藥讓她老公阿光送來門牆上，二十一日下午我再到她們診所門外要求開藥。二十二日早上做第二次快篩，一陰一陽，這下子兩人如何隔離？媳婦說我們應該分房，可是六個房間只有主臥房有一台空調，夏天的房間沒有空調如何睡覺呢？當天就決定請空調行老闆來測量臥室尺寸裝設機器，卻不知道需要等待多久才能安裝？她說主臥房讓給我，她帶著電風扇去隔壁房間睡，睡了兩晚熱得她幾乎睡不著，只好又回到主臥室吹空調，但是，兩人都要戴口罩睡覺。二十四日早上做第三次快篩，經過苦苦的七天煎熬之後，總算兩個人都一齊轉陰成為一條線了。可是，我的咳嗽已經轉為輕微，睡眠越來越好，媳婦的咳嗽卻變成加劇了，綿延不斷。

自從我倆確診那一天起，氣候已經出梅了，梅雨季節總算過去，因此每天晚上飯後六點我們就到門前的運動場走上八圈大約五十分鐘，回家洗完澡八點左右就能早早上床休息吹空調看手機，一個小時之後熄燈就寢，半個小時或一個小時陸續入睡。半夜有時起夜放水完了還能再入睡，有時不起夜一覺到天亮六點之後，十天二十天過去我們都感覺到我們的睡眠時間和品質大幅提升和改善，這跟我們確診之前的睡眠大不相同。

在這之前我都要在樓下電腦前待到十點過後才會上樓洗澡，但是，洗完澡躺上床雖然舒服卻是了無睡意，媳婦受我的影響也形成晚睡和入睡困難，一晚上兩個人的睡眠頂多也就四、五個小時而已，不足以應付白天活動所需要的睡眠時間。這一次確診的意外收穫竟是睡眠得到很大的改善，幾乎是原來睡眠時間的一倍左右，每晚達到所需的八小時左右。古人說禍兮福所倚，福兮禍所伏，也就是說禍福相循。

七月初媳婦的咳嗽沒有減輕的跡象，我們到後面診所看診，陳醫師用聽診器仔細聽完背部之後說氣管中有一些堵塞，又說止咳必先化痰，最有效的藥物當屬甘草止咳水，算得上數一數二，就開了一瓶三天量的甘草水，媳婦喝完兩天就聽不見咳嗽了。七月六日上午空調行老闆來裝設分離式、變頻、新的三機一體空調機，裝在以前小女兒／春媽的房間，啟動之後安靜、無聲、強冷，我倆都滿意，等將來春媽帶著一雙兒女青春兩兄妹回來入住，肯定也能滿意。房間已經打掃乾淨，寬敞有序，看一看向西的那一片落地玻璃門上的窗簾布雖然好看，但是遮陽效果只有百分之六十左右，遠遠不及主臥室達到百分之九十，因此商議更換窗簾布。十二日中午請布店老闆來丈量尺寸及挑選顏色，四天後下午就來更換遮陽效果良好的窗簾布。

十五日晚上八點在運動場走路八圈完了，我們倆商議去中醫診所看診，都是穿著短衣短褲只披上一件長袖衫就騎著機車出發，車程不過五分鐘而已，看診完不過十五分鐘就回家。洗完澡上床吹空調本來是一件極其舒服的事情，可是十點的時候媳婦說她人不舒服，又流鼻水，感覺有症狀，要兩個人下樓做快篩。我一聽嚇一條，在這個疫情高漲時刻，正是風聲鶴唳、草木皆兵時節，而我們也剛剛由陽轉陰沒幾天，身心處於驚弓之鳥的階段，最怕的一是復陽二是再度感染。

我說妳身體不舒服，等明天早上我們一起做快篩，現在妳先去吃塊餅乾喝杯水再吃藥，我們有準備感冒藥。半個小時後她回房間說，她先做快篩是一條線，也就是陰性，心頭好大一塊石頭落地，她原以為自己是確診，誰知只是感冒，單純的受涼而已，她才有心思吃餅乾和吃藥，晚上我們倆就不用分床睡了，她說都被病毒嚇出精神病來了！網上流傳的段子不是說「早晚都會確診的，所以只能中午出門」？

2022／07／17

第十二回　兩人同心，其利斷金

繼昨天七月十四日重新順利取得媳婦的健保卡，之後到診所掛號拿藥，一切順順當當，此所以今天下午四點我們想乘勝追擊，再把前年媳婦返回金門在新北市三峽區居家檢疫／防疫旅館集中隔離的補助款辦好領到，因為前年退休前我在公司電腦上網申請不順利被卡關了。去年二〇二一年一月十六日三峽區公所發來通知書稱「所送防疫補償申請資料不齊，不予受理，但是，可以在期限二年之內，重行申請」。

我一看期限即將屆滿，前幾天打電話給三峽區公所要求補辦，她同意後就從網上給退件，也就是開啟通道，好讓我們上網補正。我們商議著摸石子過河試一試，用我的三星手機上網，先把受款帳戶修改為媳婦本人，再填寫兩次簽名，一個是切結簽名，一個是總簽名，出乎意料之外就順利完成三項補正重新送件，隨後我打電話給三峽區公所回報，請她檢查有無錯誤。她檢查之後說只有一項總簽名補正，其他二項沒有補正，她就二度退件，好讓我們繼續補正。

等我們再度進入防疫補償作業系統，它的畫面又跟第一次退件時候不一樣，我們仍然摸索嘗試，也尋求我們遠在大連的姑娘協助。原來我們在上一次補正時，對于受款帳戶及切結簽名都沒有儲存檔案，只有對總簽名進行了儲存。這一回要補正的畫面內容更多，一是申請人本人居留証，二是本人存摺，三是其他附件3／許可証反面，也就是大陸通行証反面，四是其他附件4／入出國日期証明。這四張照片要傳送，最後切結簽名及總簽名，用手寫輸入法在畫面上簽名即可。

可我的手機在第一關傳送照片就卡住了，點選傳送沒有任何作用，正在一籌莫展之時，我媳婦讓我把這個防疫補償系統網址傳到她的蘋果手機，再把這四張照片傳過去，讓她試試看。不承想，她在第一個和第二個畫面都能順利把照片上傳到系統，可是第三和第四畫面卻不能傳進系統，只能尋求姑娘幫忙了。到晚上好不容易都補足了，就急著重新送件，結果發現受款帳戶仍然沒有進行更正，可是系統已經關閉無法修改，只能等到下周一請三峽區公所再次檢查之後，再行退件來修正了。

十八日早上我打電話給三峽區公所，她說看過補償系統，知道那個受款帳戶沒有更正過來，她已經根據第二張的存摺照片幫我們更正好了。前面三張照片傳送成功，唯有第四張入出國日期証明傳送不成功，讓我們再設法補送。我們立馬尋求姑娘協助，隨後重新傳送這一張照片，方塊畫面顯示修改成功，我再度打電話通知三峽區公所請她進行檢查，她立刻進入系統查看說已經傳送成功。雖然我們歷經三次挫敗，但是由於我們的同心協力終究能夠大功告成，眼瞅著防疫補償金一定能夠領到手。

2022／07／18

第十三回　三年疫情感受多

魏美芬

二〇二〇年一月二十二日我那可愛的老公深夜由廈門飛抵大連，準備一家三口圍爐守歲連續第九年一起過春節，他在路上已經寫好小詩送給我了，我好喜歡。

老頭愛丫頭四十九

臘鼓頻催壓年線，老頭連夜飛大連，
回到我們溫馨家，歡天喜地過大年。
喜滋滋迎接家人，丫頭深夜暖被窩，
你儂我儂情意濃，美夢成真在眼前。

2020／01／22

凌晨一點半到家後他說，深夜十二點半他獨自在大連機場等出租車等很久，旅客人很多，可出租車很少，足足等候半個多小時才排上車，以往坐過幾十回班機落地後從來沒有這種現象，那出租車都是好幾十台大排長龍在那等著。那位師傅說因為上一班飛機是武漢飛來的，出租車寧願開走，也不願意拉客，所以車子都走光了。問他這是為什麼呢？他說這幾天鬧得最厲害的不就是武漢肺炎嗎？大連也發現二個案例，一時間人心惶惶，昨天還沒有多少人戴口罩，今天可是到處可見戴口罩的人們了。所以出租車不敢拉武漢來的旅客，就是不敢冒著被傳染的危險啊！

第二日除夕夜上午，中國政府突然宣佈武漢封城。封城是怎麼一回事？聞所未聞的一個詞就這樣子石破天驚、從天而降，一石激起千層浪，切切實實進入到我們的生活中。可是小市民的日子還是要過呀，怎麼辦呢？就開始守在電視機前觀看新聞報導，也看政府如何指導與安排。當局要求全民重視疫情，減少出入公共場所，過年期間暫停一切走親訪友。晚上照舊在中南路上姨父家團聚吃豐盛的年夜飯，我們一家大表弟一家小表弟一家，六點多十道菜一齊上桌，預祝大家來年十全十美，諸事順風順水。十點餃子包好煮好，大伙再度圍坐一起，吃一頓餃子後散會，這才叫圓圓滿滿。

本來今年春節的三個家庭聯合餐會輪到我們小魏家了，去年是小姜大姐家，前年在小陳妹妹家。由于疫情關係，小姜大姐首先提議今年聚餐取消，經過徵詢小陳妹妹同意後，大年初四的聚會就此停止。

因為今年春節氣氛特別緊張，國家有難，咱不添亂，好好在家呆著。

老公回來過年一周後又返回台灣去上班了，二月七日台灣宣佈自二月十日起暫停小三通金門與廈門的船班，幸好我已經買好二月九日大連飛廈門的機票，恰好可以趕上停航前的末班船。雖然大陸疫情沸騰，人心惶惶，但是，目前金門沒有疫情，生活作息風平浪靜一切正常。而大連有疫情，生活作息步步緊縮，到底我是走還是不走呢？面對不可預知的疫情趨勢，還是需要老公在兩天之內拍板做決定，我聽老公的，你說咋整就咋整。

老頭愛丫頭五十

風雲變色起疫情，夫妻離別三個月，
東方雨歇西方驟，全球警鐘響不停。

2020/05/01

老公說對于我是走還是留？他也有一些糾結，主要是放心不下姑娘一個人獨自在家留守四行倉庫。他認為金門那邊一如往常是平常時期，而大連這邊疫情緊張是非常時期，必須以姑娘的需求作為主要考量。讓我留下來陪伴姑娘，一方面在心理上可以安定，二方面在生活上可以方便，三方面屋子裡有人作伴，因此，他決定後天我的行程取消。姑娘知道後說老爸犧牲自己，一心為她考慮，真是叫她感動得無以言表！我說還是老公的考慮周全，家裡有個掌舵的人就是不一樣。我如果這時候走了，姑娘心裡會認為是我拋棄了她。

他說中午在街上偶遇我的大連老鄉／小雅美女，她問起我回來沒有？他說原本是今天要回來的，但是，為了陪伴姑娘在家抗擊疫情，就取消行程了，小雅說老公真是有情有義，太仁義了。從她嘴裡這句話，印証出來老公的決定還是正確的。可是這一夫妻離別就是九個月，誰能預料得到呢？六月底老公說小巧可愛的老婆，祝妳生日快樂！今天是妳的五十大壽，同時也是妳光榮退休的畢業典禮。從今以後，妳就可以吃老公的，領政府的，妳說美不美？我說感謝老公的暖心祝福，自從有你陪伴的生活，我每天的心情是以前從未體會到的愉悅，你的一聲寶貝、小老婆，像是甜蜜軟化劑，會讓我幸福開心好久、好久！

大連在春天好不容易挺過第一波疫情，到夏天總算能喘息一下，不承想，二〇二〇年七月二十二日又響起警鐘遭遇第二波疫情的襲擊。姑娘說幼兒園再次被摁下暫停鍵，下周一不用上班了。外甥姑娘住的小區給封閉了，她們還要排隊做免費的核酸檢測。上一波來自人傳人，大家都已經養成戴口罩勤洗手的防疫新生活，到夏天漸漸的摘下口罩，誰知這一波卻是來自物傳人，在莊河冷鏈食品／冷凍食品的作業工人出現新冠病毒的蹤跡，真是不可思議！

原來是從海外進口的冷鏈食品外包裝上帶有病毒，飄洋過海進入到國內來了，真是現代版的木馬屠城記！立即就莊河市疫情相關及附近社區劃定為中風險地區，施行嚴格封閉管理，居民一律不許外出上班上課，同時全市免費核酸檢測，七百萬人口在七天之內完成檢測。經過嚴防死守之後，終於在八月十六日宣佈全市降為低風險並且予以解封。

雙十節上午，我去辦理景山房子登記事情，因為疫情關係限量辦理臨櫃業務，四個月前上網預約掛上號，直到這天才能上門辦理，總算告一個段落。晚上老公說，既然我也沒有其他事情了，那就安排回金門的行程吧！離別九個月，一聽說可以回去團聚，樂得我像中了彩券一般，歡呼雀躍！今年的年中我已經申請退休了，次月開始按月領取退休工資，享受輕鬆又美好的退休生活。等到今年的年末就該輪到老公申請退休了，和我一起攜手享受逍遙又美好的退休生涯。

這時節旅客搭機往返大陸與台灣，必須提供七十二小時內核酸檢測陰性的報告才能登機。十月十七號晚上我由大連飛上海，次日早上從上海飛台灣，然後入住新北市三峽防疫旅館隔離十四天。我說開啟一場艱難旅程，他說這是特別時期的特別旅程，要我勇敢的走下去，前方有人給我打接應呢！十一月二號功德圓滿出關了，老公說：

老頭愛丫頭五十一

分別九月重聚首，世紀瘟疫見真情。
水路不通走航空，台灣隔離十四天。
輾轉台北回金門，快樂迎回我們家。
歡唱老頭生日歌，喜迎屆齡退休日。

2020／11／02

可是，大連僅僅輕鬆了四個月，二〇二〇年十二月十五日起第三波疫情又來襲，這波是從大連市郊的金普新區響起警鐘，立馬做出應急反響，劃出中風險區域進行封控，再度全市免費核酸檢測，費時五天完成。歷經一個多月與新冠病毒的較量，最終在二〇二一年一月二十六日再次取得勝利，全市宣告降為低風險，一舉解除封控，恢復正常生活狀態。

回到金門與老公團聚二個月，待到二〇二一年元旦他功成身退、光榮退休後，就是我倆結伴北歸的日子，一月六日上午到金門醫院拿到核酸檢測報告，全部是英文，沒有一字中文。下午首途台北，再轉往桃園，次日上午飛往上海兩人一室隔離十四天出關，一月二十一日下午再飛往大連，居委會派專車到機場接回家裡居家隔離七天，總算大功告成。

老頭愛丫頭五十二

桃園飛台灣海峽，上海隔離十四天。
再飛大連返家門，居家隔離又七日。

2021／01／07

二〇二一年二月十一日又是除夕夜，也是我可愛的老公連續第十年和我們一起過春節，同樣還是在姨父家吃的年夜飯和餃子。因為開始退休了，所以老公不用再回台灣上班，可以住到五月份才回去報稅。我嚮往了好多年一家三口的生活多麼愜意，今年終于可以實現了，特別是疫情期間，很多家庭由于房貸、車貸的壓力，一旦工作停擺沒有收入，那個財務依然不能免除，幸運的是我們不需背負任何負擔。四月份我們小區排上接種新冠疫苗，頓時給予我們抗擊疫情提供有力的後盾，增強我們身體的抵抗力，憑添好幾分的底氣。

疫情第二年的大年初一落在二月十二日，配合春節運輸返鄉的春運，自一月二十八日起至三月八日為止。返鄉人員必須具備七日內核酸檢測陰性報告才能上路，返鄉後向居委會／村委會通報，能不返鄉的就地過年，區分三類，在高風險地區者，應該就地過年，在中風險地區者，原則上就地過年，在低風險地區者，宣導就地過年。在此政策下，春運人潮，應該會降低一大半，對防疫效果助力甚大。

可是五月份台灣疫情第一度大爆發，人人自危，金門的同事奉勸老公不要冒險返回，他就拜託人在金門的大女兒代為報稅完事。六月份小區通知接種第二劑疫苗，我們就更加感覺安全無虞了。第四波疫情是二〇二一年七月，辽宁营口疫情波及大连。同一個時間南京機場引爆疫情擴散至十五省二十六市，機場一把手二把手雙雙下台。七月二十六日我們隔壁潤澤園小區有位女士自南京機場轉機回家後確診，立即封閉小區二週才解封，我們僥倖躲過一劫。

可是，躲得過初一躲不過十五，十一月九日我們所住小區雖然沒有確診，仍然被劃入封閉管理，直到二十九日解封。只要實施小區封閉管理，居民的工作及生活一概按下暫停健。第五波也是十一月，起自莊河冷链食品行業擴及大學城，十二月初解封。姑娘的單位發來通知明天回單位上班，可把她高興壞了，她說現如今上班真是一件幸福的事，上個月她只上班五天就開始放長假，放得她心慌慌口袋也光光。

到了十一月底老公說原則上打算到山東陪丈母娘過一個不一樣的新年，讓她開開心心的，也讓孩子們高高興興的拿一個紅包，但是還要觀察疫情的走向有沒有把握。但是，在十二月初他聽說老娘的高蛋白快要吃完了，恐怕她會斷糧，臨時決定獨自動身回台灣，經過集中隔離十四天後出關回金門，趕快買好一年份高蛋白郵到山東，正好趕在除夕夜早上送到丈母娘手上，真是一場來得正是時候的及時雨。

可是這下子我們夫妻倆又要分隔兩地，一下子分開半年了。大連第六波疫情是二〇二二年一月十二日，第七波是三月十四日，來自金普新區，生活又要按下暫停鍵了，次日起姑娘的幼兒園立刻停止上學上班。三月十六號大連還有本土確診，又要施行小區封閉管理。第八波是五月。

三月二十八日上海市宣布從今天起實施封閉管理，公共交通運輸停運，也就是封城。二千二百多萬人口是超大型城市，這是上海第一次，也是中國規模最大的一次封城，一方有難八方支援，各省區市的支援人力大舉開赴上海。疫情第一年的武漢封城歷時七十六天，有一千一百多萬人口是大型城市。中國三月份這一波疫情來得迅猛、遍地開花，波及二十九個省分，確診人數暴增超過十萬人，而香港則超過二十三萬人。即使如此，國家衛健委仍然堅持動態清零政策，毫不動搖。中國疫情突然遍地開花，不符合常理，事出異常必有妖。上海市自從三月二十八日封城以來，經過六十四天奮戰，宣布六月一號起開始有序解封。

上海解封之後，當地感染新冠病毒陽康病友的感想很多，也是我的深切感受，第一，手上必須有一些存款做預備，不能月光光心慌慌，因為一般人都是量入為出，收支平衡，並沒有多餘的存款，一旦有急需非得往外求援不可。第二，要儲備一些食品及日用品，起碼能支應一兩個月的用度，這是一種憂患意識，不怕一萬，只怕萬一。第三，要搞好鄰居關係，所謂里仁為美，遠親不如近鄰，你有幫他的機會，他有幫你的可能。

第四，健身和運動固然重要，良好的生活習慣也是一樣重要，所謂養生，就是從生活當中一點一滴做起，不要偏離軌道。第五，要培養適當的生活自理能力，起碼獨自生活的食衣住行都能會一些，可以不做卻不能不會。第六，個人要培養愛好或興趣，可以打發單身的生活時間，和轉移無聊時候的注意力，何況，一個男人如果不菸不茶不酒，你就交不到朋友。其中，還是以第一點存款最重要，至少有一兩個月的工資，家有餘糧，遇事不慌。

姑娘四月八日轉發大連市通知，四月十四日中小學及幼兒園恢復上學上課。老公說恭喜她，就能恢復上班了，現如今上班可是一件幸福的事呀！我說姑娘自三月十五日放假，四月十四日上班，剛好在家休息一個月。他說姑娘能行，吃老爸的飯不嗑牙。可是三天後又通知原訂恢復中小學及幼兒園上學，暫緩。姑娘單位準備線下開學，又泡湯了。到了四月末姑娘終于有好消息，單位通知五月六日下周五恢復上學上課，現如今上班可真是一件幸福的事兒！不過，僅僅高興了五天而已，一早大連市又通知暫緩上學上課，這下子姑娘又沒戲了！

五月十四日清晨姑娘就發信息告訴老公說，大連通知五月十九日起恢復到校。姑娘說好消息，第一時間分享給老爸。他說這個真的是好消息，我姑娘恢復上班，重溫舊夢，品嚐那種幸福的滋味！到了五月十七日老公跟姑娘說十五號本來是妳開工資的日子，也是老爸愛護妳的日子，耽擱了二天，今天趕緊給補上了。姑娘說謝謝老爸，你是我的及時雨，哈……哈在我最困難的時候贊助我。我就說了，有爸爸的孩子像個寶。

我第二度在疫情漫天烽火之下飛奔老公而去，是二〇二二年五月二十日下午開啟第一段行程，由大連飛廈門。

老頭愛丫頭五十三

分別半年盼重逢，遍地烽火向前行，
台灣疫情再爆發，飛奔老公無懼色。

2022／05／20

不承想，第二段行程是第二天一早我到達廈門機場報到劃位時，櫃台說我的大陸通行証有效期間雖然是二〇二八年，但是簽注有效期間到二〇二一年十一月，今天已經過期無效，當場打退票，不能辦理登機手續，真是一記晴天霹靂！

只好把證件郵回大連交姑娘趕辦手續，我留在廈門等待五天才收到，買好次日機票

飛往台灣，然後入住新北市三重防疫旅館隔離八天，六月三日端午節我就回到金門溫暖的家。增補一下

老頭愛丫頭五十三

分別半年盼重逢，遍地烽火向前行，
台灣疫情再爆發，飛奔老公無懼色。
出境証件已過期，望機興嘆暗吞淚，
趕辦手續多五日，愛的路上不停頓。

2022／05／26

二〇二二年四月起台灣疫情第二度大爆發，金門疫情是首次發生，去年五月是台灣疫情第一度大爆發。二個月後金門疫情快速上升，我和老公商議盡快脫離險境，返回大連以策安全。無奈便捷的小三通船班停航二年多，遲遲未能復航，大三通的航點既少航班更少，機票昂貴而且一票難求。

大連第九波疫情是二〇二二年八月靜默管理之下度過中秋節，來自桃源市場。八月

底姑娘說今天又失業啦！八月份暑假中國又颳起疫情風暴，以海南最嚴重，其他地方也有零星散發，下旬大連也不能倖免，從八月三十日至九月三號施行靜默管理／小區封閉管理，全市幼兒園停止上課，然後又延長到九月十八日有序解封。大連這一波疫情是歷來第九次當中最嚴重的一次，九次疫情中有三次是因冷鏈／冷凍食品引發的，所以大連的疫情最多。

第十波疫情是十一月底全國疫情大爆發二個月。第一波和第十波是全國各地都不能避免的疫情，第一波武漢封城七十六天，第七波上海封城六十四天，其他地方都是分區或者小區封閉管理，第七波起改稱靜默管理，不稱封城或封區。大連疫情頻率堪稱全國第一了，其他地方最多是三至五次而已。十一月底姑娘說她們單位的幼兒園又停課，她又放長假。老公說沒有事，我們家有一棵大樹哪，我們都是妳的堅定後盾。姑娘的幼兒園因為疫情停課一周，十二月初得到好消息，十二月五日起恢復線下教學，她就可以上班了，現如今上班是件幸福的事情。

我們在金門好不容易在網上搶票搶到十二月初，才搶到十二月十七日由台灣飛往廈門的兩張機票，我們在前一天飛往台北再轉往桃園，第二天中午飛往廈門隔離八天出關，再飛往大連已經不用居家隔離了。

老頭愛丫頭五十四

丫頭返家滿半載，恢復辦理健保卡。
老頭陪伴東北飛，回到大連過春節。

2022／12／16

但是，此時此刻正是中國疫情處于山雨欲來風滿樓，即將爆發的階段，做好個人防疫工作才是正確的，切莫輕忽或者躺平，疫情不上身才是最高指標。姑娘中旬在單位裡也陽了，特別想念即將回家和她團聚的家人。我們在廈門隔離八天後北返，班機上有症狀的咳嗽聲此起彼落，雖然戴二層口罩還是把我們驚嚇得夠嗆！回到大連第三天居委會上門來給老公打第三針疫苗，這是針對六十歲以上老人的服務到家，前兩針是在去年四月及六月打的。

去年老公沒有完成的心願，今年堅決要付諸實現，那就是一家三口到山東陪伴丈母娘過一個快樂的新年。二〇二三年一月十九日中午的班機出發，一月二十六日晚上回程。當天下午四點到達高密家裡看見白髮蒼蒼八十四歲的老娘，還有哥哥、弟弟、大姐、三姐、四姐及三姐夫、四姐夫來相見，見面後他立馬給丈母娘孝敬一份紅包聊表心意。

一家三口回山東，奉陪丈母娘過年。
圍爐守歲年夜飯，見証奇跡是紅包。

2023／01／19

老頭愛丫頭五十五

第三天早上我給老娘做抗原／快篩檢測是兩條杠，就是確診了，並不感覺意外。她已經算是比較晚陽的，其他家人都先後陽過和陽康了，這一場新冠疫情真是風行草偃，無一倖免，完全一視同仁啊！

大年初二是老娘八十五歲生日快樂，咱們一家三口大早來拜壽，老公還給送上一個紅包，喜氣洋洋多暖人哪！我老公真是好人，這是老娘有生以來，第一次收到生日紅包。初三下午好消息，我給老娘做抗原／快篩檢測是一條杠，跟四天前的二條杠不一樣，已經是由陽轉陰了，雖然是意料之中，總算是鬆了一口氣，祝願一家老少大小都平安。初四可是老娘的大日子，補過初二的生日，四代同堂，五個女兒五朵金花帶著五個女婿和孫子回來拜年，太姥姥要給曾孫子發紅包囉！老公也準備好了幾個紅包送給孫子輩的孩子，十個孫子十二個紅包，每個紅包三百元，他準備十八個紅包，還剩下四個。

一月末我們一家三口自行做快篩／抗原檢測，我們仨生活在一個屋簷下一個多月了，中間又回山東過年住同一個屋子裡一星期，老娘又曾在這個時期感染過，我們的確有一些危險的。幸好一會兒結果出來，三個人都是一條杠，也就是陰性。我們兩個半年前已經在金門感染過，姑娘是兩個月前在大連感染過，老公是一個月前回到大連就打上第三針疫苗，所以三人身上都還有抗體存在，老娘大概是我們去山東之前一個星期感染的，當時應該也在逐漸康復之中。

回首三年疫情充滿危疑驚駭，如果家中沒有主心骨很可能慌張遲疑，拿不定主意還把握不住正確的方向，如果又沒有相當的經濟能力，一個家庭很可能就淹沒在一場洶湧的波濤中。我們很慶幸家中有一個頂樑柱，不但支撐起一個家庭還能在惶恐不安時作出最佳選擇，第一年疫情初起半個月就要面臨第一項抉擇，就是我要不要如期在二月九號前往金門與老公相聚？他迅速決定讓我留在大連陪伴姑娘、照顧姑娘，贏得姑娘對老爸衷心的感激。

現在回頭評斷這一個抉擇多麼關鍵、多麼正確，當時我跟老公說我六月底退休，必須在五月底提出退休申請，辦妥一切繁瑣的退休手續，才能在退休日領到退休証，一個月後憑証領取每月退休金，才算是大功告成。我聽老公說二〇〇三年非典時期小三通也曾停航二個月，以為這次小三通停航最多兩三個月而已，我以為二月初到金門後停留三個多月，不相信五月底趕不回大連申請退休。事實上是絕對趕不回的，首先小三通船班一停將近三年，水路斷絕只能隔海相嘆，插翅難以飛越。其次空路中大三通原有二十幾個航點飛台灣，立馬停掉絕大多數只留四個航點，廈門航空更宣布停飛台灣航線，如此一來航班大減機位稀缺，票價飆漲好幾倍，而且一票難求。

剛好年中大連公佈一個政策，原有公租房可以繳費後改為產權房，大連的公租房至少幾百萬戶，我家原有景山住房就是公租房，租戶莫不搶著登記，光是網上預約掛號申請都排在四個月之後，如果我沒有在大連掛號排隊，那就要等到猴年馬月才能辦理了，感謝老公英明的決定。

第二年疫情腳步逼近，小區封閉停止上班上課，意謂著停掉受薪者的收入，他首先對受封的外甥姑娘付出關懷與慰問，對停工無薪的姑娘付出生活費，連老娘也沒少付出。他是一個人賺錢讓我們好幾個人花錢，難怪老娘說五女婿是千裡挑一，還是千里之外呢！他又不避危險和路途辛苦陪我回來大連過春節，這也是他連續第十年跟我們一起過年。第三年原本打算去山東陪伴老娘過一個不一樣的春節，臨時為了供給老娘的高蛋白不斷檔，他專程獨自趕回金門採購，在除夕夜上午送達老娘手中，然後自己一個人在金門過年，他的無私付出和奉獻，多麼可貴啊！第四年的春節他終於如願以償到山東和老娘過年，發放十幾個紅包，讓小孩及老人樂開懷！

2023／03／10

第十四回　表弟伉儷來家相會

下午五點小表弟張澤杰、馬山伉儷來到家裡拿一份材料，我與表弟六、七年不見，備感親切，趕緊招呼坐下喝茶嘮嗑。他們倆本來也是住在大連市內，這兩年因為工作的關係，兩口子遷居到弟媳婦的娘家貴陽市，一下子我們天南海北相隔遙遠，今天是親人自遠方來，不亦悅乎！不一會姑娘下班來家看見小舅和舅媽好開心的問候著，半小時後四人相偕到小區外搓一頓鐵鍋燉魚，姑娘另有重要約會不克奉陪。點完菜色繼續嘮，並且合照留下美好的回憶，坐在加熱的炕上，搭配牆上的壁畫，仿彿坐在農村的炕屋裡吃著農家飯一般。

我說我從二〇一二年的龍年到二〇二一年的牛年連續在大連過了十個春節，都是在姨父家和表弟們吃的年夜飯。去年二〇二二年本來打算與媳婦回山東陪丈母娘過新年，因為聽說丈母娘的高蛋白快吃完了，我怕她斷糧，臨時立馬動身回台灣，經過集中隔離十四天後出關，趕快買好高蛋白郵到山東，正好在除夕夜早上送到丈母娘手上，真是趕趟的及時雨。聽我說完，表弟立即說姐夫真是太有心了，弟媳也說真有心。去年沒有去成，今年已經排定行程後天出發，回山東陪丈母娘過年。

六點開始點火燉魚，十分鐘後服務員掀起鍋蓋，將玉米糊用手揉成一團貼到鐵鍋邊上，貼滿一圈總計二十個餅子再合上蓋子。二十分鐘後開鍋，魚燉好了玉米餅子也烤熟了，服務員幫我們每人盛上一碗燉魚才離開，我們就開飯了，熱乎乎的燉魚入口便顧不上說話。

熱氣蒸騰的吃了一小時都吃不動，我發現魚和菜只剩下鍋底一小點，但是玉米餅還剩下一半。這時候我媳婦才說晚上她特別交代服務員玉米糊要貼滿鐵鍋邊，因為她就愛吃這種鐵鍋烤的餅子，剩下來的她要帶回家好好吃個夠，我說原來如此，吃不完的還可以帶著走。七點半散場，到門口車站等候公交車，我們要陪他們等車，他們卻要我們趕緊回家暖和，推讓不到三分鐘就來車，大家互道珍重，新年快樂，恭喜發財。

晚上吃鐵鍋燉魚之前，和表弟在家嘮嗑時談到我們家室內暖氣很溫暖合宜，大都在二十七度上下，但是，弟媳問了一下室內溼度是多少呢？喔……這個不曉得呀，馬上查看溫度計是百分之二十，正常濕度是百分之四十，濕度偏低代表過于乾燥。一語提醒夢中人，我回來二十多天，在室內注意穿著衣服和襪子，可是到晚上飯後洗完澡，總是會不停的咳嗽，都是乾咳，早上到晚飯前並不會咳嗽啊！為了止渴只好不斷的喝水，雖然是潤喉喝的不多，但是，上床以後起夜至少二次，總會影響到睡眠品質。我才發現原來是乾燥的關係，媳婦也馬上省悟過來，說明天起白天要把加濕器擺到客廳來，晚上才拿回臥室。

2023／01／17

第十五回　新春踏青去爬山

二〇二一年三月十四日早上接到兄弟王慶、陳玉香伉儷電話邀請一同走春爬山，我們夫妻倆一磋商立馬應允了，然後打車前往他們家門口會合。十點半從大連市勝利路上的967醫院（原210軍醫院）旁邊步道徒步登上蓮花山，我沒有爬山的練習，起初的一兩千步向上走路，腳力不成問題，就是呼吸難免有一些急促。他們三位都是輕鬆自如，氣定神閑，老王兄弟年輕我十歲，年長小陳六歲，他們擔心我年紀大吃不消，一直說姐夫悠著點，不要著急。

我媳婦笑笑不說什麼，我回說沒問題，不用擔心。走到半路上六千多步有休息處，老王要我坐下來歇歇腿，小陳也怕累著我勸我坐下來休息一會。坐定後媳婦才告訴他們，我每天早起運動半小時，做倒立、練舉重、俯臥撐，從未中斷過，每晚飯後在運動場走路將近一小時，走路十圈四公里多，體力不成問題，聽完他們就放心了。

以前聽小陳說她們經常去爬山，我還以為是開車到外地去爬山的，誰知竟是在他們自家門口呢！真是近水樓台先得月，向陽花木早逢春，盡得地利之便了。前兩年老王的腰間盤突出，還要動手術治療，當時行動走道特別不方便利索，今天一看健步如飛，臉不紅氣不喘，恢復得真好，原來鍛煉有成，值得給他鼓掌、為他高興。登頂後俯瞰市區景象，望見星海廣場及跨海大橋的景色，一時間感受到，會當凌絕頂，一覽眾山小。下山穿過「大連森林動物園」北門，經過「白雲雁水景區」，看微信運動上面的紀錄是兩小時走路一萬二千步，十二點半走出動物園大門坐公車回到９６７醫院下車，由終點回到了起點。

隨後進入飯店吃鐵鍋燉魚，四個人點了四斤半的江團魚，鐵鍋點火之後服務員就把玉米餅子麵糰搓好貼在鐵鍋邊一塊烤，二十分鐘之後我們開鍋吃起大魚大肉來了。兄弟老王還帶來一瓶陳年紅酒招待，我們好酒好菜好氣氛吃喝起來，又逢今天農曆二月二龍抬頭，真是一個好日子。鐵鍋燉魚店的包間／包廂可講究可有特色了，那是東北鄉下農家風味，當中架著一座方形灶，灶上擺上一口大鐵鍋，在灶的兩邊各擺兩把椅子，另兩邊是一寬一窄的熱炕，完全是一副農家院的景色，讓我們能夠在城裡吃著鄉下農家菜，可有意思了。

老王說起最近大力減肥，並且盡量減少參加飯局喝酒，這一周來減了五斤，小陳更厲害，一周減到七斤，真是說做到，硬是要得！我這時才憶起大年初五，老王和老壽兩家在我們家聚餐時，吃完午餐我們每人秤了一下體重，結果是我最胖一百八十四斤，老王少我四斤，老壽少我小四十斤，小魏少我七十斤最輕，比小陳少七斤，比小姜少二十斤。這一頓愉快的午餐到二點時吃飽喝足了，又在炕上嘮嗑到三點才散場。

2021／03／14

新春踏青再度去爬山

今天是二〇二三年最美人間四月天的首日，早上專程到兄弟王慶、陳玉香伉儷府上，相約一道出門走春爬山，我們倆八點半叫上網約車到樓下來載客，車行半小時到達王府。這是前天和小陳及老王約好利用週末休息日一起去爬山，重溫兩年前三月十四日我們兩家開春一起爬山的舊夢，一邊鍛鍊身體一邊重敘友誼，正是一舉兩得呀。

我們輕鬆邁開雙腿從九六七軍醫院大門穿過去，由後門跨出馬路開始登山，第一段羊腸小道是一米寬的石板路或者水泥路，又陡峭又費腳力，還讓人有一些上氣不接下氣。這段路程費時一個鐘頭，終於登上「蓮花山」四米寬的平坦大馬路，第二段沿山修建的道路沒有什麼坡度，行走其間如履平地。路邊樹林中可以見到調皮的小松鼠一兩隻，在樹幹及枝椏中銜著食物上竄下跳，因為善心人士在樹枝上掛著羊奶、切開的蘋果片，他們生活條件好的很，吃的可歡了。看見我們靠近既不怕生也不害羞，照樣吃得玩得，人類與物種之間和平共存，人畜無害。

我們在道旁座椅上小坐休息片刻、歇歇腿嘮一嘮，在大道上走過半小時一個轉彎開始下山，山道上出現各種大小型的車子，原來是進入森林動物園區了，再下去的道邊及停車場停滿各型車輛。再走出去的右側是「森林動物園北門」的售票與入口處，左側是「白雲雁水公園」，我們從左側走入公園區，首先是一片水域，木板橋就建在水中央，湖水中處處成群的金魚泛著紅光游來游去，赤麻鴨在水中悠閒划著水，跟金魚也是相安無事，同享一片水域優哉游哉。除了親水公園，還有各種休閒、遊樂及運動設施，有人露營有人打球有人唱歌。

走在水上步道我就想起兩年前那一次我們四個人也是在這段步道嘮嗑，當時我說起男人真是難做人，在社會上沒沒無聞時，會被家人瞧不起，可是稍微出人頭地或者有點成就，難免交際應酬多起來，又會被家人責備不著家。王哥聽我一說立馬要求我將這心得寫作出來，可見得此話說中他的心事，我答應後回家沒幾天就寫出這一篇《做為男人的難處在哪裡》？然後也傳給王哥參觀一下。

走出園區就有公交車，坐了四站到九六七醫院門口下車，這是從終點又回到起點。還跟上次一樣，十一點半我們就近走入鐵鍋燉魚店吃午飯，上次點的江團魚，今天換成烏江魚，另外又加了六條嘎牙子魚，除了配菜以外少不了好吃的玉米餅子，按照一人三個餅子，在鐵鍋邊貼上十二個餅子。王哥又帶來一瓶白酒，就我們哥倆喝酒，一人半杯五十西西，意思到了就好，吃到一點半酒足飯飽散席，度過一個好友相聚的美好時光與難忘時光。

2023／04／01

第十六回　一家人洗溫泉

上個禮拜俺們家庭會議曾經提過一嘴，說老爸星期天要回南方去，安排在下周三或周四一起到洗浴店去洗個澡，見識一下洗浴的門道。一晃眼幾天過去沒再提起，今天是周二，吃過晚飯好看的她媽突然提出來洗浴什麼時候去？我們兩人也是如夢初醒想起有這麼一回事，我從來對洗浴店也沒有概念，就說算了吧，以後另作安排。不承想，好看的姑娘反應敏捷，立馬回應擇日不如撞日，那就今天去吧，來一個說走就走。三人一合計，此話不無道理，立刻穿戴整齊叫上專車，六點出發，車行半小時到達金三角「百溪泉」溫泉洗浴館。我是老姑娘上花轎／頭一遭，娘兒倆害怕我會整暈了，因為浴池分男湯池與女湯池，她們無法跟我一起泡湯，提心吊膽，匆匆簡單解說一點點。

我也不緊張，雖然是第一次開洋葷也不能太不像話，一跨進男湯池，看見穿衣服的工作人員，我對他說是南方的客人第一次進澡堂，請指導一下應該如何開始？工作人員點頭微笑說知道了，請貴賓用手環打開自己的衣櫃，脫光一切衣服擺進專櫃，上鎖後穿上拖鞋到最右邊的淋浴室沖澡，沖完澡進入小池子泡溫泉澡，泡夠時間後再換大池子繼續泡，或者直接換大水缸泡溫泉，泡完了可以進入桑拿室蒸桑拿，或直接到搓澡廳搓澡、敲背，完了再到三樓點餐吃飯，或者蒸桑拿。

我聽明白了，那都不是事，是事也沒事，我除光衣物，身邊十幾號客人沒有一個不是赤身裸體的，大家見怪不怪。沖完澡我沉入小池子，水溫標明四十二度，起初嫌他有點熱，三分鐘後完全適應無誤，溫泉應該是硫磺水，皮膚上起了一層滑滑的油脂。泡上半小時我是最後一個起身，換到大池子，從頭起一直沒有人泡大池子，水溫四十九度太熱了，我不敢沉下去，再換到大水缸泡，水溫明顯比小池子低一些，大概三十五度左右。桑拿室只有一個人坐在長條凳子上，別無他人，我便轉到搓澡廳，大廳擺放兩排十幾張單人躺床，一床一個技師，只剩兩三張空床，我一走近就有技師問我要搓澡嗎？我說是的，他說搓澡費用五十五元另算，不在門票之內，我說好的。

我仰臥床上，他用搓澡巾只搓兩三下就說你身上的灰不少，這話在台灣會說你身上的灰很多。搓完上身再搓下身兩腿，正面搓完改成俯臥搓背部，上半身搓完換下半身雙腿。將近半小時搓完，他問我要不要敲背？我說要，他說敲背另收五十元，我說好的，敲背也分上半身和下半身兩腿，這時候穿衣服的工作人員走來問我是不是薛先生？我回說是的，他說兩名女伴在一樓大堂等你做完後會合，我說知道了，謝謝你。敲背的節拍流暢，節奏也很輕快，半小時後完事，技師問我力道可好嗎？我說你的節奏真好，Good，他聽懂英文也很開心的說謝謝。

我到置物櫃要穿衣服去大堂，工作人員拿出一套淺灰色短衣短褲給我換裝，他說在館內不用穿戴整齊，打赤腳穿短衫褲就行。我走到大堂，看見娘兒倆穿的都是一式的粉紅色短衫褲，家人會合後到二樓有免費電影院觀賞／休息室，分成四排每排八個臥鋪，鋪上有一張小毯子，用來午睡或小睡，我們坐一下便前進三樓，有好幾間桑拿室，分五十度、六十度、七十度。我們在五十度坐下來蒸桑拿還能適應，到六十度熱浪襲人都不敢坐下來，我們在熱石子浴躺一會，溫度大約五十度上下，起來看一看餐廳桌椅擺設不少，我們不吃宵夜的。就下樓看姑娘買單叫車，八點半上車就撤了，一家三口度過一個美好的夜晚，溫泉館後會有期了。回到家我問媳婦的節目有沒有不一樣？她說「大同小異，唯一不同的是第一次淋浴完了要戴上浴帽，再穿上一次性內褲才能進入小池子泡澡，其他都一樣」。

2023／04／11

第十七回　阿三哥千里走單騎

老頭愛丫頭五十六

離開金門四個月，三千里路一日返；
大連媳婦下月飛，回到老公懷抱裡。

2023／04／16

昨天早上八點半的班機由大連飛廈門，我在五點半起床洗漱吃飯，六點半網約車準點來接送到機場不到半小時，報到劃位過安檢，七點半到登機口，準點起飛。半小時後經停煙台，十點再次起飛，十二點半降落廈門，領行李等出租車到五通碼頭一點十分，超過買票時間十分鐘，趕不上一點半船班，只能坐三點半船班。

想到離開小媳婦獨自生活，不由得我不打怵，此因我的生活能力實在遠遠不合格，煮飯做菜我不行，洗衣掃地我不愛，只能三餐去外食，兩三個月也不擦地板。只要身邊有老婆在，吃喝拉撒她全包，我就是個大爺，當我的甩手掌櫃，只管飯來張口、茶來伸手。有老婆的日子真好，沒老婆的日子何止不好？我的說法是「有此老婆日子真好過，無此老婆日子不能過」。想到每次我離開老婆、或者老婆離開我的第一周，少了生活秘書的貼身照料，日子最難過，不止找不著北，甚至連東西南北都分辨不清了。可是這一次要提前單飛一個月，是為了五月下旬美國女兒一家四口要回來度假，我先回來加裝空調使用，讓媳婦在大連多留一個月照顧姑娘的生活起居方便，然後回到金門夫妻倆一起接待美國客人，提供他們最好的生活便利。

上船坐定，隨後忠哥獨自上船，哥倆偶遇倍感親熱，坐在一塊返航。可是說到行李可把我愁壞了，我有行李二大件三十幾公斤，大部份是乾貨／南北貨，忠哥說小三通有一項新規定，農產品或南北貨最多只能攜帶六公斤，超過部份還要補稅，已經有很多人被課稅了，現在執行很嚴格。下船過X光機前面都是一過機就提走，等我那二件行李一上機，一個關員就跟另一個關員說，妳看那個大行李，我嚇出一身汗，我提著行李上手推車，內心忐忑不安。第二個關員看看我，並沒有喊我也沒有擋住我，我推了就走，忠哥在前面一看我派司過關，比了一個手勢好棒。剛好忠哥有開車來碼頭，順便送我回家，感謝兄弟。

進屋已經五點，立馬拿出幾樣土產出來趕在下班之前送到社區後面診所的陳道實醫師手裡，正好有客人在談話，我跟他說聲謝謝，就先行告辭。晚上到小吃店吃一碗鴨肉麵，省下許多事。

今天早上十一點二位老同事陳添丁和李生耀來喝茶聊天，完了生耀兄說要請吃午飯，也是那家鴨肉麵，還點了六個小菜，真是太豐盛了，明天兩人都要去廈門，目的地不同。下午二點楊哥來坐，喝茶談天一個小時，順便帶走小丫頭準備的幾樣土產，楊哥和忠哥一人一份，因為每次她來金門總是讓他們倆請吃飯，真心表達感謝之意。

我今天一大早打開電腦，要我輸入密碼，我常用的幾組密碼打過好幾輪還是進不去，我急著要跟台北出版公司聯絡，沒有電腦不行啊！等我晚上去運動場走路十圈回來開電腦已經十點，照樣陷住，動彈不得，跟媳婦說了一嘴，她一會兒就告訴我是123456，一打就通。我說妳咋知道密碼，是姑娘說的嗎？她說姑娘也不知道，去年初我同事幫我弄好電腦時告訴我密碼，然後我再告訴她，她就把密碼存起來，一找就有，我說要得，硬是要得。

備註：此前寫過一篇《千里返鄉走單騎》。／收錄於《金門情深深》

2023／04／17

第十八回　在金門走親訪友

昨天中午吃飯後到山外賣鞋子的宗親薛承宙夫人／許明珠女士店裡見面聊天好一會，再轉到陳長慶書店裡喝茶聊天好一陣，二點半才打道回府。下午回珠山老家看望隔壁大嫂，薛芳世夫人／李金蓮女士，她看到我很開心的跟我嘮嗑，之後轉去看薛南昌、薛水涵、薛永川、薛金贊，宗親見面大家都很愉快。可是看見大嫂她現在九十二歲身體突然衰老許多，我在四個月前跟她道別時身體及精神都很好。人的老化不是一點一滴慢慢衰老，有時候一下子衰退許多。所以她也是自然現象，自然老化，年　在哪裡擺著呢！她比住在前面的薛承立夫人／翁明麗女士大五歲，身體還比明麗好呢！我媳婦說「大嫂高壽老人家，已經很難得了」！

今天上午帶了山產去沙美看嬸嬸，她今年八十九歲身體並不好，有二男一女都是抱養的，孝順的小兒子在三十年前二十歲左右出車禍死掉。嘮嗑好一段時間，聽她講起家裡的財產讓她僅存的大兒子敗光光，真是一言難盡。原來二〇〇五年那一年叔叔去世後，財產本應由她來繼承，可是她當年犯下一個非常嚴重的錯誤，想用所有財產改由大兒子繼承的做法來換得他的孝心，結果事與願違，如今追悔莫及。

當時叔叔要出殯的時候，我已經辦好出國前往新加坡的手續，她曾經要求我留下來送葬，可是我的機票訂在出殯前兩三天，那是我第一次出國而且有要事，行程五天無法取消的。她說出殯後一個月內兒子就要求把財產全部改由他來繼承，那麼她和女兒必定只能選擇放棄繼承權，這個錯誤的後果由她來吞下了，她兒子先敗光幾百萬的收入，後賣掉上千萬的土地全部花得精光，生活上的開支還要從她的身上榨出來，我說這個敗家子不是人，就是一個畜生，她也說這個敗家子會不得好死！

媳婦說「嬸嬸的大兒子不成材，會讓她更加思念失去的小兒子。我們每次去看她，身體狀況還說的過去，但是從沒有看到她臉上有笑容，可見老人家每天過的有多辛苦」！春媽問「嬸婆最近身體怎麼樣呀」？我說還是老樣子，身體很差，自從二十年前胃部開刀切掉一半之後都不好。

十一點回來金城去看許志新，門口沒有機車，我估計人不在家，打家裡電話沒有人接，改打手機有接聽，他說他哥哥台灣回來，在哥哥家裡談事情，我說沒有事你跟哥哥談話吧，等你回到家再打電話給我就好。我就彎到佛堂看鍾昌霖，他一個人在樓下大廳聽音樂真愜意，看見我到訪趕緊往裡讓坐泡茶嘮嗑，十二點過後我告辭回家。

一點出去吃午飯就不用人擠人，吃完帶上山產和一包花生再去看許志新，門口停放二台機車，我喊一聲就推門而入。和他與太太三個人喝茶嘮嗑一個多小時很開心，他太太是去年十一月第二次開刀在心臟，他現在更瘦了，上次未做化療前體重七十公斤，今天他秤重五十公斤，真是享瘦。他老婆吃了一口花生，然後就一口接一口吃著。媳婦和他們視頻完了說「哎呀，許大哥太瘦了，他這些年可是沒少遭罪。有情有義的老公，不在金門四個月，回到家鄉每天都會抽時間走親訪友，真棒！我們要學著點」。

我說他照顧家人及親人是不遺餘力，對待朋友更是克己待人，這是令人稱讚的。許志新說「謝謝您的讚賞，真不敢當。我是把家人和兄弟姐妹以及家族的事情擺在最內圈，然後再逐漸往外擴充至親朋好友及同學同事，生活較單純，社會上及政治上的事情通常任其發展，反正我也無力糾正或挽回。我自認是個鄉愿，整理好家中之事，不危害國家民族就自己覺得心安理得，唉！吾乃德之賊也。慚愧，慚愧」！

我曾說過他的做人處世最大特色是，克己待人，這是很少見的人格特質，也是值得我學習的地方，我已經在那一篇文章《克己待人許志新》中敘述很詳細了。至於你評價自己鄉愿，是德之賊也，這個是自我要求過高，但並非事實。我認為任何人要照顧別人之前，先要把自己照顧好，這是先後次序，與本末之間。

我說見過身邊許多親朋好友生病或重病，讓我感受深刻，身體健康，千金不換，因為我們每個人對自己的身體了解不多，只有生病才會關注身體，我們都是在渾渾噩噩之間長大和老化。說起來我比較幸運，高中畢業時身體瘦弱，隨即在台北受訓一年天天運動，無意中鍛練身體成功，體重由五十七公斤轉變為七十五公斤，從此脫胎換骨近五十年了，真是無心插柳柳成蔭。

再說做人順序，當然是要像你這樣子，從自己和家人照顧起，再及於內親外戚，也就是由內而外逐步擴散出去。從家人而家庭、而家族、而社會、而宗族、而國族，第一圈做好了再第二圈第三圈，根本還是在家人及家庭的第一圈最重要。第二圈和第三圈還得看機會，有著為之，無則勉之。

2023／04／21

第十九回　有朋自台灣來

台灣高雄女性朋友梅子、小鳳、美花跟團二十幾人，昨天中午來到金門，我帶上一瓶高粱酒去沙美車站前和她們見面，她們送給我四盒水蜜桃、三小盒自己種的咖啡豆做的濾掛式咖啡。下午她們才會入住金沙大地飯店，要來參加本地的一處基督教會成立，停留三天二夜回程。二十年前她們三人曾經結伴來金門觀光旅遊一次，借住我們家裡，之後我也曾兩三次到高雄旗山投宿她們家，相互照顧。我第一次吃生蠔大餐，就是在美花家的餐廳吃到。拿到水蜜桃我先打電話給在金沙鎮公所上班的蔡水田下樓來，送他一盒水蜜桃，回到金城時送給陳道實醫師一盒水蜜桃、靖媛一小盒咖啡。下午請吳振城兄弟來家裡喝茶聊天，也送給他一盒水蜜桃，因為好東西就要跟好朋友分享。晚上陳醫師說「原來水蜜桃的故事是這樣的緣由，謝謝熱情的分享」！

今天早上九點得知台灣朋友梅子、小鳳要去小金門旅遊，我曉得那是坐車觀賞金門大橋的景色，此後再無她們的消息。晚上六點聯絡梅子，知道她們正在金沙洋山參加教會活動，有準備便當做為晚餐，七點回到飯店休息。我問她明天幾點的班機回台？她說是中午十二點，我說有二瓶酒要送給妳們分享，明天早上恐怕未必能在金城見到面，要不然我晚上送到妳們飯店去，是否方便？她說歡迎，我說馬上出發十五分鐘就能到達。我帶了一箱六瓶二〇〇七年的高粱酒於七點半到達飯店，櫃台說來賓不能上樓到客房，我們就在樓下大堂會見。原來美花並沒有跟她們一起住飯店，而是住到親友在東店的家裡，沒想到談了不一會美花來電話邀請梅子過去喝酒，她們派車來接。

我就騎車跟著走，到了東店她們的親友住處，在屋外擺了二桌酒席，坐了二十幾人，菜色非常豐盛，我很訝異，因為那酒席是餐廳的水準，不是家戶的菜色，可是我知道金沙鎮沒有餐廳在營業，我就問主人這菜色是哪一家餐廳的？他們說是山外國順街的鮮采餐廳，那老闆就是東店人，原來如此，鮮采餐廳我吃過很多次，說的上廚藝高明，菜色多樣，價廉物美。然後梅子說今天主人除了招待台灣來的親友團之外，同時提前慶祝母親節，我也跟著舉杯祝賀在坐的母親節快樂！

坐我右手邊的美女聽說我是中華電信退休，就說她也認識楊家聲，我說是的，我跟他同事許多年，她說跟家聲是金大的同學。我注意看她一眼問她也是原住民哪一族的？

她說是布農族，來到金門二十幾年，原來是和梅子同一族的，我說來到金門我們都是一家人了。要知道到五十年前台東紅葉少棒隊，在台灣跟來訪的世界少棒賽總冠軍的日本隊比賽中獲勝，一舉成名，緊接著紅葉隊也在世界少棒賽中贏得總冠軍，揚威世界。從此少棒成為台灣的國球，風靡寶島，這一批紅葉隊球員就是由布農族小學生組成的，布農族從此叫人刮目相看！她就給我一張她的名片，叫做高凡媜，還有布農族的名字，我也跟她的 line 賴恩連結一下。八點半過後，我起身向大家告辭要回到金城，請大家繼續暢飲，後會有期。

2023／05／09

第二十回　金廈薛氏一家親

昨天下午我在金門跟廈門宗親薛文生通報，今天早上九點頭班船要過去拜會安兜及林後宗親，大家見見面敘一敘宗族之情，還要送他一本新書《金門情深深》，也要送給薛揚國一本新書，文生兄說他會開車到五通碼頭接我。我說「十七年前二〇〇六年我帶著金門薛氏族譜到安兜社拜訪時，首先認識薛揚輝，他帶我到薛氏宗祠介紹薛漢勝、薛卜華、薛揚國父子，揚國說安兜沒有族譜，問我能不能送他一本？我說金門已經沒有多餘的族譜，我自有的僅僅一本，既然你們都沒有，我就把自己的這一本送給你們。

我從金門薛氏族譜上得知安兜有祖厝，就準備一份敬爐金。沒想到遇見你才知道林後社也是薛氏族人村落，所以跟你到林後薛氏宗祠參拜時，身上已經沒有爐敬了，真是很失禮，請親同多多包涵」。文生說「沒事！一晃十幾年了，你還記得這麼清楚」。我說「呵……呵……我一直放在心上呢」！

至於我為什麼要專程到安兜社尋訪薛氏宗親呢？因為在《金門薛氏族譜》中就有一篇文章和照片報導我們珠山薛永傳兄參訪奄兜的記載，從此一直深印在我腦海，每每想著有機會去親臨斯地一訪。二〇〇五年，我單槍匹馬飛往新加坡，首先會見薛永傳兄，他年長我二十多歲。因為永傳兄之前返鄉省親多次，我在金門亦曾見過二次，當時他在諸位宗親面前提起他小時候的珠山被評為模範村，堪稱金門第一村，俗稱「有山仔兜厝，無山仔兜富」，山仔兜即是珠山，其富庶冠金門，但是其財富並非來自珠山本地，而是來自珠山旅居南洋宗親的僑匯源源不絕。

我深知永傳兄緬懷走過風華歲月的珠山榮景，我暗自期許有朝一日能有機會略盡綿薄之力，助力重回珠山風華。此次和永傳異地相逢，晤談極為愉快。所以我在二〇〇六年專程到廈門禾山安兜尋訪薛氏宗親，算得上是一場尋根認祖之旅，因聽我伯父薛自然先生提起他少年時祭祖，便是在禾山的薛氏宗祠，珠山稱為薛氏家廟。

今天金門往廈門碼頭班船客滿，九點半進港，十點我才下船通關，在到達廳出口看見文生，就坐上他的車前往林後青龍宮。和薛文革及薛金贊會面寒暄，喝杯水仙紅茶，一行人徒步走到金尚路對面林後薛氏宗祠，俗稱祖厝，我先向神主龕位鞠躬行禮，再獻上一份爐敬。然後在大廳落坐和薛揚志、薛煜成、薛金貴見面認識，文生說揚志就是揚國的弟弟，大家隨意交談無拘無束，文革特意送我二本新書《廈門北薛》，十一點半七個人再走過金尚路到對面餐廳吃飯。文生帶了二瓶洋酒，有二位開車不喝酒，五個人剛好喝完一瓶。席間文生說中午隨便吃個午飯，晚上我們再聚換一家好的餐廳吃飯。

我立馬說下午我要坐地鐵去海滄看望朋友會在那邊吃晚飯，我不能再過來了，等下次後會有期再相聚。文生說要去海滄就從這裡開車走海滄隧道很近只要二十分鐘，我送你過去比你坐地鐵快很多，我說好的，那就麻煩你了。好酒好菜好氣氛，吃到二點散席，文生送我到海滄只用二十分，真的好快。在車上我跟文生說「我們相別十多年，再相見依舊兄弟情深，把酒言歡樂融融，今後我們互相常來常往，共敘宗族之情。早上我帶上一些土特產聊表心意，六瓶酒六包貢糖六篇文章就請你代為分送安兜與林後各半，意思意思。兩本書已經寫上大名，你一本揚國一本，麻煩你了」。

我說「阿生，這一次相會看見你們的生活習慣十幾年不變，我記得上一次和阿革在金贊兄家泡茶也是水仙很好喝，可杯子用的卻是塑膠杯，我期期以為不當，只是沒有開口。今天上午在青龍宮和祖厝喝茶用的都是塑料杯，可見得你們沒有認識到害處，熱茶溫度八十至九十幾度倒進塑料杯，杯身軟趴趴不好握住，嘴巴接觸杯口也不舒服，這是不方便而已。塑料杯裝冷的涼的物品沒有什麼害處，有害處的是裝熱的高溫的物品，因為塑膠遇熱會釋放塑化劑，酒精也是一樣，這是有毒物質，要是順著物品進入身體，那是有害身體健康的，積累多了就會產生病變，不可不慎！所以喝酒和喝茶一定要用磁杯或玻璃杯來裝盛，不能用塑料杯代替」。

文生說「是啊！公共場所確實他們貪圖方便」。我說「是的，喝冷飲喝冰水無害身體，喝熱茶喝燒酒那就不一樣了，圖方便可不能有害身體健康啊！不就是一個洗杯子嗎？要知道身體健康，千金不換，身體好要從生活中一點一滴做起，你說是不是」？

2023／05／04

第二十一回　過廈門接媳婦回家

二〇二三年五月十九日是我媳婦離開大連飛到金門投入老公懷抱的日子，她坐的班機正好跟我上個月回金門的時間一樣是早上八點半，一大早六點出頭就上車去私奔了，還交代我早上不要吃水果，給我帶上好吃的。我說恭喜妳今天饅頭吃光光，下午就能美美的吃上肉了，金門歡迎妳。隨後我跟姑娘說，從今天起妳又要開始獨當一面了，她說「我來獨當一面，放心吧、老爸，她大姐馬上就要去和你勝利會師了」。九點班機經停山東煙台，十點再度起飛，我告訴媳婦，妳說大雁南飛後，就要和我一起走。十二點半平安降落廈門，此時我坐的愛之船剛剛進港，就在五通碼頭等待和媳婦會師。

前幾天都是吹南風，家裡的地板總是濕答答，昨天金門的班機和班船都受到延誤，早上我也在密切觀察氣候及風向，還是南風帶起霧，也知道金廈的頭班船都受到影響。十點過後大都恢復正常了，雖然是陰天而已，我預訂搭十二點的船，提前一小時出發足足有餘。可是天有不測風雲，怕什麼來什麼，我才上路三分鐘突然下雨是中雨，大雨是走不了，肯定不能騎機車，小雨是不受影響，一路送我前行。但是中雨進退兩難，本來只有十分鐘的路程，走也不是不走也不是，只要騎上一分鐘必然是淋成落湯雞，可半路上改變交通工具非常困難，只好咬緊牙關冒雨前行不回頭，再騎三分鐘全身溼透。幸好最後四分鐘轉為小雨，真是老天眷顧，從車廂裡拿出一塊乾毛巾預備。

買好船票過完安檢到登船口時，走到一個無人的角落脫下唯一的上衣，用毛巾擦乾上身後再穿上，一路上留意會不會受涼、打噴嚏？

還好沒有咳嗽也沒有打噴嚏。一點十分我們倆在廈門碼頭順利會合，已經趕不上一點半的船班，只能等下一班三點半。我帶上媳婦愛吃的蜂蜜蛋糕，以及她的証件，一張大陸通行証一張台灣居留証才能入境金門，她帶來一小盒二十五個梅棗大櫻桃，那真是我愛吃的櫻桃！她帶著一小二大的行李，我只帶一個手提包，在船上她說下船後她要坐公車帶大行李，我就把零錢拿給她搭車。當我騎車要裝行李時，二件大行李都裝不下，真是傷腦筋，她說讓我幫她把行李搬上公車，我騎車跟在後面，下車時再給她搬下來，我說一切照辦。

等公車將近半個小時，她上車後我騎車跟著，突然下起小小雨那是微不足道，我抬頭看看天空沒有烏雲，一下子就沒有雨。可是十分鐘跟到終點站下車後，我勉強載走一件大行李，不到一分鐘就下起中雨，一下子又淋成落湯雞，重演上午的戲碼。當我到家卸下行李轉回頭二百米處，我媳婦在路邊喊我了，她已經拖著大行李走了八百米路，我從車箱拿把雨傘給她就自行轉回家，等她一進家先給她一個紅包見喜，那是台灣退稅每人六千元。我剛一進屋就咳嗽幾聲，深怕受涼了，趕緊洗一個熱水澡祛寒，但願能扛得住。其實，下船後發現機車裝不下大行李，就應該改搭計程車走人，一路到家，在碼頭等公車白白浪費半個小時。下車後又遇上一陣雨，落得一身濕，只因為媳婦說要坐公車就讓我陷住了思維，一時轉不過腦筋來，真是大大失策。

2023／05／19

第二十二回　阿三哥遊廈門

二〇二三年五月二十九日早上阿三哥要帶上小媳婦去一趟廈門辦理四件事情，所以昨晚買好十二瓶「金門紀念酒」裝好十二本新書《大連的小魏傳奇》要郵寄回大連家裡備用。打算坐十點半的船出發，那就必須九點半出門，可是那一打酒的箱子太大了，我的機車踏板那地方塞不進去，因此準備兵分兩路，大箱子由媳婦坐公車帶到碼頭，我騎車帶上二個小箱子。另外，二項預案就是請求陳道實醫師派車或者請求外甥派車比較方便，因此九點時先跟陳醫師說明要去廈門辦事，當天來回，問他有沒有什麼需要我帶過去的東西？他說沒有藥品要帶過去，但是王生篤早上有上班，九點半讓他開車送我們去碼頭，我說正好，求之不得呢！

十一點船班到達五通進港，下船通關時十一點半，我擔心帶上一打酒會給攔下來，過X光機時果然給海關攔下來了，但不是檢查菸酒，而是檢查那一箱書，叫我鬆了一口氣，果不其然關員開箱翻看二本新書之後放行，有驚無險過關了。出關後我先到櫃台找小曾美女代為郵寄一箱書和一箱酒，郵費等快遞公司開出來再通知我用微信支付，這下子我手上不用再提重物，落得一身輕鬆。我們倆坐上公車直奔農業銀行門口而去，一點正進門申請換卡，半個小時搞定，需要十五天之後才能領取新卡。我們在門口吃點乾糧喝瓶水，完了走路十幾分到郵政銀行辦理提款卡的身分信息更正，費時一小時完成，將近三點了。

剛剛在公車上諮詢公車司機可以到哪個車站申請敬老卡？她回說不知道，我想既然公交車站辦不通，不如改找地鐵站辦辦看吧，我們就近到地鐵呂厝站查查看，其中有一個育秀東路站有代辦敬老卡，就在呂厝站的下一站。我們買二張地鐵票四塊錢，到育秀站下車諮詢人工服務台，當場受理，查驗台胞証及台灣身分証和照片，用手機拍照立馬將証件及照片退還，三分鐘搞定，說十天後可以取卡，我們再返回呂厝站，三點十分坐上公車，四十分鐘後直抵碼頭買五點末班船票返程。今天專程到廈門辦理四件事情特別順利，一切順風順水。

六月十六號阿三哥又要帶媳婦去一趟廈門辦理四件事情，昨晚已經買好一箱十二瓶「金門紀念酒」，也裝好一小盒丈母娘要用的藥布。準備搭九點的頭班船出發，中午就能回來，所以應該在八點就出門，由於那一箱子的酒太大了，我的機車裝不進去，因此商量兵分兩路，大箱子由媳婦坐公車帶到碼頭，我騎車跟著走。雖然前幾天都是下雨下不停，氣象預報今天也是全天小雨到中雨，不過，我已打定主意自己騎車出發，只要穿上雨衣便能克服下雨天。果然把媳婦送上公車，我隨後跟車一開始都是中雨，走到半路變成小雨，冒雨前行之下，照舊風雨無阻。

不過，昨晚看見新聞報導自今日起廈門舉辦「海峽論壇」一連三天，這個論壇是目前兩岸之間最大的民間交流平台，前往廈門參與盛會的人士絡繹於途，金廈之間小三通的旅客將會達到高峰，我有一些心理準備興許擠不上船位。幸運的是，我們八點半排隊買票只花七分鐘就買到船票，「頭過身就過」上船沒有問題了。

船班進入廈門五通碼頭，完成通關後到櫃台才十點，找小曾美女代為郵寄一箱酒和一盒藥布到山東，我們倆落得一身輕鬆。坐上公交車直奔農業銀行而去，十一點拿舊卡換新卡，經過三次確認三次簽名後搞定，費時五分鐘而已。完了走路十幾分到郵政銀行提款機取款，可機上顯示不能提款請洽櫃台人員，我一時不解，便請教櫃台，他說這張卡片不是我們郵局的。

我說半個月之前就在你們這裡辦好身分信息更正的，怎麼不是你們的提款卡？他說這卡片上的字是繁體字，而我們的卡片是簡體字啊！我聽完仔細一看果然是繁體字，立馬明白自己是錯把馮京當馬涼了，把台灣的郵政卡拿到大陸用，搞了一場烏龍，當然是此路不通！當我拿出正牌的卡片提款一路綠燈，而且還給我帶來一份驚喜，十幾年沒用過的卡片裡面居然還有四千大洋，私房錢真是豐厚！

我們就近走到地鐵呂厝站，用台胞証免費取得一張車票只坐一站到育秀東路站，找到人工服務台領取敬老卡，報出名字隨即卡片到手，一分鐘搞定。我們原路返回呂厝站，十二點再搭公車前往碼頭，敬老卡一刷通過，不用花那一塊錢，四十分鐘後直抵碼頭買一點半船票返程，回到家裡二點半。今天專程到廈門辦理的四件事情跟上一回一樣非常順利，一路順風順水。

2023／06／16

第二十三回　千里探視丈母娘

二〇二三年六月二十二號早上七點半突然接到媳婦的弟弟魏廷艷從山東給我打來國際電話，頓時心裡有說不出的忐忑不安，這是他第一次打電話給我，感覺不是小事，果然他說了一句「媽媽剛剛走了」。哇！攤上大事了，真是一記晴天霹靂，我立馬將電話交給我媳婦了解詳情，第一句話也是這麼說的，媳婦一聽立馬放聲而哭，眼淚嘩嘩直下。

掛斷電話她說當地的習俗是人一旦去世，第二天就下葬，辦理後事最多三天時間，我們倆開始商量怎麼辦？媳婦說要趕回去看望老娘最後一眼，我說完全贊同，說走就走，妳馬上訂購最快的機票。一小時後得知老娘送醫院急救，必須做腦部手術，此時信息有點混亂了，我們立馬訂購下午三點半從廈門飛山東青島的機票，要在上午十一點出門坐十二點的船班。出發時內弟有好消息通知，說母親經送醫院搶救有效，急診結果是腦部有血塊堵塞，必須開刀用微創手術取出來，排定下午三點動刀。

出門時我心想今天是端午節四天連假的第一天，旅客的方向是由金門前往廈門的多，恐怕會一票難求。果然是這樣子，一到碼頭候船大廳人滿為患，烏泱烏泱的人潮，可是買票的少補票的多，我們補票二百二十號，那是不可能上船的。幸好小女兒春嫣跟她姐姐阿如說這情況，阿如說她問她同學想辦法幫忙，一會兒幫我們搶到二張票，順利成行，頭過身就過，只要能上船要搭上班機那就是板上釘釘的事了。登機下機都是準點，自有內弟來接機，他說老娘手術順利，現在重症監護室／加護病房觀察中，九點先到高密人民醫院，哥哥和姐姐們都在等消息，媳婦獨自進入重症監護室眼淚汪汪的看望手術後的老娘，此時還沒有甦醒，但是安心不少。回到弟弟家裡才有時間和心情吃飯，午餐和晚飯沒吃真的是飢腸轆轆，弟弟做好飯已經十一點，擔心又緊張的一天終于可以休息了。雖然今天的趕路很辛苦，結果卻是很欣慰。

昨晚媳婦睡不安枕，第二天早上六點就起床，專心搞衛生把屋子收拾乾淨亮堂，吃過早餐我去洗澡，八點哥哥和四姐的兒子帥帥到來，媳婦出門去買菜。我和哥哥及外甥喝茶談話，九點過後媳婦與三姐和四姐買好多菜進屋，坐下來吃茶的談話重點是老娘的發病及救治，這個月來獨居老娘從鄉下老家住到城裡四姐家裡，生活都很舒適愉快。但是，昨天清晨四姐發現老娘停止呼吸，立馬通知在開車的弟弟，同時帥帥實施急救掐姥姥的人中，並且打通120派救護車，在救護車到達之前，姥姥呼出一口氣也恢復意識了，真是搶救有功。

所以媳婦一進屋瞅見帥帥就說非常感謝他的急救，拿出一個紅包來表示一點心意，他說是應該做的事，不用給他紅包，媳婦好說歹說才勸他收下來。隨後老人家送到醫院急診判斷是腦部血塊堵塞，必須盡快開刀取出來，所幸手術順利，對症下刀，逢凶化吉，留在監護室觀察照顧。

十一點半吃中飯時，在醫院探視的大姐來消息說老娘恢復意識，大家可以放心。中午吃完飯大夥同去醫院關心，媳婦再度單獨進入監護室看望老娘，眼睛可以張開轉動，嘴巴也能張口說話了，謝天謝地，就看何時可以轉到普通病房了。五點各回各家，準備埋鍋造飯，在室外感覺酷熱異常，一看氣象報告，居然高達四十度，買尬的。六點三姐來電話說三姐夫也在高密，媳婦馬上邀請她們一起過來吃飯，三姐夫知道我也在便爽快應允過來和我喝酒，七點就帶著兒媳婦及二個孫女來了，菜都陸續上桌有吃有喝，八點散席，改天再聚。

第三天一大早媳婦做好早餐七點就出門了，我猜想可能是去醫院和哥哥姐姐們會合關心老娘，雖然進不去監護室。果然一會兒她就發信息說在家著急便趕到醫院了，讓我吃完早餐等待消息。十點她買菜回家了，還有大姐二姐哥哥和四姐夫，帶回來很多菜，告訴我一個好消息，老娘下午二點半可以轉到普通病房，顯示手術成功復原良好，大家夥的心情轉為輕鬆愉快。我和哥哥四姐夫喝茶，她們姐妹仨在廚房忙活，準備中午的飯菜。

十一點半開飯，午休到一點半全體出門前往醫院，監護室二點半準時打開，二位護士推出病床由二樓轉往三樓普通病房。可是，病床停在房門口，五六個人拉起病人身體下面那一張薄薄的綠色塑膠布抬進房內的那一張病床上，再抽出那一張塑膠布，費了好大的勁才把病人放穩妥。這跟我在台北住院的換床很不一樣，台北的做法是把裡面的病床推出外頭，將外面的病床和病人推進病房內，一次搞定什麼都不動，簡單又方便。安頓好老娘，三姐和四姐趨前問候完，指著我問她說這是誰？她睜開眼看見我說「是老薛」，我靠近跟她說「媽媽好，越來越好」。二個姐姐很高興的跟著說，越來越好。

五點我們回家休息和做飯，同時查看往南飛的機票，敲定明天早上七點半的班機，四點半出門在小區門口坐車。因為家裡還有阿樸及春媽，先回去安排他們，等八月初春媽回美國，我們就可以回來山東或大連待上幾個月。晚飯要等大家回來，直到八點才開飯，除了大姐二姐在醫院陪伴老娘以外，三姐四姐哥哥弟弟媳二姐夫三姐夫四姐夫還有孩子孫子十幾號人吃飯，九點大家夥都轉往醫院，只有我留下看家。

第四天早上四點半我們倆走到小區門口，機場小巴士已經到達，拉我們到藍海酒店等候旅客，五點有十人上車準點發車，四十分鐘抵達青島膠東機場，再過四十分到達登機口，一路順暢。離開家四天想的是小春和小青，我跟春媽說「姥姥在家，青春兄妹福利一百，姥姥不在，小春小青福利減半。幸好只有四天而已，行程順利的話，阿公和姥姥中午一點就能到家。請妳訂一個小型蛋糕，今晚陪姥姥過生日，晚上除了家裡七個人之外，麻煩妳代為邀請阿如和她的家人參加，等我到家再訂餐廳」。

中午準時到家，第一件事便是打電話訂好晚上六點的餐廳，我們七人加上阿如帶二個兒子正好十人一桌，暗合十全十美的寓意，準時開動。大家坐定後媳婦就說「謝謝阿如這次的即時幫忙買到船票，要不然大前天我們根本就上不了船，也趕不上飛機，真的很感謝」。阿如說「不用客氣，我恰好找到同學能夠幫忙一下」。

我接著發言說「各位大朋友、小朋友大家好，今天是一個愉快的日子，我們有從台灣回來的家人、也有遠從萬里之外美國回來的家人共聚一堂，三代同堂。剛好過兩天是小魏姐的生日，我們提前為她慶祝一下，順便為我們自已犒賞一下，大家要吃好喝好。

晚上沒有什麼菜，只有可樂大餐，大家多喝兩杯可樂」。店裡只有我們一桌，出菜特別快，正合我們的需要，吃完飯菜擺上蛋糕點上蠟燭，春媽放生日快樂歌，大伙跟著唱兩遍，在溫馨的氣氛下小魏姐許願後吹熄蠟燭，切開蛋糕分享，統統有獎一個不落，吃完散席剛好七點。

2023／06／26

第二十四回　再度探視丈母娘

五十天之前的六月二十二日正是端午節，我一大早接到內弟打來的國際電話，說丈母娘病危，我媳婦一聽立馬哭聲不停。掛上電話兩口子迅速決定當天返回家鄉探視，以免留下任何遺憾，說走就走，先訂購下午機票從廈門飛青島，後出門坐上午頭班船由金門往廈門，晚上到高密醫院探望開刀順利的老娘。二十五日手術成功恢復良好的丈母娘由重症監護室ＩＣＵ／加護病房轉往普通病房，我們倆第二天早上頭班機飛返廈門，中午回到金門，因為家裡還有二個台灣人，三個美國人在。此後注意老娘的恢復狀態大致良好，入院十天後出院回到家裡休養保持穩定。

可是，八月七日在家裡照顧丈母娘的姐姐和兄弟說，老娘突然發高燒達到四十度，請醫生到家看診並打上吊瓶／吊點滴，才能退燒，但是第二天又發燒只好再掛吊瓶。這下子媳婦坐不住了，說要著急回去照顧老娘，我說也行，妳去訂機票吧，我本來要等台北出版公司郵寄新書來收到再走，如此一來只好拜託隔壁葉長雯老師幫我代收就好，一會兒她就訂下三天後的機位了。

五十天之後的八月十一日，我們倆決定再回家鄉探視，九點頭班船離開金門，十一點半飛機由廈門出發，二點降落青島，二點半接到金門郵差來電話說有我的郵件，我說人在山東，有拜託隔壁葉老師幫我代收，你交給他代收就行，四點半回到丈母娘家裡。我媳婦看見媽媽很開心，四個姐姐有二姐和三姐在場，但是，老娘看到我們倆在她眼前就哭個不停，大家好一頓勸她開導她，慢慢地她才停止哭聲。最後，我拿出一個紅包給她說，媽媽，妳現在很好，會越來越好。

她拿到紅包說，我現在也花不了錢。我跟她說等過年的時候，妳就可以多花一些錢，新年又快到了。吃過晚飯我倆要去間隔二戶的哥哥家洗漱睡覺，丈母娘看到我們拿著包往外走，誤以為我們要離開了，把她緊張和難過得不行了，二姐趕快上前給她解釋說，只是去哥哥家裡睡覺而已，她這下子才放下心來。

第二天一早六點我們就起床了，因為在農村五間瓦房朝南的房子五點多天一亮，窗口就是一片亮晶晶，想要賴床都不好意思。吃過早餐我們和內兄就到前面幾家的堂哥魏廷敏家裡登門道謝，因為這回老娘住院開刀是端午節，台灣連續放假四天，銀行沒有上班我們無法兌換人民幣出門，只有現成的零用錢萬把元，來回幾票需要七千多元，一時拿不出多餘的錢支付住院費，只好請哥哥先行設法周轉。幸好這位堂哥慷慨解囊，立時伸出援手，真是一場及時雨，所以特地上門當面致謝，順便奉贈一瓶金門高粱酒聊表謝意。堂哥招呼我們坐下喝茶嘮嗑，說起這事是舉手之勞，何須掛齒？完了還贈送我一盒普洱茶／一塊茶餅。回家之後，我們帶上一些物品到屋前的獨居堂嫂家裡看望及問候一番，聯絡一下宗親情誼。

十點半外甥帥帥來車接送我們到高密市內弟住家，加上哥哥共二台車拉上丈母娘，二位姐姐和我們兩口子，半小時後到達弟弟家，大姐和四姐與弟媳也來會合，五朵金花全員到齊。因為老娘這回生病以來五十天，都是四個姐姐分成兩班輪流全天候照顧著，排行老五的我媳婦遠在千里之外的金門，愛莫能助，不能盡到一份孝心，為此耿耿於懷，她要求回來之後讓她加入照顧老娘的行列，還為了兼顧我的生活方便，安排在弟弟住家一起生活，大家都同意這樣子做法。本來兄弟姐妹七人手足情深，兄友弟恭，和樂融洽，有事情的時候同心協力，出錢出力不分彼此，這是非常難能可貴的血濃於水的表現，我一直贊同媳婦的想法及做法，樂意做她的後盾。

第三天早上七點在小區十七樓住家吃完早飯，二姐及三姐和老五推著輪椅把老娘從臥室推到客廳眺望室外的景色，三個姐妹在輪椅旁陪著說話。老娘對老五說妳們這次回來要多住幾天，老五問說要住上幾天呢？她說住一萬天，姐妹仨聽不明白，這一萬天是多久呢？於是老五就問是不是住一個月？她立馬點點頭說，是的，住上一個月。老五說，好的，等我們就住滿一個月，妳要是趕我們走，到時候我們才走。姐妹們幫她梳完頭髮，忍不住都樂呵呵誇說，老娘梳完頭髮變漂亮了，不成想，她立刻回應一句話，漂亮個屁！把三個閨女頂得笑哈哈說，老娘還會罵人呢？我坐在一旁聽完看了一眼，其實也沒有人不高興，真的有說才有笑。

八月十五號早上七點四姐就來接班了，二姐和三姐吃完早飯打道回府，傍晚大姐也會過來接班照顧老娘，加上老五一起照料老娘的起居生活，一家和樂融融。五天後八月二十日早上七點多二姐就來接班了，大姐和四姐吃完早飯班師回朝，傍晚三姐也會過來接班照顧老娘，加上老五一起照料老娘的生活起居，五朵金花都能盡到一份力量。

內弟前天從新疆回來的朋友處買到四個大西瓜，每個二十五斤每斤六毛錢，當地的山東西瓜一斤一塊八毛錢，開吃以後這種新疆西瓜沙沙的特別好吃呢！新疆哈密到山東青島的航空距離／直線距離是三千五百公里，可以從台灣頭到台灣尾跑九趟了。他說朋友往返一趟山東到新疆需時七天，一台卡車二個人輪流日夜不停的開，從山東到新疆需要一天半，進入新疆到達目的地還要二天，全部路程五千公里，往返一萬公里費時七天。

日落月升，又是一天容易，轉瞬之間我們奉陪老娘在高密縣城裡弟弟樓房安心的住了半個月，老人家生活適應愉快，子女們照顧起居生活體貼周到，一片和諧、其樂融融。早上吃飯之前內弟量了一下體重，驚訝的發現短短半個月竟然胖了四斤，我隨後也量下體重胖了二斤，我知道這是因為我們的伙食好、氣氛好、胃口好、食量好，所以大家都是敞開了吃，想不胖也難啊！我猜想不光是我們倆養胖了，就是五朵金花肯定也是養膘了，只是不知道她們有沒有過磅一下？

四個姐姐的婆家原來都在娘家附近的農村居住，這十多年來陸陸續續搬到城裡定居和謀生，村子裡的五間瓦房就當作是偶而回去度假的別墅了，弟弟一家也是如此，目前只剩下老娘和哥哥一家留守在村莊。唯獨老五一個人年輕時闖關東，從此立足在東北的大連。七月初老娘開刀出院後回到老家調養，四個姐姐分成兩人一班輪流全天候照顧老娘飲食及起居生活，從城裡返回老家每班五天，路上車程將近一個小時，如此辛苦一個月又十天了。現如今把照顧的地點移到城市，對姐姐們的路途奔波減輕許多，往返自家與弟弟住家僅需十分鐘車程，可以兼顧照料老娘與自己家裡，深得地利之便。

弟媳婦在所住小區門口的大街上經營一家小旅店，平時和弟弟吃住都在旅店，加上兒子最近又出外工作，住所暫時用來安排老娘的調養非常方便，這得好好感謝弟弟及弟媳。這套樓房二居室可使用面積大約九十幾平方米，比我們大連的住家要大上二十平方米左右，客廳一馬平川長達十二米，二間臥室都在十五平方米上下，一間是床一間是炕。我和媳婦睡床，老娘和兩個姐姐睡炕，兩個孫子在炕邊打地鋪，我們七點起床，她們六點就下床了，真是早睡早起身體好。我早起運動半小時都在客廳裡，做完柔軟操最後做俯臥撐／伏地挺身，四姐的孫子十歲的荊子成在旁邊看完，跑去跟他奶奶說，爺爺是猛男，奶奶叫他好好跟爺爺學著點。

其實在照顧別人的時候，也要會安排生活樂趣，如此你就不會以為苦，像我們在吃飯喝茶拉呱的時候，就可以天南海北無拘無束的閑聊。老五就跟姐姐們說台灣或金門日常生活的各項物價和山東比較，豬肉的五花肉，山東一斤十五元人民幣，金門一斤二十元人民幣，山東牛肉一斤四十元，金門五十元，山東羊肉一斤五十元，金門六十元。在金門菜比肉貴，水果比菜更貴，在山東剛好相反，菜比肉便宜，水果比菜更便宜，所以說在金門買菜和水果都下不來手，有的姐姐說到山東可以買水果隨便吃，還有姐姐說妳把台幣揹回來換成人民幣，就可以把一塊錢掰成二塊錢使用了，對不對？我說沒錯，我的背包裡裝滿的都是錢哪！

我的生活作息是早起運動半小時後吃飯，吃完早飯泡茶則是我一天當中最愜意的時光，午休個把小時，晚飯後出門在人行道上或運動場走路一小時再回家洗澡休息。可是在此地看那道路修得又寬敞又筆直還平坦，然而路旁的人行道卻是坑坑窪窪、高低起伏不定，走起路來特別不放心，必須盯緊路況前行，不能達到舒心安心的情緒。連續第一天和第二天出去走路都不省心，也找不到運動場可以活動，只能在小區裏面轉圈圈走一走，可小區裡的電動自行車及電動三輪車橫衝直撞，夜間不開燈也不按啦叭，突然之間就從對面、從後面一閃而過，總是令人引起一場虛驚、捏了一把冷汗，走過兩三晚也不怎麼樂意下樓去走了，改成每天三餐之後在屋裡走路一千步代替。

倒是弟媳婦強力推薦我去做修腳，可以使用她的卡片不必另外付費，這玩意兒沒有嘗試過，所以我本能的拒絕了，禁不住她再一次的推薦，加上我媳婦的勸說，一天中午媳婦陪我去小區門口修腳店光顧一下。五張椅子坐滿四個客人，泡腳十分鐘，女師傅開始給我刮腳、按摩、舒筋，師傅的手勁蠻大的，修了二十分鐘，這是我的第一次修腳，刮下的腳皮又厚又多，刮完後好像人也脫了一層皮那樣舒服，回家就跟弟媳回報老舒服了，她說過幾天再去修一次吧！果然一周後中午媳婦又陪我去刮第二次，這回沒有其他客人，泡了二十分鐘，男師傅給我刮腳、舒筋、按摩一番，修了半小時，師傅手勁很大但用力不大，顯得比較柔和，修完好比脫皮一樣的舒服，回去也跟弟媳通報老舒服，她說只要你喜歡就好。

有一天吃晚飯前，大姐和四姐都不在，只有老娘及弟弟和弟媳與我們倆五個人，我先拿出五千元給弟弟說，老娘自從上個月中旬和我們住到你們這樓房來，生活環境良好，陪護老娘方便，大家都愉快。

可是會增加水電燃氣開銷，再過二個月後還有暖氣費用，開銷不少，所以我想來贊助一些經費，跟你們分担一些費用，請你們笑納。弟媳笑哈哈的說，我們沾了姐夫的光，就開心的收下了。

第二天弟媳婦說了「昨晚客人多，忙到現在凌晨剛看見，真心謝謝姐夫，本來就是弟兄兩個的事情，讓姐夫給承擔了，姐夫是好人，有目共睹，五姐有福找到姐夫這個人，姐夫為這個家付出的太多。做為兄弟媳婦，特別感激妳們這五個大姑姐，光為我們弟兄兩個著想，妳們付出的太多了，我們感激不盡，我也是盡力做好份內的事，看到咱這一家處的這麼融洽，心裏很幸福，一家人都是好人，祝咱們全家好人一生平安。我給嫂子說了，取暖費、煤氣費、電費、水費，五姐夫都給交了，嫂子說老薛真是好人，不知道用啥語言感謝他」。

我媳婦說「也是妳們的大愛感動著我們，幾十年來，妳跟嫂子從沒跟兩個老的，還有姐姐們紅過臉，一般人家裏的大姑姐、小姑子多了，做弟媳婦的都很難做完美。妳姐夫這人的確很善良，也善解人意，他要覺得為值得的人付出，從不要求回報。再說，姐夫給妳們承擔一些費用，這也是為了咱娘」。我姑娘也說「老爸，你真是好樣的，對待身邊人都是無私奉獻，有你真好，你是有愛的人，我們都愛你」。

八月六日早上九點半，沒有值班的二姐和三姐都來了，打過招呼我笑著問她們沒有值班怎麼還會過來呢？她倆說下午你和老五要回大連去，專程來陪陪你們。真是有情有義的手足情深，我說今天難得五朵金花齊聚一堂，能夠陪伴老娘承歡膝下，值得留下歡聚一堂的合照，我來給大家拍幾張照片留念。日近中午，老五把飯菜都擺上桌，弟媳婦也來一起用餐，吃完飯弟媳也要給五個大姑姐和老娘拍照，她拍完之後，我接著連弟媳一起拍照，畫面上出現七仙女留影，意義非凡哦！

下午四點半，弟弟和弟媳都來了，老五煮好餃子，每人一盤，只有我們兩口子吃完餃子要出發，四個姐姐都沒有動筷子就撤下去了。

五點弟弟開車十分鐘，送我們到「藍海酒店」等候前往機場的五點半班車，不到一小時就抵達，劃位過安檢到登機口不用半小時搞定，就地休息一下。班機八點半準時起飛，大約飛行五十分鐘，下機後打車回到我們溫馨的家裡十點半了。

2023／09／09

第二十五回　大連居家生活點滴

昨天晚上吃過飯在小區內就近理頭髮，我的頭髮很少理得叫我滿意，所以我不怎麼愛理髮，距離上一次理髮將近二個月，我都無所謂，但是媳婦不讓呀！幾乎是押著我去剪頭髮，春天在這家店裡給男師傅理得挺好的，他不但手藝很好，而且手法特別細膩周到，可見他的用心，第二次上門來理頭已經將近中秋節了，因為我回南方五個多月。理完頭髮，我看還不錯，那口子可是很滿意。

然後我們到小區外建設銀行提款機上測試一下我的社保卡／銀行卡，媳婦從她的銀行卡轉帳十元到這張卡片，我在提款機上存款二百元進卡，然後查詢存款餘額二百十元，完全正確無誤。啟用這張卡片是為了提供阿樸要匯款給我的第二條管道，因為他匯到媳婦卡片的年度限額十萬元已經額滿了，必須及早開闢第二管道。

我倆穿越隔壁潤澤園小區去百斯德小運動場走完路，回程還是再度穿越，剛好鐵柵門關閉，我們沒有鑰匙，只能等待別人開門跟進，或者繞過柱子伸手去裡面按開關。我就上前彎身要去按開關，這時我也看見有車子剛通過，攔車桿高高豎起一百八十度立起來，我便抬眼觀察桿子的方位及降落狀況，誰知這時候我媳婦偏偏告訴我說不要緊、不會打到，因此我就轉過頭來找尋開關要去按他，說時遲、那時快，桿子啪的一聲重重打落我的頭頂，一下子可把我打矇了！進入小區我才告訴她說這是好心沒做好事，我在注意危險的時候妳卻給我瞎指揮，是不是一項失誤？

走出小區媳婦說要去夜市買點菜，我講那還不好說？走路三、五分鐘的事，說走咱就走唄，這個道邊的夜市關閉四年多，今年突然恢復開張，樣貌整得比以前規範太多了。在路邊立起鐵桿，上面鋪蓋一層黑紗網子，入口處上頭中間寫著「惠民夜市」，兩邊寫著楹聯「發展夜經濟」、「造福大泉水」，好一幅為民謀利的景象。這個夜市設在馬路邊上的人行道，這一段人行道寬五米長二百米左右，充分利用地形，兩邊擺上攤位中間客人採購，還挺寬敞的。

我們七點半到達的時候攤位大多數已經撤了，僅剩一兩成也在收攤了。原來這夜市只是為了區別早市之分而已，並非觀光夜市也非台灣夜市，他是下午三點之後擺攤七點之前收攤，倒是比較像台灣的黃昏市場。買了幾顆大白菜一斤二塊錢，買一斤帶殼大花生四塊錢，金門大白菜一斤要八元、花生一斤四十元，這都是按人民幣計算的，妳看差距有多大？難怪攤位的老闆娘知道我是台灣來的，讓我從台灣多揹一些台幣來內地消費，一個錢可以當二個錢、四個錢使用呢！她說的一點也沒錯。

自從去年有一次讓阿樸從台灣匯款二萬元人民幣到我的建行帳號裡，雖然到帳卻不能入帳，行員說必須到廈門我開戶的城市才能入帳，大連到廈門千里迢迢如何可能呢？最後只能原路退回阿樸的帳號。

但是我人在大連需要用錢，怎麼辦呢？還好可以改匯到我媳婦的建行帳號裡，耽擱一兩天匯款照樣到手。但是我還是想用我的銀行帳號建立第二張卡片，九月十一號我到建行申請第二張銀行卡開戶，辦理這個費時一個小時，在結束前幾分鐘行員才告訴我的社保卡就可以當作我的第二張建行卡。所以我昨天拿著社保卡到提款機上測試一下，果然跟提款卡功能完全一樣。九月二十一日我提醒阿樸說你要在下個月初匯款的事，要避開十一長假八天，不是提前就要延後。

所以阿樸上週四週五上午匯款二筆各二萬元到媳婦建行帳戶裏，下午的銀行短信都提示有二筆二萬元匯款到帳，打電話諮詢行員說下週一才能入帳。可是本週一中午打電話查詢，卻說尚未入帳，週二中午仍然如此，我問他說怎麼一個簡單的匯款竟然比貸款還要麻煩呢？

直到下午三點才看見提示說四萬元已經終於入帳，到此總算可以使用了。我立馬通知阿樸可以轉匯了，然後他回復說要用微信轉帳二筆，給我二個微信名片先跟對方聯系上。因為我的微信帳號年度零錢轉帳限額十萬元已經額滿了，還要借用媳婦的微信帳號轉出去，第一筆四千九百元成功轉出，對方確認收款，第二筆三萬元超出每日限額二萬轉不出去，因此切成一半先轉一萬五千，也是成功轉出，對方也確認收款，尾款一萬五千明天一早轉出去應該不成問題。

2023／09／26

第二十六回 修腳引起一連串腳痛

我兩次修腳痛了個把月，真是不划算！話說八月十一日俺們夫妻倆從金門過廈門飛到山東高密陪伴丈母娘，和四個姐姐一起照料老娘的起居，大家住在同一個屋簷下生活愉快又和諧，八月三十日媳婦買好飛大連的機票一周後起飛。次日弟媳婦推薦我去小區門口一家修腳房做修腳，這玩意兒俺沒嘗試過，提不起興趣，但是架不住媳婦勸我試一試，弟媳婦又說她有辦卡可以使用她的卡片不用另外付費。

因此我就抱著姑且一試的心理，由媳婦陪我進店裡去，她自己不要修腳。店裡五張椅子已經坐上四位客人，我坐上椅子是一位女師傅服務，雙腳在桶子裡泡十分鐘熱水後抽出一隻腳來修理，女師傅的手勁很大干活有力，先用刀子刮下腳底厚厚的一層老皮，再逐個按摩五個腳趾頭和腳底，然後按摩小腿肚和舒筋，修好一腳再修另一腳，二十分鐘完工。腳部和小腿都很舒服，感覺很喜歡，回家就跟弟媳婦回報一聲老舒服了。

離開高密的前夕媳婦又提議讓我再去修腳，我應允後她又陪我去，店裡沒有其他客人，這次是男師傅服務，兩腳泡熱水二十分鐘後，師傅給我刮腳、舒筋、按摩一番半小時完成。師傅手勁很大但用力比較柔和，修完好比脫皮一樣的舒服，回家也跟弟媳通報老舒服，她說只要你喜歡就好。但是第二天下午前往機場過安檢走路到登機口時，感覺右腳幾個腳趾頭有點刺痛，也不怎麼在意，回到大連每天早上照常在室內運動半小時，晚上飯後照樣出門去運動場走路一小時，感覺右腳趾頭越來越痛。九月十一日傍晚告訴媳婦，她仔細查看發現大拇趾腫脹出血了，當即決定就醫，打電話給周邊幾家診所都沒有看診，因此決定到大連三院掛急診。

臨出門前媳婦又領我轉到小區內相熟的藥房諮詢，她說這狀況應該不用上醫院，用碘伏/優碘也不好使，可以用雙氧水滴進傷口處，裡面要是有雜物或感染，便會起到冒泡，等到消停了再擦百多邦藥膏，一天三次，直到不冒泡就好了，妳們可以回家試一試。擦過兩三天效果明顯好轉，再過兩三天幾乎都好了，卻突然發現兩隻腳面浮腫，雖然不會妨礙走路和行動，但是擔心痛風突然發作，那是大大不妙。

媳婦趕緊從冰箱裡面找到我們四年前預留的痛風藥，那是對症下藥的消炎和消腫的藥物，雖然只有三天份而已，吃完總算能見效。這樣足足折騰了十幾天以為可以消停了，不成想一波未平，一波又起，右腳好了左腳出狀況，左腳右側腫起一個包，擦上百多邦也有效，兩三天快好了，換成左腳左側腫起一個包，又擦了幾天藥才消停，真正西線無戰事已經是九月末了。

2023／09／30

第二十七回　國恩家慶訪好友

早上九點我媳婦小魏接到好友小陳來電話詢問，想要去看另一位好友小姜大姐夫妻倆，有沒有時間一塊過去？媳婦就此問了我一嘴，我說好啊，有的是時間，小魏立馬回復小陳說有時間去看姜大姐。小陳隨即拍板說定，那就來一個說走就走，她和老王開車過來拉上我們倆，半個小時後小陳伉儷開車到達我們家樓下。上車後我先把從金門帶來的一瓶金門高粱酒和一本新書《大連的小魏傳奇》送給她們倆，我說工作四十七年，退休三年沒有存下什麼錢，但是出了三本書而已，王哥說其他物品吃過喝過就沒有了，可是書本可以保存許久許久，意義非凡。行車一個小時抵達小姜社區門口，她與老壽兩口子都在門口等候帶路呢，進屋後她們的帥兒子大博也在家接待，大家寒喧落座一會兒。

今年春節我們三家聚會也是在老壽家舉辦，相隔半年多再聚會倍覺珍貴，三個兄弟都瘦了一些，老薛我瘦了二、三斤，老王瘦了十來斤，老壽去年和今年生病住院很久瘦了二十多斤，大家互道珍重。十一點小姜就領我們去附近下館子，點了八個菜擺滿一桌子，老壽還自帶一瓶「老白干」，他說酒精度是六十七度。這比五十八度的金門高粱酒度數還要高，下喉嚨時候還挺辣的，老王和大博不喝酒，三位女神也不喝酒，只剩下老壽與我小喝一點點，他自己倒三十西西，給我倒了五十西西，我想客隨主便，意思到了就行。吃飽喝足費時一個半小時，散席回家裡閑坐嘮嗑，小魏也拿出一瓶金門高粱酒和一本新書《大連的小魏傳奇》送給小姜，她很開心的說又出書了。

坐到三點我們兩家就撤了，小姜伉儷依依不捨的送我們上車離開，我以為是原路返回呢，不承想，上路之後老王說要帶我們就近去甘井子區一處新開設的風景區參觀，好像叫做「泊霞灣風景區」，剛剛開放三個月。我說真巧，前年的十一國慶節我們也是搭你們的順風車到丹東旅遊三天，玩得很開心，回家後我還寫了一篇遊記《國恩家慶游丹東和本溪》，篇幅五千字呢。

小魏說我們去山東住一個月生活愉快，誰知離開前一周老薛嘗試去做了二次修腳，回大連後兩隻腳歷經腳痛和痛風腫脹個把月，沒少遭罪，直到這兩天才全好。老王說修腳房那種地方少去為妙，那水桶及熱水沒有問題，但是修腳刀具都沒有消毒，多少會帶有病菌，刮腳的時候只要有一點點傷口就會造成感染，老薛的腳痛大概率就是來自感染的。行車一小時到景區入口，必須步行入園，全程二公里，最深處是一座面向大海的六角形燈塔，在燈塔背面的廣場上豎立一塊石碑，刻著一篇大連名家孫五郎撰寫的「泊霞灣賦」，渤海水岸，一炬燭天。豎遼南之氣脈……。五點半走出園區上車回家，半小時後先到我們隔壁小區「奧林園」下車，十分鐘之後小陳也返抵家門。

2023／10／02

第二十八回　籌備創業的一些事兒

二〇二三年六月二十一日晚上九點在客廳沙發閑坐時，大兒子阿樸說要跟我談一談三、四年前提過的他要創業開公司的往事，雖然當時條件不很成熟決定暫時取消，後來三年疫情期間也只得暫緩，但是他仍舊在考慮這件事情，這一兩年他的工作又從出口貿易公司轉到進口貿易公司，業務性質及重點還有很大不同。出口貿易是拿著樣品及目錄跑到國外尋找客戶，等到客戶中意下訂單了，再回台灣找到生產工廠安排產品的生產，以及報關和銀行開信用狀，再到交貨，是期貨買賣，整個流程大約需要九十天。進口貿易類似傳統批發商，是現貨買賣，先把產品由國外進口來送進倉儲，再尋找買家以批發價賣出，由批發商到經銷商再到零售商，形成一個通路。不過，貿易公司也可以同時經營出口及進口業務，成為進出口貿易。

阿樸說他現在照常上班，但是利用網路也能賣出一些貨，等到下班後把貨品拿到超商去快遞發貨出去，賣的是跟公司不一樣的產品，這樣子不妨礙上班時間，也不會違反競業規定。去年底進的一批貨，今年一月份賣出三萬元，二月份四萬，三月起拿到五金行／材料行兼賣，一下子賣到十二萬，可見得五金行的通路銷量更大，四月份兩邊賣出達到十四萬。因此他就考慮開公司專心賣貨，設定一個指標如果連續三個月業績都能達到十五萬以上的話，他便辭職自行創業。五月份二十四萬，六月份尚有一周賣出二十萬，已經達標，接下來就看七月份的銷售額，估計能夠達標。

我說台灣是出口導向的經濟模型，就是把台灣製造的產品銷到國外賺取美金，同時帶動台灣的經濟發展。但是二十年前的二〇〇〇年中國大陸產品光以價格低廉取勝，可是產品的品質也不好。不過，很快的，十年前大陸產品的質量／品質已經大幅改善，跟台灣產品不相上下了，到如今某些貨品開始超車台灣貨物，而價位依然比台灣便宜許多，只有台灣的四分之一、三分之一左右。所以由大陸進口物品到台灣銷售，有相當的獲利空間，只要選對了產品，內銷的利潤不會次於外銷的利潤。那麼貿易公司可以做進口為主，出口為輔，靈活調配。

大陸產品之所以價廉物美的因素不外，一是工資低，此乃受益於人口紅利，二是產量大，大陸的產量是台灣的十倍百倍以上，單位成本降低具有競爭優勢，三是研發費用高，投入研發越高其附加價值更高。大陸讓利台灣，一年台灣賺大陸一千六百多億美元，佔其貿易順差的百分之九十七；而大陸一年賺全世界一萬七千多億美元，對於讓利台灣等於是藏富於台灣。

第二天我說「昨天晚上你說的現況及發展都很有道理，幾乎可以確定放手去做創業，最多就是觀察下個月的業績了。至於你開公司設定在規模所需創業資金需要多少？從何而來？你自有資金能有多少呢」？阿樸說「我在想創業資金是不是設定在四百萬至五百萬（我自備一百至二百萬，找你投資三百萬）？以不要讓我自己跟你的預備資金有造成壓力為前提，讓自己跟你都還留有充份的周轉餘力」。

我說「你規劃的創業資金設定在五百萬左右，與你此前的打算相近，我並不意外。但是，資金的安排卻出乎意料之外，你自備一兩百萬我投資三百萬這個比例不合情理。你是主力是主角，我是幫襯是配角，而出資比例竟然是倒過來，我出大頭你只出小頭，若是經營不善你負擔反而小。我的退休金總共三百萬，用錢的地方也多，本錢只會越來越少，不會增加，不可能全部投進去。再說你工作二十年，沒有娶妻生子養家糊口，你的薪水儲蓄少說也有一千或八百萬，怎麼自己的創業只出資這麼一點點呢？你目前的存款有多少呢」？

阿樸說「如果你只有三百萬可以運用的話，那我的資金規畫就要作些調整，不要讓你有資金上的壓力，我現在手上的現金大概是三百二十萬吧。創業需要的資金來源作些調整：銀行貸款一百至二百萬，我自備一百至二百萬，找你投資一百萬」。

我說「你怎麼不找兄弟姐妹一起投資呢？是不是她們都沒有興趣呢」？阿樸說「不了，人多比較麻煩，他們的經濟壓力都沒有我的輕鬆」。我說「你工作二十年只有現金三百萬，那麼其他的儲蓄做什麼投資嗎」？阿樸說「多買了一間房，錢跑到不動產去了，若沒跑去不動產，就有你說的八百至一千萬了」。

第三天我說「你投資房地產當然是好的，接下來也應該加大創業資金，至少投入二百萬才對」。阿樸說「我也是先求穩定／穩紮穩打」。我說「你的房子買在哪裡？哪一年買？總價多少？你的錢比我少，我的房子比你少」。阿樸說「買在中和、買了十年左右吧，總價好像是八百五十萬，你的房子比我大又貴」。我說「我的大房子不值錢。房地產市價十年至少翻一倍，你買八百現在賺八百，房貸還完沒有」？

阿樸說「台灣跟金門的房地產，都是只漲不降，哪來的翻一倍？

最多漲百分之二十至三十吧。漲價也沒用，這是要自住的，也方便找雙北工作的地點。房貸好像還剩一百多萬、規畫在五年之內還清」。我說「我的退休金總共三百萬，預訂未來十年的生活費，我沒有賺錢的本事，也沒有賺錢的機會，用錢的地方也多，本錢只會越來越少，不會增加，不可能全部用來投資。而你四十五歲，你的工作時間至少二十年以上，值得你去投資和冒險，你可以加大投資金額」。

第九天我說「我昨天早上匯一筆人民幣二萬元匯入小魏姐的建行帳戶，今天早上已經照常入帳，跟往常匯款一樣，個人匯款人民幣每人每天最高是二萬元，可是每一筆匯款固定要付手續費台幣一百二十元，郵電費三百元，總共四百二十元」。阿樸說「我總共需要支付大陸兩筆貨款，一筆是五萬一千多（微信轉帳好像限　一天五萬），一筆是九千七百多，合計總共需要人民幣六萬一千多（匯率 4.35）換成台幣是二十六萬七千多（我再轉帳給你）。老爸，把你的帳號給我，我轉台幣給你，一天只能轉十萬，我分三天轉給你。這是第二個五萬，總共十萬，你再查一下有沒有入帳」？

第十天我說「今天你要我用微信轉帳支付貨款，只要把對方的微信給我就行了」。阿樸說「微信還是上一次那位張玲玲，貨款是人民幣一萬一千多」。我說「好的，我轉出去對方已經收款」。阿樸說「轉出第三個五萬。我周一從網路匯二萬人民幣到大陸給工廠的貨款，好像要被退回。這二萬人民幣退回的話，可以轉匯到小魏姐的大陸帳戶嗎？她在金門能收款嗎？這二萬也是要付給工廠的貨款」。

我說「小魏姐在大陸的帳戶一直都能收款的，她在金門沒有關係呀，你以前也匯過二次二萬元的。但是，你的貨款能不能直接退回到她的帳戶，我就不曉得了」。阿樸說「我是說我從我的帳戶匯了二萬到大陸，因為大陸銀行的一些問題，這二萬會退回我的帳戶，我再將這二萬人民幣改匯給小魏姐的大陸帳戶」。我說「你再重新匯入她的帳戶應該可以的」。阿樸說「等你有足夠五萬人民幣了再跟我說，要轉五萬人民幣給工廠」。我說「我在今天和昨天已經匯款四萬元。下周一我再匯二萬元，第二天便能入帳」。阿樸說「我周一晚上回到台灣，一直到周五又衝了一波業績」。

我說「薛老闆，恭喜你要發了，一路發」。阿樸說「家裡的電腦有點問題，所以周末大概能計算出來六月份賣貨的金額，好像是二十七至二十八萬」。我說「你的電腦有問題不要緊，你一路發表示你的頭腦沒有問題」。阿樸說「下個月就是關鍵了。還有下周一到港的進口貨，也要順利進口才能有貨賣出去」。我說「只要你前面的每一個步驟做對了，後續自然不會有問題的」。阿樸說「四月到貨的那一批賣得太快了，超乎預期」。

2023／06／30

第二十九回　走訪後湖海醮

十月中旬我從大連獨自返鄉回到金門，跟幾位親朋好友通報我回家了，相約有空來相會。其中，老同學許寬告知十一月三號至五號他們後湖村莊十二年一次做海醮，盛大祭拜海神，他家四號晚上訂好餐廳宴請親友，請我前往吃拜拜保平安，我欣喜應諾。他還請我有空到村子參觀一下海醮事宜，順便留下一點紀錄，我也答應前去參拜。全金門的漁村都會供奉媽祖，祈求保佑漁民海上安全歸來，所以每年媽祖神誕之日都會做醮。但是做海醮十二年一次，規模盛大只此後湖一家，別無分號。近年來此項盛典被文化部列為非物質文明遺產，編列預算大力補助廟會活動，而且派出許多文史工作者製作相關史料，盛況空前。

二號下午我騎車去了一趟後湖，參觀拜訪做海醮事宜，因為後湖海醮的主辦單位是昭應廟，所以第一站就是走進廟口。只見廟埕鑼鼓齊鳴，大喇叭播送著戲劇的音調，昭應廟前十公尺左右的戲台子上面，有幾個歌劇團演員正在表演，金門話叫做「搬戲」。觀眾席上三三兩兩的老太婆安坐觀賞，這是對演員最好的鼓勵，廟裡廟外的工作人員好幾十號，人來人往川流不息，還有好多位媒體朋友在拍照存証。

我站立一旁放眼望去，搜尋一遍，看見廟前右側添緣處許寬同學的令尊大人許丕通先生坐在工作人員旁邊，趕緊向老人家點頭示意，然後趨前問候。之後又看見廟前左側香爐邊站立著老同學許丕坦，我慢慢走過去，碰見昭應廟主委許朝枝捧著物品在忙碌，打過招呼再走近丕坦點點頭，他隨即問我說他身旁站的人是誰？我望一望六、七十歲的男人，卻是眼生，我回說沒見過不認識。

他告訴我是許丕釜，喔……原來也是老同學，五十多年不見，他是我的初一同班同學，學號跟我連號，他是75175，我是75176，兩人交情深厚，我一直很關注他的動向，聽說他走入軍旅生涯。丕釜說是的，他一九七五年讀陸軍官校，服役二十一年中校退役。我說我是唸陸軍官校的預備學校，如果升上官校，我又會跟他同期，可是我只唸三個月就提早退伍，又回到金門高中唸到畢業。我跟丕坦說我要過去添緣，聊表心意，共襄盛舉，就轉回到添緣處略表敬意。

隨後我騎車到第二站後湖海濱公園觀看海醮的活動，公園內搭建許多帳篷，正中間是一間大帳篷，上面寫著「陣亡公亡將士幽魂超渡法會」，下面坐著好多法師在誦經超渡亡靈，祈求人鬼相安無事。旁邊二間帳篷是二座道壇，也是用來超渡亡魂，各安其所。剛好看見丕坦騎車進來，我問他不是在廟口嗎！怎麼會跑來這海邊？他說他是負責照看這一片的，我說我口渴得很，能不能找瓶水來解渴？他說那有什麼問題，一會兒遞給我一瓶礦泉水，我轉一圈看見好幾位媒體朋友在觀察也在拍照，不經意間就看見葉鈞培走到我跟前，他現在是博士級了，此君可是金門影像的記錄者，凡是大型的慶典或廟會活動，他都會到場拍照留存，幾十年來所保存的影像極其豐富。

離開海濱公園，轉回許寬家門口和他聊天，看見剛才在廟口碰見不知名的朋友，才想起他是許寬的弟弟許新民，數年前他們的老父親做九十大壽宴請親戚時，我在宴會上見過他一面。許寬屋頂上有飛機下降經過，他說兩個妹妹坐這班飛機回來，他現在正好去接她們回家，就不多陪我了，我說沒有事，我也該告辭回家了。

2023／11／03

第三十回　贈書母校金門高中

三天前周二上午王先振老師約我去金門高中拜會許自佑校長，商談贈書的事宜，我的創作有五本書一百萬字，要贈送給母校分享予學弟學妹們。我沒有什麼要求，簡單就好，也不用發佈新聞。一九九七年我在薛氏宗親會的時候就送過金中一套珠山的《顯影月刊》影印本二十二本，也送給文化局圖書館一套收藏。校長同意收藏並上架供同學借閱，約訂今天周五下午三點在學校周會上順便贈書，並上台跟學弟學妹發表一下談話，簡單扼要。下午我如約而至，周會排在三點的第七節課，大禮堂烏泱烏泱的坐滿三個年段的全校學生，我和翁宗暉及另外兩位貴賓坐在第一排位子上，翁宗暉是五十一屆校友，我是二十屆校友。

周會由校長主持，簡短致詞後進行第一項，請翁宗暉校友上台頒發獎助學金，合影留念後發表講話，他說去年他也站在這個講台上，不曉得還有沒有人記得？他今年將近四十歲，會設立這個獎學金的緣故來自於他的母親熊正秀（我和他媽媽有過一面之緣、她有一個姐妹熊真秀、其中一位是小學老師），他娓娓道來二年前母親罹患癌症末期，他在醫院及家裡兩頭跑也沒能留住她，讓他深感個人是如此的脆弱，所以體悟到做任何事要即知即行。他的口才流利順暢，敘事有條有理，不愧是商場上的明日之星，這一段講話用了十五分鐘。

之後進行第二項，首先是校長頒獎第一段考各班前三名，一溜上台領獎的同學有三十名，逐一頒獎後全體合影，其次是校運會各項冠軍及優勝獎，上台領獎還是三十位，逐個頒獎後全體合照。再次是一項一項的比賽優勝獎，每項上台仍然三十名，程序依舊行禮如儀，我估算一下總共領獎人數已經超過二百人，這種頒獎規模和人數眾多，我從未見過。今天算是躬逢盛會，與有榮焉，之後上台人數減少為三位兩位，終於頒獎完畢，用掉四十五分鐘。

最後是第三項，請薛芳千校友上台贈書，再由校長致贈感謝狀一張，拍照留念後，發表贈書講話。我說「各位同學下午好、周末好，明天周休二日現在是不是心情特別雀躍？準備明天如何放飛（台下一陣愉快的笑聲）？其實我應該稱呼各位學弟學妹，這樣子我們更親近。我不像傑出校友能夠捐款一百萬元，只能贈書五本一百萬字。我要說的話只有三句，第一句話是養成運動習慣，第二句話是培養興趣及愛好，第三句話是十年回顧法（台下響起掌聲）。

五十年前我跟大家一樣都是坐在台下的，自從走出金門高中大門，走入職場到屆齡退休，也算是功成身退、功德圓滿，今天能夠倖存下來，與我的運動習慣五十年如一日，息息相關。在工作餘暇我的興趣是閱讀和寫作，不知不覺累積了一百萬字的創作，這額外的成果便是來自興趣。各位踏出校門之後正是如同旭日東昇，可是從二十歲起必須了解自己的身體狀況，此後每隔十年便要回顧身體狀況與精神狀態跟十年前有沒有不同？要知道人體的生命週期或健康周期並不是一條直線，他是曲線有時高有時低，生病或受傷在所難免，一定要儘快就醫保持良好情況，身體健康，千金不換」。我只用二分鐘時間講三句話就好了，簡單扼要，絕不囉嗦。

2023／11／03

第三十一回　我又回到北的家

老頭愛丫頭五十七

短暫離別一個月，回到溫馨溫柔家，
都說小別勝新婚，今夜我倆入洞房。

2023／11／15

二〇二三年十月十二日我忍受孤獨回到金門一個多月的兩大任務，一是郵寄一箱新書到大連，一是郵寄一箱安麗高蛋白到山東。第一件任務是有一點難度的，因為二個月前拜託朋友從金門帶一箱書到廈門被海關扣留不給入境，還得原路帶回金門，說不得我只好自己走一趟碰碰運氣。十月十七日早上坐九點頭班船去廈門闖一闖海關，且看運氣如何，上一次小徐／徐維鴻帶一箱書二十本被廈門海關扣留，今天我帶的一箱是十八本，也沒少帶呀！

其中媳婦的書六本，姑娘的書十二本，我也怕被廈門海關扣留，所以不帶免稅菸酒上路，儘量減少麻煩。果然不出所料，到出關的最後，行李過X光機器時被攔下來，關員先收我的台胞証，再開箱檢查書本。關員翻一翻看見繁體字估計是看不懂，問我這麼多書做什麼用的？我說送給親戚朋友的，不是要賣的，他又問這書是你寫的嗎？我說沒錯，隨便寫一寫就是，接著問你是作家嗎？我說小小、小小的作家，他一聽馬上立正站好說，作家好，立刻結束檢查，派司過關了。不承想，原來作家還挺受人歡迎的，哈……哈……真是沒想到。出了海關把書送給五通碼頭櫃台的小曾美女，請她代為交給快遞公司收件就算完成了。

第二件任務應該是沒有難度，只是要透過安麗會員的親友代為訂購，再從台灣發貨過來，這都不成問題，不過一周時間就到貨。十月三十日早上我坐頭班船過去廈門，順利過了海關，把一箱安麗高蛋白交給櫃台的小曾美女，請她代為交給快遞公司，郵去山東孝敬丈母娘，這一箱是一年份的，順風順水。至此我的二件任務都完成了，剩餘的就是自由活動時間，並且已經透過王先振老師接洽金門高中校長，商談贈書五本予母校的事宜了。

第二天上午王先振老師來電話說，他跟校長約好要帶我去拜會他，談一下贈書的原故。我隨後到學校跟王老師會合，他帶我去辦公室拜會許自佑校長，校長約了吳秘書及圖書館陳主任見面，面談二十分鐘，約訂十一月三號本周五下午三點學校剛好有一個周會，就在會上順便贈書，並上台跟學弟學妹發表一下談話，簡單扼要。我說一九九七年我在薛氏宗親會的時候就曾經送過金中一套珠山的《顯影月刊》影印本二十二本，也送給文化局圖書館一套收藏。贈書完畢當天晚上，我就寫下一篇《贈書母校金門高中》，篇幅一千字聊表紀念。

十一月十五日是踏雪尋梅、擁抱臘梅、也是我飛回大連溫馨家的日子，早上九點我坐頭班船從金門出發，十點過完海關到廈門碼頭小曾櫃台打招呼，她看我大小二件行李，問我是去機場嗎？我說是的，她說去機場有接駁車／擺渡車，就在出口大門外，但是她沒有詳細告訴我搭乘事宜，我想時間寬裕，去出口外等接駁車也好。看見機場大巴的乘車牌子，我把二件行李放在牌子邊，坐在旁邊等車，等了二十分鐘沒有大巴影子，預備最多等三十分鐘就撤了，正好有一位工作人員大姐，走到牌子邊看見行李，就問我是你的行李嗎？我說是的，又問我要到機場嗎？我回說是的，她說你要去機場坐大巴，要先到裡面「海空聯運櫃台」登記，然後坐接駁車。

我便跟她進去到達大廳的海空聯運櫃台，另一位工作人員詢問我的班機時間和地點，她說在這裡辦理登機牌及行李托運，必須在二個小時之前，現在剛好來得及，她把登機牌交給我說，接駁車已經走了，你要自己打車去機場。我拿到登機牌提著手提包，就打車走了，到飛機場車資二十元，我跟師傅說我加給十元，微信付款後，他很高興的說謝謝老闆，我說不客氣。進到候機大廳辦理值機／報到的人龍好長，我直接上樓等安檢，節省不少時間！晚上五點順利落地大連，薛大爺回來了，小媳婦來接機領著我到網約車停車場上車，平安回到家裡。

2023／11／20

第三十二回　大連泉水生活點滴

十一月十六日是我回到北方的家第二天，早上和媳婦兩個人帶著現金十萬元出門去辦三件不大不小的事，首先到建設銀行要領取二個月前在這裡申請的建行一類卡，誰知行員說當天並沒有辦成卡片，沒有任何紀錄。我說那我就重新申請總可以吧！他說當然可以，經過一小時辦好，當場領取一張新的一類卡，然後我就用新卡存進十萬元。

再轉到派出所申請換發新的居民居住証，五年前發的居住証半個月後就到期了，辦完等一個月後領取新証。又轉去居委會辦理城鎮醫療保險繳保費，年底二個月居委會有代辦收費事宜，繳完費我的社保卡就能有備無患。

昨夜大兒子阿樸發來信息說「老爸，請幫我轉人民幣七萬元給上面這位廠商」。我早上七點半起床看見，對方的微信帳號還在，立馬進行轉帳，和小魏姐兵分兩路，八點之前搞定。中午阿樸又說「老爸，請再幫我轉人民幣一萬元給另一位廠商」。我吃完中飯，還有對方的微信帳號，不到一小時就給薛老闆辦妥了。晚上阿樸跟我結帳，說尚欠老爸人民幣二千二百元。

下午給大連市台辦打電話聯系，想要去拜會趙主任，請交流連絡處人員安排和請示。

十七號中午過去拜訪一下同層樓的隔壁好鄰居聶大哥和孫大姐夫妻倆，送上一包台灣捎回來的牛肉乾，聊表心意。

下午大連市台辦小丁來電話詢問一下打算拜會的用意，加上她的微信號之後，媳婦發現二〇二一年春天她聯系打疫苗的對象就是小丁，然後小丁也查到媳婦的微信號，凡是曾經走過，必然留下痕跡。我說「我以為市台辦的工作是台灣事務，其中心對象除了涉台事務之外，應該是涉台人員，那便是居住或來往本市的台商、台生、台胞三種人員」。小丁說「還有兩岸婚姻家庭，台屬也是工作範圍之內的。以後有活動，邀請您家來參加，到時候找機會見我們主任吧」！我說「好的，謝謝妳的盛情邀請，後會有期。兩岸家庭就是實現兩岸一家親最佳証人，我媳婦說的好，大的家還沒統一，小的家已經統一」。

今天是大連二〇二三年冬天迎來的第一場雪，中午飄飄灑灑的吹起雪花，晚上落不停的中雪，屋頂上和馬路上舖著皚皚白雪，瑞雪兆豐年。

二十日早上和大連市作協秘書長李勇聯系上，說我是十二年前從台灣來的，想去拜會貴會及主席，並贈送兩本新書，請你得便安排個時間會面。他說主席劉東不在，他會聯絡安排，隨後告訴我微信及手機號，加上之後聯系更方便。

中午到小區外面道路邊的「秋菜上市」採購農村來擺攤販賣的農產品，為期一個月的秋菜上市接近尾聲了，攤主說今天是最後一天上市，主要是大白菜，還有大蔥、洋蔥、地瓜、芋頭、土豆、蘿蔔、蘋果、梨子、桔子。我們只買了一把大蔥十斤，每斤五毛錢。

二十三號大連迎來二〇二三年冬天的第二場雪，早上六點多開始飄飄灑灑的落下中雪，屋頂上和車子上鋪著皚皚白雪，道路上還沒有積雪。

好朋友嫁女兒

二十六日是好朋友王慶、陳玉香伉儷的姑娘王漢蒙和劉廣睿結婚的大喜日子，我們姑娘溫馨當伴娘昨晚已經入住婚禮酒店，壽鐵奎、姜淑雲伉儷的兒子壽立博當伴郎。我和小魏早上十點出門直奔舉行婚禮的酒店現場，去五星級酒店參觀婚禮及參加喜宴，婚禮十一點半開始進行，由婚慶公司主導，婚禮主持人很稱職，現場觀眾情緒掌握很到位。

新郎官率先上台，新娘子由父親挽著手閃亮登場，父親再將新娘的手交給新郎後退場，一對新人牽手走過舞台，各自宣讀祝願辭，完了新郎大聲問「妳願意嫁給我嗎」？新娘揚聲回答說出「我願意」。

接著由証婚人上台致詞、新郎父親上台講話、新娘父親上台講話，新郎新娘交換信物，最後由新娘拋出手中捧花給伴娘，接到捧花的伴娘寓意著是下一個新娘子的好彩頭。結果捧花由四個伴娘中的溫馨接到，含意是今年我是伴娘，明年我是新娘。

婚禮歷時一個鐘頭後禮成，喜宴隨即開席，整個二樓宴會廳有二十幾桌，一點半陸續散席。酒席陸續上菜有三十幾道菜，其中三分之一是大盤子，三分之二是小盤子，小盤子大約是大盤子的一半大小。

招牌菜色有鮑魚、海參、海螺、大蝦，每一道都是十人份的大盤子。

我們同桌有二位外賓，其他八人是熟人，餐桌上的牌子寫著，女方家人，我們一家三口，壽鐵奎和姜淑雲伉儷一家三口，好姐妹孫秀敏及張小霞。落坐後我們立馬贈送秀敏及小霞各一本新書《大連的小魏傳奇》，她們看見封面照片是小魏的獨照都很開心，說這本書太珍貴了。

2023／11／26

小丁說「我們大連市的黑琵論壇在二〇二〇年春節除夕，登上了中央四套海峽兩岸節目，全篇沒有刪減的播放，也屬首例。黑琵論壇已經歷時十年，搞了八屆，在兩岸享有盛譽」。我說「喔……大連創辦黑琵論壇有十年了，真是十年磨一劍，要得，硬是要得。廈門辦的海峽論壇大概有十幾年，也是不容易」。

親人家庭宴會

二十九號早上十一點，我倆和同一個小區的大表弟張澤勇、李淼伉儷一起打車到飯店，與小表弟張澤杰及姨父張來富吃飯，因為小表弟自貴州回來和他昨天美國回來的兒子張久隆相聚，邀集親人一塊到大連最大的星海廣場吃飯嘮嗑，共享天倫之樂。十二點開席，三代同堂七口人歡喜聚餐，好酒好菜好氣氛，二點半散席，照舊兵分兩路各自撤回。好酒是茅台酒，但不是標準一斤裝的瓶子，而是具體而微的二兩裝，澤勇說二兩酒四百元，五瓶二兩裝就是二千元了。

我帶去一瓶一斤裝的瓷瓶金門高粱酒，在金門市價不到二百元，加上關稅及運輸大概就四百元，同樣的容量價差相距五倍，金門高粱酒真是價廉物美。但是六個人喝二種酒是啤酒和茅台酒，剩下的酒都請澤杰帶回家去。好菜是海鮮，澳大利亞大龍蝦一斤六百元，二斤多的龍蝦所費不貲，還有魚翅花椒湯、蒜泥青菜、鐵板牛肉、河豚魚片、大鮑魚、溜蝦仁、基圍蝦、海腸餃子、燻鴨肉、燻章魚、烤乳鴿、涼皮。七個人一桌酒席六千多元，當然是非常好囉！

吃飯的時候我問隆隆現在紐約工作還是在洛杉磯？他說在紐約。

我說在美國工作幾年、回來幾次了？他說工作四年了，回來三、四次，今年起有二十天休假，回來二次。我看他略顯瘦削問他體重多少？

他說將近七十公斤。我知道他二十六歲，身高一米八，標準體重應該是八十至七十五公斤，因此他的體重需要增加，而且他的體型略顯單薄，還需要增加適當的運動，以增強肌肉及體力，這對于一個男人是很重要及必要的。我二十歲的時候養成運動習慣，五十年如一日，身高將近一米八，體重從七十五公斤開始，五十歲的時候增加到九十五公斤，六十歲之後又降到八十五公斤。

2023／11／29

黑琵之歌

黑臉琵鷺棲息大連莊河，夏天回來這裏生育下一代，冬天一同飛越千里落地台灣台南，串起海峽兩岸情緣，一年兩趟飛翔，周而復始生生不息。

兩岸婚姻合組家庭，往返如同侯鳥，雙城生活都是家，兩岸本是一家親，南來北往鐵鳥上飛行，朝發夕至任我行，千山萬水不能阻隔。

咱們是同文同種，還是同宗同族，打斷骨頭連著筋，血濃於水一家人，誰也不能把我們分，兩岸最終是統一。

2023／11／30

十二月一日中午帶上一包台灣牛肉乾到樓上鄰居孫大哥、孫大姐家裡拜訪，他們倆同歲比我大二歲，老家都是大連市的莊河，去年是第一次拜訪過。他們家裡收拾得非常乾淨亮堂，窗明几淨，兒子在北京工作，老兩口和和美美的，我們坐了半小時後告辭，邀請他們有空下樓來我們家奉茶。十天前我們也曾經走訪過隔壁鄰居聶大哥、孫大姐，這位孫大姐大我一歲，老家好像是黑龍江的，女兒一家三口就住在隔壁另一戶，出門就到了娘家。

從山東回來之後，昨天上午大兒子阿樸從台灣匯來人民幣二萬元到我的建行社保卡，預定要分三天匯六萬元做為貨款，下午四點半我收到銀行短信通知有筆匯款二萬元到帳，今天上午我打電話給銀行查詢一下，中午飯後我去提款機上查詢已經入帳，我就告訴阿樸錢已到位。

二十八號早上去派出所領取新的居住証，因為二十五日早上去取的時候還沒有來，昨天來電話說証件來了，讓我有空過去取。

昨天上午阿樸第二度匯來二萬元，下午四點我又收到通知匯款二萬元到帳，今天上午我去提款機查詢已經入帳。今天下午三點我再收到通知匯款二萬元到帳，我隨後打電話給銀行查詢一下。

二十九日晚飯後我到小區外提款機查看一下，匯款已經入帳，回家就通知阿樸，本周三筆匯款全部入帳，可以開始轉帳了。九點過後阿樸說要轉帳一筆四萬五千元，對方的微信帳號還保存，從我的二類卡分兩筆轉過去，一會兒對方回覆收款。我把轉帳記錄傳送給阿樸，他說另一筆一萬多可以過幾天再轉帳。

自從十一月中旬我回來北方的家之後，隨即開啟我的「貓冬」生活模式，迄今一個半月，每天宅在家裡過上足不出戶的三等生活，那就是等早餐、等午飯、等晚餐。

今天是二〇二四年元旦，又是新的一年開始，一元復始，萬象更新。也是我退休滿三年，我覺得這三年的退休生涯非常滿意。

元月二號早上九點出門從小區北邊小門出去要坐公交車到較遠的金三角市場買菜，因此跨出邊門還要往下走一小段斜坡路十幾米，因為下過幾場雪，降溫之後雪給凍住了，走起路來就像走在冰面上要特別小心，如履薄冰。正當我低頭盯著地上路面剛走幾步而已，後面的小魏突然說起「趕不上公交車了」，我就隨著聲音抬頭看著不到百米外的車站。

說時遲那時快，只是這麼一瞬間工夫眼睛離開地面，我已經腳底打滑屁股落地，由上往下摔了一個四腳朝天，除了驚嚇之外，更糟糕的是，後腦勺向後朝地板重重的摔下去，我懷疑會不會造成腦震蕩呢？起身後一想氣不打一處來，我就往回走不出門去坐車了，這是我十幾年來冬天在大連行走的第一次摔跤，一時之間叫我懊惱不已！

中午阿樸通知轉帳六千元貨款，這是以前轉過帳的微信號，轉出去對方很快就回覆收到。

一月四日是第一次參加大連市西崗區台辦的活動，她的主題是「兩岸婚姻家庭聯誼活動」，下午三個多小時的活動很愉快很圓滿的結束，我回家寫下一篇紀錄《首次參加大連市台辦活動》。今天的活動圓滿成功，謝謝工作伙伴的用心和辛苦了，後會有期。我們看見主辦單位的真誠以及領導的重視，兩岸的心是緊緊相連在一起的，一家人不說兩家話。我們小魏說雖然大的家還沒有統一，小的家已經統一了。

六號是一個花好月圓人團圓的好日子，因為是我家好看的姑娘過生日，一大早我就給她祝賀生日快樂！並且送上一份紅包，口袋有底氣，心裡也會跟著有底氣，中午我們一起許心願、吃蛋糕、喝紅酒，紅紅火火過生日，長長久久過一生，祝願她早日收穫感情，開創新的人生。

七日早上七點看見網路公眾號「微傳道」平台上「民間祭文」專欄刊載我的一篇短文《祭生母文》，那是在凌晨舖上去的。八點半我又看見「微傳道」平台上另一個「鄉村記憶」專欄刊載我的另一篇文章《寄車賣菜》，挺好的，二篇文章都能獲得主編的青睞。

我今天終於決定要回家投票，三天後早上九點班機獨自飛廈門，中午一點降落，再搭船返回金門。

八號早上我倆進城去給姑娘和她娘辦理戶口遷移，從景山那兒遷到中山九號，需要屋主我去簽名同意，我們到達桂林街派出所，前後不到十分鐘搞定，當場拿到新的戶口名簿。姑娘得到消息老開心了，戶口落在這裡感覺高大上，她說「愛你，老爸，你是仁義善良的人，我要好好跟你學著點。天寒地凍的辛苦你了，老爸」。

出行不順利

我以為出遠門的最高宗旨是，順利出行，平安抵達。

十日是千里單騎返家鄉的日子，一大早七點出門，半小時後進入大連飛機場，八點半準時登機，可是半小時後等來的卻不是起飛的通報，而是廣播「各位親愛的旅客，我很抱歉的通知，您所乘坐早上九點大連飛往廈門的 MF8090 航班因為機械故障，排除故障費時，現在請您下機到賓館休息，中午安排用餐，再等候登機。給您的出行造成不便，我司深感抱歉，如果有需要改簽班機的請自行解決」。

我們坐上大巴前往機場外的一家小賓館，辦理登記入住休息，這是我南來北往坐了十二年飛機，第一次碰到飛機故障的。中午在房間吃便當，我住的是二人房，另一位旅客是江蘇省淮安人，五十歲的熊靜美先生。等到下午五點了還沒有一點消息，就是一個字，等，痴痴的等吧！說不定能等來好消息！我中午已經跟廈門酒店訂好房間，晚上只好再告訴他飛機還沒有飛，他說不要緊，房間有保留，如果有到廈門都能入住。六點時剛剛來喊我們去取餐，我的室友下樓去拿了，中午也是他拿的，熊先生小我十九歲，聽我說台灣的故事很喜歡聽。

六點半有好消息，終於通知退房了。其他旅客說大概是八點半起飛，吃完退房再上大巴，到機場重新走一回值機過安檢，到登機口。

算一算早上九點半離開機場，晚上七點半回來，在機場外流浪十小時，登機時航空公司每人賠償現金三百元。飛機果然是八點半起飛，夜裡十二點半平安落地廈門，一點到達酒店了。

2024／01／10

第三十三回　感恩的心和行動的心

《感恩的心》這首歌曲猶如一道清泉，能夠洗滌一個人的內心和雜念，但是，光是唱的好聽還不如做的好看，有恩報恩，即使不需報恩，開口表達出感恩或感謝不也是一番心意嗎？坐而言不如起而行，妳說是嗎？我來說一說自己的經歷，二〇一二年的春天和秋天我生平兩次住院治療，此前一輩子從未住院過，都是膽結石發作造成急性膽囊炎，痛的我死去活來，不得不住院進廠保養，兩次都是住院十天方才結束戰鬥，真是小小的石頭、大大的禍害。兩次住院都受到我們金城鎮長石兆瑨到院慰問並贈送一個紅包壓驚，出院回家後第二天我立馬趕到鎮長辦公室，要當面向他致謝關懷及慰問，可惜兩次他都不在辦公室內，我只能向他的秘書表明來意並留下一張名片，請他代為轉達謝意，秘書愉快的答應轉達。

我知道有些人對於這種情形會認為，這是做為鎮長的一項親民措施，是職務上的行為，不需要專程去致謝，至於紅包也是使用公款支付，並不是他自掏腰包的。這種論述固然有幾分道理，他是用公款支付也是職務行為不假，可是換一個角度來說，我是受益者，一則是來自對方精神上的慰問，一則是收到經濟上的確實利益，那可是真金白銀的好處。我們都能接受使用者付費、受益者付費的對價模式，對於這種從天而降、不勞而獲的利益，既然不需付費，表達一下受惠者感恩或感謝的行為舉止，不也是一種光明磊落、胸襟坦蕩的表現嗎？

或者有人會說，大恩不言謝。這種情況指的是受到人家天大的恩惠，所以不必言明感謝，而是直接訴諸感謝的行動，才足以表達內心誠摯的感激和感謝。這絕不是說大恩不必謝喔，更不能簡約成大恩不謝，那可是差之毫厘，失之千里。即使小恩小惠，我們不需要回報，至少也可以言謝，表達我們內心的誠實感受，一來一往不失為一種雙向溝通和互動，何樂而不為呢？俗語說地球是圓的，人與人總會有碰頭的機會，所以勸人凡事不要做絕，多少留一個退路，叫做人情留一線，日後好相見。

比如再往前二十年的一九九〇年我才三十五歲，當選電信工會的工頭，有一個老同學陳慶山在台灣當兵，他的父親去世，他回來奔喪料理後事。同學中有人召集去靈堂拈香，一看告別式場冷冷清清，沒有什麼花圈花籃，此因我們同輩都在埋頭苦幹階段，沒有什麼人出人頭地，無能為力撐起場面。當場就有同學對我提議說，好歹你是一個頭頭，能不能用你的頭銜送一對花圈呢？我一聽立馬同意，回應說自己好同學，能幫上忙當然願意，我馬上去辦。葬儀社收錢後給我開具發票用以報銷，可是我想這不是職務上的行為，也不是業務上的往來對象，屬於私人的性質，並不適合從工會報銷，我自己承擔就好，順手就把發票撕了。

2024／02／05

第三十四回　再回山東省親

十二月三日中午我們倆從大連飛往山東高密省親，主要是本月十五號要去給老丈人上墳燒紙，九周年忌日是一個大日子，完了大概就不用上墳了。其次是提早幾天去照看和陪伴丈母娘，預訂停留二十天，老人家自從六月底住院開刀之後，身體已經大不如前，需要子女在她跟前照顧生活起居。四個姐姐已經輪流照顧五個月了，真的是非常辛苦，我們家老五也要多少盡一點心力。

今天是一個好日子，果然心想事成。一點班機順利出發，四點平安到達進門，見到白髮蒼蒼、顫顫巍巍的丈母娘，還有照顧老娘的二姐，一家人相見歡，同享天倫之樂。寒喧問安之後，我隨即給老娘遞上一個紅包，她開心的收下了。

到山東十天，昨天早上醒來突然發現左腿根部到屁股的部份有一些痠痛，影響到整個腰部以下活動的利索，這是幾十年從未有過的狀況，好奇怪，我沒有碰撞沒有外傷，怎麼會突如其來的發生呢？因此取消每天早晨的運動，可是午休之後一直到晚上睡覺都沒有什麼改善，開始留意起來。今天早上起床觀察狀況也沒有緩解，還有一些加重呢，昨天大概是三分不便，今天卻是五分不舒服。用手輕輕按摩左邊那臀部會有一點點緩解，坐到沙發上臀部會痠痛，站起來不怎麼利索，晚上也沒有什麼減輕狀況。

十四號大連市宣佈，因為大雪來臨，全市中小學、幼兒園明天居家學習，也就是放假一天。這些年來由于暖冬，大連已經很少下雪，但是今年多了起來，不是中雪就是大雪，學校也因此放假呢！

前兩天突然發現左腿根部和左邊屁股痠痛，對于坐下及站立很不利索，叫我挺擔心的。幸好昨天在床上自己用左手拍打與按壓了幾次，感覺有些減輕，今天早上起床時拍一拍按一按，真的緩解不少，總算放心不小。

商務部今天公佈，認定台灣與大陸兩岸之間貿易往來，台灣對大陸貿易的限制措施構成貿易壁壘。原訂二〇二四年一月十二日公佈的調查報告提前將近一個月出爐，這個結果就會符合中止或部份中止兩岸貿易的 ECFA 協議，台灣正是通過這個協議取得巨大貿易順差，每年達到一千五百多億美元，賺滿了荷包。

老丈人忌日上墳燒紙

今天十二月十五日是老丈人辭世九周年忌日，也是身後最重要的日子，子孫要上墳燒紙的日子。自然也是我們夫妻倆回來的主要目的，其次是照看和陪伴丈母娘一些日子。可今天是山東今年入冬以來最冷的一天，室外零下八度，室內有暖氣零上二十二度，但是我們風雨無阻，一切按照原訂計畫進行。早上八點半內弟開車拉我們，有他兒子、老娘、四姐和她孫子、我們倆，總共七人，從高密市裡出發時空中飄著雪花，行車將近一小時回到鄉下老家。哥嫂兩人在家，其他內親外戚，宗親鄉親陸續到達，總計五十多人，我們在屋子裡喝茶等候，並順便整理冥紙，屋簷下已經堆滿紙紮的物品。

十一點半出門上墳去，就在村子口外面不遠處，此時也有雪花飄飄灑灑，路程只有五分鐘，但是朔風野大，穿透層層衣物，站立墳前真是深刻感受天寒地凍的威力。五個姐妹領頭走在最前面，圍繞父親墳墓五女放聲慟哭，大夥擺上貢品燃燒冥紙及紙紮物品，每個人在墳前下跪一磕頭，全部磕頭完畢，待燒紙完成費時二十分鐘，人馬原路返回。到家十二點，飯菜開始上桌，一共開了四桌，用餐一小時逐漸散席，休息到三點我們原車返回市裡住家，五點半吃晚飯，圓滿完成今天的任務，大家心安理得。

今天在老家時內親外戚，男女老少五十幾人，有一個嫂子過來跟我打招呼，我很眼生，不曉得如何稱呼，只能禮貌性微笑跟她點點頭。她也不知道應該如何稱呼，可是她笑著對我說「你是媛媛她爸爸」，我連忙回應她說是的、是的。一會兒我媳婦過來看見了，就給我介紹說她是嫂子，住在前面不遠處。妳看看這媛媛名字真响亮，一路從大連紅到高密來。

2023／12／15

這一次回來北方的家，主要是有二件事情要參與，第一是十一月二十六日在大連出席老兄弟王慶嫁女兒的婚禮及喜宴，當然還要送上一個好看的大紅包，第二是十二月十五號在山東高密出席老丈人九周年忌日上墳燒紙，順便照看及陪伴丈母娘一些日子。現如今二件任務都順利完成，剩下的便是自由活動時間，看看下個月要不要回金門參加選舉投票？下下個月要不要帶媳婦在金門過春節？

十七號早上十點半弟媳婦趙紅回家了，這一次去出差半個月，辛苦了，我們四個人在家裡歡迎她，一直惦記她的丈母娘高興得掉眼淚哪！因為丈母娘是一個拿兒媳婦當女兒看、拿女婿當兒子看待的人，所以半個月見不到兒媳就會經常唸叨著，今天總算叫她見到人。

二十日中午我姑娘要從大連飛來山東看望她的姥姥，五點過後，好看的姑娘找到姥姥新家的小區了，她娘下樓去接她來家看姥姥、看爸爸、看四姨。給姥姥開心得眉開眼笑的，隨後姑娘拿出一個紅包來孝敬姥姥，這下子讓姥姥笑得合不攏嘴了，緊緊拉著孫女的手不捨得放開。晚上她獨自一個人在客廳打地舖，我讓她上床跟媽媽睡，我去客廳打地舖，可是她就是不肯，真是難為她了。

二十一號國務院宣佈，自二〇二四年一月一日起中止ECFA部份台灣產品的關稅優惠，十五號商務部剛剛宣布，認定台灣與大陸兩岸之間貿易往來，台灣對大陸貿易的限制措施構成貿易壁壘，不成想，制裁來得這麼快。早上十點我姑娘犯睏，就跑去床上補眠一下，我們曉得昨晚她沒睡好。今晚她改在我們房間打地舖，明晚我們回大連。

今天是冬至大如年，大家記得吃湯圓。同時也是我們停留山東二十天，告別老娘回家的日子，下午三點半坐外甥帥帥的車子直放青島膠東機場，六點起飛歷時一小時降落大連，八點回到闊別二十天溫馨的小家，煮碗湯圓吃完洗漱休息。

2023／11／22

第三十五回　山東的家人與親人

二〇二三年一月份春節我們一家三口從大連飛到山東高密和丈母娘吃年夜飯、過春節、發紅包，內親外戚幾十口人喜氣洋洋，興高采烈，一如所預期的熱烈氣氛。臨走時預報了十二月份老丈人九周年忌日，我們再回來上墳燒紙，完成這一重大任務。不料，計畫趕不上變化，六月份端午節當天一早突然接到內弟由山東打來台灣的國際電話，說丈母娘病危，我們倆抛開家裡從台灣和美國回來的五位客人，趕搭下午的班機由金門經廈門飛往山東，夜裡趕到醫院探視開刀後的丈母娘，略盡一份人子之心。停留三天再返回金門招待五位貴客，二位台灣客人住了一週後返台，三位美國客人住了五十多天，也取道台灣返回美國芝加哥。然後八月份我倆又重回山東探望與陪伴丈母娘二十幾天，才回到大連自己家裡，所以六月及八月這兩趟飛往山東的旅程是不在原訂計畫中的。

十二月份我們按照原先的規劃，從大連前往山東探望及陪伴丈母娘二十多日，並且順利完成老丈人九周年忌日上墳燒紙的任務。在兩次陪伴丈母娘一起生活的日子裡，我也能就近了解她的生活種種，以及四個姐姐輪流照顧她的孝順與辛苦，叫我心生敬佩母女情深，樂意見賢思齊焉！回想起十三年前二〇一一年底我們一家三口首次回到山東娘家，我給老丈人及丈母娘孝敬二個紅包，丈母娘也給我包了一個紅包，夜裡就寢時我打開一看，一千元錢加一塊錢，我問愛人怎麼會有零錢呢？她告訴我這是她們當地的習俗寓意著千裡挑一，丈母娘看女婿越看越中意。我說這話好，不但是千裡挑一，還挑在千里之外的台灣，名字中帶有一個千字，芳名傳千里，這個紅包一下子包括了三層含意，真是好。後來每次見面，我一定都會用紅包表達孝敬之心。

丈母娘雖然生在農村長在農村，讀書識字不多，但是情商極高，做人處事克己待人，處處為人留下餘地。她對待子女不但一視同仁，看待兒媳和女婿也是沒有差別，拿兒媳當閨女拿女婿當兒子，因此父慈子孝，各盡其責，一家內外和諧融洽。丈母娘和老丈人都是從解放前走過艱辛歲月進入二十一世紀的人，年輕時在地裡刨食，面朝黃土背朝天，一手拉拔五女二子長大成家，不但辛苦而且累壞身體，又兼營養不良，年過半百之後身體健康每況愈下，一到冬天每個月都要進醫院保養好幾天。我愛人上有四個姐姐一個哥哥，下有一個弟弟，兄弟姐妹排行老六，姐妹排行老五，跟我大致相同，我有三個姐姐二個妹妹二個弟弟，父母也是年老體衰，所以我能將心比心、感同身受。

我先跟愛人說起台灣有一款安麗高蛋白，跟大陸的品牌是安利高蛋白有些微區別，前者是美國原廠生產台灣進口上市，後者是美國公司在大陸設廠生產上市。它是植物性蛋白，對于身體虛弱的人補充營養有著極大的效果，我可以從台灣帶過來給丈母娘用看看，但是妳要先跟她說明白。喝了一年後第二年的冬天起，原本每年要住院五次六次，現在最多只有一次，老大娘驚奇的發現自己身體變好了、抵抗力增強了，左鄰右舍，街坊鄰居也驚奇老大娘的改變，紛紛上門來探詢究竟是何原因？大娘毫無保留說是喝過五女婿從台灣送來的奶粉，她管高蛋白也叫奶粉，鄰居大媽一問那價錢，直說她們可是喝不起的呀！我知道高蛋白有功效，但我沒喝過也不知道居然功效這麼大，這十年來丈母娘的身體反而比年輕時候更好，讓子女們驚訝的簡直都不敢相信，卻又是活生生的事實！

只可惜去年二〇二三年的端午節老大娘突然昏倒，經送醫急救，診斷是腦部血塊堵塞，必須動手術疏通血塊。我們倆得到通知後當天趕回到重症監護室探望開刀後的老娘，所幸手術成功，十天後出院回家調養。只是生活上需要有人照顧，因此四個姐姐分成兩班全天候輪流照料，遠在千里之外台灣的老五，因為無法參與到照顧之列而深感愧疢。幸好八月及十二月兩次，我倆能回到老娘身邊陪伴及參加照料各二十幾天，算是彌補一些虧欠，也能向姐姐和兄弟當面說聲感謝，有妳們真好。

除了丈母娘把兒媳和女婿當作子女一視同仁外，兄弟姐妹和她們的另一半都拿其他人看作一家人對待，不分內親外戚，相互關注相互照顧，水乳交融不分彼此。比如四個姐夫只要一聲召喚，無不拋下手邊事務趕回丈人家來勞心勞力，不遺餘力，再如二個兄弟參與出錢出力，也是和和氣氣的，盡心盡力。大家無形中建立起一種休戚相關，禍福與共的觀念。在我所有的親朋好友中，實在很難見到一個家族這麼和諧愉快，團結合作，充分展現出一個家庭中父慈子孝、兄友弟恭的氛圍來，這是非常少見的融洽。這種家庭氣氛來之不易，主要是父母的不言之教成功，子女們在耳濡目染之下起而效之，並且形成代代相傳的風氣。

想當年我家老五才唸完初中，三個姐姐都出嫁了，家裡一下子減少三個勞動力，老四和老五就得頂上去跟著爸媽下地干農活，可是老五比老四小了四歲，初中剛畢業年紀小個頭又小，體力活真的是干不動，干了兩三年實在吃不消，老娘看在眼裡便有了一個想法。一九八九年冬天她到大連看望妹妹和妹夫就帶上閨女老五，停留數日她獨自返回山東，留下閨女從此在姨父姨媽關照下于大連工作定居，六年後結婚生子落地生根。結婚十六年的日子真是一場煎熬，工作和家庭與婚姻都沾不上幸福的邊緣，老娘和姨父看在眼裡有時候也在唸叨著當年把她獨自留在大連好像不是正確的。而且在離鄉背井的二十年間，山東經濟快速發展，各行各業搭上起飛的列車，兄弟姐妹都開始過上好日子，自己過得並不好，相形見絀之下只能黯然吞下苦澀的淚水。

就在心力交疲之際，樓上的老鄰居朱君突然提起要給她介紹一個台灣的男朋友，她無可無不可的同意下，很快的台灣人來信息和電話了。聯系之後十天他就專程飛到大連來相見相識了，天南海北會大連，一見鍾情定終身。老五說我倆的相會對我來講只是人生中一個插曲而已，對她來說卻是一個奇跡，比中彩票還要好的大獎。十五個月之後買下一套合宜的房子，帶著十七歲的花季少女娘兒倆從此開啟新生活，新的環境和新的氣氛一掃前塵往事，還她快樂及幸福的人生。可惜老丈人于二〇一四年聖誕節前驟然離世，令家人千般不捨、萬般無奈，次年暮春老五回家迎接老娘前來大連小住數月，也讓她親眼目睹令她日夜牽掛不已的閨女已經是今非昔比，否極泰來，叫她安心放心、不必操心。此時老娘和姨父看在眼裡，偶而會唸叨著當年把她留在大連的決定好像還是正確的。

千禧年之後山東大力發展經濟突飛猛進，各種製造業落地開辦工廠，大量招聘工人，創造許多就業機會，家家戶戶所得增加，人人生活安居樂業，一片欣欣向榮的景象。兄弟姐妹個個生活質量大幅提升，除了原有農村傳統的五間瓦房之外，還都前往市裡購置樓房，或者做為度假或者做為定居之所。

2024／03／01

第三十六回　在大連過年前後

二〇二四年一月中旬我獨自返回金門投票，不幾天遇上臘八節，南方幾乎是不過這個節，北方卻是很重視這個節日，要吃臘八粥、浸泡臘八蒜，還說過了臘八就是年。我是注重入境隨俗的，深知丈母娘是山東人，特別講究這些生活禮俗，所以即使我在千里之外，每年這一天我都會給她孝敬一份紅包，讓她沾點喜氣紅紅火火過新年。而且俗話說年關就是錢關，就是要用錢的關頭，不能讓她缺少票子，再到臘月二十三送神日，也就是小年，灶王爺返回天庭述職的這一天，又給她送上第二個紅包，用來採購各項年貨，過一個豐衣足食的新年。

我投完票短暫停留十多天于二十三號一早出門，要回到北方的家和家人一起過年，晚上六點回到溫馨的家吃晚飯。二月一日起了一個大早，雖然氣溫降到零下十二度，我也要出門參加大連市台辦的活動首次實地去觀賞一下東北大集，下午兩點飯後回程，晚上構思一篇《起個大早趕大集》，第二天再完成初稿。中午吃飯席開三桌大夥交談十分熱絡，再過一周就到除夕夜，談得最多還是過年的種種，東北也是拿臘八作為過年的起始，在鄉村流行的一句話說「小孩小孩你別哭，過了臘八就殺豬」。此因殺豬就有豬肉吃，哭哭啼啼的孩子一聽到有肉吃就自然停住哭聲，想像著吃肉的那份油膩那份幸福感，一年一度的殺豬也叫殺年豬。可是很多人說起今年殺年豬提早了，在進入臘月之前就陸陸續續有人在殺豬吃肉了，不知道為什麼會有這個變化？

一家人吃年夜飯

二月九號是大年除夕夜，小表弟張澤傑、馬山伉儷昨晚八點一路從貴州輾轉飛回大連過年，年夜飯有我們一家三口，還有同一個小區的大表弟張澤勇、李淼伉儷一家三口，都要回到姨父家，也就是表弟他爹張來富家吃團圓飯。

下午三點半我們仨打車前往姨父家，行車半個小時後到達，兩個表弟都已經在他爹家裡了，大家互道問候及寒暄，表弟說今天的年夜飯不用自己動手做，就近在飯店叫的一桌，五點就能送菜來。往年都是大表第掌廚，還兼採購，那個食材都是上上之選，他的手藝是廚師級的水平，他表姐只能給他打下手，但是太辛苦他了，今年改變一下做法也是不錯。飯店準點送菜來，用一個大的保麗龍箱子裝滿十幾大盤菜餚，還有許多小盤子甜點及小菜，保溫效果非常好，擺上桌同時落座開飯。除了啤的還有白的，是迷你版的茅台酒，正版的是五百西西裝的，大表弟拿來的是一百西西。

好酒好菜好氣氛，一桌酒席二千六百元不太貴，還省下多少人的辛苦和力氣，一個小時後酒足飯飽也只幹掉一半的菜量。下桌後又開始忙著準備包餃子，韭菜和蝦仁餡的，大概包了一百多個，十點煮好餃子，大家圍坐一起開吃，剛出鍋的餃子把每一個人的胃都暖起來，吃到一半表弟突然想起來剛才包餃子的時候沒有放硬幣在餃子裡面，所以吃的時候沒有了中獎的期待，氣氛差一點。半小時後結束戰鬥，大夥動手清理戰場，還給姨父一個乾淨的環境，一小時後我們仨首先撤退。在車上看見道邊八米高的路燈下，懸掛的兩排六個紅燈籠在四米高的地方亮起來，紅彤彤的多麼喜慶，路燈加上燈籠的亮光把道路渲染的如詩如畫，真想下車一路走回家！

我坐在副駕駛位置上看見這一幅街景不愧是賞心悅目，可是一直看不清晰透徹，正在納悶時聽見司機說起霧了，我喔了一聲說原來如此，今天怎麼好端端的就會起霧呢？他說今天一下子升溫十二度，那熱氣升騰到半空中形成水氣就結成水霧了，這師傅講解有道理。車子進入小區後有一波一波的鞭炮聲迎接我們回家，可是這鞭炮的聲量及陣勢，比起去年前年差了不止一半而已，真能反映出經濟發展的情勢！

回家後想起今天的見聞，不由得多了一份擔心，我擔心七十八歲獨居姨父的生活和健康情形。下午聽大表弟說起姨父一個月前在家裡摔了一跤，腰部受傷了，摔得不重也不輕。我們都知道老人家最怕的是摔跤，因為老人大都會有骨質疏鬆症的現象，一摔那骨頭會受不了，偏偏都會在自己家裡摔倒，而且摔過一次就會有第二次、第三次，所以第一次摔跤就是一個警訊，不能不重視！

吃年夜飯時我看他在我面前走路，步履遲緩無力，身形消瘦單薄，一米八的身高，體重約略一百三十斤而已，雙腿瘦削臀部無肉，走路輕飄飄。上回和他相聚是在二個多月前，小表弟的兒子隆隆從美國紐約回家看爺爺，我們三代同堂七口人在飯店吃飯，共享天倫之樂，那時節他的身體精神及行動都比今天好很多，可見這一次摔倒對他身體造成很大的負擔。所以他不能再獨自生活，需要有人照顧他，避免生活的不便以及身體的危險，至於應該怎麼安排要趕緊集思廣益做成決議去落實。

一家人吃新年飯

昨晚吃過年夜飯，今天大年初一中午一家人繼續到日月潭大酒店吃一頓新年團圓飯，十二點全員到齊，包間很寬敞大約四十多平方米，大夥見面互道恭喜，新年快樂，拍下幾張照片，再請服務員幫我們拍幾張全家福。服務員等我們站好位置要按下快門時，還特地來調動我們的情緒問說，銀行有的是什麼？我們異口同聲的笑著說，有的是錢，每個人都樂呵呵的，沒有一個不是見錢眼開的主。在笑聲中留下大家美好的記憶，真是新年新的開始，龍年開門大吉，龍行千里之外。半個鐘頭後上菜，山產海鮮搭配得宜，啤酒白酒各隨其變，迷你版的茅台酒還是大表弟帶來的，就是正宗的茅台，儘量喝吧。一個鐘頭之後散席，各回各家，後會有期了。

外甥姑娘來拜年

大年初一晚上七點外甥姑娘一家三口吃過晚飯來拜年，又帶來好多禮物，真是太多禮了，八天前她們來過一回已經帶上好多禮物，今天真的不需要這麼客氣的。她們剛一進屋，我們都發現趙嘉茵不但長個了，而且穿著太好看了，我們很驚訝的稱讚著，問她穿的是漢服嗎？好像古裝的電影明星呢。她爸說那是馬面裙，姨姥姥說這是最近兩年很火的一款裙子呀！溫馨說給她拍個照片看一看，小姑娘很害羞的不肯站好，她媽鼓勵她說，都是一家人不用不好意思，我順利的給她拍下二張。外甥姑娘她們打算後天要回山東娘家待幾天再回來，開車一趟繞一大圈要花十二個小時，的確很辛苦，但是回娘家的喜悅又是千金不換，絕不怕苦。坐了半個小時，她們就打道回府了，下次再會。

新年好友家庭聯誼餐會

今天大年初二是我們三個家聯誼餐會的日子，今年輪到我們家主辦了，本來每個家庭都是二大一小三口人，去年十一月王漢蒙姑娘結婚了，今天帶著姑爺劉廣睿出席，增加生力軍，期望明年也能增加新人。十點半老壽和老王兩家人同時進屋，老薛我站在屋裡分別擁抱一下兩位兄弟及兩位帥哥，媛媛熱烈歡迎小姜和小陳兩位阿姨及一對新人與大博，大家互道新年快樂，恭喜發財，小魏在廚房裡掌勺忙得熱火朝天，不克親自迎接貴賓。

進入室溫二十七度的屋內，來賓紛紛脫下厚重的大衣和棉襖，層層疊疊堆起來，各自落坐嘮嗑，都是感嘆一年容易又是新年團聚的時光，各人安康最為珍貴。大博說看到蒙蒙小兩口恩恩愛愛甜甜蜜蜜，真是值得祝福和看齊了，他也要加快腳步，把喜事進行到底；媛媛說她正在努力當中，爭取今年能夠好事成雙，組織新的家庭。

十一點半上菜，山珍海味席開二桌，六個家長一桌，四個年輕人一桌，正好十全十美，龍年開門大吉。我們三個哥們喝點白酒和啤酒，不滿上也不拼酒，意思到了就行，其他人都不喝酒各隨其便。菜色確實有用心製作，總共十四道菜，有紅燒海參、清蒸鮑魚、蛋黃焗螃蟹、醬牛肉、醬豬蹄、醬肘子、豬皮凍、清燉黃花魚、乾燒帶魚、燻鮁魚、北極蝦、荷蘭豆炒臘腸、西蘭花炒蝦仁、苦菊拌茶樹菇。

一點正散席，開始泡茶繼續嘮，小魏說下午或者晚上我們吃一頓餃子，酸菜和豬肉餡的都準備好了，待會兒就開始包餃子。可是喝茶半小時後老壽說要撤了，家裡還有許多客人等候他們回去接待呢！這麼一說就留不住，然後老王也要跟著撤了，那就等待下次聚會，珍重再見。

吃飯的時候小魏咳嗽好一會兒，喝茶時我說她感冒一周了，越咳越凶，吃下好多感冒藥也不見效，大概是流感病毒。老王一下子就說出重點來，他說這個是二陽，是新冠肺炎的變異病毒，以前打的疫苗也不好使，吃感冒藥不容易好，會拖一段時間。我想也是，從前她感冒吃金門的藥很好使，兩三天見效一周痊癒，這一回吃完一周金門的藥也不管用，原來是沒有對症下藥。

大年初四氣候升溫了，早上八點的時候三度，中午十二點升到十二度。中午飯後我們倆到小區外溜達一圈四十分鐘，走了三千八百步，從初一中午開始升到四度，路邊的積雪積冰逐漸融化，到今天幾乎看不見路旁有冰雪了。倒是那融化後的雪水不少見，雪水富有營養，正好為植物提供水分及養分，真是一舉兩得。

晚飯之後再到小區外溜達一圈四十分鐘，走了三千步，氣溫是六度，從東門出去繞過南門，經過西門為止，所見道旁的景色跟中午一樣。可是轉到北門就不一樣了，道旁的積雪積冰只融化一半，用腳踢一踢那小雪堆並不堅硬如冰，鬆軟不少，原來是北門這一排好幾棟二十幾層的高樓，把中午最強的陽光給擋住了，雪堆日照的時間短暫，只能把上層的雪堆化掉卻不能化透，周邊都是雪水在流淌。

二月十四日在金門海域發生遺憾事件，台灣海巡署驅趕大陸漁船，導致漁民四人落海、二人死亡。此事引起大陸網民一片撻伐，國台辦也發表對此次惡性事件的強烈譴責。四天前發生的金門船難事件，造成二名大陸漁民落海死亡，大陸網民呼籲採取報復行動。十八號中午福建海警局宣佈將在金廈海域開展常態化執法巡查行動，維護漁民安全，如此一來，台灣海巡署便不再是該海域唯一的武裝力量，可以對手無寸鐵的漁民予取予求了。隨後國台辦立即表態，堅決支持海警局的行動。

金門船難事件造成二名大陸漁民遇難，人命關天，其家屬二月二十日從泉州前往金門，希望查明真相還他一個公道，追究責任，做好善後工作，給家屬和兩岸同胞一個交代，因為大陸人的命也是命。當天上午泉州市紅十字會人員前往金門了解金門船難事件，下午陪同二名生還者返回廈門。生還者徐仲安說他們的漁船在二月十四日中午十二點多出海，十二點五十分遇上海巡的船直接撞翻漁船，四名船員全部落海，救起來後二人死亡。隨後金門地檢署承認海巡船和漁船發生追逐碰撞，但是執行過程未錄影。可見碰撞才是翻船的原因，才是造成兩人落海死亡的慘劇。

金門船難事件，台方立場是不認錯、不道歉、不追責、不賠償。遇難者家屬要求的是公布真相、公開道歉、追究責任、進行賠償，但是，直到三月一日為止經過十一輪談判雙方並未達成協議。二月二十八日國台辦發表聲明，大陸方面保留採取一切措施的權利。這個分明就是準備動手的最後通牒了。

三月四號看了一下第五本書稿《金門情深又深》的內容，共有四十七篇文章十四萬多字，其中青春兄妹五篇文章五萬三千字，我預訂要用二十萬字左右來出版。這本書名在前面兩本書《金門情深》及《金門情深深》出版之後就已經訂下來，這是同一系列的書名，其實第六本的書名也已經規劃好了。

三月五日中午姑娘發來她新領的身分証照片，說「身分証剛取到手，感謝老爸讓我變為城裡人了」。我回說「開心就好，一家人不說兩家話」。此事緣于一月八號我倆進城去給姑娘和她娘辦理戶口遷移，前後不到十分鐘搞定，當場拿到新的戶口名簿。姑娘得到消息老開心了，戶口落在這裡感覺高大上，她說「愛你，老爸，你是仁義善良的人，我要好好跟你學著點。天寒地凍的辛苦你了，老爸」。老實說我也不明白同樣在中山區遷戶口，由景山遷到中山廣場有什麼差別？

三月七號晚上聽媳婦提到叢世娟說她患了肺腺癌，讓我跟她解說梁國棟得病之後的治療，我嚇一大跳趕緊給她發信息「叢姐，晚上好。剛剛聽小魏提起妳身體不太好，沒想到是肺腺癌第四期，這可是很緊急的。二〇〇九年我同學梁國棟參選金門縣長，投票前一周診斷出肺腺癌第四期，投票完他去榮總住院治療，沒有進展，他便轉到新光醫院，腫瘤科季主任給他確診之後，採用雙標靶治療，幾個月後見效起死回生，已經生活十幾年了。妳可以打電話到台北新光醫院咨詢一下，季主任是每周哪一天看診？或者查明季主任看診的時間後，妳親自到新光醫院去掛號，如果掛不上號的話，妳可以到他的看診室要求加掛，妳告訴他是從金門過來，他大概都會同意加掛的，這個要盡快找名醫看診，祝福妳了，叢姐」。

三月十四日訂好回南方的機票十八號早上九點廈航大連飛往廈門，下午二點到達。我媳婦三天後也要飛往山東陪伴和照顧老娘，善盡子女的責任。我姑娘今天寫了一篇北京遊記《北京二度四日游》初稿，篇幅三千七百字，但是，不如上一篇二〇一八年春天寫的《北京四日游》那一篇五千字那麼令人激賞。

自從二〇二三年十一月十五日回到北方的家迄今整整四個月一百二十天，寫作十一篇文章二萬五千字，一直沒有好好靜下心來寫作，不甚滿意。不過，這一趟回來大連貓冬也是雜事繁多有以致之，首先是吃喜酒，接著去山東回娘家住了二十天，參加二次市台辦活動，回金門投票呆十天，除夕吃年夜飯，初一再吃新年飯，外甥女來拜年三次都沒吃飯，在家裡舉辦三個家庭聯誼餐會，春寒料峭去爬山累壞了。

早上九點出門去看姨父，今天打車不是快車而是拼車，而且是拼三撥的客人，我們是第二撥上車卻是第三撥下車，往常由西往東半小時這一回是走了一小時。媳婦一進門搞衛生一個半小時完工，俺們兩個安坐不動，我跟姨父說下周一回台灣，他問我這次回來住多長時間？我說回來過冬住了四個月，十一點半我們打車離開，打道回府了。

2024／03／02

第三十七回　春寒料峭去爬山

今天跟著「遊走天地」這個群組去大連市蓮花山踏青徒步健走，臘梅領著我們一家三口一起行動。兩年多之前的二〇二一年國慶日，我們就曾經和這個群組一塊從丹東，前往本溪「老邊溝風景區」遊玩過兩天，非常愉快。月末又去了一趟郊外的樂甲農家遊及採購農產品玩了一天，兩次領隊都是天域，今天還是他。

出門時氣溫零下四度，穿好保暖衣服，早上九點之前我們提早到達星海廣場集合地點，不遠處就能看見天域的身影，待我們將要走近他的時候，和陽光伉儷倆迎面相遇，寒喧之後天域和兩位朋友已經走過來相互打招呼了，不一會又有三位女士加入。有幾位山友開始著裝，穿上護膝、護腿，豎直一對登山杖，天域首先讓我們一起拍張全體合照，總共十一人，六女五男，再圍成一個圓圈介紹今天的路程，全程八公里預計三個小時結束，他說還有幾位山友會在半路上加入，現在九點準時出發。

在道路上輕鬆走著十分鐘，迎來第一位夥伴是男士，接著就離開道路轉入山坡小路開始爬山，那個坡路是不規則的一階一階向上延伸，那個坡度至少都在五十度以上，跨越非常吃力。二十分鐘之後我已經吃不消了，上氣不接下氣，舉步維艱抬腿困難。幸好這個時候已經爬上道路，可以用走的不需用爬的，我坐在道邊休息，看一下伙伴也沒有人停下來休息，臘梅問我是不是受不了？我說是呀，她又問我是繼續走下去還是先撤了？我想一想說撤了吧，我實在吃不消。她立馬向身旁的天域報告說，我們三個走不下去，要一起撤了。天域看了一下也同意，讓我們自己下山。然後腊梅也發信息通知走在前邊的陽光說，我們要先撤了。

我在道旁休息將近半小時，體力恢復不少就準備下山，但是腊梅說我們這裏距離蓮花山最高點的觀景台不遠，要不然我們自己走上去看一看，行不行？我說行啊，走路不成問題，道路如此平整不困難。

當我們走了十分鐘到達觀景台下時，看見陽光伉儷倆正在往下走，她們打算陪我們上觀景台看一看山下景色再送我們一齊下山。於是我們先在台下的「西山攬勝」勒石前拍照合影，再登上觀景台，看見諸位夥伴統統在場，拍完照下來時，天域問我要下山還是和他們一塊走山路往下爬山？我想一想說往下走應該不成問題，我們還是歸隊走吧！

因此我們結隊轉入山路前往動物園，路程大約是半個多小時，的確是比較不費腳力，呼吸沒有困難的地方。從山路下到馬路行走起來就輕鬆了，雖然我們仨走在最後面也不要緊，我姑娘說我們跟他們的腳力不是同一個段位的，我說是的，我們跟不上腳力，還有裝備也不行，除了護膝、護腿、登山杖之外，最重要的是登山鞋，那個才能起到防滑的作用，我們穿的旅游鞋／運動鞋，容易打滑比較吃力。十一點走出內大門，兵分兩路，我們兩家五口人直接前往飯店等待一起用餐，其餘七人還要繼續前往附近爬山，下山後到飯店會合，而且此時還有兩位女性生力軍加入爬山陣容。

我們穿過「白雲雁水公園」那一片水域中央的木板橋，卻見那水中央一半是流動的水一半是不動的冰，我媳婦說那冰面是還沒有化透，底下也是水。用了二十分鐘才走出外大門離開動物園，可是步行到飯店又費時半小時才到達，陽光她老公另有飯局先行脫隊，十二點天域等九人都進飯店，開始點菜上菜，天域拿出兩瓶汾酒來分享。我們五個男士我只認識天域，請問他們貴姓之後才知道，大李大小李二歲，小李大天域二歲，長沙來的小賴最年輕，台灣來的老薛七十歲最老了。用餐在輕鬆愉快的氣氛下于二點散場，大家互道珍重再見，後會有期，走出店門時氣溫已經上升到四度。

2024／03／09

第三十八回　娶妻的夢想

小時候，我是一個窮人家的孩子，生在農村長在農村，每天醒來或者睜開眼想念的第一件事情，就是今天能不能吃飽肚子？一九五〇年代是一個物質極度匱乏的時代，我有幸在這個時期降世，所以填飽肚子是每一個大人和小孩的頭等大事。小學階段的同村同學和鄰村同學的統一特徵就是個頭矮小、體型細瘦，典型的瘦皮猴，十三歲小學畢業的我身高一米三六。四十歲之後我的四個孩子都唸完小學量過身高，至少都在一米五以上，我讓她們猜我小學畢業身高是多少？她們從一米四開始猜到一米六統統不對，只好求我公佈答案，我說出來之後她們簡直不敢置信，只能回我一句話說我是「矮仔猴」。然後我說初中長高二十公分，高中又長高二十公分，從此脫離矮仔猴。

小學畢業之前一兩年經常在村子裡聽見左鄰右舍大人談起嫁娶的事宜，自家大姐和二姐也在此時先後談論婚嫁，不久都能順利出嫁。同村有好幾位四十多歲的男性沒有結婚，側面得知是因為付不起聘金、娶不起老婆，成為俗稱「羅漢腳」的單身漢，個個唉聲歎氣，生活很不完整。因此得知娶老婆的先決條件是要有一筆不菲的聘金做本錢，後來有的地方稱為彩禮錢。還聽說娶老婆有些講究是「三八制」聘禮，都是要送交給女方的禮數，聘金八萬元、金飾八兩首飾、生豬肉八擔，也就是八百斤豬肉，這三項聘禮加起來將近二十萬元。而此時台灣的聘金十萬元，幾乎也是統一價，家家戶戶為此苦惱不已！

估算一個農戶辛勞一年收成五穀雜糧用來自給自足之外，唯一的生財之道只有養豬一途而已，一年養一欄豬仔到兩三百斤可以販賣，一頭豬大概是賣五千元，通常一欄養兩頭豬，極少養到四頭豬的。那麼二十萬元豈不是要奮鬥二十年才能還完債嗎？因此結婚之後便是夫妻還債的開始，民間的因應之道隨之而來，有人採用童養媳的儲備法，將女童提前養在家裡十幾年，成年後跟兒子完婚，稱為「送作堆」，如此一來結婚開銷全免。還有人採行「姑換嫂」，把自己家的女兒嫁給對方的兒子，對方的女兒嫁給自己的兒子，一來一往的聘禮互相抵消免除，皆大歡喜。

聽完大人的說明才知道，原來娶妻的代價這麼高不可攀呀！當時我自己思量將來長大成年，恐怕只能安心做一個王老五吧？因此台灣及金門的社會上都在呼籲改善婚禮習俗，增進男婚女嫁的機會，總算社會風俗之厚薄系乎一二人之間，呼籲的聲浪一波接著一波，慢慢的有些轉變了，一九七〇年前後三八制消失不見，嫁娶不再是千難萬難的事了。幸運的是一九七六年我想要娶妻的夢想成真，結婚的時候年紀二十一歲，結婚成本至少節省一半以上，兩年還清負債。成年之後我能吃飽飯也能娶到老婆，我已經太幸福了，感謝家人感謝社會對我的眷顧。從小村子裡的大人看到我的一對耳珠子飽滿肥大，都說我將來一輩子好命，沒有什麼憂愁煩惱，果然如此，預言如實體現出來。

所以我覺得我能娶妻不是我的本事強能耐大，而是社會環境變化，風俗習慣朝著合理與人性化轉變，提供人們大量減低成本的機會，感謝大家的同心協力，才能夠眾志成城，實現結婚夢想成真。可是看到大陸地區發展經濟迅猛，四十年成果可觀一日千里，唯獨這項婚禮習俗一下子陷入窠臼之中，讓適婚男性大呼吃不消。現如今房子車子動輒百萬，彩禮錢至少二、三十萬，晚婚或不婚主義興起，連帶適婚女性找不到出路，徒留大量的超齡剩女乏人問津。這個社會現象跟五十年前台灣地區真是不遑多讓，所以說台灣海峽兩岸中國人的演繹又是何其相像啊！

在我娶妻若干年之後，才聽得年長者給我分析妻子的有無和好壞，首先是有妻比無妻當然優劣立判，俗話說不孝有三無後為大，想要養育後代傳遞香火，達到傳宗接代繁衍宗族的使命，自然必須經過娶妻生子才能完成，此所以即使負債二十年也願投身為妻奴。其次是單純就有妻的比較，好壞高低真的是差別極大，其間不可以道里計也！

大凡年輕男子到適婚年齡的最大夢想，其一是娶妻，其二是娶個美妻，尤其是自己鍾愛類型的夢中情人，「窈窕淑女，君子好逑」，就是充分說明美麗和善良的女子是男子最佳的求偶對象了。可是長輩也不忘提醒，娶妻娶德，不以容貌為準，娶個花瓶回家只能是擺設而已！

看過多少親朋好友、左鄰右舍的家庭，得知原來每個家庭中妻子的類型真不少，美妻固然是男子夢寐以求的佳偶，但是難免也會有少數的丑妻。俗話說丑妻家裡寶，可是此處的丑妻其實僅僅是夠不上美麗、或者貌美如花而已，並不是丑陋的容貌。然而妒妻那種醋罈子的酸勁叫人小心翼翼的，悍妻的河東獅吼足以令人不寒而慄，病妻的伺候湯藥負擔沉重卻是有苦難言。一般長輩勸告子弟要娶妻以德，賢妻良母更是上上之選，雖然男子都以美妻為尚，但能如願以償的又有幾人呢？不如退而求其次娶個賢妻，孝順父母和諧夫妻照顧子女，這才是家裡寶的所在。何況美妻除了能夠最大程度滿足男人的那一點虛榮心之外，好看未必好用，美妻是給別人看的，賢妻才是給自己用的。

病妻除了聊勝於無以外，是各種類型當中最低的一種，曾經各國政府或各地社會有過規定，結婚時男女雙方必須出具健康証明，後來不了了之，改由當事人自行審查或負責。以前結婚的誓詞常見「生死疾病，不離不棄」，宗旨非常崇高，現實異常殘酷，很難經得起考驗，後來也很少見到了，反而是那句古話「大難來時各自飛」替我們印証了這個狀況，令人極為傷感。

從前面的丑妻定義來看，字和詞的含義有時而窮，有時不能概括其多義性，丑妻未必是丑陋，可能只是沒有那麼貌美如花，這時只是一個相對詞而非絕對詞。更何況人們常說的好，只有懶女人，沒有丑女人，還說認真的女人最美麗，確實有道理。俗話也說歹子飼父，並不是說那些為非做歹，魚肉鄉民的流氓地痞比較孝順會奉養父母，而是說那個最優秀的兒子沒有善盡奉養雙親的責任，反而是優秀比較其次的兒子盡到贍養的義務，這是一個比較詞並非絕對詞。再說夫妻吵架，親友的態度多數是勸和不勸散，勸導夫妻倆和好如初不要拆散家庭；但如果是丈夫涉足賭博或風月場所，親友的做法大多是勸賭不勸嫖，勸阻不要涉賭而不勸阻嫖娼，同樣一個勸字，前者是引導後者是阻止，方向與結果全然不同。

前面說到我是窮人家的小孩，當然，等我長大以後，工作四十幾年退休之後我也沒有變成有錢人，但是，解決吃飯問題已經不是什麼難題，不必每天為吃飯煩惱。問題是不適合吃飯過飽，開始奉行七分飽到處跑，至少也是到處走，飯後走路一小時。這個也是我的運氣好，搭上社會發展的順風船，跟著水漲船高了。

2024／03／10

第三十九回　首次參加大連市台辦活動

中午我倆進城去大連市裡參加市台辦的「兩岸婚姻家庭聯誼活動」，認識一下他們領導，送他們兩本大連的新書。十二點半在住家樓下坐車出發，行車不到半小時到達活動地點「大連城市音樂館」，我們先在門口拍照留影。同時屋裡出來一位美女也在拍照，她拍完微笑打個招呼，小魏上前回應說我們是來參加下午的活動，她說歡迎、歡迎，她是小朱，小魏說原來是妳，昨天已經在微信上聯系過了，然後她又說這位是薛老師嗎？我說我叫薛芳千。她就把我們讓進屋裡請坐，並且給我們介紹另一位女士，是西崗區台辦的楊奇主任，她們兩位招呼我們坐下談話。

我說明自己在台灣的中華電信工作，二〇一一年春天在大連認識小魏之後，只為多看她一眼，從此立足于大連，二〇二一年元旦我年滿六十五歲屆齡退休，小魏到台灣去接我回大連居住。當時是三年疫情最緊張時刻的第二年，解救之道全都寄望在疫苗的研發，台灣沒有開發疫苗也買不到疫苗，但是大陸科星疫苗已經上市，那真是如同大旱之望雲霓啊！隨後大陸政府宣佈，對台灣同胞一視同仁，只要入境大陸便可登記免費接種疫苗，我告訴小魏我的打算想要在大陸打疫苗。不久她從網上獲知我們所在的居委會開始受理登記，我們便一起登記，沒多久她由網上知悉市台辦也接受登記，她又再登記一遍，我們看是哪一邊先接種我們再通知停掉另一邊，不要造成浪費。結果是四月中旬居委會給我們排上了，我們打完疫苗立馬通知市台辦，請他們給予註銷。

二〇二三年十一月中旬我回到大連，想起曾經跟市台辦有這麼一個因緣，就想跟他們當面說一聲謝謝，順便送他們兩本我書寫大連的新書，因此打電話到台辦洽詢。不成想，接電話的女生小丁說當年安排打疫苗的人就是她，問明小魏的網名後她立即找到紀錄，果然沒錯。所以前天她告知我們今天有活動，她也會出席參加，問小魏要不要參加？小魏說我們兩人都退休了，有的是時間可以到處走走，樂意參加活動，她便給我們一個小朱的微信號。

和楊主任談話愉快告一段落，有幾位台胞、台屬也陸續進來落座，接著有一位領導跟大家打招呼，楊主任介紹說這位是市台辦孫權副主任，我說到來自金門，他立馬提到金門高粱酒非常好，我說是呀，高粱酒是蒸餾的、不是勾兌的，喝完了不上頭。他還說他認識金門酒廠董事長謝世傑，我說是的，謝世傑是縣長任命的副縣長，他是跟隨縣長同進退的政治任命，然後兼任金酒董事長，上任剛滿一年。

到了一點半活動開始，參加人員有二十幾人，主持人楊主任請大家移步到大廳欣賞傳統音樂演奏，首先致詞歡迎領導及伙伴的光臨，來到這裡就是一家人，大家共度一個美好的下午。介紹到場領導有市台辦孫副主任，西崗區委統戰部湯部長。其次是聆聽傳統音樂的表演，台上一字排開坐著三位姑娘演奏樂器，一位是琵琶一位是古箏一位是蕭，後面掛了一排十幾個編鐘，站立一位姑娘，四個人都是穿著傳統寬袖的漢服，真是一幅古色古香的畫面，不由令人興起思古幽情，猶如回到漢唐盛世。

演奏完畢，穿著漢服的樂團女老師帶領我們參觀並解說音樂博物館的器物及展覽，真是既生動又引人入勝，難得又寶貴的吸取甚多見識。完了回到教室，每一張桌子上擺放一張七弦古琴，老師教我們練習一下彈奏古琴的兩種指法是挑和勾，大伙按著曲譜練習一陣子。然後老師又教我門製作拓印圖案，先把油墨調在紙張上，再將油墨蘸到拓印模具上，然後把模具壓在另一張紅紙上，壓勻了就能顯現出紅紙黑圖案來，甚是好看，晾乾油墨套上護卡紙套就可以帶回家欣賞。三點時揚主任領我們上另一個教室學習竹編果盤，作品完成後同樣可以帶回家使用，那是一舉兩得，將近五點全部製作完畢，大家跟楊主任互道珍重，後會有期。西崗區台辦這項活動親切又溫馨，大伙相聚如同一家人，謝謝各位工作伙伴的用心及辛苦了。

2024／01／04

第四十回　起個大早趕大集

二〇二四年二月一日早上參加大連市台辦組織前往市郊三十里鋪的東北大集參觀活動，這是我有幸第二次攜伴參加活動，寒冷的天氣下伙伴們三十幾人準時陸續到達海軍廣場的大巴上。八點半孫權副主任及常登峰處長上車後發車，上路後丁處開始發放每人一塊紅通通的圍巾，楊處作活動流程的介紹。行車一小時抵達目的地，當地金普新區的區台辦李倩主任及工作人員熱烈迎接及引導進入室內大集，首先走到正中央舞台前，大夥站在台前拍照留念，孫主任立於中央位置留下美好的記憶。此時舞台上字幕顯示出「熱烈歡迎台灣小當歸牽手小鳳梨，來到普灣趕大集」，這個說的好，那我可是個老當歸了。

然後立於台前觀賞一段影片介紹國家級的金普新區前景輝煌可觀，隨後由當地婦女團體上台表演民族舞蹈，之後是一位年輕美女表演二胡獨奏，技藝嫻熟琴音動聽，而且表演者的肢體語言豐富，引人目光關注。接著李主任領著大家觀賞大集上的展售攤位，大約五十家，各種應景的年貨應有盡有，吃喝用品那是琳琅滿目，然後來到春聯攤位上觀看現場書寫，那位大師一頭銀髮帥氣飄逸，年高德卲，精神矍鑠，當場揮毫寫的一筆楷書好字。我駐足觀賞一副對聯，「海峽兩岸一衣帶水，好戲連台親上加親」，說的真好，一下子把兩岸一家親寫入意境內，我和內人一在台灣一在大連，就是一個見証，這種對聯是採用兩句成語湊成一對，言簡意賅常見採用。可惜對於這個聯子語氣上弱了一些，按我的意見不用修改一字，只需調整順序，便可立顯氣勢增強許多，這是後話暫且不提。

十點半李主任宣佈集體參觀告一段落，接下來自由參觀，半小時後聽招呼在舞台前會合，我們倆在室內逛完一圈就踏出大門去看室外大集，這個才是正宗的趕大集了。屋內大約零上二十度溫暖又舒適，可屋外是零下十二度嘎嘎冷，而且北風強勁呼呼的吹著，好似要吹進衣服穿透骨頭一般。攤位上稀稀落落，大約只有室內大集的一半，那些老闆們站立在風中，不停的搓手驅寒，真是辛苦各位了。不成想，在這天寒地凍下還有人送愛心和溫暖，有一攤免費贈送一碗羊湯，對面另一攤贈送二粒包子，多麼難能可貴啊！走完一半攤位，媳婦怕老當歸扛不住，喊我趕緊回到屋裏去。

回到舞台前坐等到十一點半還沒有集合，我心裏有點看法想去跟書法老師交流一下，媳婦也就跟著過去。走到春聯攤位上，看見老師和他的年輕助手坐著閒聊，我先上前和老師問好再自我介紹。我說老師寫的一手楷書好字，筆力雄渾有勁，寫的是繁體字，結構飽滿四平八穩，不過，我對於春聯的用詞有一點心得，提供一點參考。「海峽兩岸一衣帶水，好戲連台親上加親」，這二句分別獨立沒有任何瑕疵，可是用在對聯上，語氣上弱了一些，因為對聯是講究上下聯的對仗要工整，需要嚴絲合縫，按我的意見不用修改一字，只需調整順序，便可立顯氣勢增強許多，達到畫龍點睛的效果。

老師說他是按照單位提供的文稿寫作不得有誤，他沒有寫錯。我說不談供稿的話題，只論文字的藝術層面，上聯的開句是海峽兩岸，那麼下聯的開句應該是對上連台好戲，是不是比原來的對仗和氣勢都要好？那位年輕助手聽到這裏頻頻點頭稱是說，這樣一改語氣果然不同，端的有道理。老師唸過兩遍之後說，的確不一樣。西諺說的好，吾愛吾師，吾更愛真理。

我一提出我的見解，那位張玉廷大師起初很抗拒，後來看見他的伙伴贊許了，再仔細聆聽我的解說有道理，最後也接受我的說法。還問我高壽多少？我說不敢當，屬羊剛好七十歲，他說屬馬今年八十三歲，我說好啊，「人生七十古來稀，活到八十了不起」，你真的是了不起，我還要向你學習呢！他開心的說你身體真好，這比什麼都值錢，我說是呀，身體健康千金不換，他就樂了，要加我的微信，問我的電話，說以後多聯系，後會有期，我說好的。我認為「寫書法要求字如其人，寫文章要求文如其人」。

十二點招呼集合拍照，原來是趙彤主任蒞臨年貨大集，要和大家合影留念，四十幾人排成幾排站立舞台前合照，拍完前往飯店用餐。

席開三桌，我有幸獲邀升等主桌十五人之一，剛一落坐菜肴全數上桌，大約十六道菜，清一色是大盤子，菜色豐富，山產海鮮真是海陸大餐。趙主任起身舉杯敬酒並簡短講話，明天是小年，十天後是龍年，選在今天辦活動特別有意義，祝福大家身體健康，闔家安康。孫主任接著起立敬酒，說到今天活動圓滿成功，主辦單位不辭辛苦，值得感謝。常處長起身敬酒說身為執行人，圓滿完成領導的任務實在是分內之事。李主任說謝謝領導的指示和支持，區台辦一定全力以赴。領導講完話，孫主任特別為趙主任介紹金門來的我，我趕快站立起來點頭致謝。

用餐一段時間後，我看沒有人起來發言，我就站起身先跟趙主任敬一下酒，再跟孫主任敬一下酒，就開始我的發言，我說「我要報告一下我和市台辦的淵源，二〇二一年是疫情第二年，全球一片風聲鶴唳，元旦我屆齡退休，我媳婦提前一個月飛到金門等候，帶我回到大連同享退休生涯。我們由金門輾轉台北，飛越海峽抵達上海集中隔離十四天，再間關萬里飛到大連居家隔離七天，解離之後剛好過年。四月份台灣疫情爆發，人民哀哀無告，沒有一劑疫苗可打，而大陸五款疫苗同時研發，第一款傳統的滅活疫苗國藥及科星緊急授權上市，政府宣佈對台灣同胞一視同仁，只要入境大陸均可登記免費施打。

四月初我們向居委會登記完畢，也看見市台辦為台胞辦理登記接種的新聞，我們兩邊登記，到時候看哪邊先通知就哪邊先打，然後通知另一邊取消，不要造成浪費。二十號居委會先通知我打疫苗，中午打完立馬通知市台辦已打過了請他註銷。五月十二號我想回台灣報稅，要求居委會讓我先打第二針，居委會特別通融為我開啟綠色通道施打第二劑，當時許多人還只是在打第一劑，我非常感謝和感恩在心。

所以二〇二三年十一月我再回到大連，除了上門向居委會致謝外，我也想登門跟市台辦說聲謝謝，那是當初一片愛護台胞的心意。

我先打電話給台辦接到小丁，她說當年就是她接受疫苗登記的事宜，問清我媳婦的微信名稱後，她立馬翻找到我媳婦的微信和內容，確信無疑，她說以後有活動的時候會安排我們參加並和領導見面，二〇二四年一月四日西崗區台辦在大連城市音樂館舉辦活動，她就通知我們參加，同時見到孫主任，並獻上二本我的新書《大連的小魏傳奇》及《大連的花季少女》」。我報告完畢後，孫主任接著說，芳千兄的新書我看了一部份而已，但是他所寫的五十首小詩我全部看完了，那是全書的精華所在，他真是一個多情種子。說完舉起酒杯加滿酒要和我一起乾杯，我是恭敬不如從命，滿上一杯，然後跟孫主任浮一大白，真是痛快。乾杯完我說，我跟我愛人講，「只為多看妳一眼，從此立足于大連」。

過了一會我看沒有人講話，再度起立敬酒和報告，「說到我曾經為祖國做出一點小小的貢獻，那是三十年前我當選金門薛氏宗親會理事長，內蒙古有一個『黃帝世家薛氏文化研究會』理事長薛振江，經由台北薛崇武與新加坡薛永傳與我取得聯系，後來他告訴我在製作一本《薛氏家族志》，即將付印出版，由於篇幅巨大，所需出版費用龐大，該會無力承擔，要求薛氏族人慷慨解囊大力贊助。薛崇武及薛永傳均年長我三十多歲，但他們都尊重我的看法並願意配合我的做法，我在經過理事會同意後進行撥款，匯款美金數萬元到內蒙古，台北和新加坡也匯出同額美元，薛氏家族志順利出版。後來薛振江承蒙國家主席江澤民在北京人民大會堂接見嘉勉，並頒贈獎狀，為薛氏族人增添無限光采，我們同樣與有榮焉」。

趕大集的活動用餐過後在二點畫上休止符，大夥打道回府，期待後會有期，開開心心的回到溫暖的地方團聚。

2024／02／01

第四十一回　北京二度四日游

溫馨

二〇二四年一月二十八日至三十一日四天北京遊，進行了一個梳理，基本上都在逛吃逛吃。第一天一早來到大連周水子機場，目的地是北京，一路上都很順利，大概一個小時就抵達北京大興機場，一下飛機先是乘坐計程車到酒店辦理入住。

北京王府井「希爾頓」酒店於二〇〇八年七月二十八日開業，為客人提供現代化的舒適感受。酒店共有二百五十五間設計典雅別致的豪華客房，其中包括五十八間套房。酒店地處北京聞名遐邇的繁華熱鬧市區王府井大街，藏身王府井澳門國際品牌中心，毗鄰眾多旅遊景點及購物中心，占盡城市商業及文化中心的絕佳位置。酒店休息片刻，放好行李就準備去吃午飯啦，一家老字型大小炸醬麵。

「海碗居」老北京炸醬麵是具有老北京特色的餐飲企業，具有京居建築的風格，灰磚青瓦，雕花格窗，樸素淡雅，寬闊明亮、充滿京味風格的大廳，「高粱橋」、「廠甸」、「白塔寺」等諸多包間，再現京味兒民俗民情，地道京味兒餐飲建築文化。讓人一下子沉浸在老北京的古文化中，隨之而來的便是穿對襟衣衫，蹬圓口黑布鞋、戴瓜皮帽、肩搭手巾把兒的小夥計，帶著顧客來到大理石的八仙桌前，落座在紅漆實木的長條凳上，願意到包間的可以到「東四牌樓」、「高粱橋」、「廠甸」裏歇著。觀賞著「清明上河圖」，聆聽著京韻大鼓，不知道還以為自己在排古裝戲！吃好喝好後，又會在門童和小二「送客、走好、您哪」的喊聲中尊貴而愉快地離開。

海碗居最吸引人的當然不只是京味兒佈局，還有歷經十餘載，挖掘整理了北京人世代鍾愛的：豆汁兒、炸焦圈、麻豆腐、炸灌腸、茶湯、炸醬面、糊餅、糊塌子、芥末墩、豆醬、爆肚……，盡是原汁原味，林林總總的京味兒家常菜，盡顯地道京味兒餐飲文化，吃飽喝足之後下午又來到北京的三里屯。

「三里屯太古里」，位於北京市朝陽區三里屯路十九號，於二〇〇八年建成投用南區，於二〇一〇年下半年建成投用北區，於二〇二一年十二月三日建成投用西區。三里屯太古里共分為南區、北區、西區三大區域，占地面積約六萬平方米，總建築面積約二十萬平方米，由三十座較為獨立的單體建築組成，集購物、餐飲、酒店、文娛於一體，是一座以活力、潮流、開放、文化交流和藝術為理念設計建造的現代建築群。二〇一九年，三里屯太古里被評為國家五星購物中心；二〇二二年一月十日，三里屯太古里入選「首批國家級旅遊休閒街區」。在這裏彙聚了各種吃喝玩樂的店鋪，走走逛逛還買到了心儀的衣服。之後我們就回到酒店早早休息了，第一天的行程就結束啦，很開心也很充實。

第二天我們又在網上買到了「德雲社」相聲演出門票，票價三百八十元一張，聽相聲這也是北京的一大特色。演出地點在廣德樓，位於前門外大街大柵欄街三十九號，大約興建於一七九六年清·嘉慶元年，有著悠久而輝煌的歷史，是北京現存最古老的戲園之一，曾為清末綏遠將軍貽穀宅之一。廣德樓，幾乎和法國巴黎歌劇院、義大利斯卡拉劇院、俄羅斯莫斯科大劇院同時期建成的場館。一進到德雲社門口就駐足了很多人，在與門口的德雲社雕像合照，演出時間大約兩個小時，演出人員都是郭德綱的徒弟，充滿了不同的搞笑元素和自己獨有的特色，聽到最後都意猶未盡呢。

第三天天氣還不錯，來到了「地壇公園」，又稱方澤壇，是北京五壇中的第二大壇，位於北京市東城區安定門外大街，占地三十七公頃，與天壇遙相對應，與雍和宮、孔廟、國子監隔河相望。地壇始建於明代嘉靖九年（一五三〇年），是明清兩朝帝王祭祀「皇地祇神」的場所，也是中國現存的最大的祭地之壇。地壇有方澤壇、皇祇室、牌樓、齋宮等著名旅遊景點，於一九二五年被闢為京兆公園。園內草坪面積十四萬平方米，綠化覆蓋率達百分之七十八，現存百年以上古樹一百七十六株，其中一級古樹八十九株。

午飯我們去吃了美味的烤鴨「便宜坊」，字型大小蘊涵了「便利人民，宜室宜家」的經營理念，形成了以燜爐烤鴨為龍頭，魯菜為基礎的菜品特色。烤鴨外酥裏嫩，口味鮮美，享有盛譽。因燜爐烤鴨在烤制過程中不見明火，所以被現代人稱為「綠色烤鴨」。點了半只烤鴨還有幾道涼菜，感覺來這裏就餐的大多都是遊客，嘗個新鮮，沒有什麼特別之處。

午飯過後我們又來到「金魚胡同」，位於北京市東城區，燈市口大街南側，屬東華門街道辦事處管轄，呈東西走向。東起東單北大街，西止王府井大街，南與校尉胡同相通，北鄰西堂子胡同。這裏有好多的四合院，走在巷子裏感受到濃濃的市井氣息和煙火氣。

下午我們又去逛了北京的「中國美術館」，位於北京市東城區五四大街一號，是中國唯一的國家藝術博物館。中國美術館始建於一九五八年，一九六三年由毛澤東主席題寫「中國美術館」館額並正式開放，主樓建築面積一萬八千多平方米。據二〇二〇年七月美術館官網顯示，中國美術館主樓一至六層樓共有二十一個展覽廳，展覽總面積六千六百平方米；另有三千平方米的展示雕塑園和四千平方米的現代化藏品庫。中國美術館收藏各類美術作品十一萬餘件，覆蓋古代到當代的中國藝術名家代表作品，兼有外國藝術作品和豐富的中國民間美術作品。在場館裏轉了大概一小時，就離開去了商場歇歇腳。

北京「僑福芳草地」，位於北京市朝陽區朝外街道東大橋路九號，地處北京商務中心區西側，東臨世貿天階，南向國貿，北鄰三里屯，西眺使館區、朝陽門，占地面積三萬平方米，由四座單體建築圍合而成。建築最大高度八十五米，最高層數為地上十八層，地下五層。北京僑福芳草地被評為首批五星級購物中心。這個商場裏面有好多藝術家的展品，處處都有新奇的事物，仿佛置身於藝術館，我們在一家咖啡店歇腳。

晚上的時候我們在王府井步行街「吃到了好吃」的抹茶冰激淩，他原本是一家賣茶葉的店鋪，吳裕泰的抹茶冰激淩自二〇〇九年推出後，經過多次改良，細膩的口感、價位以及品質，深受年輕消費人群的喜愛。看到王府井大街吳裕泰茶莊門前排隊買抹茶冰激淩人們，這裏已經成為必打卡網紅專案。吳裕泰始創於清光緒十三年，是商務部首批認定的「中華老字型大小」，「茉莉花茶製作技藝」被文化部列入國家級非物質文化遺產名錄，二〇二二年十一月二十九日，該製作技藝又被列入聯合國教科文組織人類非物質文化遺產代表作名錄。

晚上我們又去嘗試了老北京的銅鍋涮肉，店名叫做「北平三兄弟」，店家坐落在臨近東直門橋西不遠的路北，門面就很有老北平的味道。進的門裏，仿佛回到三、四十年代老北平館子的感覺，就說這滿耳朵裏聽見的都是「龍鳳呈祥」、「四郎探母」、「貴妃醉酒」等京劇老戲，以及單弦、大鼓等老北京曲藝。除去一層為雅座之外，二層為多個包間，還都具有老北京胡同裏的門牌號，且各個兒是喜興詞。

另外，地下一層，除了同樣可以涮鍋外，更可以聽到老北平茶館和飯館裏常有的評書，店家還特意專為說評書的搭建了舞台。邊涮鍋子，邊聽評書，真的是太舒服了。「北平三兄弟」目前在全國已經開設了七家門店，且生意紅火，原因就是菜系及定價都非常接地氣，為普通百姓服務。「北平三兄弟涮肉館」的消費群體，同樣定位於普通百姓，花個十幾、二十塊，就能吃到地道的草原手工鮮切羊肉。因此，他希望為傳統的老北京銅鍋炭火涮肉行業做點兒實事兒，用尊重傳統、真材實料的理念，繼續服務於民。

吃過晚飯我們又在街邊溜達，準備回酒店的時候還特意去買了「胡大麻辣小龍蝦」，這家店被顧客譽為「帝都排隊神店」。這家店也是吃完之後讓人流連忘返，有機會也要帶領導和他大姐一起來嘗試。

第四天一早我們來到北京市大柵欄歷史文化街區，簡稱「大柵欄」，位於北京市西城區前門大街西側，西至南新華街，南起珠市口西大街，北至前門西大街，占地面積約一平方千米。大柵欄建於明永樂十八年，時稱廊坊四條；明弘治元年（一四八八年）在胡同口設立柵欄，故改稱「大柵欄」；清末此地商業發達，形成商業街區。北京市大柵欄歷史文化街區內有勸業場舊址、謙祥益舊址門面、瑞蚨祥舊址門面、祥義號綢布店舊址門面、鹽業銀行舊址、交通銀行舊址等多處歷史遺跡，是中華老字型大小的聚集地、北京早期商業的發祥地、中國影視行業的誕生地，更是京味傳統文化的集中承載地。

這一條街裏有好多家北京稻香村的店鋪，也打算買點特色點心帶回大連與大家一起分享。北京稻香村始建於一八九五年，位於前門外觀音寺，南店北開，前店後廠，很有特色，（時稱「稻香村南貨店」），是京城生產經營南味食品的第一家，產品受到社會各界人士的廣泛歡迎。

「內聯升」始建於西元一八五三年，創始人趙廷，武清縣人。他早年在京城一家制鞋作坊學做鞋，由於悟性極高，很快便學得一身好手藝。在積累了豐富的客戶人脈和一定的管理經驗後，趙廷決定自立門戶。很快，在京城一位人稱「丁大將軍」的貴人的萬兩白銀入股資助下，資助趙廷創辦內聯升靴鞋店。慧眼獨具的趙廷分析了當時京城制鞋業的狀況，認為京城缺少專業製作朝靴的鞋店，於是決定辦一家朝靴店。打坐轎人的主意，利用人脈關係，為皇親國戚、朝廷文武百官制作朝靴。原本想為咱家領導買一雙內聯升布鞋，但是大姐感覺不是很實用，外形不是很好看，就沒有購買。

中午時分我們去吃了鹵煮，是北京一道著名的地方傳統小吃，它是將燉好的豬腸和豬肺放在一起煮，搭配火燒一起食用。鹵煮起源於北京城南的南橫街。據說光緒年間，因為用五花肉煮制的蘇造肉價格昂貴，所以人們就用豬頭肉和豬下水代替。經過民間烹飪高手的傳播，久而久之，造就了鹵煮火燒。味道很特別，但我不是很喜歡，嘗試一次就好了。

在北京的最後一天，吃完午飯後就回酒店收拾行李準備打道回府，早早來到機場等候，北京的首都機場真的很大，裏面林林總總各種商鋪讓人目不暇接，好像一個大型商場，真不愧是國際大都市，大連還是沒法比。晚上七點二十落地大連周水子機場。袁括的朋友早早在門口等候我們，先將我送回家後離開。一到家就看到領導和大姐，倍感親切，四天沒見十分想念。吃到大姐熱騰騰的餃子，一口氣吃了十二個，早早洗漱完畢就睡覺啦。

2024／03／14

第四十二回　騎機車上金門跨海大橋

想到叢世娟大姐生病要去台灣大醫院治療，跟我們這麼交好的一個好人突然生大病，我們非常替她感到難過和不捨，我常說「好人更要有好身體，好身體從生活做起」。在她赴台就醫之前，我要趕緊的去看望一下，早上十點陽光明媚，風和日麗，吹面不寒楊柳風，我騎著機車上金門大橋從金城到東林只需十五分鐘。下車後看見鄭明福大哥和叢姐兩口子都在廚房忙活著，屋簷下還有一位客人坐著，打過招呼鄭大哥拿起一條魚給我看，說是他兒子早上釣回來的有一兩斤重，中午就要上桌，你來了就有口福，留下來吃飯。我說好的，我不會客氣的。

他介紹那位客人是陳志德大哥住湖下的，讓我跟他坐下來聊天，陳大哥說他從部隊退伍以後都在跑船，六十歲退休，今年七十四歲，大我四歲。我跟他隨興聊著天，好一會兒他突然說起東林的林水木，我說十四歲就認識這個人，他年紀應該很大了，現在人還在不在？他說在呀，就住在附近街上旁邊，你問一下他家很好找的。我立馬起身騎車到街上隨便問了一家商店，老闆娘說就在前面忠孝堂右側，我轉過去就找到了，門口有位大嫂在澆花，我問她水木兄住這裡嗎？她說是的，我公公住在這裡，然後帶我進屋喊她公公有人找你，客廳有一位老太太坐著估計是水木嫂，我先跟她點點頭，她招呼請我坐下。

水木兄從房間慢慢走出來到客廳，他看著我我也看著他，我先開口說，水木兄，你認得我嗎？他看了又看搖搖頭說，不認得，我說我是黃清住的小舅子，我叫阿千，民國五十八年我唸初二，就在姐夫的修車廠當學徒，那時候我就認識你和你的鄰居鄭興國，迄今有五十五年了，你的模樣沒有什麼改變，稍微胖一點。他說有一點點印象，他今年八十八歲了，走路不方便還要拄著拐杖，黃清助小他二歲已經往生八、九年，大概是七十八歲走的。我說這都是人體自然老化和凋謝的現象，多多保重身體就好，俗話說人生七十古來稀，我卻說活到八十了不起。

話匣子一打開就喝茶配話，那位老太太果然是水木嫂，談了好一會兒他的兒子回來，他說兒子在開公車，說我是黃清助的小舅子。他也坐下來喝茶，我請問他什麼大名，今年多大？他說叫炳耀，奔六十歲了，然後說他跟黃清助的小兒子阿琳也很熟，遇到電動公車故障會連絡阿琳來小金門幫忙維修。十一點半鄭大哥來電話催吃飯，我就告辭說後會有期，炳耀送我出門看見對面老人會門口停著一台機車，他說那是鄭興國的機車，我就進去和鄭興國打個招呼，說要去鄭明福家吃午飯。

到了鄭大哥家，飯菜都已上桌還有高粱酒，陳大哥也就坐了，除了我們四個人還有一位比較年輕的客人，聽口音是內地人，鄭大哥說這是叢姐的兒子，果然模樣和叢姐非常相似，人很英挺帥氣，身材管理合宜，我請問他貴姓，今年貴庚多少？他說姓付，就是繁體字的傅，今年四十七歲。我問叢姐四月一日榮總治療什麼時候赴台？她說是後天，然後待到八號做完核磁共振才回家。鄭大哥說他在家裡有事情走不開，就讓小傅陪媽媽去台灣就醫，如果一切檢查都順利合格的話，他就送給老婆五十萬元獎金以示慶賀。

我說這個好，一個人生病除了要配合醫生的治療和囑咐外，最重要的就是家人的照顧和關懷與支持，一家人團結合作，治療效果就能事半功倍，早日康復。我看叢姐吉人天相，一定能獲得妥善的治療，情緒開朗，不會有任何阻礙，赴台就醫早去早回，無憂無慮。吃飯一小時，把那條新鮮的魚吃掉一大半，真是吃到就是賺到，鄭大哥和陳大哥小飲兩杯，我要騎車是滴酒不沾，吃飽跟大家說聲拜拜。

2024／03／28

第四十三回　未完成交響曲

二〇二四月三月九日早上我們一家三口跟著天域及小陳他們在大連一起爬蓮花山，當時氣溫零下四度，我們十四個人春寒料峭去爬山，下山後吃午飯時候天域說了一嘴，說四月初他們要去南方自駕遊，有一站是停留廈門。因此二〇二四年四月一號我告訴媳婦妳問一下小陳或天域，她們哪一天到廈門？我打算帶上幾瓶酒去跟她們碰面，有朋自遠方來，不亦樂乎？媳婦說「天域他們九個人明天下午到達廈門，晚上住在鼓浪嶼。你只是要跟他們吃一次飯，還是要跟他們的行程」？

我說「我請他們吃飯也可以，送酒陪他們吃飯也可以，我不跟他們玩的。對了，我想到一個方案，廈門的飯店我不熟悉，但是廈門宗親薛文生他們熟呀！我想拜託文生代訂一家飯店做個小東，他們九個貴賓，可以再加上文生他們二個人進來熱鬧一點。我諮詢文生後，他隨即來電話問了一下，說他樂意幫忙，還說他來做東」。

我跟天域聯系說「邢哥，中午好，我媳婦說你們九人明天下午抵達廈門旅遊，不知道停留多久？我想從金門過去看望你們，一起喝杯酒。明天晚上的晚飯我來做個小東怎麼樣？我請廈門的宗親薛文生代訂餐廳，加上我們三人正好十二人，好嗎」？天域說「對的，在廈門鼓浪嶼住一晚，您可以在廈門大學門口跟我們滙合，我們一起進廈門大學溜達，然後我們一起吃晚飯，再一起坐船到鼓浪嶼住一晚，第二天上午遊玩鼓浪嶼後出島離開廈門，去泉州古城遊玩。明天晚上的餐費我們ＡＡ吧」。

我說「喔……不是的，難得你們到廈門來，距離金門這樣近，只有十公里，我坐船過去只要三十分鐘，如果你沒有訂飯店，那就交給我的廈門宗親薛文生安排，他交際應酬多，對飯店熟悉。不用ＡＡ，我做個小東，待會我聯系文生，除非起霧不開船，要不然交通問題不大」。天域回復「好的，那就先謝謝哥哥」。我說「薛文生已經訂好飯店了，但是他跟我搶著要做東。我已經訂好酒店的房間，在火車站前面，我就不去鼓浪嶼和你們一起過夜了。我預訂坐明天中午十二點的船，二點可以到達火車站前酒店，你們三點抵達就能會合」。

四月二日早上九點半我特意去理頭髮，才有良好面貌會見大連好朋友，十點半出發，買到十一點的船票到達登船口，可是到點了還沒有登船，情況有些不妙。十一點半在網上看見廈門碼頭資訊說，金門碼頭能見度不足二百米，自十點四十五開始，廈金小三通客運航線暫時停航，復航時間等待進一步通知。

天域他們本來預訂三點到廈門，反而提前到十二點半抵達了。三點薛文生來電話說，如果我過不去，就由他代表我請天域他們吃飯，我一聽行啊！然後我說吃飯他代表，但是由我買單，他說不用，讓我通知天域。我跟天域一講原本他也同意了，但是隨後他說他的戰友也是廈門人剛剛找上他，要請天域吃飯，文生那邊只好取消好了。四點正式宣佈今天的船班全部取消，旅客要辦理退關退票。我跟天域說「很抱歉，今天起大霧不開船，我只能望海興嘆啊」！天域回復「特殊情況也沒辦法」。這一次準備前進廈門接待好朋友的任務，因不可抗力因素未完成，殊感可惜但無遺憾，因為很快我們會在大連相聚。

金門起霧還分大小眼，機場所在的東半島只是中霧，整天三十二班飛機全部正常，而碼頭所在的西半島十點以前也是中霧，開了二班船，可是一轉為大霧開不了，取消六班船。

四月三日早上七點看天氣，今天的霧比昨天更大更濃。七點半金門碼頭公告小三通航線停航，小三通金廈、金泉航線自七點四十起雙向暫停航駛。結果一整天的飛機與船班全部停航，真是飛鳥難進，插翅難飛，除了跳腳，誰都無可奈何！

八點金門發生有感地震，持續時間將近一分鐘，大概有一級的程度，一般輕微地震只有幾秒而已，多數人感覺不到，但是今天的地震大多數人都會感受到。隨後氣象公告臺北三級，震央在花蓮外海達到七級。

2024／04／03

第四十四回　聽別人的故事想自己的人生

朋友張三雖然住在小島金門，僅僅透過報紙上的售屋小廣告就能了解台北的房地產買賣，一九八〇年代台灣還沒有房地產的仲介公司，叫同齡三十歲的我們驚訝不已。我們這二十幾人的男生女生算是比較幸運的一群，高中畢業的同一年或第二年就找到工作，有了工作就有收入，接著是男婚女嫁，養兒育女都是那麼順理成章，只靠一份工作白手起家，自立門戶，手頭上開始有一點點儲蓄。十年後我們幾個人相偕赴台北參加考試院舉辦的特種考試，考完試放鬆一下緊張的情緒，無非是進入百貨公司觀賞那紅男綠女及琳瑯滿目的商品展示，誰承想張三居然懷揣著台幣一百二十多萬現金要在台北市買房子。同伴們聽見他擁有如此鉅資直呼不可思議，我們都是需要養家活口的人，十年工作所得儲蓄多數不到五十萬，我更是只有十萬而已，他到底是怎麼攢下來的？

在台北短暫停留幾天，陸續歸隊回到家鄉，好奇的大夥紛紛探詢他的購屋計畫可有嶄獲？他還順帶給我們講解台北市的城市規劃，因為只要一提起台北一定會聯想起他的代表是西門町，那是台北的商業區、精華區，而西門町位於台北西區。現在政府規劃在東區建設新的商業區，成為台北的城市雙中心，那麼今後東區的發展潛力足可預期，將來的發展及規模將是與西門並駕齊驅，當然也是市民置產的最佳選擇，目前東區的房價只有西區的七成上下，最適合做投資。說來頭頭是道，問題是將來是多久？十年還是二十年，我們沒有興趣關注與我們無關城市的規畫及發展，我們饒有興趣的是他買下房子沒有？問他到底買沒買房子？

他說他看了幾戶二手房，面積三十坪／約合一百平方米，房價不超過一百萬，他不用貸款就可以一次性付清房款，可是考慮再三，雖然有百分之八十的穩妥，但是仍然有百分之二十的風險，害怕萬一發生風險會有損失，最後決定取消購屋，把錢原封不動帶回家存進銀行，反正存款利率有百分之十的效益。大夥都替他感到深深惋惜，普遍認為做任何事情能有百分之八十的勝算就可以放手一搏，哪有百分之百的贏面，更何況是不動產的投資！再過十年大家夥開始紛紛買地蓋房，他還是住在那間老舊的鄉下平房裡，錯失那次買房機會，他銳氣盡失，再無投資或理財規劃。我們從旁觀察他的個性，他對事情的觀察細膩，了解十分用心，但是考慮再三總是不敢下決斷，畏首畏尾，前怕狼後怕虎，我們說凡事三思而後行，他剛好相反，卻是三思而後不行。

朋友李四談起一九九六年他工作所在的金門電力公司併入台灣電力公司，金門縣政府以象徵性的一塊錢將金電讓售給台電，因此提前拿到台幣三百多萬結算金／退休金的起伏變化。他很有理財觀念就帶了這筆錢到台北縣永和市要買一戶三十多坪的二手房子，可是那房東當著二個客戶面前說房子要賣三百萬，可是卻對金門客戶要價三百十萬，金門客戶說的就是他，聽房東這麼一說他是氣不打一處來，不肯多付這十萬，又把錢帶回金門。然後同事們突然拿到這麼一大筆錢，大家也沒有什麼理財計畫，就跟著別人起哄去炒股票，然後他也跟著加入炒股行列，一開始進場居然就賺到錢，還以為自己是天縱英明，神明庇佑，因此貪念一起大舉進場。一兩年之後結算金全部投入，竟然不賺反賠，因此一門心思想著如何翻本？

而永和那戶／那套房子，已經從三百萬漲到六百萬，憑空翻倍，可惜已經失之交臂，徒呼奈何！然後又聽股友說炒股可以融資融卷，財務槓桿能夠擴大達到十倍，當時他已經殺紅眼了，想要把虧損的贏回來，就拿不動產給證券公司抵押做融資和融卷，一年二年過去越虧越大，等到被證卷公司斷頭才發現，他炒股前後十年，二〇〇六年總共虧損三千萬，不僅結算金輸光還要負債二千七百萬，必須在期限之內籌錢還債，從此下半生還債度日，拖累一家大小，悔不當初！此時五十四歲，距離工作屆齡退休只剩十一年，到退休之後收入銳減，債務成為一輩子的夢魘。

我很慶幸，我說我的工作和人生有一部分跟李四相同，那是在他之後九年的二〇〇五年我們公司從國營改制為民營，我也提前拿到結算金台幣五百多萬。此時已經迎來低利率和微利率的時代，存款利率不是百分之十，而是百分之一，利率根本不敵物價的貶值，手中握有鉅款的首要之務是尋找投資標的。我有一位朋友炒股二十年經驗豐富，後來他轉戰大陸股市也是獲利頗豐，他知道我手上有一筆資金，就建議我到大陸炒股，可以賺到更多錢。不過，我跟他說我一輩子沒有炒過股票，沒有一丁點興趣，我知道這筆錢要有理財打算，在這微利率時代存款毫無價值，我想去大陸買房子，炒股只有數字遊戲沒有實物，買房子看得到摸得到還用得到比較實際。

很快我就買下一套／一戶房子，第二年這位朋友跟我說幸好我沒有聽他的話去大陸炒股，要不然會對不起我。我說為什麼？他說他在大陸炒股第一年投進人民幣一百萬就賺了三十萬，第二年回吐三十萬不止，還虧損了三十萬，我問他那怎麼辦？他說只能持有不能賣出，就是套牢，住總統套房了，等到將來股票漲回來再出手。十年過後我的房子人民幣一百萬買的已經漲到三百萬，如果賣出我就淨賺二百萬，而朋友的股票漲回到原來的股價就掛出，他說十年沒有虧錢，白白損失十年的利息，大約是一百萬，還是我的福氣大，他說我不但買一套房子賺二套房子，還賺到一個老婆。我說完這一段，在座四個朋友都哈哈大笑，兩個人相同的機會不同的選擇，結果卻是天差地別！

朋友王五談起他的獨生兒子二十多歲出頭去年二〇二三年就結婚了，新娘是高雄人，堪稱是郎才女貌的一對佳人，所以今天上門特意給他恭喜與祝賀的，本來這是一個家庭天大的喜事，我自己的兒子結婚比女兒結婚還要高興許多。不承想，他卻大吐苦水說，他也是父母養的兒子，可沒有像他兒子這樣子做人做事的，兒子大學剛畢業一兩年做保險，說要買車跑業務比較方便，而且車子必須是進口名車才不會讓客戶看不起。我心想社會新鮮人從頭做起自然是要刻苦一點，就算買車買個國民車過得去就行了，但是兒子偏偏要買BMW／寶馬，一百多萬卻要老子付帳。

剛剛買完車子又要買房子，雖然高雄的房子比台北便宜許多，可是兒子買的也不便宜，九百多萬還是要老子付款，他哪有這麼多的錢？只能給兒子負擔首付的錢，讓他們兩人去繳房貸，他說他做人家的兒子是來還債的，但是養這個兒子分明是來討債的，他省吃儉用只有那麼一點儲蓄，全部叫他給挖光光，將來他們夫妻兩人的養老怎麼辦？想一想一個頭就有兩個大。

我很幸運，我有兩個兒子相差四歲，大兒子四十六歲，十八歲高中畢業去當兵第一屆指職士官役四年，我建議他不要留營也不要轉服軍官，見好就收，早日投入社會。他退伍時存下一百萬，進入一家進出口貿易公司工作二十年，再跳槽到另一家進口公司又三年，買車買房不找我拿錢。小兒子大一時考上消防特考，轉業到消防局工作二十年，買房買車都不告訴我，也不找我拿錢，這兩個小子還真是兄弟登山、各自努力，我不會一個頭兩個大。古人說，兒子比我好，留錢給他做什麼？兒子不如我，留錢給他做什麼？

2024／04／06

第四十五回　媽祖誕辰暨蘇王爺聖誕聯合遶境

今天是農曆三月二十提早慶賀媽祖誕辰，張長華長老他們南門境內的「天後宮」有媽祖遶境遊行活動，這種活動需要人手扛旗扛鼓，上周我已經答應去幫忙跑腿了，他說早上十二點到廟口吃完炒麵之後可以加入遊行隊伍。「禹帝廟」管委會公告如下，主旨：慶祝一一三年農曆三月二十媽祖誕辰暨蘇府四王爺聖誕千秋慶典，聯合遶境活動。集合時間：國曆四月二十八日（星期日）農曆三月二十中午十二點四十分。集合地點：禹帝廟埕。備註：當日中午十二時本廟備有茶、湯、炒麵，供大家食用。請本會人員準時參加，共沐神恩，祈求闔家平安，感謝。原來三月二十是「昭德宮」蘇府王爺聖誕，三月二十三才是「天後宮」媽祖誕辰，由於日期接近兩宮合在一起舉行慶典。

今天一早跟昨天一樣下雨下不停，昨天是從早上到晚上都下不停，可是今天下雨直到十一點就停了，十二點出太陽，難怪是媽祖聖誕日。中午十二點在廟口吃完三碗炒麵，一點開始組隊遊行。「禹帝廟」組團參加遊行隊伍有上百人齊聚廟埕，在主委陳天麟、總幹事鄭易青領隊下，由帥旗帶隊，鑼鼓聲及鐃鈸聲緊鑼密鼓響起來，這是小鑼小鼓沒有大鑼大鼓。我和劉海勇兩人各扛一面頭旗緊跟在帥旗後面出發，頭旗後面依序是神明和王爺的神輦、神轎，浩浩蕩蕩開往二百米前方的「天後宮」宮埕會合，「睢陽府」陣頭幾十人也來會合，「白府王爺」也有隊伍來到。一點過後整隊完成由「天後宮」隊伍打頭陣出發，約摸兩三百人，禹帝廟陣頭緊隨其後，一時鞭炮聲大作，鑼鼓齊鳴響徹雲霄，睢陽府及白府隨後跟進。

遊行隊伍上路右轉後沿著民族路、民權路北上一兩百米，左轉橫穿馬路進入安和社區，在「安德宮」廟宇前繞境後出社區轉到「外武廟」通過，南下經過「城隍廟」邊沿往前進入到莒光路與中興路大街口，繞過總兵署門口到達「昭德宮」蘇府王爺神座前剛好二點。經過各路陣頭和神明參拜進香後，大部隊重新集結出發時三點，由今天的另一主角蘇王爺領頭開拔，一路上隊伍迤邐前進，前頭隊伍達到五、六百人，媽祖陣頭變成壓陣，這一千多人的陣容堪稱小型的農曆四月十二迎城隍的陣勢。隊伍開始穿梭大街小巷，迂迴前行，穿越狹窄巷道抵達「北鎮廟」前，沿著中興路到莒光路大街口，往北通過「內武廟」口，再往北折入巷道，再繞經「外武廟」口，繞行巷道經過「城隍廟」口，望著「禹帝廟」進發。

在本廟參拜進香後，再前進「天後宮」進香參拜完畢，大部隊左轉後沿著民族路向東進發，再左轉進入巷道行經「睢陽府」門口，穿行中興街到達莒光路大街口南下。四點經過「觀音亭」門口，繼續南下到達「代天府」宮埕參拜進香，再穿行巷道迂迴進入模範街回到「昭德宮」門口，最後是回程，經由莒光路與中興路大街口折向西行，五點再度經過「城隍廟」邊沿往前進入巷道望著本廟行進，抵達本廟後收兵點將，一個都不能少，全部遊行圓滿結束，刀械入庫，馬放南山。

副總幹事鄭通野宣布，晚上犒賞三軍將士，在餐廳擺桌宴請出力人員，席開三桌，敬請踴躍出席為荷。今天這一場遶境遊行自下午一點開始出發，五點過後結束終點又回到起點。一路上隊伍走走停停，倒不是很累，只有那些四人制抬神轎神輦人員比較累，而且每到一座宮廟門口還要進行左右搖晃及奔跑旋轉表演，那個動作叫做尬輦、尬轎，非常吃力。晚上六點吃大盤子全是金門私房菜，吃起來回憶起古早味真好，八點散場。相約農曆四月十二金門迎城隍遶境遊行的時候原班人馬再見，還剩下二十一天，後會有期。今天這一場只是熱身賽而已，下一場才是重頭戲，那是金門全島一年一度最大的廟會慶典活動！

2024／04／28

第四十六回　二〇二四年禹帝廟組團參與迎城隍盛會

今天是國曆五月十九日早上十一點半全體參與遶境遊行人員到達「禹帝廟」集合完畢，點名分配任務，加入迎城隍的遊行隊伍大約有好幾百人，廟埕上人潮滿滿當當，比農曆三月二十媽祖誕辰那天多了好幾倍人馬，可見農曆四月十二的號召力及動員力非同小可。今天人手增加許多，光是我們兩支頭旗就有四個人，替補人員多了一倍。兩點整隊完成鳴砲起鼓正式啟程，在管委會主委陳天麟親自領隊下，由插著禹帝廟帥旗的沙灘車帶頭，我們兩支頭旗緊隨其後，緊接著是大纛旗、順風旗、五方旗、小過山轎／神輦、大過山轎／神轎、武轎、八人大轎、鑼鼓陣，先後順序列隊，鑼鼓聲及鐃鈸聲緊鑼密鼓響起來。但是，隊伍並不是拉向城隍廟，而是出廟口左轉沿著巷子往北前進。

一出發就開始下著小小雨，今天是陰天不冷不熱，這場小雨來得正是時候，雲陣雨下了二十分鐘就停了，而我們的隊伍也跟著停在巷子裡等候通知。三點二十再度上路，走出巷子右轉行經民權路經過「外武廟」，在民權路上我們隊伍中有一個兩人制兒童版的迷你神輦，兩個五、六歲的小男孩開始尪輦，有模有樣的搖晃神態引人注目，極富創意和吸引力，這是我個人從來沒有見過的畫面，遊行的隊伍和兩旁的觀眾及信徒無不駐足觀賞，大家紛紛鼓掌叫好助威。隨後大人的四人制神轎和神輦也開始在大馬路上尪轎和尪輦表演起來，特別是由一批高中生及國中生組成的轎輦最賣力，號稱「戰鬥陀螺」。

禹帝廟小隊伍在外武廟口匯入迎城隍的遊行大隊伍，穿越巷子進入莒光路右轉經過「內武廟」。當隊伍前進到莒光路和中興路大街口左轉進入中興路前行二百米，再左轉走巷道，四點到達「中正國小」門口，又開始下起小小雨，不過只有五分鐘雨就停了。今年迎城隍輪到南門值爐主，依序排在大隊伍的最後面，禹帝廟屬於南門境，所以是壓軸的隊伍，緊跟在南門境「安德宮」隊伍的後面，我們直到三點二十才算真正啟程哪。

沿路上有許多店家及住戶都在門口擺設香案，還有善心人士設置茶水供應站，免費提供遊行人員解渴。四點半右拐轉入民權路往東走，因為在巷道及大馬路都是最佳舞台，各小隊都會表演四人制的尪轎及尪輦，這樣子就用掉半小時了，今年禹帝廟小隊居然出現一支二人制兒童版的迷你尬輦，引得人人拍手拍照叫好不已，真是搶佔不少鏡頭。

大隊伍一路上走走停停，停的時候比走的時候還要多。經過半小時才走完民權路這三百米道路，然後再右拐轉入民生路經過金門縣政府門口。在民生路行進五百米也是耗掉半小時，然後右轉進入中興路，滿地都是鞭炮爆炸之後餘留的殘屑。在中興路前進一百米左轉經過「北鎮廟」，此處廟埕是尬轎和尬輦的好地方，前行後不久右轉進入巷子，經過「昭德宮」門口轉下模範街，左拐巷子進入「代天府」，已經六點。

代天府寬敞的廟埕正是尬輦和尬轎大顯身手的好地方，之後出廟口右轉沿著莒光路北上，到達莒光路和中興路大街口再左轉中興路，半小時後轉入南門街仔，經過「睢陽王府」。再由巷子右轉走入民族路，向前行走二百米，七點到達「天後宮」廟埕，又是尬輦和尬轎大顯身手的好場所。七點十五回到終點站「禹帝廟」，一時各種鞭炮聲大作，震耳欲聾，滿天煙硝飛往夜空，七點半終於鞭炮放完了。雖然大部分的遊行人員都卸載休息了，但是神轎神輦和鑼鼓陣沒有停頓，仍然在鞭炮聲中奮力向著東邊三百米外的「城隍廟」前進，王爺要去城隍廟作客、安座及觀戲，十幾分鐘之後這一部分遶境人員才能回到本廟休息，真正刀槍入庫，馬放南山了。

依照往年的迎城隍順序，城隍爺金身出巡之前，所有參與遶境的隊伍及陣頭，似乎都是先列隊到城隍廟口進香及參拜，等於是接受點兵點將，然後緊跟在城隍廟的首發隊伍之後出行。但是，當天遇上金門國中會考時間到一點半結束，所以金門縣政府出面跟城隍廟協商，將遊行時間稍微延後至一點半開始，遊行隊伍也做了部分調整。此所以禹帝廟的隊伍沒有從城隍廟出發，而是半路上從外武廟匯入遊行的大隊伍，此是題外話。

隨後管委會宣布，晚上犒軍，就在廟埕擺席十桌慰勞三軍將士，敬請大夥踴躍出席為荷。參與人員首先放下旗鼓輦轎，隨即立刻動手在廟埕露天擺設十張桌椅，此時外燴廚師都已經準備就緒了，馬上開始上菜，一個小時後酒足飯飽全部完畢，大夥相約明年再見。

2024／05／19

第四十七回　觀賞陳添財老師收藏文物展

二〇二四年六月八日早上十點之前，我到文化局要參觀陳添財老師收藏的文物展，在大門口碰到熟識的老朋友董志謀，相互問好進入一樓大廳就坐，坐著站著的貴賓雲集，大約五十多號人，半數以上是台灣來的貴賓。志謀說正面樓梯牆上掛著一幅「台灣彩墨院士菁英布幔展」的看板是做什麼的？我說大概是以前留下來的看板吧，我是來看陳添財老師的文物展。剛說完看見陳美玲學妹朝我走過來，趕緊站起來跟她點頭和打招呼，美玲就是陳老師的千金，好多年沒看到她，直到兩年前才在她上班的博物館遇到的，她小我十來歲，她說爸爸昨晚騎車不小心輕微的摔了一下，行動有些許不方便，今天不便出席，因此指定她代表致詞，原來如此，打完招呼各自就座。

十點一到美女主持人準時發言，歡迎佳賓和參展藝術家蒞臨展場，可是她說的是「台灣彩墨院士菁英布幔展」策展的種種，到最後才提到陳添財老師文物展，我聽明白原來是兩項展覽聯合安排在一處。接著請文化局長上台發言，呂局長說十年前首次擔任局長，新手上路用心學習，當時有預算沒經驗，二年前再次接任局長，變成有經驗沒預算，總是不盡人意。美術學會現任翁理事長及前任吳理事長，都是台灣師範大學美術系傑出校友，都是呂局長的學長，系出同門，台灣彩墨藝術院俞院長也是師大美術系的後起之秀吧。

最後是陳老師的指定代打陳美玲上台，她說父親昨晚騎車稍稍摔了一下，今天不克出席，要她代表上台致意。她說小時候在家裡玩耍哪裡都可以，就是有一處禁區不許孩子進入，那就是父親收藏文物的地下室，那些破舊的東西可都是他的寶貝，害怕我們一碰就毀了，但是一點也不妨礙她擁有快樂的童年。慢慢長大後才觀察到父親跟別人不一樣的地方，他年輕時在小學當老師，一份薪水要養家活口已經很不容易了，還要省吃儉用，節衣縮食留下一點錢來收購古文物，母親也不懂收藏那些文物不能吃也不能喝，到底有何用處呢？可是也不能反對他的興趣啊！父親三十歲過後開始收購文物，今年八十五歲從未中斷，真的是一以貫之，對一項愛好能堅持半個世紀的恆心和毅力，還是令人無限敬佩，人說一輩子只要堅持做一件事，就是了不起，我也認同父親的了不起，謝謝大家。

該說話的都說完了，首先觀賞一下什麼叫布幔展？一般的油畫或國畫不管是長方形或正方形，畫作的尺寸大都是二米或三米長寬，然後周邊再加框裱褙，可是布幔畫是一米的寬度，五米的長度，全部畫滿沒有邊界，倒是生平第一次見識到，也算是開了眼界。再轉到文物展覽室，看見琳瑯滿目的展品，有民國初年的紙幣、福州的漆器、書法條幅、鼻煙壺等等，美玲正在給來賓介紹各種品名及用途，我看完覺得數量不是太多，不像是五十多年的收藏品，剛好她正在解說今天的展品大概只有全部藏品的十分之一。因為她父親是私人收藏，沒有足夠的空間和理想的框架擺放，都是層層疊疊堆放起來，也不是恆濕恆溫的環境儲藏，必須定時搬上搬下在陽光底下晾曬，小心伺候著。

2024／06／08

第四十八回　兄弟相聚吃麵食

二〇二四年六月二十日晚上六點邀請老兄弟來家裡分享麵食，因為大連老婆小魏回來金門了，貴賓有林哥、水哥、忠哥、忠嫂、楊哥、張瓊惠母子等七位，瓊惠是大連老鄉，她是台南女兒。主食有四十個餃子、二十個韭菜盒子，八個小菜有油炸花生、芹菜花生、滷牛肉、豬舌頭、豬腳、紅燒魚、蔥油豆皮、蝦仁炒西蘭花，還有一大鍋的枸杞百合小米粥，沒有另外煮湯，九點散場。韭菜盒子剩下四個，請水哥打包帶回去，小魏說非常歡迎，特別準備了一瓶忠哥喜歡的老酒二〇〇五年中秋節家戶配酒一千西西，林哥又帶來二瓶六百西西高粱酒，喝酒主力是林哥和忠哥，大概喝了六百西西，楊哥喝啤酒，我只喝三十西西，各人盡興，共渡愉快晚餐。

八點半酒足飯飽之餘，談話無拘無束，林哥說起他的婚史叫做火車之戀，讀大二的時候他往返家鄉台南到大學桃園之間，擔任列車長的堂哥給他一張優待票，一個車廂只有一張優待票，那是招待火車員工和眷屬的特別票。有一次跟一個漂亮的女生同座，請問對方也是火車眷屬嗎？對方說她是火車員工不是眷屬，自強號列車服務員，那可是千挑萬選出來的外表，堪比空中小姐的水準了，叫他為之驚艷不已！本來下車之後就是各奔西東了，如何再見？可是偏偏列車長不存好心，一邊跟她說我對她甚有好感要給她寄卡片，一邊對我講她很欣賞我等我的約會，我們不知不覺就聯絡起來、約會起來，終於落到媒人的設計之中，後來他大學畢業開始工作，結婚對象就是火車戀人。

忠哥說他大學畢業之後回到家鄉金門時，學長幫他介紹女朋友，他無可無不可，僅僅知道對方是小他一屆的一位學妹，但是沒有見面也沒有結果。後來表弟的媽媽也就是他的阿姨，說要給他介紹一個瓊林的女朋友，他也是無可無不可，甚至都沒有去見面。後來單位一位女性新進人員到他工作的人事室來報到，然後分配到出納工作，此後人事與出納業務接觸頻繁，兩人之間也跟著日久生情，由於技術不好，居然懷上了。只好稟報家長趕緊安排到瓊林上門提親，結果提親的人還是那位阿姨，她問我對方是什麼人？家長又是什麼人？聽我報出姓名後，她說這不就是當初我要給你介紹的對象嗎？繞了一圈回來你倒好，自己都先上車再來補票了，誰跟誰一起吃飯真是天注定的。

我說我跟小魏走到一起，都是因為大連人對不起我，十五年前我有一個大連的女性朋友姓朱，她小我十二歲，突然有一天跟我說要介紹她妹妹給我做女朋友。我心想這真是天馬行空一般的異想天開了，大連與金門相距千里之外，如何能行？可是她又這麼認真，我想好歹走個過場就不算辜負她了，於是點頭應允下次到大連旅遊時和她妹妹見面認識，成不成都不要緊。結果一見面，她的身高、身材、臉蛋、氣質都是我一輩子所僅見的，讓我驚艷到了，可是對方卻沒有什麼期望或熱情，我就知道對方看不上我，那是有緣無份算了。

朱姐也看出端倪，她一直跟我道歉說絕不是欺騙我的，沒想到妹妹會變卦。我說我絕對相信妳不會騙我，我沒有怪妳也不會怪妹妹的，見面認識一下也沒有壞事。她說了兩三次沒有騙我，我完全相信請她不要介意，後來她居然提出來改為介紹她的鄰居小魏跟我交往，我也是抱著走個過場就能交差的心理答應她，她就把小魏的電話給我，讓我自己去聯絡，沒想到無心插柳柳成蔭，我跟小魏談得很投機。電話和短信／簡訊聯系十天後，我就動身專程從廈門飛到大連與佳人第一次會面，從此「天南海北會大連，一見鍾情定終身」，迄今已滿十二年。

2024／06／20

第四十九回　金門故鄉生活

老頭愛丫頭五十八

夫妻睽違三個月，回到金門重聚首，
為接待美國孫子，沒有姥姥真不行。

2024／06／14

二〇二四年三月十八日早上七點出門，半小時後到達大連飛機場，報到／值機過安檢到登機口也是半小時，坐九點的班機時間很寬裕。準點起飛後，十點半落地淮安經停，十二點再度起飛，一點半降落廈門。等行李費時間，打車到五通碼頭二點半，一進到候船大廳人滿為患，等待候補船位的旅客烏泱烏泱的，因為昨天起大霧下午的四班船通通停航，大批旅客滯後到今天來了。我趕緊找小曾美女給我排補位，她拿我的証件排上五百多號，可是三點半的船班叫號只叫到二百五十號，就算排到四點半及五點半那二班船也輪不到。我只能靜靜坐在角落等待小曾的好消息，果然三點的時候她幫我搶到一張三點半的船票，我總算可以回金門了，阿彌陀佛，謝天謝地謝小曾。

三月二十三號下午五點出門到東沙村看望一位台灣回來的老同學王琨瑜，可是他妹妹說哥哥去趕海採收蚶蜊，一會兒就回來，請我在她家院子坐一下。他是我的小學同學，自從高中畢業之後整整五十年未再碰面，多麼漫長的人生路，慶幸的是我們都還活著，而且工作到年滿六十五歲屆齡退休三年了，稱得上是功成身退、功德圓滿。六點時他步行回家，收穫不多，盡力就好，甫一照面，我看他的體型胖瘦勻稱，氣色及精神狀態良好，可喜可賀，模樣似乎沒有什麼改變。

相互問好之後，同學相見雀躍喜形於色，我說「小學我們倆都是躲避球的選手，我記得每一次比賽閃躲得最好的人就是你，最後一個被對方炸死的人選都是你，你的拿手絕活是整個人撲倒在地，大出對手的的意料之外」。他說「我記得你唸小學的時候最厲害的是查字典比賽，從三年級到六年級通通包辦第一名。而且有一次你要代表學校到外校參加比賽，領隊是趙悔今老師，我們私下喊他大肥趙仔。那天上學我穿了一件新的白色衣服，你穿的是藍色髒衣服，老師要我們把衣服調換過來，所以你就穿我的衣服出去參加比賽」。

兩個人說完都是一陣哈哈大笑，真是太好玩了。琨瑜說他身上衣服都濕了，必須先洗澡換衣服，讓我和他的弟弟妹妹和妹夫趕緊趁熱先吃飯，他的弟弟王琨敏小我們十歲，我們也就不客氣先吃飯。吃到一半進來一個王建華小老弟，是另一個老同學的弟弟，也是我的老酒友，自然是見面三杯酒，我要騎車一點點就好，不好冒險的。不久他洗完澡，我們一起吃著喝著，可他是滴酒不沾的，我們邊吃邊聊那可真是有說有笑的，酒足飯飽之後我就起身告辭。彼此相約後會有期，改天再聚。

第二天下午四點我再度去東沙看望小學同學王琨瑜，可是他又去趕海了，昨天他的弟弟妹妹都在，招呼我坐下來喝茶，我說不坐了，我是來送他一本書《金門情深深》參觀的，我還要回家打理一些事情。

三月三十日早上十點我又去東沙看望老同學王琨瑜，正好他又去趕海採收蚵蠣剛剛回來，我們就在門口樹底下乘涼聊天，我邀請他有空來我家坐一坐，他說好的，他會待在金門過完清明節才回台灣，坐了二個小時後我便告辭。

四月二十八號是農曆三月二十蘇王爺聖誕，中午十二點我到「禹帝廟」參加遶境活動，任務是和劉海勇各扛一面頭旗。一點出發，五點返回本廟結束，我將參與遶境遊行活動寫下一篇文章《媽祖誕辰暨蘇王爺聖誕聯合遶境》，篇幅一千多字，聊以記述遊行過程。

五月十九日是農曆四月十二金門迎城隍的大日子，早上十一點半我到「禹帝廟」報到，然後加入遶境遊行隊伍，下午二點隊伍出發。晚上七點半回到終點也是起點，然後在廟埕擺席十桌犒軍，八點半用餐結束，相約明年再會。我把參與迎城隍的活動寫了一篇《二〇二四年禹帝廟組團參與迎城隍盛會》文章，篇幅一千多字。

六月十四號早上八點半我媳婦由大連飛廈門，中午一點半降落廈門，等到領取行李打車到五通碼頭時二點半。我坐二點的船出發，進港後通關出來會面比她晚到十分鐘，立馬將兩人的證件交給小曾請她代買三點半的船票，同時送給她一盒從大連帶過來的櫻桃分享。然後我也開始品嘗另外一盒櫻桃，大約是一斤多一點，一盒裡面有二款品種，一款是紅燈一款是梅棗，今天的櫻桃個頭不是很大號，只能算是中號，但是口感杠杠的，我喜歡。吃完拿到船票開始檢票過安檢登船，來的時候沒下雨回的時候又下雨，果然回到金門也是下著中雨，下船後讓媳婦帶著大行李箱坐計程車走，我冒雨騎著機車回家還比她先到兩分鐘。

夫妻分別將近三個月，四點半進屋後先跟她擁抱一下，順手遞給她一個紅包，她一見就笑開了花，說這是她的最愛，我說這不就是開門紅嗎？完了我即刻上樓洗一個熱水澡，因為全身都溼透了，洗完澡就把衣服全部換過。五點半先到小區後面的診所拿點感冒藥備用，陳道實醫師、林秀玲、王篤生看見我們倆都很開心問好，離開後就近彎到超市採購一些蔬菜水果類。回家簡單煮一碗麵吃晚飯，兩人挽起袖子開始幹家務活，男女搭配幹活不累，我把一樓和二樓兩台冷氣機的過濾網拆下來清洗一番，網子其實並不很髒，有七成的乾淨程度。媳婦拖洗一樓的地板、座椅，她洗到一半我已經把冷氣機打開運轉了，這下子幹活更不會累了。

六月十八日晚上六點半邀請老朋友來家裡分享麵食，因為大連老婆小魏前兩天回來金門了，她會做正宗的北方麵食，貴賓有陳道實、王生篤、劉海勇、張長華、鄭通野、錢忠直、邱梅青伉儷等七位。主食有四十個餃子、二十個韭菜盒子，六個小菜有油炸花生、芹菜花生、滷牛肉、豬舌頭、拌海帶絲、蝦仁炒西蘭花，還有一大鍋的枸杞小米粥，沒有另外煮湯，八點散場。餃子及韭菜盒子各剩六個，小邱說她要打包帶回去，小魏說非常歡迎，六百西西高粱酒二瓶，還剩三百西西，各人盡興，共渡愉快晚餐。

第二日下午四點看見張瓊惠來的信息，說她今天到金門了，在文化局對面咖啡廳吃晚飯，我立馬騎車過去會面，她和二寶劉宇赫正在吃飯，她說大寶被金門高中錄取，下午就去學校報到了。她們住的民宿有機車出租，讓我帶她到熟悉的機車店看是租車或是買車合算？等她吃完飯我們就轉到「新敬業」機車店詢價，老闆說月租是三千元，買新車是六萬元，她先有一個譜然後再做決定要租還是要買。看完後我回家吃飯，她去逛一下商場，再到我家裡坐一坐。

晚上八點瓊惠來到家裡，我們泡茶聊天，這是我們在大連見過兩次面，第三度在異地他鄉見面。談話中才知道她住的民宿是位於金城派出所的後面，離我們家只有一公里左右，坐了半小時她們要回去，讓我陪她去7-11列印三張圖片，可是第一家說不能列印，我知道有一家可以列印，我們二話不說便轉到第二家，果然沒錯，馬上列印出來。然後再帶她們去大賣場採購一些日用品，我就先行回家了。

瓊惠說「感謝薛大哥的照應，雖然在不熟悉的金門，但有熟悉的在地薛大哥在，讓瓊惠在金門如魚得水一般。也深深感謝市台辦在大連組織的活動，讓我有幸認識熱情親切的大哥和大嫂，兩岸一家親，在哪都很親，再次感恩大連市台辦為我們牽起友誼的橋樑」。我說「不用客氣，這是舉手之勞，如果有什麼需要或不了解的事情，妳就跟我講，我會想辦法幫忙的」。

六月二十號晚上六點邀請老兄弟來家裡分享麵食，因為大連老婆小魏回來金門了，貴賓有林哥、水哥、忠哥、忠嫂、楊哥、張瓊惠母子等七位，瓊惠是大連老鄉，她是台南女兒。主食有四十個餃子、二十個韭菜盒子，八個小菜有油炸花生、芹菜花生、滷牛肉、豬舌頭、豬腳、紅燒魚、蔥油豆皮、蝦仁炒西蘭花，還有一大鍋的枸杞百合小米粥，沒有另外煮湯，九點散場。

六月二十八日晚上六點邀請李增遠、陳道實、許換生來家裡一起吃餃子，主食有四十個餃子，六個小菜有豬舌頭、土豆絲、蔥油豆皮、涼拌海帶絲、青蒜炒臘肉、黑木耳蘸芥末，還有一鍋大醬湯，喝的是高粱酒。七點多增遠先回家，八點多換生要去游泳池給救生員上課先離開，十點道實班師回朝，大家共度一個愉快的晚餐。

六月三十號下午四點半我專程前往後水頭拜訪老同學黃金山，一九七似年高中畢業之後各分西東整整五十年，因著他的兒子黃強自去年以來與我會面四次，讓我懷念老同學想去一睹為快。就在榮湖邊上「汶源宮」的後面找到同學府上拜會，嫂子也在家裡，睽違半世紀的相會別來無恙，兩人倍感珍貴，喝茶聊天暢敘過往長達兩小時非常愉快。我沒想到他的人生軌跡波瀾起伏，豐富多彩，實在大出我的意料之外，讓我增加許多見聞。告辭的時候同學說下次有同學聚會時會聯絡我參加，我說好的，後會有期。

我高中畢業後當年僥倖進入電信局工作一輩子四十六年，退休三年多了，所以說我是土裡土氣土包子。而金山考入海洋學院，一九八〇年前後畢業回到金門水試所工作兩三年，離職後抱著一往無前的態度考入長榮海運公司跑全球貨櫃輪七、八年，離開長榮之後跑台灣與金門的客貨輪，也曾上岸做過旅遊業一兩年，又出海跑船直到七年前退休再上岸。他的足跡、視野、胸襟，都遠在我之上，值得我多多請益和學習。

2024／06／28

第五十回　金門故鄉生活點滴

老頭愛丫頭五十九

僅僅分別一星期，獨自啟程東北飛，
娘兒倆趕來接機，一家三口慶團圓。

2024／08／12

七月二十七日中午在金門機場給青春兄妹送上飛機，我們回家之後，我媳婦開始一樓二樓擦地板，我們合力把春媽的房間打地舖床墊歸位，我們即刻入住春媽的房間，第一室內比較安靜，第二新空調是分離式幾近無聲又冷。午休下樓後，我趕緊給媳婦頒發一個紅包，好好獎勵一下，並且肯定及感謝她這二十幾天辛勞照顧一家五口吃好喝好，更把兩個小祖宗照顧得無微不至，而且還跟小春小青相處得非常痲吉。致使我們姑娘溫馨看見照片中小青和姥姥甜蜜蜜的鏡頭，也不由吃味的說，兩人像極了娘兒倆，怎麼會是祖孫兩人？當媳婦打開紅包抽出那一沓紅票子，立馬喜上眉梢、眉開眼笑，惡狗撲羊一把抱住我說，謝謝老公，我就愛這一個。下午五點春媽來信息說，剛剛回到桃園龜山家裡。出門順利，平安到達，這個就是最好。

春媽說「謝謝阿公用鈔能力肯定小魏姐這二十幾天的辛勞，忙裡忙外、包山包海的付出和陪伴。更謝謝阿公給我們一個溫暖的家，給孫子們一個難忘的暑假」。我說「春媽是無敵鐵金剛，把兩個孫子養得這麼好」。春媽說「他們兩個很瘋狂的，是你的好脾氣包容他們」。我說「給他們留下這一篇《小孫女帶哥哥回金門》二萬字的紀錄，等將來長大了看見肯定會莞爾一笑」。春媽說「謝謝阿公給他們紀錄下成長的過程」。

八月一號晚上六點邀請錢忠直、邱梅青伉儷、表哥李增遠、李增遨兄弟來品嘗炸醬麵，喝杯小酒聚會一下。六月十八日忠直來過，六月二十八號增遠來到。忠直家鄉和增遨是連鄉社，說得上也是鄉里鄉親，提起身邊的親人都有交集，還能談到幼年讀書的情景，抒一抒情懷。他們兩家都愛吃麵食，正好我的牽手是大連媳婦，做的一手道地的北方麵食，今晚分享一下炸醬麵，自己炒的炸醬香噴噴，麵用的是本地黃麵，這叫南北結合。每人一盤炸醬麵之外，還有一盤二十個餃子、一盤豬腳、一盤豬舌頭、一盤油炸花生、一盤蔥油豆皮、一盤拌海帶絲、一盤洋蔥炒五花肉，還有一鍋百合小米粥。吃著喝著聊著很快都見底了，七點半酒足飯飽散場，大家互道再見，後會有期。

八月二日要獎勵一下我媳婦，她自六月十四號回到金門迄今將近五十天，在家裡招待親友品嘗麵食一共五次，送給朋友分享也有八次，盡心盡力，廚藝更是可圈可點，親友都是高度稱讚，屢次稱謝，給我撐起好大面子。我從旁看她獨自一人干活，任勞任怨，倍感辛苦，今天特地致贈一份獎勵金，略表我的心意及謝意，有這個老婆真好。

八月三號中午邀請大孫子許瑞哲、許舜淮晚上六點半來吃餃子，他說昨晚有飯局喝酒太多，下午很晚才吃的中飯，改天吃餃子吧！我說那天晚上我們一起吃牛排你提到有一筆仲介案子正在洽談中，交易是否順利？他說順利進行當中，還沒有到收官的地步，我說那就太恭喜你了。我說後天中午我們倆有一個要先飛大連了，另一個延後幾天走，會在東北住上幾個月，他立馬改口說那就晚上過來。兩兄弟準時到達，我們立馬上菜，水煮餃子二十五個、煎餃二十五個、一盤滷豬腳、一盤滷豬舌頭、一盤涼拌海帶絲、一大碗咖哩牛肉，一鍋百合小米粥，都能合吃，喝一小杯高粱酒，隨意聊天，無拘無束。我也說明了一下三筆土地捐贈薛氏宗親會而不得的來龍去脈，瑞哲聽完呵呵一笑，他的看法也很有參考價值，八點散場，用餐輕鬆愉快。

八月五日是我媳婦北雁獨自返回大連的日子，下午一點半的班機，準備搭上午十點的船班出帆，南歸的侯鳥一路護送到飛機場，我預訂一周之後返航。不過，今天差一點擠不上船班、趕不上航班，因為船班沒有事先向船公司訂位，遇上了暑假旅遊旺季，家長帶著孩子出門度假者比比皆是。我們九點出發，預訂坐第二班十點的船，可是一進入後船大廳，卻是人滿為患、人潮洶湧。趨前一看買票的沒什麼人，補票的人一大堆，我去拿二張補票一百四十五號，第一班補上四十號，第二班最多也是四十號，我們恐怕連第三班也是補不上，這下子可壞了，廈門的班機也趕不上。

我跟媳婦說只有再找阿如幫忙了，打通人在台南的阿如的電話，告以上情，她立馬聯絡有關人士，一會兒通知我到某一櫃台直接購票，終於順利成行，上船時聽說補位只到八十五號。十一點到廈門出海關，半小時後到機場拿到登機牌，陪媳婦坐下休息半小時才送她過安檢，她剛到登機口就聽廣播說大連有雷陣雨，一點半的班機晚點二小時起飛，我說不要緊，好飯不怕晚。果然晚上七點半降落大連，很快就回到我們溫馨的家吃飯。

八月八號早上我吃飯也吃了一張山東煎餅，挺好吃的。小春和小青都喜歡吃紙，他們管煎餅叫做紙，小春還喜歡吃鳥蛋。我對媳婦說「張瓊惠八月十日晚上入住金門民宿，那我會把材料交給她，有外人的事不好麻煩隔壁葉長雯老師，第二天中午或者晚上的班機我就可以走了，如果不合適就改第三天都行」。媳婦立馬查票，八月十二號中午一點半海航廈門飛大連，正好跟她坐的班機一樣，行程就這樣敲定了。

今天是父親節，早上八點半阿瀚突然發信息說「父親節快樂哦！老爸，一切順心」。我回說「樂樂跟浩浩老北，父親節快樂」。九點半春媽說「父親節快樂，父愛如山，謝謝老爸的栽陪和付出，我和青春兄妹都好愛你」。我也回說「好的，父親節快樂。妳們八月五日晚上八點登機，到芝加哥是八月五日晚上十二點降落嗎」？春媽說小春八月十二日開學，小青蛙晚一周。媳婦看見我和春媽的信息才想起父親節，趕快來信息說「老公，爸爸節快樂」。並且送來一個紅包八十八元。

媳婦說「春媽是暖心的小棉襖，我們要多多關心她，她隻身一人離家萬里，沒有親屬在身邊關愛，不辭千辛萬苦一年回家一次，跟親人團聚，也讓小孩子體會兩個國家的不同文化，春媽選擇大齡生子，帶大兩個孩子非常辛苦」。我回說「春媽是夠辛苦的，獨自帶大兩隻小神獸更是百倍困難」。

中午我問廈門碼頭小曾說「小曾好，妳知道八月十二日早上十點金門往廈門船班是哪一家船公司？訂位電話多少？我要訂位坐那一班，不敢排補位了」。她說「我這邊可以訂位，台胞證正反面發給我就可以」。我發照片過去，一會兒就訂好新金祥龍輪，太棒了。

晚上九點半小青蛙來視頻說「阿公，父親節快樂」。我說阿公看見妳們很快樂，呵……呵……我們晚上九點半，她們早上八點半，正在吃早餐。春媽說「八月五日她們晚上八點在台北登機，第二天晚上九點降落芝加哥，就近住進酒店十一點，第二天早上七點開車回家是十點了，真辛苦」。姥姥說「是呀，她們回來一趟真是千辛萬苦」。阿公說「姥姥心疼那兩隻小神獸了」。姥姥說「是呀，特別是心疼春媽，整個行程已經夠辛苦了，還得安排兩個小的吃喝拉撒睡，又顧慮孩子吵鬧會吵到周邊的人」。

八月十二日是南方的侯鳥要往北飛的日子，班機的時程恰恰跟上周媳婦的一模一樣，她的班機晚點二小時，不知道我的運氣好不好？待我觀來，結果是晚點一小時。早上九點吳振城開車送我到金門碼頭，買票通關一切順利，今天的船班也是客滿，好佳在，事先請五通碼頭的小曾美女幫我訂位了。早上十點我在金門碼頭坐船，中午一點半在廈門上飛機，晚上七點半回大連進家門吃飯。睽違將近五個月，薛大爺又回來了，媳婦娘兒倆樂得去機場領我回家。

2024／08／12

第五十一回　土地捐贈薛氏宗親會而不得

我給薛氏宗親會理事長薛祖耀說「祖耀：五月十二日我已經把切結書簽名交給你，以便辦理燕南山段那三筆土地更名的手續，至今二個多月，不知道進度如何？我預訂下月初出遠門，你能不能加快速度」？祖耀說「早安，叔公祖：關於那三筆土地目前碰到問題，宗親會沒有法人登記無法做為受體，財團法人不在這次條例修改的對象裏。我有跟地政局反應這個問題，因金門這種情況也很普遍，他們還要再研議如何解套，或許比較簡單的方式就是宗親會去做法人登記，但會讓我們變成有二個財產管理單位，這對於已經沒什麼年青人出來參與會務的情況下，會是個很大的負擔，如果有進一步消息會再知會您」。

我說「既然無法解套那就算了，你把所有權狀拿回來吧，我決定退回地政局」。祖耀說「地政局不會接受您的退回，不過，您可以再問問看地政局，關於我說的部分是否正確？我怕我的認知有遺漏了什麼」。我說「地政局會不會接受退件？我也不知道，但是我總要去試試看呀！這件事你已經盡心盡力了，辦不成也沒有話講了，你把權狀拿回來就好」。到了中午十二點，祖耀把三張土地所有權狀拿到家裡來歸還。

隨後我諮詢了一下從地政局退休的同學鄭易明這件事情，我要把所有權狀退回地政局行不行？他說當然可以拋棄，只要帶上身分証及權狀，填寫申請單就可以，他讓我到了地政局的時候通知他一聲，他會請林課長協助辦理。下午四點我到地政局找到林課長，他說鄭易明有來電話交代，就請我坐下來協談，他說申請拋棄很簡單，但是只要一填報後這土地就發生轉移，地主再也無權干預了，茲事體大，土地就變成國有了。這兩天薛祖耀有來洽談過這件事情，按照去年通過的金門自治條例有更名到社團法人這一項，就不必繳納土地增值稅，但是，薛氏宗親會只是縣政府登記有案的社會團體而不是社團法人，要走更名這一項就必須再向法院登記為社團法人。

如果要過戶為財團法人薛氏基金會必須繳納土地增值稅，這三筆土地三千平方公尺要繳二百多萬元，先要去籌措財源，或者處分宗親會手上的現有土地。再說現如今要登記三平方公尺的土地都是千難萬難，更何況是三千平方公尺，你要今天拋棄三筆土地非同小可，建議你先緩一緩，跟宗親會再商量一下彼此可以接受的方案，我們也會跟薛祖耀協調一下，避免造成你們巨大的損失，無法挽回的損失。最後我同意今天不申請拋棄，暫緩一段時間再確定處理的方式。我說自從二〇〇一年持有迄今二十三年，也該做一個了斷才是，這是經過深思熟慮所做的決定，並不是一時衝動，也不是意氣用事。交談半個小時後回家，我立馬向鄭易明會報這個過程，他說他也是贊成今天不要馬上辦理拋棄，事緩則圓，希望能達成更好的方案。

此事緣起於二〇二二年九月四日我在家裡把燕南山段那三筆土地所有權狀，交予薛氏宗親會理事長薛祖耀，要求他盡快在一兩年之內辦理捐贈宗親會，如果辦理不成應予歸還本人。

2024／07／31

第五十二回　吃飯學問大

吃飯很簡單，但是，吃飯學問大。飯是不能不吃，卻不能隨便吃。民生四大需要，食衣住行，吃飯為首，由此可見吃飯多麼重要。吃飯首先要甄別食物，什麼可以吃什麼不可以吃，要不然輕者吃壞肚子重者吃壞身體，因為病從口入。吃飯其次要遵循定時定量原則，切忌暴飲暴食，傷害腸胃的工作機能。俗話說民以食為天，命以睡為先，都說明了吃飯的重要及睡覺的偉大。平常我們聽得人家說，飯可以隨便吃，話不可隨便說，這是用來告誡他人說話必須慎重，張口之前要經過腦子思考一下，千萬不可無的放矢，以免禍從口出。但是隨著時代的改變，這句話也要與時俱進跟著改變成，話不可以隨便說，飯更不可隨便吃。因為隨便吃的後果，可是會換來一身的肥胖及一身的疾病，說到底還是病從口入。

我們知道吃飯學問大，吃飯有三大作用，其一是吃飽，滿足腸胃的需求，填飽肚子是最大的功用也是最基本的功用。其二是營養，滿足身體全面的需要，人體需要各式各樣的養份，才能將身體的功能發揮到最大最好的地步。所以要均衡攝取營養，最忌諱的就是偏食，光吃那麼幾樣喜歡的飯菜而已，比如天天吃一客牛排，或是每餐吃肉卻不吃蔬菜，都是錯誤的飲食習慣。其三是美食，滿足口腔或味蕾的需要，要挑選可口合味的飯菜，經濟條件好的人常常為了口腹之欲會到處尋找美味。我們曾經聽老師講課談論養生食療，他的總結一句話是「好吃的東西未必是好東西，少吃為妙，難吃的東西未必是壞東西，不能不吃」，但是，有營養的東西一定要吃。

一九六〇年以前是物質匱乏、營養不足的年代，吃飽是每一個人的重頭大戲，人們見面時的問候語大都是「你吃了沒」？能吃上飯就是滿足，能吃飽飯才是幸福，人們的身形身材都是單薄瘦弱的，胖子是稀罕品種，一百人當中最多一個，那是令人羨慕的對象，代表家裡生活條件優越，遠在一般人之上。一九八〇年以後隨著經濟發展迅速，生活物質逐漸不虞匱乏，吃好吃飽不再是一件困難的事，人們的體型壯實有勁，偶爾也能看見胖子的出現。兩千年之後經濟高速發展，家家戶戶過上好日子，生活物質富裕，應有盡有，人們的身材走上發福的型態，不但大人常見胖子，就是小孩子也常看到小胖子，社會真的是富足了。再過二十年的今天，那真是物質豐沛、營養過剩的年代，人們心寬體胖，身材豐滿藏不住，反過來羨慕那身形苗條、骨瘦如柴、仙風道骨了。同時肥胖是各種疾病的基礎，比如血壓高、血糖高、血脂高，以及心血管疾病，所以不能不減重減肥。

其實個人的胖瘦並非僅僅以個人的意志為依歸，大都是受社會狀況及社會風氣所主導，眾人皆瘦時就崇尚肥胖，反之，眾人皆胖時就追求苗條，所謂環肥燕瘦，各有所愛。現在流行微胖甚於微瘦，說餃子要吃燙的，老婆要娶胖的，但是又擔心肥胖容易帶來各種附加疾病，只敢要有一點胖不要太胖。經過三年疫情的深刻考驗，知道自身免疫力護身效果遠大於注射疫苗，才發現瘦的人免疫力太低，沒有足夠抵抗疫情的本錢。由此可知，胖子有缺點，瘦子也有壞處，怎不叫人左右為難呢？究其實胖瘦只是外觀而已，還看個人的身體條件，比如肌肉是否結實有勁？有無保持經常鍛煉？同樣的身高體重之下，肌肉結實和鍛煉有素才是判別高下的關鍵。

三高疾病的治療和預防，都離不開飲食的控制和調節，所以忌口特別重要。血壓高的殺傷力巨大，猶如一顆不定時炸彈，要是沒有控制好，超過臨界值就會爆炸，造成腦血管破裂，生命岌岌可危。血脂高主要表現在膽固醇高，脂肪及膽固醇攝取過高，血液濃稠流動不順暢，容易造成心血管疾病。血糖高容易形成糖尿病，雖然糖尿病不會直接致命，可是卻會引起相關的種種併發症，間接會要了你的小命，重度的糖尿病要洗腎、要截肢，想一想多麼可怕。糖尿病依照病情區分成輕度、中度及重度，初始發現一定要依照醫師囑咐用藥，把血糖值控制在合理的輕度區間，輕易不要讓他惡化到中度或重度區間。百分之九十以上的糖尿病都屬於後天的第二型，先天的第一型僅佔百分之十而已，那麼後天的形成原因幾乎都是體質的關係，也都是飲食及生活習慣造成的，病從口入可以再度從這裡得到確切的印証。

輕度糖尿病採用降血糖藥物可以改善至合理範圍內，中度改用注射胰島素，重度必須進入洗腎，又叫血液透析，每週一次到三次。大多數的糖尿病都從輕度開始發展，如果在這個階段控制好的話，一生平安度過，千萬不要邁入到中度或重度階段。血糖值要控制在輕度階段最好是三管齊下，首先是服藥，其次是飲食，最後是運動，這三種方式大約各佔三分之一的功效。服用降血糖藥跟降血壓藥一樣，一經服用終身不能停止，絕對不能擅自停藥。調整飲食必不可免，因為第二型糖尿病本就是來自飲食習慣，自然要從源頭加以改變，凡是甜的、含糖的、含澱粉的食物少吃為妙，能不吃是最好的，光是這一條就讓人無所適從了。飲料一概免除，喝茶、咖啡、開水、礦泉水可以，水果只吃芭樂／番石榴、蕃茄／西紅柿，其他的別碰，米飯、麵食減半就好，多吃菜來攝取營養，不能吃到飽只宜七分飽。運動效果巨大，可惜年過半百之人很難在這方面保持有恆及運動量，難免三缺一。

二十年前常聽說糖尿病是中國人專屬的國病，引起國人深切的檢討，然而時至今日才發現，全球化之下的地球村已經是，你有我有，都是朋友，真的是世界大同，中國人的糖尿病人口比例包括大陸及台灣，都是佔百分之十，美國人也是百分之十，全世界也是百分之十，大哥不用笑二哥了。丹麥諾和諾德藥廠新研發的降血糖藥及減肥藥，其製藥成本只有五美元，售價卻是一千美元，惹得美國總統拜登大喊吃不消，要知道美國人胖子多，大胖子更是全球最多的，這款藥物一年會吃掉美國幾千億美元的老本！

肥胖從外觀上就能看出疾病的基礎來，但是，過食也是一種不當飲食，有時候體型上並不顯出肥胖來，雖然，過食大多數會走上肥胖的道路。我們知道吃飯的最大規律是定時定量，可是能守住這一條規律的人並不太多，反之，最大的敗筆便是暴飲暴食。偶爾的、少數的幾餐沒有定時定量影響還不大，如果超過一半的進餐不能定時定量，那也算得上是暴飲暴食的範圍了，對腸胃的吸收及消化功能傷害極大，自然會傷害到身體的健康了。斷食也是另外一種傷害，最常見的就是不吃早餐，許多人或多或少都有過不吃早餐的情況，但是偶一為之不能成為習慣，不能經常不吃早餐。膽結石的形成有很大因素是因為長期不吃早餐，多長呢？可能是兩三年，或者四五年。

因為沒吃早餐，膽囊中儲存的膽汁沒有發揮工作去溶解食物，膽汁會逐漸由濃稠凝固形成膽砂，最後變成結石。小石子長成大石子，當結石直徑達到一公分左右開始不安定，發作起來就是急性膽囊炎，小小的石頭，大大的禍害。這些結石不是外來的，他是內生的，經年累月從膽汁變膽砂，再從膽砂變成結石來禍害人體。不吃早餐有各種各樣的理由，但都不值得作為藉口，比如晚睡晚起，把早餐省略下來和午餐一起吃，當作早午餐，這完全不是一回事。而且，少吃一頓早餐，中午之前特別飢餓，所以吃午餐時就會有補償式的過飽吃法，想把早餐補回來，這完全是另外一回事，結果吃到十分飽甚至是十二分飽，過飽又成了暴飲暴食的類型了，仍舊是錯誤的。還有的人拿不吃早餐當做減肥的法門，這仍然是另外一回事，上面提到不吃早餐會落得膽結石的後遺症，也會落下過飽的後果，根本沒有斷食減肥的效果，切莫存此妄想！

吃飯還因年齡段不同而有區別，青年與中年及壯年，都以吃飽為主，只要不過飽就行，但是，年過半百的老年，就不能吃到飽，除非你是從事勞力活動的人才可以。此時做人要講究留餘，吃飯也是應該留餘，叫做七分飽到處跑，養生之道不是嘴上說說而已，而是要落到實處，身體力行的。而且飯後雖然不適合跑步，卻是適合散步，俗話說飯後走百步，不用上藥鋪，也就是說不用看醫生，因為不會生病。現實上走百步或者效果不明顯，如果改成走千步，或者走上十分鐘，那效果肯定好的。飯後坐著固然舒服，可是如果先走上千步再落座，那舒服的程度會更強，何樂而不為呢！

說到我個人與膽結石打交道也是其來有自，十二年前二〇一二年清明節，年過半百的我生平第一次在金門醫院住院治療，就是源自膽結石造成的急性膽囊炎，住院十天施打抗生素後出院，一個月後回診外科醫師要安排我做摘除膽囊手術，我藉故推辭了。因為我想保留膽囊，要求高雄的朋友提供中藥處方，來溶解結石，效果也不錯。不成想，半年後的中秋節我再度膽囊發炎，我以為不足為慮再住院十天吧，誰知不然，膽結石掉進膽管中造成黃疸指數升高有生命危險，金門醫院動不了刀，必須後送台北榮民總醫院做內視鏡手術取出結石，第二次住院也是十天。但是，我仍然保住膽囊沒有切除，十二年來和膽結石和平相處沒有再發作過。治療和住院期間再三請教主治醫師，關於膽結石的來源和根由，自己因此也長了一點點常識，主要是來自不吃早餐，還有是不當飲食習慣，日積月累造成膽結石容易生成的體質。

2024／08／26

第五十三回　衣服功用大

民生四大需要，食衣住行，穿衣僅次於吃飯。俗話說，嫁漢嫁漢，穿衣吃飯，說明一個女人出嫁的最大需求，就是謀得代表溫飽的穿衣和吃飯兩件大事要有著落。也就是說一個男人娶妻的兩項基本條件，要能提供溫飽的穿衣和吃飯。

說起衣服功用大，是我們日常生活中天天都要面對的事情。穿衣服三大功用，一是保暖，這個是基本，二是美觀，這項是延伸，三是禮節，這樣是社交。現代人的保暖大致上都不成問題，所以重心大都擺在美觀的追求上，一是面料的質地，二是顏色和色系的調配，三是款式的剪裁，四是衣服和髮型及鞋子的搭配等。現在買衣服以成衣為多，現買現穿還可以套量，只是不像量身訂製的剪裁會那麼合身。其實，剪裁合身的衣服一穿起來就顯得精神許多，買成衣要能買到恰好合身的機會不多，多數是選擇尺碼稍微大一些然後加上適度的修改就行了。

先說衣服的保暖作用，最重要的材料是棉花，將棉花填充在衣服的裡面，一是棉花能起到保暖作用，二是棉花輕盈重量極小。面料是衣服外層的部份，有棉布、麻布、絲綢，主要是染色加圖案的布料，款式的裁剪則是裁縫師傅的重頭大戲。特殊的面料也能起到保暖、擋風、擋雨的作用，比如塑料或化學纖維。所以穿衣服的保暖，除了要多穿一件衣服之外，也要講究衣服的新舊及材料。

小時候冬天穿衣服最保暖的莫過於毛線衣了，女孩或婦女最受器重的手藝就是打毛線衣，手藝好的人不但要包辦一家老小人人有獎，行有餘力則為左鄰右坊效勞，推己及人。小學階段我就是穿過隔壁大嫂，薛芳世夫人李金蓮女士年長我二十四歲，她親手為我打的毛線衣，度過幾年寒冬。還有前面鄰居薛永乾夫人許雪緣女士，年長我五十五歲，從南洋省親帶回來贈送我的毛線衣，度過三年初中的冬天，這都是雪中送炭，終身難忘！

五十年前的一九七〇年代唸金門高中時，冬天氣溫只有一兩度，沒有毛線衣禦寒的情況下，唯一取暖的方式就是用雙手不停的搓來搓去，牙齒則是不斷的上下排瑟瑟發抖。有一天我望著身上臃腫的衣服數了一下，裡三件外三件中間又三件，九件破破爛爛的衣服根本擋不住刺骨的寒風吹進我的骨頭裡面，徒呼奈何！高中畢業後最保暖的衣服換成衛生衣／秋衣和衛生褲／秋褲，一件頂上三件，加上一件大衣或皮衣或者厚夾克，上衣不再超過五件了。二十年前開始進入暖冬，氣溫都在十度以上，從此都是單褲過冬，不用再穿上衛生褲，上衣也只剩三件而已，我還以為自己是老皮不過風，其實是地球暖化了。

從小被凍怕了，對於低氣溫尤其是零下地區的生活情景充滿無力和恐懼，二〇〇六年首次乘船跨越九龍江口由金門登上一衣帶水的廈門，同文同種同血緣，閩南話通行無阻，一下子聯結起五十多年前父執輩們進出廈門的種種往事，確實兩岸一家親，甚至是同一祖先。兩門之間生活習俗相同，地理氣候一樣，就是回家的感受，因此常來常往。可是第二年暮春三月獨自要去第一趟東北大連旅游，當地氣溫是六度，把我所有最厚重最保暖的衣物帶上，包括衛生衣褲，年過半百的我忐忑不安，停留三天並無任何不適，原來冬天已過，春暖花開了。

再說衣服的美觀作用，都說人是衣馬是鞍，又說人要衣穿佛要金裝，說明人是依靠衣服把個人的精氣神襯托出來的，即使好馬也必須有好鞍相配，才能相得益彰。因此人與人初相見，第一印象看的是對方的穿著與打扮，人的五官長相只是第二印象了。人們的著裝基本因男女不同而區分成男裝及女裝兩大類，以示男女有別，然後又各分成便裝與盛裝，一般而言，男裝比較簡約，女裝比較精緻。男士盛裝絕大多數是西裝革履，幾乎是世界大同的再現，女士盛裝則比較多采多姿，除了女士西裝外，還有各種套裝及裙裝，真是繽紛多采。中國人堪稱國服的是旗袍，能充分展現女性嫵媚及搖曳生姿的身材，真的是吸人眼球、扣人心弦。另外，越南國服稱為奧黛，款式修長顯身材，兩者相似但不相同，旗袍是單件長款或半長款，奧戴是兩件式長款，一件長褲加上一件長裙。

在衣服美觀的追求上，主要表現在面料的質地、色系、款式三方面，有些衣服是合穿，但不合身，也不貼身。有些衣服的布料有彈性、會伸縮的，那就能穿出緊身的效果，這種衣服穿在女人凹凸有致的身上，顯現出那種玲瓏剔透的身段，叫人看了真是賞心悅目，即使女人的臉蛋長得不太漂亮也可以掩蓋得過去。就像有些晚禮服或者連衣裙，就是此種面料，裙子掛起來的時候看不出什麼特色，但是，一穿上身之後身體就會把裙子撐起來，充分顯出曼妙的身材和曲線，真是恰到好處。

至於便裝，那更是五花八門，應有盡有了，女裝當中以裙子最具代表性，近兩年西方流行的馬面裙，原來是脫胎自中國的漢服，這下子給足了中國人的民族自信心。通常裙子最早是寬裙，能盡顯飄逸和優雅之美，發揮想像之美，但看不出女性下半身的特色來；後來是短裙，能展現出下半身的特色，尤其是一雙長腿或美腿，又發展出迷你裙或超短裙；後來出現窄裙，能表現出臀部的美感，一方面展示腰身柔軟，一方面展示一雙美腿；再後來是包臀裙，充分顯示出臀部的渾圓飽滿，令人浮想聯翩；又後來出現長窄裙，兼取裙子的飄逸及褲子的修長，也是非常有看頭。褲子有長褲、短褲、七分褲、喇叭褲。

說到穿衣服，不分男女都會免不了穿過牛仔褲，這是世界通行的服裝之一。人體的上半身及下半身的美感呈現，強調的重點是不一樣的，牛仔褲在修飾下半身是很突出的，其他的褲子如休閒褲都不能趕得上它。由於牛仔褲材料是硬的棉布，所以穿上它能夠充分顯現出臀部的渾圓和結實與飽滿，以及腿部的修長和筆直，突出下半身這兩大重點，魅力無法擋。但是選擇的要領，在於合身及貼身，才能把下半身的線條綳現出來，賦予人們視覺上的想像空間。曾經有一段時間牛仔褲流行低腰，但是並不具備什麼美觀，幾年之後就不見蹤影了，還是以中腰為主，高腰為次。

2024／08／27

第五十四回　金門縣長敗選啟示錄

二〇二二年元旦時在一場茶會中，筆者和三五好友隨興聊天，談得最多的還是金門社會現象的種種趣聞笑談，最後難免談起年底即將到來的地方選舉，尤其是縣長選舉，且看到時的選舉結果會是誰家之天下？因為年底選舉現任縣長必然尋求連任，自是想當然耳，不會是一個人的武林，只是倚天屠龍劍不出的話，究竟是誰與爭鋒？

有位朋友說現任縣長畢竟佔有兩分優勢，可是也有他的包袱存在，端看兩邊砝碼的輕重大小，很難一概而論。她說連任的道路上有兩道關卡是考驗，一是小三通關閉二年多，選前能不能開通復航，關係到金門將近三千位的陸配及家庭投票的意向，這個群體佔了大約十分之一的選票，影響不可謂不大。二是防疫的成果，能不能繼續保持零確診到選前那一刻，如果像台灣疫情中心那樣失能失敗的話，也會跑掉十分之一的選票，影響非同小可。

有位茶友說，前幾任縣長一上任都會跟旅居台灣與金門各方社會意見領袖致送縣政顧問聘書，並成立縣政顧問團辦公室作為聯繫窗口，每年舉行一次座談會察納四面八方雅言補俾縣政。可是現任者前三年付之闕如，直到上個月才來聘任顧問，足以說明他睡了三年直到第四年才睡醒的樣子。另一位茶友說睡了三年能睡醒也算不錯，總比睡了四年也睡不醒來得好。言下之意莫非是說選上縣長玩四年，好比考上大學玩四年那樣子嗎？

到了三月最後一天，金門防疫出現破功破零，雖然僅僅一例，而且還是由台灣輸入而非本土病例，可是四月及五月連續出現好大喜功的兩個大型群聚事件，從此疫情一飛衝天，一發不可收拾。什麼事件呢？原本一月份舉行的金門國際馬拉松比賽臨時喊停，當時金門是零確診，台灣的疫情也沒有爆發，直到四月初每天確診數一舉突破百例，宣告台灣再度爆發大規模疫情。

然而金門卻在四月下旬舉辦馬拉松比賽，一時海內外長跑好手七百多人雲集小島，帶來不可知的風險，果然賽畢留給金門的是疫情直線上升，累積本土確診人數破一百例，此其一。五月上旬遇上全島一年一度盛事的迎城隍遶境活動，面對蠢蠢欲動的疫情，仍舊照辦不誤，雖然規模縮小不少，但是廟會之後不幾日，沸沸揚揚的疫情，將本土確診人數一舉突破一千例，真是拿疫情當兒戲，此其二！

九月二日選舉登記截止，參選縣長有六位，除了陳福海與楊鎮浯重演四年前的巔峰對決，陳氏抱著王子復仇記有備而來之外，還有一個李應文的登記角逐，此人連續當選二任縣議員，年輕理性問政表現不俗，每任得票都在二千票上下，而且在傳統陳李兩大姓競逐中有一定的吸票實力，成為李應文效應，會左右陳楊的輸贏關係。如果李氏得票在一千票以下，陳楊勝負難定，若是得票二千不利於楊氏，一旦衝上三千票楊氏非敗不可。

選戰正式開打之後，雙方集中火力在小三通的關閉與復航進行攻防，當初為了防疫量能不足斷然關閉小三通，現如今檢視之後反而是一種一刀切的做法，失之武斷。當時有人建議減班而不停航，保持隨時可以擴大航班因應需求，如果停航，將來復航無法操之在我，可惜洞燭機先的遠見不能被採納，如今局面果然能關不能開了。另一攻防焦點在金酒公司與天福公司的簽約案，不但充滿貓膩及種種不合商業規則，合約案密封起來還不能接受縣議會的監督及審查。因此陳氏聲明如果當選，他一定會加以解密，公諸社會大眾，攤開在陽光底下，此說極受鄉親的好評與期許。

自從八年前尋求連任者因金酒弊案被檢方傳訊而慘遭滑鐵盧，四年前另一連任者也因金酒東北試釀案吞下苦果，如今連任者又因金酒天福案備受社會訾議，對於選情極其不利，是否會折戟浯江，且待拭目一睹。連續二屆縣長都止步於連任之時，僅以一任告終，因此一任之說成為縣長的魔咒之一。要知道前兩任的敗北，都栽在金酒弊案，可以說是成也金酒，敗也金酒。簡而言之，凡是主政者傷害金酒的利益，就是傷害全體縣民的利益，形同全民公敵，自然非去之而後快，斷斷不能讓他連任。

此外，三度候選人號次抽籤，現任者都抽中下下籤的四號，這本來就是中國人最忌諱的一個數字，因此成為連任的魔咒之二。因此在選委會抽籤時，有觀禮者就當場喊出死好，此因四號的閩南語讀音正好讀作死好。前兩位候選人都沒有逃過這一個魔咒，那麼今年這一位能不能躲過魔咒呢？欲知結果如何，且待年底分曉。

九月中旬有人把二〇二〇年二月六日、八日兩天金門日報刊載縣長楊鎮浯兩度召開記者會強烈要求中央關閉小三通航班的新聞貼上網路群組流傳，最後中央宣布自二月十號起關閉小三通，坐實始作俑者是誰，冤有頭債有主，一時捲起千堆雪！二〇二一年十月初楊鎮浯帶隊拜會陸委會要求重開小三通，無功而退。關閉小三通，阻斷陸配返鄉路，兩三年備受親人分離的痛苦煎熬，誰能知道？誰來安慰？不但金門陸配出不去，設籍金門前往大陸的台商也是不得其門而歸，這個族群大約兩三千人，鮭魚無從返鄉，選票也不能挹注他們所支持的對象。

回看元旦的茶會，現任者兩道關卡一一失守，小三通不能復航，防疫失敗，到十一月底，確診人數一舉突破二萬人，確診率破百分之三十，何止人心惶惶，都是人人自危了。人們見面的問候語都說，早晚都會確診的，所以只能中午出門。雪上加霜的是在這兩大不利因素之外，還有一項關卡金酒弊案，只要沾上邊，絕不可能全身而退！

雖然選前十天封關民調楊氏領先百分之十左右，但是，在投票前幾天，老縣長在網路上發言指出某方是一紈絝子弟，對其形象極具殺傷力，選情開始發生翻轉。選舉結果是陳氏得票二萬三千多票，楊氏得一萬九千多票，相差三千九百多票，李應文得三千四百多票，佔得票率百分之七，李應文效應果然充分顯現出來，而投票率為百分之三十九，不及四年前的百分之四十二。

備註：

本文雖然是事後孔明，結論也未必正確，而且敗選者也不是一無可取之處。不過，對於有意東山再起的人來說，亡羊補牢，時猶未晚也，何況前事不忘，後事之師，還是有一些參考價值的。

2022／12／09

第五十五回　再論縣長敗選啟示錄

四年前第一次陳楊對決以楊氏勝出告終，四年後重演第二度陳楊對決反以陳氏告捷，兩次對陣恰恰角色互換，都是以挑戰者擊垮連任者為結果。除此之外，兩次選局有驚人的高度相似之處，上次對決雖然基本上是一對一，但是，有謝宜璋參選帶來的效應，謝氏的票源在金湖鎮和陳氏有高度重疊，最後謝氏因母親重病在最後一周宣佈停止競選活動，吸票遭到腰斬，仍然得票七百，進而拉下陳氏連任之路，僅以八百票敗北。這次對決也非一對一態勢，而是加入一個李應文效應和變數，雖然李氏無力當選，但是其得票高低牽動陳楊的勝負。

蓋因楊李二姓結盟，楊氏得票有很大一部份來自李氏宗親票源，四年前李氏無人參選，可以毫無懸念支援楊氏，四年後李應文參選，李氏宗親票源會有一定比例的回歸。李氏得票一千以下，影響比較小，得票二千以上影響比較大，得票三千以上楊氏非敗不可，這是明擺的事實在那兒。所以這一場選局跟四年前有很大的結構性雷同之處，如果把李氏效應排除，競選或輔選必將誤人誤己。

我們暫且把時光轉回到四年前楊氏勝選上任的行事風格，或許可以看出四年後其所以敗選不無蛛絲馬跡可尋。首先他所以選贏是立基於對手在任內犯下金酒東北試釀案，其實準確的說法是酒麴輸送門，將一千六百公斤的酒麴送往東北民營酒廠生產製造，數量之大哪裡是試釀？何況酒麴乃不得外傳的絕對商業機密，因此引起金門人的恐慌及唾棄，最終以選票制裁主政者。楊氏既以打擊弊案上位，就應該將此一弊案調查清楚，真相公諸於世，何況金門鄉親也該享有知的權利！誰知不然，新縣長上任之後絕口不提此案，縣議會唯有洪鴻斌縣議員要求縣政府做出專案報告，也被置之不理，酒麴案真相未明，徒呼奈何，這是縣民失望之一。

關注新聞報導之後，不知事實真相的縣民大都認定前任有著一定的責任，應該交付有關單位調查明白，不該輕縱輕放，是非責任不明。艱苦勝選，本應乘勝追擊，再下一城，一則明白究竟事實為何，二則追究應得責任，三則掃除未來可能敵手。誰料楊氏選前高高舉起，選後輕輕放下，孰不知縱虎歸山，徒然自遺後患，這是其婦人之仁的體現，早晚只能自食惡果。當然，也有人解讀成，將此一罩門握在手中，可以制敵機先，當做將來二度提款機之用，是也不是呢？這乃縣民失望之二。

競選期間楊氏高舉找回價值大旗，倡言組織廉政委員會，將縣政透明化，立意高遠，頗受稱讚與期待。詎料，上任之後遲遲不見成立組織，更別說是運作及功能了，叫鄉親嘲諷說生雞卵無放雞屎有啦！經過縣議會三催四請，拖過一兩年，才勉強公佈一份廉政委員名單搪塞一下，也不足以回應社會的期待，更無運作與發揮作用，此為縣民失望之三。

接任之初本應展現新人新政新氣象，尤其是人事安排必須適才適所，對於前朝人事更應汰舊換新，撥亂反正，切忌新瓶裝舊酒，落下不倫不類的評價。前任秘書長林某本為政務官副縣長，為求個人退休所得最大化，改調事務官秘書長，好事都讓他佔盡便宜了。這種例子在胡志強任台中市長也發生過，而且多人仿效，遊走於政務官與事務官之間，既要名更要利，公務員毫無風骨，令人不齒，莫此為甚！詎知，楊氏當政後不但不加以調整職務，還讓他在原職位上延長半年，待到屆齡以最高俸階退休，這是其婦人之仁的充分表現，此是縣民失望之四。

楊氏上任之初半年，副手遲遲不能到職，他又經常不見露面，演出神龍見首不見尾的戲碼，誠不知其仙蹤何處去？以前新任縣長大都會踴躍出席紅白事，特別是白事場合，用以接觸基層接觸選民。尤其是那些德高望重，年高德劭長輩的告別式，那些辭世長者不但是家庭的尊長，還是家族或宗族的領袖，縣長到場致祭，盡顯存歿哀榮，投票時自然四方歸心。殊不知楊氏概不到場，幾場告別式之後，各地耆老就明白這個現象，同時也放話說這任縣長大概是打定主意不連任了，才會缺席這種場合，將來我們自然也不用投票支持他，這是縣民失望之五。

歷任縣長上任伊始，都會熱心聘任縣政顧問，做為諮詢及請益對象，每年召開一次座談會匯集各項寶貴意見做為施政參考。顧問人數百兒八十不等，既不支薪也不領出席費，而且金門在台灣學術界人才濟濟，佔了很高比例，縣長還會跨海赴台請益。然而楊氏上台後不屑一顧，直到第四年才匆匆聘任顧問，其實也不過是拿人家當做顧門而已，毫無禮賢下士的誠意，這乃縣民失望之六。

楊氏妻子為重慶人士，這於四年前選舉時對於陸配姐妹具有很大的吸票能力，這個族群將近三千人加上家庭成員，至少佔百分之十的選票，關係頗大。但是，兩年前疫情初起時，楊氏兩度召開記者會強烈要求關閉小三通，中央隨後宣佈自二〇二〇年二月十日起暫停小三通，再也沒有打開過。關閉小三通，阻斷返鄉路，陸配姐妹從此天倫夢斷，再也無法返鄉與至親家人團聚，能不暗夜抽泣？

等到今年九月登記截止不久，有人將二〇二〇年二月六日及八日金門日報頭版頭條新聞——楊縣長強烈要求中央關閉小三通貼上網路廣為流傳，一時勾起多少新仇舊恨？陸配及其家庭的投票紛紛掉轉方向。此外，關閉小三通，阻斷投票路，就是那些設籍金門人在大陸的台商，或許有兩三千人，這些大都歸屬楊氏的票源，這下子無法回來投注選票，真是作繭自縛，自作自受了，此為縣民失望之七。

去年五月台灣疫情大爆發，金門僅以倖免，連續保持二十六個月零確診，防疫成果來之不易。可是今年四月金門疫情破零，防疫破功，疫情迅速蔓延，一時間金門人人自危，短短八個月之間趕上台灣三十四個月的災情，確診人數破二萬人，確診率破百分之三十，接近台灣的百分之三十四，此是縣民失望之八。

前兩屆連任者都是栽在金酒弊案上，所以成也金酒，敗也金酒。料想不到這一屆也發生金酒天福案，引起金門鄉親側目不已，紛紛探詢事件真相如何？一件商業合約案似乎隱藏不可告人的秘密，甚至連負有監督之責的縣議會也不得與聞，啟人疑竇，真是此地無銀三百兩也，此乃縣民失望之九。

楊氏上任之後針對自台灣來金門設籍期滿有權利參與三節家戶配酒的人員必須重新登記，如果是全縣性的登記倒也無話可說，可是怪就怪在只有金湖鎮居民享有這項特殊待遇，其他四個鄉鎮也沒有重新登記這回事！坊間傳說這是衝著陳氏的票源區的一項秋後算帳，這叫金湖鎮遷居者如何能接受？因而發生抗拒與不肯配合之情事。早期這些遷籍者多數是為了循小三通西進大陸之方便，並非什麼幽靈人口，也不是政治因素，等到兩年多前小三通一關閉，這些人在大陸的遷籍者回不了金門，他們的重新登記期滿，家戶配酒權利因此喪失，能不怨恨嗎？這乃縣民失望之十。

話說楊氏這一任四年下來的施政真是乏善可陳，又缺少招牌政績可言，只能守而勿失就算不錯了。上述十項缺點或多或少都會造成楊氏選票的流失，理性支持者開始轉移支持目標，積少成多，千里江堤潰於蟻穴，由此種下失敗的因子。因此鄉親紛紛轉而勸進陳玉珍立委轉換跑道參選縣長，一時間陳玉珍回應鄉親春節期間加以考慮，春節過後各方探詢陳立委意向如何時，她的回答說，他做不好，我很為難。楊氏的評價從此烙印在鄉親的心坎裡，知道彼可取而代之也，只是由誰來取代而已。

其實四年前陳氏敗選之後，一改以往參選模式，立即投入競選準備，一則力圖東山再起，再則力爭王子復仇記，在哪裡跌倒就在哪裡站起來。若以陳玉珍代替楊氏參選，她的支持度高居第一，無人匹敵，若是提名她還有一石二鳥之利，因為陳氏宗親會只能唯一支持她，而沒有第二人選了。可惜楊氏不會禮讓她，國民黨也會勸退她，果然後來她宣佈退選，而由國民黨提名楊氏，同時也形成由陳氏宗親會提名陳氏唯一支持。

再說選舉兩軍對壘猶如作戰，除了正面交鋒，最怕兩面作戰或者遭遇對方的側翼打擊，李應文進場參選就如同陳氏的側翼，楊氏只有招架之功毫無反擊之力。更何況楊李二姓結盟並非水乳交融，李姓人士能得政治資源者一為副縣長一為建設處長，大部份李姓人士再無機會。四年前楊李結盟在選前由李某一人具名寫出一封公開信勸說投票意向做為參考，社會上多有傳說，認為是無可無不可，也不以為意。

可是四年後在選前由五家李氏宗親會具名寫出公開信，勸說投票意向要棄李投楊放生李應文，當晚被人貼上網路廣為流傳，一時卷起千堆雪，引來李氏宗親的憤恨不平，紛紛呼群保義，一定要支持李應文到底。這封公開信弄巧成拙，加速加大李氏宗親票源回歸李氏子弟，開票結果李應文得票三千四百票，佔得票率百分之七，一舉拉下楊氏連任之路，以三千九百票吞下敗果，楊氏折戟浯江，無緣蟬連寶座。

2022／12／20

第五十六回　試探明年2024的台灣大選

二〇二三年四月五日郭台銘召開記者會，宣佈要參加國民黨的大選提名人初選徵召，又是平地一聲雷。鑑於四年前的，郭台銘以失聯的黨員獲頒一張榮譽黨員狀突然成為黨員，同時成為初選候選人，在五個人登記初選後輸給韓國瑜，立刻撕毀自己的承諾並且宣布退黨，還要求國民黨不要對他勾勾纏。在記者會上他道歉又鞠躬的，真是所為何來，既知今日，何必當初？今天他退黨之後沒有黨員資格，也沒有榮譽黨員狀，試問又將以什麼身分參加初選徵召？看看國民黨的初選出師不利，又是一記當頭棒喝，他能夠不重蹈四年前分裂的覆轍嗎？

現如今民進黨的提名人賴清德已經定於一尊，國民黨的提名人遲遲不能拍板定案，內定的口袋人選侯友宜仍然採取一貫的不表態作法，其實已經呼之欲出，卻要扭捏作態，千呼萬喚始出來，猶抱琵琶半遮面，這樣子必然坐失先機。民眾黨的柯文哲已經宣布參選，他是有政黨提名的入場券，不需要經由艱難的公民連署登記，郭台銘沒有這個平台，非死死抓緊國民黨不可。今天的初步民調支持度出來，賴清德固定在四成以上，柯文哲穩定在二成，郭台銘在一成左右，留給國民黨的只有三成而已，去年的地方選舉大勝未必能夠轉移到明年的大選，重演四年前的歷史，機會越來越大。

四月十二日民進黨通過提名賴清德為二〇二四年大選的候選人，定於一尊成為綠營的共主，賴清德的出線，是遵照民進黨提名辦法領表後登記，經公佈後沒有第二人登記，形成同額競選，經過審查後確定為提名人。民進黨前幾次的大選提名人，都是經過登記後完成，所以他是有提名機制的。反觀國民黨到目前仍然莫衷一是，閃閃躲躲、扭捏作態，殊不知藍營的基層支持者一個一個正在流失中。八年前洪秀柱依照黨內提名辦法領表登記，取得大選候選人資格，卻在一夕之間被黨主席朱立倫撤換，由他自己粉墨登場取而代之，掀起換柱風波，飽受社會非議不斷，結果大選一敗塗地，蔡英文輕易取勝。

四年前吳敦義任黨揆，廢棄提名機制全由他一個人說了算，乾坤獨斷，連連貽誤時機，一手好牌打到爛，先拉韓國瑜卡位朱立倫，再拉郭台銘卡韓國瑜，眼看自己民調墊底不得不宣布棄選。韓國瑜取得大選候選人資格，一直不能免除被換柱的陰影，外有郭台銘反出國民黨的分裂，內有侯友宜、盧秀燕、吳敦義辭任競總職務，袖手旁觀，光頭候選人結果慘遭滑鐵盧，以蔡英文大勝告終。今年朱立倫回鍋黨首，黨內提名辦法棄而不用，一手操控提名由他說了算，連一個初選都不敢辦理，這不是一個好兆頭。當前民調支持度顯示，賴清德穩定在四成以上，柯文哲也有二成，郭台銘獲得一成，留給國民黨的已經不多了。

四月二十八號新聞報導國民黨將在五月十七日徵召提名侯友宜參選二〇二四大選，朱立倫說八年前是在六月份提名，四年前是在七月份提名，今年都比過去來得早。但是，他沒有說的是，第一，十二年前和十六年前的提名時間比今年更早。第二，八年前與四年前的提名結果一樣，大選都是以國民黨大敗告終。

拖拖拉拉的一個徵召提名就能解除後顧之憂嗎？一而再再而三說，好好做事情，那就更不應該半路落跑呀！再回到從前，四年前的韓粉望眼欲穿的輔選架構垮塌，先是新北市長台中市長拒接該市競總主委，後有黨魁拒任全國競總主委，韓國瑜只落得一個光頭提名人的招牌，教非韓不投高唱雲霄的韓粉情何以堪！開票後就是在這兩個藍營執政都市不贏反輸，大輸特輸，坐實藍皮綠骨之說，絕非空穴來風而已。

六月三日看見新聞報導，有記者詢問金門縣議長洪允典，如果侯友宜邀請他擔任其金門競總主委他會答應嗎？他說絕對不會答應，因為四年前韓國瑜邀請侯友宜出任新北市競總主委遭到他斷然拒絕，別人憑什麼要答應為他跨刀？拒絕他剛剛好而已。四年前往事歷歷在眼前，休推睡裡夢裡，二〇二〇年大選，本來韓國瑜舉辦十來場大型造勢晚會的聲勢及人馬輾壓式超過蔡英文，看來勢有可為。

可是在組織競選團隊時卻接二連三遭遇重大挫敗，首先是侯友宜拒絕擔任新北市競總主委，緊接著盧秀燕也拒絕擔任台中市競總主委，最後竟然連黨主席吳敦義也拒絕出任全國競總主委，韓家軍聲勢至此遭受重挫。此外，國民黨提名大選候選人的全代會就在板橋召開，侯友宜依然拒絕出席大會，其冷漠無情，何來同黨同志之情？到如今，王金平已經拒接侯友宜的全國競總主委，這個競選團隊的組成開始嘗到苦果了！

要知道選舉如同花花轎子一般，我抬人人抬我，除非你打定主意不投入選舉，那麼不選的人最大，你自然可以不必為別人抬轎。如果選了這一次還會選下一次，當然要為別人抬轎，正所謂人情留一線，日後好相見，日後也好開口求人回報。你若是存心不選下一次，雖然可以拒絕別人，你如果不確定下一次選不選，還是應該量力而為，留下一筆人情給別人，更何況人家是經過黨內遊戲規則取得提名權，你卻率先拒絕人家的盛情邀情，還一路袖手旁觀，忍看人家栽在你的手裡，慘遭滑鐵盧！你不拿人家當同志，憑什麼叫人家拿你當戰友？而且同屬一個政黨，你否認對方，難道不也正是否定本黨嗎？否定黨的遊戲規則嗎？

原本在二〇一八年地方選舉中，營造出漢子、燕子、禿子的選舉連線，一舉攻下三都的市長寶座，而且韓流颳起的旋風發揮外溢效應，助攻國民黨陣營拿下大勝的輝煌戰績，可謂韓國瑜是一人救全國，而陳其邁恰恰是全黨救一人仍然飲恨高雄。隨後韓國瑜依照國民黨遊戲規則參加民調初選，在五個人登記參選中脫穎而出，光明正大取得黨提名人身分，無奈漢子及燕子二大諸侯擁兵自重不肯出力，韓氏只落得一個空頭司令的頭銜而已！開票結果韓氏大輸二百多萬票，而蔡氏在新北及台中國民黨執政二都本應落後反而超前二百多萬票，在其他縣市得票韓蔡二人恰好持平，禿子在二都得票不贏反輸，令人頗堪玩味！今天侯友宜參選二〇二四，現世報將會逐漸顯現出來，既知今日，何必當初？所謂一報還一報，正是天道輪迴，報應不爽！

2023／06／03

第五十七回　才堪大任韓國瑜

四年前的韓國瑜呷緊弄破碗，好不容易剛剛打破民進黨獨霸三十多年的政權一舉奪下高雄市長寶座，不過幾個月，椅子還沒有坐熱就轉身投入總統大選，結果慘遭滑鐵盧，不但大選大敗，連市長一職也被罷免去職，被連本帶利完成雙殺，徒呼負負。罷免開票當晚，輔選失利的高雄市議長許崑源跳樓自盡，慘烈萬分，無以名狀。歷經一番大起大落及大喜大悲的韓國瑜自此無緣政治舞台，潛心韜光養晦，沉潛將近四載。

近日國民黨召開全國黨員代表大會，主要議題是通過明年總統大選的黨提名候選人，展示全黨上下一心、齊心協力備戰明年大選。黨內黨外關注的一個重要指標是韓國瑜會不會出席大會？會不會支持黨提名候選人？這是因為四年前他參加大選時遭到新北市長侯友宜的冷漠以對，首先是拒絕出任新北競總主委，並因此產生連鎖效應，盧秀燕跟著拒絕擔任台中競總主委，吳敦義也拒絕接任全國競總主委，韓國瑜出師不利，銳氣頓失。果然開票結果，藍營執政的新北及台中該贏未贏，反而是大輸，這三人哪有同黨之誼？哪有同志之情？其次是拒絕出席提名大選候選人的全國黨員代表大會，口口聲聲以市政優先，假日在自家門口的大會也不肯出席，此非不能而是不為也，前者不肯抬轎後者不肯聲援，居心就是見不得人好。

選民看在眼裡清楚不過，我們都知道不選的人最大，要選的人最小，韓國瑜敗選後被雙殺，自己吞下苦果，沒有責怪任何人，但是公道自在人心，人們心中自有一桿秤，誰對誰錯心裡有數。不承想，四年後時移勢遷，換成是你侯友宜出來競選大位，雖然你依徵召取得提名人資格，到底不是經過公開初選程序獲得提名人資格，你的正當性何在？徵召前黨中央說你民調支持度高達百分之三十六，是黨內最強母雞。徵召後二個月民調不但不升反而急遽下降，甚至腰斬到百分之十八而已，這不是弱雞是什麼？害得那些小雞徬徨無助，只見到處雞飛狗跳的，不是另尋明主，就是避免被弱雞一腳踩死了。三分天下的競逐，轉眼間侯友宜掉到第三，第一的賴清德民調百分之三十六，柯文哲百分之二十五，只落得一個被棄保的棄子。

全代會之前韓國瑜本來預訂前往加拿大旅遊，一則出國散心二則置身事外，經過親友的勸說終於在會前三天回心轉意，取消出國旅遊，宣布出席大會。一時激起黨員及社會一片稱讚之聲，我們知道，雪中送炭人間少，錦上添花世上多。在這侯友宜及國民黨選情困頓之時，這宣布無異是給注入一劑強心針，給藍營支持者帶來一股期待和盼望，希望選情能夠止跌回升。在會前這一決定，引起社會廣泛的討論和批評，討論的是韓國瑜果然有愛有包容，不計前嫌情義相挺，寧可你不仁，不可我不義，稱得上仁至義盡；批評的是侯友宜以小人之心度君子之腹，兩人的度量及雅量更是天差地別，四年前何等的不屑於人家，四年後卻又如何的有求於對方，捫心自問豈能無愧乎？

果然韓國瑜不但盛情出席，而且大肚能容與侯友宜熱情擁抱，呈現在大會上與鏡頭前是如此真誠感人，一時之間藍營歸隊，人心歸附，歡欣鼓舞，勢有可為。聖人云，天將降大任於斯人也，必先苦其心志等等。如今韓國瑜能做到這一步出席大會，正是能夠接受大任的最佳証明，從今掃盡四年來的一切陰霾，走出一條康莊大道，放眼當今台灣政壇必然無人能出其右。至於侯友宜選舉的成敗一切由他自己負責，不能甩鍋別人，更不能拿別人來做為自己的保母，保証勝利。

2023／07／24

第五十八回　藍白合不成

國民黨主席片面沒收黨內初選制度，二〇二三年五月份乾綱獨斷征召號稱國民黨最強母雞，七月份通過提名二〇二四年大選參選人。詎料，從此其民調支持度跌跌不休，在三黨提名人中敬陪末座，看在藍營支持者眼裡只剩心驚肉跳，社會大眾也是驚駭莫名，黨工絕口不提母雞有多強，任由小雞四處逃竄自謀生路。

雖然全島民調有六成支持政黨輪替，因此在野陣營亟思整合為一組參選人挑戰執政陣營，這可能是打敗綠營繼續執政的唯一組合。但是藍白雙方相互喊話又相互叫陣，根本坐不到一起談判，時間一天一天過去，藍白合成了藍白拖，雙方支持者為之焦慮不已，但是又何奈！

其實，這個撮合對國民黨來說即使不是與虎謀皮，也與緣木求魚相去不遠，二十年前一度有組成國親合，國民黨的連戰和親民黨的宋楚瑜組合一起參選，因為國親兩黨同屬泛藍陣營，理念相近，人事親近，雖然後來敗選，起因兩顆子彈亂飛，非戰之罪也！而今國眾合，國民黨的侯友宜和民眾黨的柯文哲，政治光譜一藍一綠，理念相悖，人事不親，原本就湊不到一塊去，如何能配對成功？藍白合自然是一場鏡花水月，拖了幾個月後，總算在二〇二三年十一月十五日由馬英九出面邀集雙方首次會談，達成六點協議。可惜未能落實執行，形成各說各話，直到登記截止前一天十一月二十三日改由郭台銘邀請雙方第二度會談，最終雙方不歡而散，藍白合前功盡棄。

第二天早上已經完成連署、擁有一成選票支持的郭台銘宣布退選，連署的最低門檻是二十八萬人，他一舉完成九十多萬人連署。侯友宜隨即推出趙少康做為副手搭檔競選，柯文哲選出吳新盈搭配，分道揚鑣各奔前程。國民黨自征召開始淪為荒腔走板，提名後參選聲勢低迷不振，藍營支持群眾信心渙散，直到十月下旬提出不分區立委名單以韓國瑜為第一名，百萬韓粉歸隊，聲勢止跌回升，是唯一的一著好棋。而選擇從政以來名聲及品牌優良的趙少康做競選副手，更是難得一見的好棋，果然支持度節節上升，二周後很快超過柯文哲，五周後急起直追接近賴清德。原本三足鼎立三分天下的競選局面，由于柯氏遠遠落後墊底，轉為雙雄對決，也回復到傳統的藍綠陣營對抗。距離投票日僅剩二周，雖然賴氏一路領跑，但是侯氏已經擺脫弱雞的角色，緊隨其後，能不能超車？尚在未定之天。

說回民調支持度，也就是選民態度的分析，賴清德將近四成，侯友宜三成多點，柯文哲二成左右，還有一成上下支持郭台銘者尚未歸於哪一隊，端看郭的態度而定，這就是國民黨各方極力爭取的緣故，因為這一成是關鍵少數，更是侯友宜的救命稻草。再說柯粉約略有二百萬，郭粉也有將近百萬，這是鐵票中的鋼鐵粉絲，完全跟著案主投票。三組參選人的支持者大致已經歸隊完畢，游離的部份只剩第四組那一成了，只要郭氏不表態、不歸隊藍營，侯氏必輸無疑，如果他表態歸隊藍營的話，侯氏還有險勝的機會。

既然各方面預估都趨近一致，認定郭氏的態度與選舉結果息息相關，那麼神隱一個多月的郭氏究竟會不會支持藍營？答案是或不是，正如銅板一樣各佔一半，預測或猜測的人數大約也是如此，反正每個人都會有一大堆言之成理的依據。而依我個人的猜測，以郭氏縱橫商場數十年的霸道總裁性格，大概率是不會支持藍營。因為從二〇二三年三月份他開始投入征召後，兩個月內台灣全島走透透，卻換來莫名其妙的落選，不得已改採連署參選，費盡千辛萬苦兩三個月完成，到最後一天宣佈退選，花費多少人力物力財力，鞠躬哈腰的結果是付諸東流，叫他情何以堪！在他療傷止痛期間，肯定要找出罪魁禍首，列出頭號戰犯，如何平息心中怒火！

再說一下數據，二〇一六年台灣大選，投票 1,210 萬票。蔡英文得票 680 萬票，56％。朱立倫得票 380 萬票，31％。狂輸 300 萬多票。宋楚瑜得票 150 萬票，13％。二〇二〇年台灣大選，投票 1,420 萬票。蔡英文得票 810 萬票，57％。韓國瑜得票 550 萬票，38％。大輸 260 萬多票。宋楚瑜得票60萬票，5％。第一，投票數在 1,200 萬至 1,400 萬票之間，綠營得票數在 700 萬到 800 萬票之間，藍營在 400 萬到 600 萬票之中，600 萬票就是藍營的天花板了，盤子裡的票是綠大藍小，不利藍營。第二，每一個百分點大概是14萬票，柯文哲刮走 200 多萬票，賴清德至少 600 多萬票，留給侯友宜的不到 600 萬票，如果沒有郭台銘支持那 100 萬票，談什麼轉敗為勝呢？

2023／12／31

第五十九回　美國小少爺首次回金門

遠嫁美國芝加哥的小女兒博博來信息跟我說，小春和她的飛機票在二〇一八年三月二十五日買好了，下個月四月二十五號下午一點半由芝加哥起飛，四月二十六日早上五點到達台北，總共要十五個半小時的飛行，想起來很打怵……打怵……，回程是六月六號。

四月二十五日上午十一點半春媽來信息說「芝加哥這邊現在是晚上十點半，我們已經到機場劃位、通過安檢，到達登機口，還有一個小時登機，目前起飛時間都是準時的」。老爸說「哎喲喂……小春要坐上飛機去台灣看姥爺了！歡迎……歡迎……熱烈歡迎，明天早上六點妳們就到達桃園了」。我媳婦小魏說「小可愛到機場，準備回來看姥爺和二姥姥了」。

次日早上老爸就發信息問小女兒到達台北了嗎？哥哥有沒有去接妳們？她說剛剛

到，弟弟已經開車過去接她們，小春在飛機上都是吃奶嘴，這樣子就不會吵到別人。七點半到家之後，小春就洗澡喝奶去睡大覺了，他是梅花，越冷是越開花。

小春回金門那天一早機場那邊起霧，飛機停止起降，一直到十點才公告恢復正常起降，我問大兒子有沒有送小春去台北松山機場？他說原訂的十點半班機延遲一小時，所以小春他們要在下午一點過後才能到家。二姥姥說姥爺一大早給小春買的兩隻土雞，可以等到中午吃飯時才燉雞湯。

小女兒的班機果然延遲到十二點四十降落，下午一點拿到行李出來坐上大女兒阿如的車子，一點二十到家吃餃子、喝雞湯，阿如抱著小春進屋，姥爺要接手抱他，小春一點也不怕生。哎喲……剛滿周歲的小春太漂亮了，比照片更帥，眼睛又大皮膚又白，倒有幾分像女孩子的模樣，我活到六十多歲，從來沒有見過一個小孩子會這麼英俊、漂亮，好一個混血兒，活脫脫的洋娃娃。隨後讓二姥姥抱他，小春第一次還轉過身不讓抱呢！過一會兒姥姥再抱第二次，小春就願意了，給他兩個紅包他也喜歡玩，他吃餃子不吃皮，卻愛吃裡面的牛肉餡，也不愛吃青菜，小春不吵也不鬧，愛你呦。餃子是小魏姐包的，土雞湯是老爸燉的。

給小春洗出來的照片有三本，交給他媽，留下美好的回憶。小春吃飽就睏了，上樓到我們房間開空調睡一覺，她媽躺在他身旁看著。晚上吃韭菜盒子，三人三個，小春要去他大姨家睡覺，就把剩下的九個韭菜盒子帶去給她們吃。我跟春媽說，妳要去阿如家住一兩天也好，什麼時候想回家住，老爸隨時歡迎妳，小魏姐也是一樣歡迎妳。小春睡覺需要開冷氣也沒有問題，把我們的房間讓給妳們睡，我們去三樓睡很方便啊！小女兒說謝謝阿公。小魏姐說其實，小春回家住的條件應該比阿如家好，只要睡我們的房間有冷氣，就沒有任何問題了，妳們去住一兩天就可以回到家裡來。小女兒說謝謝阿公，明天見了。

今天515是一個偉大的日子，姥姥妳可知道嗎？小魏說咋能不知道？去年224我們在瀋陽結婚登記、515在金門登記結婚，今天是我們倆在金門登記結婚一周年的日子，所以我才會從東北飛來金門與老公相會相守呀！我把這一條信息轉給小女兒，她說呵……呵……謝謝小魏姐的貼心。小魏姐也跟春媽說，我昨天就說了，妳去阿如家住一兩天就可以了，然後回到自己家裡來住，讓小春睡二樓吹冷氣，我們睡三樓吹風扇，好得很啊！

春媽說「不然我和阿如商量一下，看看是不是住到周末就好？也讓小春有時間和小潔跟舜淮玩一玩，你覺得如何？我們星期五過去住姥姥、姥爺家，直到離開金門，好不好呀」？小魏姐說好啊……歡迎小春和他媽回家住。小女兒的姐姐應該很忙吧！所以我跟她講最好還是住在家裡方便，省得跑來跑去，我跟她在家裡一起帶孩子，她還能輕鬆一點。小女兒太客氣了，她總感覺會打擾到我們，她真的不需要客氣呀！這裡本來就是她的家，何況我們又特別喜歡春春，住在家裡姥爺可以隨時看到寶貝外孫這有多好啊！

今天是小春十三個月了，身長沒有量，體重量了一下十一公斤，不但肉乎乎的，而且還很結實呢！小春上個月一周歲，體重十公斤半，身長七十九公分。小魏說他媽媽除了早晚兩次餵奶，午飯及晚飯都沒有餵很飽，給小春饞得！今日一早就到移民署領取小媳婦的居留証（依親居留），我說歡迎……歡迎……熱烈歡迎小魏同志就從今天起加入我們的隊伍。小魏說你們是哪一個隊伍啊？中午邀請兩位同事陳清富、董國勝老師來吃餃子，陳大哥是第一次來。小魏說「小春三點半來家，我已經事先把冷氣打開了。奶聲奶氣的小春下午回家了，在冷氣房睡飽了就可以喝奶……奶……」。

我對姑娘說「我的寶貝，昨晚小春回來我們家住，因為他容易發熱出汗，睡覺必須吹空調／冷氣，這事簡單，就把唯一有空調的房間讓給小春和他媽睡就得了，姥姥和姥爺睡妳上個月回來睡的那個房間就行。雖然房間裡有電風扇吹著也不會熱，可是一夜兩人都睡不著，因為那討厭的蚊子整宿不消停，成群結隊的輪番轟炸，我們也不停的對抗到天明。

今早起床後我們才深知妳當時夜不能寐的苦衷，原來昨晚我們沒有事先在傍晚時分噴灑殺蟲液，只能充當蚊子一夜的美食，下床後小魏姐整理床單時才發現上面好幾灘血跡，那就是夜裡我們消滅敵人的光榮戰績。可是一看她身上滿是紅豆冰，每條腿被叮了四十個紅點，每隻手叮了十個紅點，因為裸睡胸部也叮了十個紅點，全身被叮了一百十個包，真正是災情慘重」。小魏也說「我總算明白姑娘住這個房間是真的睡不著覺的」。

下午我們倆拉著小帥哥去門前的高中運動場散步，他正在努力學習走路，他推著自己的手推車可以走路了，我們拉著他的雙手也可以走路。走到高中側門的旋轉門時，他一掛上旋轉門玩得可開心了，走上跑道後我們一人一邊拉著他的一隻小手，步伐快速地走了一圈四百公尺呢！現在他雖然不會放手走路，可是手腳併用的爬行功力已到頂級了，一看見司令台兩側的二十級階梯就一定要過去爬，每階十五公分高，不一會就爬上司令台。到台上一看兩側的觀眾席每一級石階二十五公分高，他還是照爬不誤，真是一個好樣的，我們守在他身後看著就行了。小春在運動場活力四射的走著玩著一個小時才收隊，春媽說這樣最好，他放過電了晚上更好睡。

今天520，哥哥愛妳呦！小魏說520，我也愛著哥哥呦！前晚吃過蚊子的大虧，昨晚就來一個絕地大反攻，大肆噴灑殺蟲液，早上查看地上蚊子死了四十隻、蟲子死了五隻，因此一夜好眠到天明，多麼好。美國女同學張素賢看過小春的照片說，把他留下來。我說小魏也是這麼想的，把小春留給我們帶大，他媽回美國再生一個好了，呵……呵……。

上午姥姥帶上他推著自己的手推車去巷子底的兒童遊樂場玩耍，他興奮地爬上溜滑梯的頂端，只為了享受那一瞬間往下滑的快感，如此周而復始的一遍接一遍爬不停滑不停，自己還樂呵呵的。玩了好半天，也該回家吃午飯，姥姥就哄他自己推著車子走，等到走了幾步發現是回家的路，他就不願意了，自己哼哼幾聲就調轉車頭又往遊樂場去。姥姥只好一手抱起他來，一手拉著手推車走回家。一進門瞅見樓梯，立馬又爬過去迅速地往上爬，我只好過去把他抱下來喝奶奶。小可愛的臉部表情和肢體動作非常豐富，他現在雖然不會說話，可是他的表情及動作能夠完整無誤的表達他的喜怒哀樂，實在是天才表演家，難怪春媽說他很有諧星的潛質。

昨天晚上飯後在運動場走路時，姥姥提起小女兒這麼遠飛越一萬多公里帶著一周歲的美國孫子回來看姥爺，不辭千辛萬苦，真是太不容易了。而且國際機票非常昂貴，她們家的生活條件只是剛剛起步，也是不寬裕，姥爺應該考慮給她們娘兒倆支援一些機票費。我也深有同感，晚上走路完回家後又拿了一個紅包給小女兒說，幫她分擔一些機票錢，她也愉快地收下了。今天是二十四節氣中的小滿，花未全開月未圓，符合中國哲學的中庸之道，花若全開月若圓，便會即將面臨盛極而衰也。

今天是春春和他媽回台北的日子，坐下午二點的班機，他是本月十四號回來金門，一轉眼就過了二周。早上十一點半吃完姥姥包的餃子，一小時後出發，在金門機場報到托運行李完畢，一點半送進安檢門就拜拜了！三點半降落台北，四點半到家。小女兒說在金門的日子裡，謝謝你們照顧我們，有愛有歡笑有分享。姥姥說小春回來跟姥爺住十天，不曉得生活上及飲食上合適不合適呢？小女兒說吃得好睡得好，謝謝你們的細心照料。姥姥說春春到台灣是四月二十六號，回美國的日子是六月六號，就在十天後。

春媽說「小魏姐……在金門的那幾天，特別謝謝妳的照顧，我們離開了一定讓妳費心打掃，麻煩妳真多，家裡有妳真好，謝謝妳」。小魏姐回說「春媽……千萬不要客氣，妳帶孩子飛越千山萬水回來看爸爸，讓妳們受累、受苦了，妳們住在家裡的這幾天，我們真的非常開心。至于妳說讓我費心打掃，其實也沒有多麻煩，對我來說非常小的事，歡迎妳常常帶開心果回來」。

小女兒說「謝謝老爸為我燉的土雞湯、幫我扛回家的台啤，還有好吃的巧克力雪糕，貼心的好爸爸，謝謝」。老爸說「謝謝妳萬里迢迢帶回好玩的小春，他是一個小吃貨、小肥豬，比什麼都好玩呢」！

小女兒說「就是希望你和小魏姐參與他的成長過程，他再肥我都得把他扛回來給你們玩呀」！老爸說「這個小肥豬太好玩了，我們都喜歡，而且妳把他教育得很好很成功，不吵不鬧，像個小大人，不會烏肚番」。小女兒說「謝謝老爸的讚美，小肥豬會繼續做個好動善良有禮貌的乖寶寶」！

老爸問小春明天坐幾點的班機？小女兒說「明晚八點的飛機，下午四點半就從家裡出發，早點到機場早點劃位，哥哥會載我們去」。老爸說「小少爺回到台灣四十天之後明天就要班師回朝了，阿公會想你們呦」！小魏姐說「博博什麼時候有空來大連玩，讓我們好好接待妳和春春」。博博說「謝謝小魏姐的邀請，我們很期待哪天可以上大連找妳們玩，我和春春明天晚上八點的飛機回美國，希望他一路乖乖的不吵不鬧。咱們明年見」。小魏姐說「這一趟行程夠妳辛苦的，祝妳、和我們的開心果春春一路平安」！

小春和她媽下午四點半出門，到機場劃位過完安檢，六點半小春在登機口玩耍，消耗他的體力，八點起飛後能夠安安靜靜的，明天上午十一點降落芝加哥，是當地夜晚的十點。次日老爸說「小少爺下飛機沒有？這邊是上午十一點，那邊是夜裡十點嗎？小肥豬沒有超重嗎」？春媽說「夜裡十點降落，十二點回到家，好開心。春春一路上還算乖，體重應該沒有問題，航空公司沒有量小春的體重，但他睡在掛籃上面沒有塌下來，哈……哈……他的腳有點太長，沒辦法在吊籃裡伸直了哈……」。老爸說「我估計他回來四十天吃好睡好，能長到十二公斤，要不，妳給他秤秤看有多重」？小女兒說「量過之後是十一點三公斤」。姥姥說「人見人愛的開心果，我們愛他不夠」。

小春昨天深夜十二點回到芝加哥家裡，精神奕奕地玩著他的玩具，一點倦容也沒有，今天早上六點上麥當勞吃早點，也是神采愉悅地吃著玩著，可是到了十點趴在媽媽身上或是坐在沙發上，眼睛就瞇起來搖頭晃腦地只想睡覺，我說他是孔子的高徒—宰予晝寢，大白天的睡大頭覺。春媽說他是周公的徒弟吧？這就是調時差的辛苦。姑娘看過小春坐著睡眼惺忪的視頻直說，小春太萌了，不吵也不鬧！

2018／06／07

第六十回　美國小少爺再度回金門

為了迎接小春和他媽回來，姥姥和姥爺像去年一樣，把二樓的主臥房騰出來給他們娘兒倆使用。我們搬到三樓的主臥房去，等他小姨月底回來看他的時候仍舊住二樓原來她睡的那間房，前一晚我們已經入住三樓去了。

二〇一九年三月二十日（周三）上午十一點半，小春和他媽從桃園市龜山出發，他大舅開車送他們去台北松山飛機場，坐下午一點半的班機，二點半降落金門尚義飛機場，他大姨開車去接他們。三點十分回到家裡，阿公立刻馬上從上班單位趕回家看他，睽違一年再見，他有些怕生還不肯讓阿公抱一抱。小春比去年更好玩了，他大姨特地從家裡帶來一個癟了氣的籃球給他玩，他一進屋來就玩得不亦樂乎，他會叫姥姥，也會叫阿公，真是討人喜歡。姥姥煮了一碗蝦仁麵線和幾塊豬腳讓他們小吃一點，阿公拿出兩個紅包給小春玩。

阿公下午下班回家和小春吃過晚飯，小春媽在家洗碗，六點二十，阿公和姥姥帶著小春去運動場散步，他媽說讓他去放放電消耗體力，晚上好睡覺。小春用袋子拖著一個球和一瓶水走，到運動場後三個人先踢球玩了好一陣子，再繞著跑道跑了一圈。在跑道上走路的婆婆媽媽看見小春，都來逗他玩，直誇說混血兒真漂亮，他自個兒也樂呵呵的跟人家打招呼。一圈下來小春都跑出汗了，喝過水就爬階梯上觀眾席和司令台，他跑得可歡了，也不知道疲倦。七點十分回家，小春進屋找不到媽媽，又走出大門喊著媽媽，夜晚他特別想要媽媽，姥姥只好把他抱進屋裡，一會兒媽媽買東西回來他才高興地又說又笑。

隨後媽媽帶他去洗澡，進到衛生間時他的腿軟委頓下去，額頭磕到門上把手，痛得他嚎啕大哭，額頭腫起來好大一個包，真是叫做入門喜了！洗完澡換上姥姥帶回來的藍色睡袍，尺寸大小還挺合身的，小春快滿兩歲了，這睡袍可是三歲的尺寸，剛剛好。然後他媽也換上新睡衣，大小也很合身。

次日一早六點多，小春就起床了，待在床上看他的卡通「耶莫」，七點半，四個人一起吃早飯，姥姥煮了兩碗麵線，蒸了兩盤雞蛋糕。小春愛吃雞蛋糕，吃著吃著就自己說「謝謝姥姥」。三個大人聽著都樂了，都說小春好棒，小春也樂得自己拍拍手。拍完手他又說了一句「謝謝阿公」。三個大人又樂了，一起給他拍拍手，他也樂得自己拍手。小春真是我們家的開心果，我們都開心，他自己也開心，人見人愛，花見花開。

吃完早飯，小春他媽和姥姥用推車帶著他走到同安渡頭，看了一會退潮後的海邊景色，再走到小春媽表姐在民生路上第一天開幕的牛角麵包店，排隊買了一盒十個麵包，還引起記者過來採訪姥姥。等到走出店門口，聽完姥姥字正腔圓的中國東北口音，那位記者又追出來要求姥姥再說一遍剛才採訪的內容，呵……呵……真是有趣。

這兩天阿公要抱小春的時候他都不肯，不是轉過身去，便是說 NO，我就問他 WHY NO？等我問過他幾次 WHY NO？他自己也會說 WHY NO？拿東西給他吃的時候問他 what's that？他總是回說 icecream 這一句，其實我並沒有拿給他冰淇淋。叫他 kiss me，他倒是喜歡給你樂呵呵的親一下。現在小春每天一早不停的 SAY NO，已經成了他的口頭禪，他的語彙裡面還不會 SAY YES，SAY HELLO，這也難怪他了。小春第一天回來都不肯給別人抱，第二天就願意給姥姥抱了，而且，他這一回不但長個子，也長脾氣了，不像去年那般溫順。

晚上和小春吃過晚飯，六點我們倆又帶著他去運動場活動，他媽留在家裡刷碗。可是，一到運動場，小春的表現跟昨晚截然相反，不跑也不踢，只要姥姥抱抱，不踢球也不跑步，完全沒有了昨晚的那股勁頭。我們推敲可能是他昨晚放電放過頭了，今天腿腳無力，還沒有恢復過來，才會那麼沒勁。在跑道上走路的婆婆媽媽又來逗他玩，說他好漂亮，他還是跟人家玩得好開心。大部份時間都是姥姥拉著他走幾步路，六點半姥姥就帶他回家了。我便開始在跑道上由外向內走了五圈，二千三百公尺走了三十分鐘，走了三千步，七點下課。

隔日中午邀請丕哥和小雪、董天錫伉儷一起來家裡吃碗麵疙瘩，十二點準時開動，他們都能喜歡麵食，也不喝酒。煮了一大碗的疙瘩湯，一碗白菜豆腐魚湯和三十個餃子，六個小菜是萵筍、醃蘿蔔、花生米、豬頭肉、梅干扣肉、青蒜五花肉，一小時後全部吃光光。

小春今天最怕羞，不肯坐上自己的寶座，撲在媽媽的懷抱裡不敢見人，還要媽媽抱到沙發上去坐。我們吃了一會兒，丕哥就到他的車子裡去拿了一個玩具來給小春玩，這下子他就開心了，才肯和他媽過來跟我們一起吃飯，有說有笑還唱起兒歌、背起英文字母來，哈……哈……真是小樣的。原來書上說，小孩子兩歲是第一段叛逆期，還真的是這樣子呢！

周末吃過早餐在家裡泡茶，我們三個大人喝茶聊天的時候，小春在旁邊跑來跑去玩耍，好不開心！他穿著大人的拖鞋走幾步後就高高的踢上去，我們給他吆喝助威，他可來勁了，踢了十幾回。小春媽趁著他開心的時候叫他給姥姥 kiss，他興匆匆地跑到姥姥身旁親了一下臉頰，我們給他拍手喝采，他也開心的自己拍拍手。他媽又鼓勵他給阿公 kiss，他也樂呵呵的跑到阿公身邊親了一下臉頰，我們都給他拍拍手叫好，他也自己開心地拍手起來。姥姥說，感謝我們家的開心果，陪我們一起度過快樂的周末。

由于春雨綿綿，小春連續兩天沒有出門放電，悶在家裡都快要冒出火花來了，牛脾氣隨時一點就著，只能順著他的毛捋一捋。周日早上十點半，小春媽冒著毛毛雨，打傘把小少爺揹出門去消消火，好佳在，老天爺一時看見了就不下雨。從金城的西門揹到東門，在臨時菜市場內，碰見前天來我們家吃麵疙瘩的小雪、董老師伉儷，真是人生何處不相逢。午餐就在小吃店裡點了一份炒麵吃，回程時帶著小春走回來，偏偏他是走兩步退三步，走到家已經下午兩點了。

周一早上十點多，小春媽冒著小雨，打傘又把小少爺揹出門去，好佳在，老天爺眷顧，一會兒就不下雨了。從西門揹到南門的體育館，可是由于在整修中，封館進不去，只能轉到附近走一走，到一家商店買了一些塑膠的小球和球棒，十二點回家吃午飯。一進門來，小春先玩起打棒球來，可開心了，不愧是芝加哥職業棒球小熊隊的忠實粉絲，跟他爸爸、他爺爺同一掛的。姥姥說，小春媽真是用心用力地照顧孩子，小春又聰明又好動，照料好他的生活起居已經不簡單，更是全心全意地做好幼兒教育，循循善誘，導正好他的喜怒情緒。

周二早上總算放晴，太陽露臉了，小少爺九點多就陪著媽媽和姥姥出門去，從同安渡頭的海濱小道往南走下去。可是，有手推車他不坐，情緒顯得很不愉快，偏偏要他媽抱著走，一路走到南門的體育館後面的縣立運動場，玩一玩他帶的球之後，再走往東門菜市場。買好豬肉牛肉，他媽就領著走巷子，走過北門經過基督教堂，正當綠燈過馬路時，小春要下來自己走路，可走到一半卻杵在馬路中間不肯走了，一個勁的發牛脾氣，他媽好說歹說也不走，只好抱起他過馬路。回到西門我們家已經十一點，姥姥回家做飯，他媽又帶小春去巷子底玩那些遊樂設施，直到阿公回來吃午飯之前，他們才回家。姥姥說，小春媽帶孩子真是有愛心又有耐心，遇到小春鬧情緒的時候，總是用勸告和說道理的方式勸導他聽話。

晚上邀請薛金福、薛天發、薛芳萬三位宗親來家裡吃餃子和韭菜盒子，六點準時開動，大家都不喝酒、純喫飯，七點半之前散場。十一個韭菜盒子四十個餃子，各剩四個，他們也喜歡麵食，尤其是芳萬，他說他是軍人，特別愛吃麵食，但是現如今很少能夠吃到正宗的麵食了！還有一大碗酸辣湯，六個小菜是醃蘿蔔、黑木耳、豬頭肉、豬皮凍、香腸炒豌豆、蝦仁炒西蘭花。小春吃到一半就吃飽坐不住了，要他媽帶他出去玩，我們散場的時候，就把剩餘的韭菜盒子請芳萬帶回去，給萬嫂品嘗一下。

周三早上小春知道要出門，高興得不得了，顧不上鞋子襪子還沒穿好，就三番兩次地衝出大門，他媽只能一而再地把他拽回來。十點正他大姨開車來拉他們，先去珠山看他媽的伯母，她伯母給小春好多餅乾，他才肯進去屋裡；然後去沙美看他媽的嬸婆，她嬸婆給小春一個紅包，他也不客氣地收下。回來時下午一點正，還沒進門之前在巷子口小少爺就嚎啕大哭，本以為是鄰居家的孩子呢？因為院子大門沒關，一進客廳大門，那哭聲更是驚動天動地的響徹耳際，他媽不知怎麼哄的？三下兩下竟然就悄沒聲息了，硬是要得！姥姥甚是誇獎小春媽，說他媽對待孩子總是不打不罵，只告訴他什麼是不對的，堅持要他改正。

小春下午睡了好長的午覺，我五點回家之後他才下樓，吃過晚飯，六點五十小春帶著我們去運動場。今晚他的精神和體力完全和上周三回來的第一晚一樣，又跑又跳的，雖然沒有在跑道上奔跑，但是在跑道旁的走道上不停的跑來跑去，又在觀眾席和司令台的階梯上爬上爬下好幾回。姥姥在他身邊看著他，阿公在跑道上走了六圈半小時，直到七點四十我們才班師回朝。來家後他又興致勃勃地玩小籃球灌籃、小棒球打擊、擲飛盤好一會，他媽才帶他去洗澡，洗完澡就乖乖坐在沙發上等著姥姥的奶……奶……。喝完鮮奶一會兒，媽媽來領他上樓睡覺，先叫他跟阿公 kiss 一下，再跟姥姥 kiss 完了，就說晚安，開心的上樓去睡覺。姥姥樂得直說，我們家的開心果，給我們帶來無盡的快樂！

小春這幾天來最愛說的一句話是，吃飯買菜出去玩，周四早上九點就領著他媽一路走到莒光樓下湖畔的遊樂場晚耍，十點半他大姨去載他們到山外辦事情，完了在街上隨便吃過中飯才回來，到家已經中午一點，正好趕上小少爺的午睡時間。晚上飯後六點小春帶著籃球領我們去運動場玩，今晚的體力和精神都不如昨晚，走路丟球很開心，但是不跑不跳也不爬階梯。而且天一黑下來，就開始念著媽媽……媽媽……，我們知道他想要媽媽，六點半我們就一起撤了，一回家看見媽媽，他立馬笑逐顏開，衝過去要他媽抱了。

周五早上我跟小春媽說，小猴子，生日快樂。今天三二九是妳四十歲的生日，中午應該慶祝一下，吃一頓小魏姐做的美食，喝杯小酒。姥姥說，金門的傳統習俗是怎麼過生日的？請你告訴我，讓我來準備飯菜。中午吃飯時小春也會說，生日快樂，他媽說，小春說的意思其實是要吃蛋糕。我們就教小春說，生日快樂吃蛋糕，聽過幾遍之後小春也會自己說，生日快樂吃蛋糕，大頭的學習能力真是一級棒！小春媽說「好酒好菜又有家人在身旁，最幸福的樣子大概就是這個樣子了，謝謝阿公、謝謝姥姥。氣象預報說四月四號有雨、四月三號晴天，我和小春想要買三號下午四點半的機票，你以為如何」？阿公說生日快樂，就是要吃蛋糕。妳們要買三號下午的機票也好，下雨天出門很不方便。

周末吃早飯的時候，姥姥的手機有視頻電話進來了，小春一聽見鈴聲，立馬就預報，溫馨。我們三個大人一聽就笑了，呵……呵……大頭不但聰明，而且反應迅速，他大概是知道溫馨今天要回來看他了。雖然姥姥接聽電話是姜姥姥打來的，而不是小姨溫馨打來的。小春連續三天都領他媽到莒光湖畔浯江老人會門口的遊樂場玩耍，今天照舊，他們九點出門，他媽一路抱著小春拉著小春走到那裡，要花四十分鐘。十點過後我們出去查崗，剛一走近他們娘兒倆，小春立刻叫溫馨。

可是，當他抬眼一瞅是姥姥，馬上改口喊，姥姥，這反應之快真是沒的說了！等他們再走一趟路回到家已經十一點半，姥姥把飯菜做好了。

下午五點半，溫馨來家見到小春，可是他怕生，第一回見面也不肯給溫馨抱一抱，溫馨先拿出兩盒子玩具給他玩，一個是積木拼圖，一個是智能機器人，這兩樣他都愛玩，還給他一個紅包。吃晚飯時小春給姥姥和阿公 kiss 一下，還是不肯 kiss 溫馨，飯後三個人領著小春帶上籃球去運動場，他媽留在家裡刷碗。走到巷子口，小春看見地上用紅漆噴著兩個英文字母就不走了，告訴溫馨說是ＳＯ一點也沒錯，呵……呵……他現在不但會背二十六個字母，還會認得出字母呢！到達運動場之後，他玩得可歡了，玩過半個小時才打道回府。

周日早上八點半，小春又和他媽出去上班了，九點過後姥姥和阿公去查崗，他正在玩得不亦樂乎，今天玩耍的小朋友只有十幾人，比昨天早上要少掉一半。我們回家之後呆到十點半，阿公和他小姨又去查崗，順便帶他們回家，但是，遊樂場上偏偏找不見他們倆，就是來回的路上也沒有遇見。直到十二點小少爺才回家，原來他們在回家的路上，不走大街專走小巷，拐彎抹角的，一路上彎彎曲曲地走回家。

因為丕哥帶來四杯咖啡請我們喝，又陪我們一起吃午飯，小春前幾天見過丕哥，還拿過丕哥送的玩具，他就不會怕生了。飯後姥姥和溫馨搭丕哥的便車去山外昇恆昌百貨公司大血拚，然後娘兒倆再坐公車回家，都已經下午三點半了。

周一晚上六點，邀請老同學李錫宗來家裡吃炸醬麵和韭菜盒子，睽違一年不見，難得他從台灣回來金門，原以為他會和他太太一起來的，誰知他太太身體不適而缺席。正好我的美國女兒薛博儀帶她兩歲的兒子小春回來十二天了，大連女兒溫馨也回來兩天，她是專程回來看小春的。去年這時節溫馨回來已經見過李錫宗，昨天她還說起去年李錫宗送給我們的那款鳳梨酥真好吃，又酥又脆，叫作「微熱山丘」，虧她還能記得廠牌的名稱呢。

吃飯一個小時而已，每人一盤炸醬麵，還有八個韭菜盒子，麵皮都是姥姥自己手擀的，又Q又有彈性又有咬勁。還有一大碗蛤蠣海藻豆腐湯，六個小菜是花生米、黑木耳、醃蘿蔔、豬頭肉、香腸炒豌豆、花生拌芹菜。可是，我們吃完聊天的時候，小春拿著小球要爺爺李錫宗跟他丟球和滾球，李錫宗就跟他玩得很開心。他說自己女兒也有一個三歲的兒子，有時候也會送來給他們帶幾天，所以他知道這種聰明又好動的孩子，就是喜歡有人跟他一起玩耍。小春玩球玩得可歡了，最後還要玩擊掌和kiss，挨個的擊掌，從爺爺開始、到溫馨、再到媽媽，到姥姥、再到阿公，一個也不落。然後是挨個的kiss，也是從爺爺開始，直到阿公為止，我們陪他整整玩了半個小時，他玩得那個開心啊！當他玩得開心的時候，我就喊了一聲「大頭」，他立刻馬上做出一項標準動作，也是條件反射，拿手拍拍自己的頭頂幾下，告訴人家這就是他的大頭所在，那可是屢試不爽的。

這一趟專程飛來看小春的溫馨，前後只停留四天，很快的，周二下午又要獨自往北飛了。中午我騎車載她到金門碼頭，坐十二點半的船出發，一點半到達廈門飛機場，坐兩點半的班機恰恰好，五點半落地大連，六點半回到溫馨的家裏。她到家之後睡覺之前發來一個此行的紀錄《快樂金門行》，短短四百字記述了自己的感受。小春媽看完這一條信息也說「溫馨又年輕又漂亮，她總是耐心的陪著小春玩，真是謝謝她的專程到來」。

同樣快的，是小春在周三下午也要飛回台北去，他回來看阿公和姥姥剛好是整整兩周了。有小春在的日子，真是歡聲笑語滿屋宇，一個小屁孩的熱鬧可以抵得上三個大人的能量，特別是小春生的好長的好，他媽又是把他養的好教的好，一個好苗子，更需要一個好園丁，才能相得益彰。溫馨稱讚小春的教養堪稱「完美小孩」，是又聰明又有禮貌，有他的地方就少不了歡樂，說的正是。

四月三日（周三）下午三點，小春和他媽從家裡出發，他大姨開車送他們去金門飛機場，坐下午四點半的班機，阿公也回家來看一下小春，在門口拍幾張照片。班機五點半降落台北飛機場，他大舅開車去接他們，八點回到桃園龜山家裡。他們走後，他姥姥說，小春和他媽離開讓人心酸酸的！說著……說著，眼淚就掉下來了。

2019／04／04

第六十一回　美國小少爺三度回金門

二〇一九年十一月下旬，小春媽說她們訂好兩個月後機票，要從美國回來台灣過春節，在台灣停留兩周再回金門看望春春的姥姥和姥爺。因為姥姥過幾天要離開金門，就先把小春的臥室及日用品都準備妥當了，然後姥爺在二〇二〇年一月二十二日也要去東北的大連過春節，停留一周才回金門，姥姥要過完元宵節第二天才回來。誰知一月二十三日小年夜突如其來的武漢封城猶如敲響一記警鐘，神州大地一片山雨欲來風滿樓，鼠年的春節由于新型冠狀肺炎突然肆虐，疫情發展迅猛，由武漢向全國蔓延，過年因此籠罩在一片驚疑惶恐、忐忑不安的氣氛下，顯得非常的不平靜。害我差點兒都回不來，好不容易踏上歸途如期回到溫暖的家，我便提筆寫下一篇《差一點被隔離起來》，十天後在《金門前鋒報》刊載出來。

二月五日金門縣長召開記者會強烈建議台灣中央，從第二天起開始關閉小三通金門與廈門之間的船班，阻絕大陸疫情向金門傳播。雖然台灣沒有回應，但是，關閉的可能性只會越來越大。姥爺便和姥姥商量一下，原訂二月九日回程要不要取消？主要顧慮是姑娘獨自一人面對未來疫情發展，是不是妥當呢？雖然姑娘沒有什麼意見，我們還是不忍心扔下她一個人應對未知的疫情變化。二月七日上午金門縣長再度召開記者會要求關閉小三通的船班，下午四點半，看到最新的消息，台灣宣布自二月十日起暫停小三通金門與廈門之間的船班，果然不出山人意料之外。這是第二次關閉小三通，二〇〇三年非典的 SARS 期間為第一次關閉，兩個月之後復航。

雖然人心惶惶、緊張萬分，但是，目前金門沒有疫情，生活作息一切照常。而大連有疫情，實施半封城的封閉式管理，生活作息步步緊縮。因此，當天晚上我跟姑娘說「我這邊一如往常是平常時期，妳那邊疫情緊張是非常時期，必須以妳的需求作為主要考量。妳媽留下來陪在妳身邊，一方面在心理上可以安定，二方面在生活上可以方便，三方面屋子裡有個人作伴，因此，老爸決定後天妳媽的行程取消，留下來陪妳一起抗擊疫情，不往廈門飛、不往金門走了」！姑娘說「我老爸犧牲自己，一心為我考慮，真是叫我感動得無以言表！愛你」。

我隨後告訴人在台灣的小春媽，小魏姐不回來金門了，問她什麼時候可以回來？第二天下午她說「機票買好了，明天下午立榮航空，三點半起飛，四點半到達」。這下子小帥哥要回來看他姥爺了，但是只能在視頻裡面看姥姥。小魏姐說「薛博儀，晚上好，聽老爸說妳們明天就要回金門，給老爸開心壞了。不好意思，這一次為了我，讓妳的行程有些打亂，要不是為了溫馨，也許我跟老爸一起回金門了，也就沒有後邊的麻煩事啦！可是在春節闔家團聚的節日，溫馨從小生活在一個不是很幸福安定的家庭裡，我跟老爸同時離開家，怕她會很失落，所以安排老爸先走，等元宵節過後我再回金門。

可是天不遂人願，偏偏又發生傳染性極高的疫情，最近一個星期我們一直都在糾結，我是走還是留？昨天還是老爸拍板決定的，讓我原地不動留在大連。因此這一次妳跟春春回到金門，只能留下一個美好的遺憾，期待著下一次回來再相見嘍。出門帶太多東西不方便，金門家裡有我回大連之前，給春春準備好的洗澡浴巾和小被子。還有在家做飯需要什麼東西時，帶著孩子出去買不方便，一定要告訴老爸去買，他雖然不會做飯，但是採購東西還是很不錯的。祝妳跟春春明天開啟快樂的旅程，歡歡喜喜回到自己家」。

二〇二〇年二月九日下午一點半，小春媽說「我們現在坐阿樸的車，從龜山出發」。四點五十小春媽說下飛機了，正在等行李。五點二十小春到門口，我出去看見了，雞雞歪歪的，她大姨說剛才下車時不給他關車門就生氣了。春媽說他沒有睡午覺，他不爽啦！進屋後我拿三個紅包給他，阿公一個、姥姥一個、溫馨一個，小春也拿出一個紅包給阿公。我晚上六點出去吃喜酒，八點半來家，特意帶兩個胡椒包/肉夾饃給春媽吃，這個金門傳統菜色她也喜歡，她們晚上出去隨便吃一個炒麵，小春喝完奶奶去睡了。小春媽說「我們睡在舒適的房間裏頭，裡面什麼都準備好了，謝謝姥姥、謝謝阿公」。溫馨說春春隨姥爺，我說小春有姥爺四分之一的血統，他怎能不隨他姥爺呢？

夜裡十一點，一樓飄出香噴噴的味道。因為我走路完了去超市給小春買一瓶百分之百的柳橙汁，看見生蔥及老薑就買回來。從十點半燉上排骨，加上一點枸杞、紅棗、當歸，燉上四十分鐘就關火，明天早上春媽跟春春醒來就有香噴噴的排骨湯喝了！

第一天早上小春和他媽出門去溜達，到小吃店吃一碗廣東粥，搭配油條及燒餅，回味一下傳統的家鄉口味，小春對油條特別有胃口，吃得津津有味。晚飯後陪阿公去運動場走路，碰見熟人都喜歡他。姥姥說小可愛出去放電兼吃美食，真是一舉兩得。第二天小春和他媽早上去菜市場買菜，順道吃一碗肉羹麵，齒頰留香。晚飯之後先陪阿公去運動場，完了阿公回家，他還要去附近溜滑梯玩耍。姥姥講小帥哥走到哪裡都開心，連老婆婆都誇他漂亮，還給他糖果吃。第三天早上小春和他媽出去吃早餐，吃的麵線糊加蛋餅。姥姥說小春是人見人愛，老闆娘看見他都喜歡他，送給他一支棒棒糖吃。

姥姥不在家，春春幸福少一半。小春回來三天的生活不咋地，因為姥姥遠在千里之外不能回到金門，不能照顧到小春的一日三餐，他媽要帶他還要做飯，實在忙不過來。前兩趟小春回來金門，有姥姥打理吃的睡的，舒舒服服的，他媽只管帶他出去玩耍，多麼方便啊！小春媽說「沒關係的，姥姥和小姨在大連平安健康最重要，這次少掉的幸福，下次再見面補齊就好了」。

二月十四日晚上六點半，老爸請兩個女兒帶上四個孫子去下館子，三代同堂七口人，吃一頓海鮮料理，點了一盤拌麵、一碗味噌魚湯、還有六個菜，用餐一個小時結束。給小春量一下體重十五公斤，身高九十五公分。

聽小春媽說，幼兒兩三歲的時候就會出現第一次的叛逆期，去年我還以為只是說好玩的，今年聽她又說一遍，應該是真的哦！話說小春去年兩歲的時候回來，跟前年很大的不同是，很有個性很會鬧脾氣，一歲回來的時候光知道要吃要喝，沒有個性不鬧脾氣。今年三歲他回來，幾乎跟去年一個樣子，會吵會鬧的。去年他的口頭禪是用力的說出「NO」，最愛看的平板電視是「耶莫」，而今年說得最多的是「不是」、「我不要」，最愛看的是「耶了莫」。我在院子裡洗兩件內衣，他就問我「阿公你在幹嘛」？

我回他說「阿公在洗衣服」。他就能連續一直問我十幾次「阿公你在幹嘛」？真是沒完沒了！小春跟人家打招呼時說嗨……尾音拉得好高好長，非常嘹亮，再見時說拜……也是一樣，非常嘹亮，把尾音拉得好高好長，好聽又有勁！

發展心理學，稱一到三歲的孩子為學步期，是令父母又愛又氣的階段，也是幼兒叛逆期。這是人生第一個叛逆期，父母們都深為家中那個「天使和惡魔的化身」而困惑和苦惱！學步期是幼兒轉為兒童的過渡期，就像兒童轉為成人必須經歷青少年期一樣。孩子所面對的成長壓力，其實不亞於成人的生活壓力。小人兒的心中，每天都有好幾種情緒在作怪：恐懼、害羞、嫉妒等。兩歲孩子的智能總是比體能和語言發展得快，所以孩子可能已經知道事情的解決方式，卻無法付諸行動實現。他絕非故意作對，只是處於身心遽變下的不穩定狀態；他最壞的時候，正是最需要父母幫忙的時刻。

學步期的孩子愛說「不」，因為孩子突然發現，這個簡單的字竟然可以拒絕大人的指示，這個不字也是從父母那裏學來的。孩子的反抗行為，都是在測試父母的限度。孩子表面上處處與你作對，其實一言一行都在模仿你。面對又哭又笑、情緒大起大落的學步兒，父母的身教勝過更多的教育理念。當他無法我行我素時，就會尖叫、生氣、踢人、咬人、打人。父母要知道孩子並不是連續發展，而是階段發展。

發展心理學階段，有一歲以下的嬰兒、一歲到五歲的幼兒、六歲到十二歲的兒童、十三歲的少年、十六歲的青少年，十九歲的青年、二十二歲的成年、三十歲的中年、四十歲的壯年、五十歲的初老、六十歲的花甲、七十歲的老年、八十歲的嵩壽。少年是青春前期、青少年是青春後期。

原來小春兩歲說NO，三歲講我不要，都是典型的幼兒叛逆期的現象，不足為奇，那麼就不是美國阿歡，或者偏執狂的表現，可以放一百個心。春春他們一家三口小家庭，要照顧一個幼兒確實不容易，因此小春媽帶孩子的時間和精力，大概是我們那個時代的十倍或五倍。三歲之後就會越來越好，因為之前他的智能發展超過體能和語言能力，所以他有苦難言，才會愛發脾氣。中國話不是說，三歲看到老嗎？因為三歲以前是做不得準的。

姥姥說「細緻的暖男老爸，通過薛博儀，得知小春情緒波動是三歲的叛逆階段，阿公為了証實真假，上網查詢資料証實在出生幼兒、兒童、少年、青年、中年、直到老年，每個階段都會有不同的情緒變化，之前還真的不知道。多年以來只知道男孩、女孩在十五、六歲時會出現青春期，女人在四十九歲、男人在五十六歲會出現更年期」。

二月十六日下午四點半，阿如和她女兒來載我們三個人去沙美看嬸嬸，五點到嬸嬸家裡，小春提著一盒蛋捲帶我們大伙進屋看太姥姥／阿祖，開口就用閩南話說「阿祖，妳好」，太姥姥聽了樂呵呵、好不高興唷！送給他一個紅包，我們吃過一碗麵，坐了一個小時後離開。六點提前驅車到達鄉下「背貓嗑餐廳」，原來是義大利餐廳，價位不低呦！我們點完菜之後，阿如的大兒子開車載上他弟弟也趕來會合，三代同堂七口人，共進晚餐，七點開始上第一道菜是披薩，上完菜吃飽離開時八點，菜色很不錯，回到家已經八點半。姥姥說人見人愛的薛明春，本來長的就好看，加上小嘴巴又那麼甜，怎能讓人不中毒呢？

二〇一六年初我偶爾想起小女兒阿儀遠嫁美國十三年了，備嘗生活的煎熬，先前幾年夫妻除了在美國打工之外，還要流浪全球打工，冬天在北半球的美國本土滑雪場工作，還遠到北極圈的阿拉斯加，零下五十幾度的極地工作，夏天又飛到南半球的紐西蘭農場及澳大利亞的滑雪場工作。打工結束後，順道在亞洲旅遊兩趟，一次是新加坡、馬來西亞、印度、尼泊爾，一次是日本、南韓、中國、香港，終點站都是台灣。後來幾年就固定在伊利諾州的芝加哥工作，先後在長榮航空及國泰航空上班，女婿在離開大學十年之後重返校園繼續未完成的學業。

不承想，年中突然傳來好消息，女兒說她懷孕了，因為是頭胎，一直等到懷胎三個月穩定之後才敢通知我。女婿一面讀書一面工作，讀完大學後，繼續讀研究所。第二年四月產下一名男嬰就是小春，她在台灣的哥哥和媽媽不辭辛苦，飛越萬里去幫她照顧坐月子，因為美國婦女生產是不坐月子的。小春一周歲時，春媽說要帶著孫子回金門給阿公看一看，我雖然滿心歡喜，又怕路途遙遠，母子倆能承受得住旅途辛苦嗎？誰知女兒卻勇敢的說出一番豪言壯語，她說哪怕歸鄉路千辛萬苦，她即使用扛的也要把孫子扛回去給他阿公看看！台灣和美國相距一萬多公里，一趟飛機由芝加哥飛台灣十六個小時，真是難為我的女兒和孫子了，回台灣返金門停留一個半月才回程。第二趟在小春兩周歲之前，第三趟在小春三周歲前，也是停留一個半月。

今天二月二十一日，我們說好中午和晚餐都要出去外面吃飯。早上八點半小春和他媽一起出門，到小吃店買一碗肉羹麵帶去莒光湖畔遊樂場吃，老闆娘看春春那麼漂亮可愛，還特意送給他一根棒棒糖，他老喜歡了。九點半阿公專程去遊樂場查崗，他在那裏蹦蹦跳跳吃著棒棒糖吃得可歡了！給他拍完幾張照片，阿公才開心地回去上班。

姥姥說「薛博儀，早上好，很快的，妳們回家十幾天過去了，這次回來讓妳辛苦啦，忙著照顧小春的同時，還得抽時間給老爸做飯吃。關於藏紅花的功效很多，主要是化血活淤、通經止痛，我就不一一說明了，查一些資料給妳細看一下。我給溫馨用藏紅花的時候是每月例假時喝幾天，每天給沖水喝幾次，能幫助例假順利排出，效果非常好，還有其他的藥用價值，就根據自己身體的需要使用，妳參考一下我給妳發過去的資料」。

溫馨說「早早就期待能夠看到完美小孩兒小春，從視頻當中看見帥氣可愛的小春，每一個細微的小動作和語言，都逗得大家前仰後合，聰明的寶貝，一年之間也長得更結實、帥氣了。遺憾的是，這十幾天沒能讓姐姐和小春吃到姥姥做的飯，姐姐忙裡忙外的做飯打掃，還要照顧小春，一定很辛苦，希望下次能彌補這個小遺憾」！

去年溫馨專程飛越千里、飄洋過海來看小春，停留四天陪著開心果，總結說他不但生的好、長的好，而且養的好、教的好，堪稱「完美小孩」。可惜今年她來不了，她媽也不能來，娘兒倆就只能在視頻中和春春說哈囉了！去年小春離開那一天，我們在門口依依不捨送他們坐上大姨的專車時，他姥姥說，小春和他媽離開讓人心酸酸的！說著……說著，眼淚就不由自主的嘩嘩掉下來了。

明天中午，小春和春媽又要踏上征程，先到台灣停留一周，三月一號飛回芝加哥。阿公捨不得你走，卻又不得不看著你走，只能改換一個說法，離別是重逢的開始，這次的分別只是下次相聚的開始囉！

2020／02／21

第六十二回　美國小孫女會叫阿公和姥姥

二〇二一年四月十五日，春媽又給春哥生下一個春妹，而且趕在他哥哥的生日前一天出生，這是典型的後來居上，剛好晚了哥哥四歲，也可以說是後生可畏了。春妹出生的身長二十英吋／五十公分，體重三千八百公克，真是一個大塊頭。四年前春哥出生的身長也是二十英吋／五十公分，體重三千四百公克，不想今天被春妹給超車了，這可是一隻貨真價實的美國牛。

大兒子在六月末從台灣飛抵美國芝加哥，一則去看外甥春哥及外甥女春妹，二則在美國施打新冠肺炎的疫苗。先在妹妹家裡居家隔離一周並且調整時差，出關後作核酸檢測陰性，第二天去打第一針輝瑞疫苗，三週之後八月初再打第二針疫苗，一切順風順水，初步解除了後顧之憂。

我今天在大連吃早餐時，春哥來視頻第一句話就說「阿公……父親節快樂」。我也回他說，八八節快樂。四個月大的春妹也看見阿公，真是一個好漂亮的大眼睛小美人。視頻時春哥老愛搶鏡頭，還故意擋住春妹的鏡頭，哈……哈……真是會搞笑。大頭大眼睛又好看的春妹身長六十二公分，體重六千五百公克，春媽說妹妹各項指標都是前段班，頭好壯壯。春妹真是人見人愛，她的鼻子像春媽，額頭像阿公，春哥和春妹是春媽的最大成就，都是阿公的驕傲，大眼睛長大以後肯定是一個萬人迷！

大連早上九點芝加哥是晚上八點，我們吃過早飯和春媽視頻，春妹在樓上喝完奶了，春哥在樓下房間準備睡覺。剛剛喊著小青……小青……，四個多月的春妹就循聲辨位、東張西望的找人，還沒找到人之前她的哥哥已經出現在鏡頭前叫阿公……姥姥了。我們趕緊說我們想春春……愛春春喔，春哥聽完又跟我們扮個鬼臉才開開心心的下樓去睡覺。春媽說小春在樓下聽見阿公來視頻的電話聲，就跑上樓來和姥姥及阿公見個面說個話，他才肯安心去睡覺。

我們又接著喊小青……小青……，她從鏡頭裡終于找見阿公了，把她樂得呵呵笑，這是我們第一次看見她的笑靨，哈……哈……大腦門大眼睛的小美人真是太好看了，大頭春哥本來已經夠好看的，這下子還被春妹給超車了！隨後我們又輕輕喊她的名字，當她找見姥姥時自己又笑呵呵起來，好可愛的洋娃娃，真人版的洋娃娃，我們都愛妳呦！

春媽說青春兄妹倆最喜歡看到阿公和姥姥了！我說哈……哈……小春和小青兄妹倆，真的是一對青春兄妹。

早上跟春哥和春妹視頻時給春妹拍下兩張截圖，五個月大的春妹真是太好看了！青春兄妹倆都長得好看，百看不厭的寶貝。春媽說我今天看著妹妹的眼睛，心裡想說，真是漂亮的大眼睛，但我比較希望妳閉起來，睡覺睡久一點，不要醒來吵到我，哈……哈……哈。我說哈……哈……大眼睛大腦門閉上眼睛再睜開來，就是一個萬人迷了。春媽說她哥哥明天中午坐車去芝加哥，然後搭飛機回台灣。我說小青滿五個月，舅舅要離開青春兩兄妹回去台灣了，明晚的班機。春妹五個月，舅舅回台灣。

小春感冒好很多了，他自己跟阿公說他生病了一點點，真有趣，不過，我聽他講話還是有一些鼻音。這下子小青也感冒，咳嗽、流鼻水，好可憐，真是有福同享、有難同當，交叉感染了，最好的方式在小春一感冒就隔離，不讓他跟妹妹接觸到。春媽說「對呀，把兩個小孩分別隔離起來不太可能，我一個人照顧兩隻，同時都得照顧著，不能把他們分開。沒關係啦，小孩就是要邊生病邊變強壯的，這種小感冒就當作是練習，大概第一晚第二晚最慘，小孩每個小時醒過來會哭，接下來要嘛習慣了，要嘛病情變輕微，那時就好多了」。

這邊是晚上九點，那邊是早上八點，難得跟小青一對一的視頻真好玩。春媽說我和小魏姐今天終於可以好好的看看妹妹、和妹妹說話，沒有小春在旁邊搞笑和搗亂，哈……哈……他今天早上去上學了。我說喔……春哥今天早上去上學，是上托兒所還是幼兒園呢？

沒有春哥搶鏡頭，春妹真開心，面對阿公和姥姥她好高興哦！看她坐那個碰碰椅，腳下可以蹬來蹬去，好像是在跳蹦床一樣，看她跳得可歡了，自己笑嘻嘻……樂呵呵的，找到自己的感覺了！看見她笑不停的模樣，這個小美人真是太好看了，姥姥和阿公都愛妳呦！春媽說小春去的是公園處辦的學前班，只有十月份，一週兩天，早上八點到中午，全戶外上課，走進大自然裡體驗一下。他今天放學回來，好開心哦！春妹很愛蹦蹦跳跳，她也很愛阿公和姥姥哦！

春哥出去上學交朋友，如魚得水呦！春妹運動細胞跟哥哥一樣發達，她自己也開心哪。春媽說「春妹最近開始會啃餐桌的邊緣，跟春哥小時候一樣。我今天等她啃完後，叫小春也啃一次，然後春妹再跟著啃，我把她錄下來，春哥小時候也是愛啃餐桌的邊緣」。

我問春妹今天六個月，量過身長體重嗎？春媽說妹妹身長六十八公分，體重八千公克，她今天完成一項壯舉了，第一次翻身成功，把爸爸高興壞了！傳一段影片給我們看一看。我說哈……哈……看見春妹翻身成功，真像烏龜吃大麥。春媽說春妹會翻身後，這件蝴蝶包巾很快就不能穿了，怕她在床上翻過去後，手被包住而翻不回來，所以最近常常給她拍穿上蝴蝶包巾的照片，當作紀念。我說春妹穿上蝴蝶包巾，倒像是一條美人魚。

我問今天是萬聖節嗎？小春有沒有出去拿禮物呢？春媽說對，今天是萬聖節，小春晚上要和爺爺、奶奶出去要糖果。小青生病了，整晚都沒睡覺。

我說小春現在可以和太優一起上學讀幼兒園，他一定很開心了！春媽說是啊！天天都是笑咪咪的去上學。本來是要給他上家裡附近的學校，走路五分鐘就到，都報名了只差繳錢，結果聽他說他想和太優一起去上學，我只好改變決定。雖然接送要開車比較麻煩，還要拖著妹妹一起出門，但是看他這麼開心，也就值得了。

春媽說這一天特別忙，早上帶春妹去做六個月的檢查，打了四支預防針，哇哇大哭、哭到哀哀叫。中午再帶她去做心臟的檢查，一切都很好，檢查心臟時，照超音波的前十分鐘還算安靜，後十分鐘就一直哭，哭到一直在亂扯線，只好出動奶瓶讓她乖乖把檢查做完。她的兩隻大腿各貼了兩個ＯＫ蹦，哭得好慘，只好讓她喝奶。回到家睡覺都很僵直，心情很不美麗。打完四支預防針，晚上就開始發燒，一直哭，整晚抱在手上，連吃飯也是邊抱邊走邊吃，後來吃點退燒藥，就沈沈睡去。我說看見小青今天這四張哭調仔的照片哭得面目猙獰，太嚇人了！可見得這四針把她給打怕了，痛的她哇哇大哭，可把阿公心疼壞了！

春媽說傳一些照片及影片給阿公看一下，小春很有詣星的潛質，常常跟他說要拍照、請他不要動、笑一個的時候，他的諧星本質就會顯露出來。妹妹看看哥哥，再看看我，像是在說：「媽媽，為什麼哥哥這麼大一隻了，還要坐在我的餐椅上，然後我都沒地方坐了」。公公和婆婆很喜歡來看孫子、孫女們。看一群小蘿蔔頭一起上戶外課，好可愛！天冷時老師還會發暖暖包給他們暖手，真貼心。有時候下課看他全身都是泥土，不禁好奇到底他們去哪裡上課了？這頂紅色的帽子是我的，有時趕著出門找不到帽子給小孩戴，就會拿它先頂著。妹妹戴起來很可愛，但常常沒幾分鐘轉過去看她，她的頭已經淹沒在帽子裡面，實在太大了，哈……哈。

春媽說萬聖節小孩裝扮好，出去要糖吃。每天她和妹妹會送小春去上學、去接他放學，有時妹妹會在車上就睡著，有時她會清醒著，妹妹穿上骷髏裝。有時候太優媽媽忙不過來時，我會順便去接太優放學。車子後面坐著三個小朋友，非常熱鬧。有時候我們會在學校旁邊先玩一玩曬一曬太陽，然後再上路。兩個小男生在一起，連條睡袋也能玩得很開心。第一天發現妹妹的牙齒冒出來了，要拍妹妹長牙的照片相當難，她一張嘴就會吐舌頭，一吐舌頭就看不見牙啦！通常她剛睡醒，放她在餐椅上，她沒馬上喝到奶的話就會大哭狂哭，這時拍她的牙齒就容易很多。

這兩天我們跟青春兄妹視頻的時候，春哥可是不得了，老是說，不要照我、不要照我。不像之前總是愛搶春妹的鏡頭，擋在春妹的身前，害得春妹看不見阿公跟姥姥，現在倒好了，不但不來搶鏡頭，還不讓人家照他的鏡頭，這又是哪一階段的叛逆期呢？

早上和春妹視頻，她們晚飯後出去散步回來，春媽正在給她洗澡，她躺在小躺椅上讓春媽用蓮蓬頭／花灑往她身上、臉上噴水，她好安靜、好享受，水噴到臉上時還會張嘴吃水呢！看她臉上肉乎乎的，手腳那四肢也是肉嘟嘟，小肚子圓滾滾的，好像一隻小青蛙，都能趕上阿公的小肚子了，下巴連著胸膛都看不見脖子，十足的一個嬰兒肥。姥姥說春妹是一隻可愛的小豬豬。

春媽說春哥喜歡抱著她，春妹也喜歡找哥哥玩。十個月大的小青蛙吧吧叫，第一次叫爸爸，真是笑死美國人了！早上看見短片，一週歲生日的小青蛙第一次叫媽媽了。晚上六點我說，今天是大頭小春五週歲生日快樂，阿公愛你呦！春媽告訴小春說，媽媽照顧你很偉大，你要對媽媽說「恩重如山」。春媽說「哈……哈……哈……因為做一個媽媽，埋頭家務常常不見天日，所以教小孩感謝媽媽，心裡很爽」。

春媽說今天帶小青蛙去看兒醫，滿一週歲要打預防針，總共三針。先量體重、量身高、量頭圍，全部前段班，頭好壯壯。阿公問小青蛙身長體重是多少？春媽說身長七十七公分，體重一萬公克。又問小春身高體重是多少？她回說小春身高一百十五公分、體重一萬九千公克。我問春媽說美國最近嬰兒奶粉短缺，我們家的小青蛙有沒有受到影響呢？春媽說美國這邊小嬰兒滿一歲後，就可以換成鮮奶，所以小青蛙現在喝新鮮牛奶，便宜很多。謝謝阿公關心，奶粉短缺沒有影響到我們。

今天是大兒子生日，一早我跟他說「大少爺，祝福你生日快樂」。到晚上，小春錄了一個影片給舅舅唱生日快樂歌，先唱中文版，後唱英文版，小青目不轉睛、心無旁鶩的在旁邊盯著看小春唱歌，專心致志的聽著唱歌。

養兒育女為哪樁？一般而言總會說是為了，傳宗接代，延續香火，養兒防老，傳遞基因，每一項都成立，但不夠完整，簡單來說就是，有個希望。我跟春媽說「妳養了一個小春，帶來希望無窮，四年後又養下一個小青，帶來希望無限，真是太棒了！這青春兩兄妹是所有家人和親人的寶貝，帶來無盡的歡樂，真好」。春媽說「我真的很感謝兩個小孩，給家人們帶來的歡樂，小孩的天真很有魔力」。

我說十五個月大的小青蛙學會走路了。春媽說「她走得很好、很開心，地板被她走的咚咚叫，好像有恐龍來了一樣，也很常絆倒就是了」。我說沒關係，金門話說扣扣跋扣扣大，會摔倒才會長得快。春媽說「呵……呵，她肉多摔不痛」。我說小青蛙大塊頭，但是人不呆，她每次看小春做什麼事，都是全神貫注盯著看，完了她跟著做可是八九不離十了，真是眼到心到和手到。

早上春媽發來一張小青的照片說「今天妹妹第一天上托兒所，她很開心」。小青只有十六個月大，學會走路只有二個月而已，也可以上托兒所了？豎著兩隻蜻蜓的小青也能上托兒所，真是太棒了！

今天看見小青背著包站在托兒所門口轉頭望的照片，拍得太清楚了，妹妹的神情愉快又有自信，才十七個月大，太好看了，阿公立馬收藏了。春媽說「妹妹會背書包自己走進托兒所大門，不哭不鬧，她以為她是去吃點心的，妹妹最近會說阿公和姥姥了」。阿公叫她是，萬人迷。小青她舅舅說她是洋妞，我說她是萬人迷，真的，阿公想不中毒都難啊！春媽說「妹妹的頭髮顏色不太一樣，她的頭髮偏褐色，還不到金色，所以很像洋妞」。阿公說女大十八變，萬人迷還會變。溫馨說「萬人迷的洋妞，誰能不愛啊？太可愛了吧」！

萬人迷的小青今天一反平日活蹦亂跳的精神頭，木木的坐在那裏一動不動，眼皮不眨一下，嘴巴也不張一下，倒是兩個眼睛瞪得跟牛眼一般大。哈……哈……可把阿公整蒙了，我說小青蛙今天放電放過頭，表現最沒有精神了。沒有笑容、沒有開口、沒有跑來跑去，她的招牌動作跟阿公說拜拜和飛吻都沒有了，這是第一次，她應該是累翻了！

昨天在整理書稿之中發現小春首次回金門的資料，如獲至寶，立馬加以編輯成《美國小少爺首次回金門》一文的初稿，同時也跟春媽、大舅、小姨、姥姥分享，是我這個月來整理書稿最大的收穫。因為當時我也曾一度想把小春回來看姥爺的經過寫下紀錄，可惜一周歲的小春還不會說話，沒有什麼互動的景象，因此我就選擇放棄了。等到小春二歲及三歲回來的時候，活蹦亂跳的開心果帶給我們無窮的歡笑，我也透過文字翔實的記述了下來，這時候才回顧起小春三次回來只留下二篇記述，唯獨缺少了第一次回來的過程，這兩年來一直給我造成一股自責的遺憾。幸好，昨天看見完整的資料，迅速編輯成稿，這下子阿公就了無遺憾！

春媽說「太感謝阿公和姥姥讓我們回金門時住在家裡，還因為讓出舒服的冷氣房給我們而被蚊子大軍攻擊一夜未眠，辛苦你們了。原來阿公寫小春第一次回金門的文章，是有些原因的呀！小魏姐被叮這麼多的包，我心裡好難過，讓她吃這樣的苦頭，我和小春都很不應該。好詳細又溫暖的寫下家人團聚的點點滴滴，謝謝阿公了」。老爸說「溫馨也在妳的閨房裡面餵過蚊子」。姥姥說「春媽還在心心念念姥姥被蚊子咬的事情，其實對我來說並沒有造成負擔，因為我對蚊子咬，身體沒有任何不舒服。再說就是不舒服，為了萬里迢迢回來看我們的小可愛小春也是心甘情願」。

小青大眼睛走路不小心，小青就是一個萬人迷。小青蛙今天滿二十個月了，好玩的小傢伙帶給我們許多的歡笑，七月十五日開始會走路時才十五個月，上托兒所自己走路進去大門只有十七個月大呢！走在路上還把兩隻小手舉高高用來平衡身體，真是個聰明的孩子，大頭大眼睛，真的好聰明。

小青自己在家裡跑不停，在樓下一圈接一圈地跑，還要回頭看一看阿公有沒有追上來？真是太搞笑了。從客廳跑進廚房後再跑出來，跑過幾圈有時候也會躲進廚房有門的櫃子裡不出來，等媽媽進去喊她才肯出來，跟我們玩捉迷藏呢！

小青學講話已經從一個字進步到二個字了，叫姥姥聲音挺亮的，可是叫阿公就輕聲細語的特別低，不注意還聽不見呢！看阿公吃早餐時拿食物給她晃一下，她的嘴巴張得大大的，還會流口水呢，一副饞相太有趣了。看阿公在吃青菜時，還轉過頭去告訴媽媽說菜菜，意思是說阿公在吃青菜，真是聰明。

春媽說「阿公記錄小青的成長過程，真是笑聲不斷呀，有她在就熱鬧，青春兄妹倆將來看見這些記錄肯定回味無窮。小小孩長大很快的，很開心你有參與到他們的成長過程」。我說是呀！這兩個小東西帶給我們好多人的歡笑無窮啊！真是兩個超好玩的小東西。春媽說「小青喜歡看看阿公和姥姥，你們陪她長大的，她看到平板就會說『阿公、姥姥』」！姥姥說「春媽說話總是讓人很感動」！我說可愛的小青蛙好聰明哦！真的是人見人愛的萬人迷，叫姥姥和阿公愛她愛不夠。

二〇二三年元旦，小青蛙錄視頻笑咪咪的說「阿公，新年，快樂」。又說「姥姥，新年，快樂」。再說「溫馨，新年，快樂，愛妳」。這一個可是萬人迷的洋妞啊！小青蛙呱呱叫，看見阿公哈哈笑。呵……呵……阿公說小青蛙要吸鼻子了，她可不喜歡呢！若說阿公吸鼻子好不好？呵……呵……她說好。因為她感冒時候鼻塞，就要拿鼻管給她吸鼻涕，吸得哇哇叫好不難過！

除夕前我們回到山東過年，我跟春媽說，早上小魏姐拿元旦那天小青給阿公說，新年快樂的視頻給丈母娘看，老娘立即想起二年前小春那個小男孩呢？應該是五、六歲了吧？妳看她老人家的記性有多好啊！大年初一早上，小春和小青在視頻中祝阿公兔年行大運。這兄妹倆可真是我們家的開心果哪，一早就來拜年了。

2023／02／01

第六十三回　小少爺帶妹妹回金門

上個月春媽領著一家四口於二〇二三年五月二十三日清晨五點半，從美國芝加哥直飛十七個小時，平安降落台灣的桃園機場。之後她們住進新北市新店事先預訂好的民宿，開啟調時差的辛苦階段，接著在台北度假二周再轉回金門自己家裡，六月二日訂好四天後下午飛回金門的機票。

春媽今天六月六日從台北帶著青春兄妹坐下午二點四十飛機回金門，三點五十落地，她姐和外甥開二台車去接她們，轎車載人貨車載行李於四點半到家。小春一進屋先給姥姥抱起來就說「姥姥，我好愛妳」，可把姥姥樂開花了。下來後再來給阿公抱一下，小青在車上睡著了，大姨抱她進來眼睛還睜不開呢！一會兒睜開眼阿公抱她的時候倒是很樂意，再給姥姥抱也很願意，小春六歲開始抽條長個子，不愛吃飯，體型顯瘦，小青二歲愛吃飯，體型壯實，五官精緻漂亮，猶如粉雕玉琢的藝術品一般，小臉蛋粉嫩粉嫩像小蘋果，討人喜歡，是個萬人迷。

二〇二一年八月八日早上春哥來視頻第一句話就說「阿公……父親節快樂」。我也回他說，八八節快樂。四個月大的春妹也看見阿公，真是一個好漂亮的大眼睛小美人。春妹真是人見人愛，她的塌鼻子像春媽，額頭像阿公，春哥和春妹是春媽的最大成就，都是阿公的驕傲，大眼睛長大以後肯定是一個萬人迷！

還記得小春周歲首次回到金門，阿公第一眼看見就說「哎喲……小春太漂亮了，比照片更帥，眼睛又大皮膚又白，倒有幾分像女孩子的模樣，我活到六十多歲，從來沒有見過一個小孩子會這麼英俊、漂亮，好一個混血兒，活脫脫的洋娃娃」。如今二歲的小青毫不客氣把五年前的哥哥超車過去了，真的是後生可畏啊！小春哥哥領著小青妹妹飛越萬里，輾轉台灣回到金門看望阿公，真是叫人開心呀！孩子放下來之後阿公拿出二個紅包一人一個，他們都很喜歡，姥姥拿出一對金手鐲給小青戴上，一條金項鍊給小春掛上，顯得金光閃閃。阿公先給秤一下體重，春哥二十公斤，春妹十四公斤，量身高春哥一百二十厘米，春妹九十厘米。

時序進入盛夏，室外酷熱，只能在室內開空調消暑，一樓開著冷氣很涼爽客廳又寬敞，兄妹倆在客廳跑來跑去玩耍，真是得其所哉，玩得可歡！五點二十吃晚飯，姥姥整了一桌菜，留阿如和大孫子一起吃飯，她們都有事離開。主食為八個韭菜盒子二十個餃子，還有六菜一湯，吃了半個小時，我們吃飽了，可孩子坐不住，要下去玩，半小時後又上桌吃喝起來，再吃過半小時才收工。孩子吃完飯又開始在客廳玩，阿公搬出一箱小春三年前的玩具下樓讓他們玩，等他們玩夠了，八點春媽才帶他們上樓去洗澡，準備睡覺。家裡多了兩個小屁孩，熱鬧程度瞬間破表，真是利害，他們是開心果，也是樂趣的中心點！

次日早上小春一下樓就到廚房跟姥姥說「姥姥，我真的好愛妳」，可把姥姥開心壞了！八點半春媽帶著青春兩兄妹出去街上吃西式早餐，飯後到莒光湖畔的公園玩耍，十一點半回來吃午飯，小春和小青對於不熟悉的飯菜不感興趣，昨天晚餐也是如此。兄妹倆玩的時候，小春有哥哥的風範，禮讓和愛護妹妹有加，而小青總愛搶哥哥的玩具，不高興就高聲尖叫，第一聲穿透屋宇，第二聲魔音穿腦，屋子裡的人都受不了，哥哥只有投降的份。小青玩得不高興的時候就會用手推哥哥、用腳踢哥哥，小春從來都是叫不還口、踢不還手，真是一個暖男哥哥。吃過午飯春媽帶孩子坐公車去蘭湖畔的社會福利館遊玩，進館必須事前預約，每天限額三十人，下午四點半再搭公車回金城。

晚上吃飯時看見兩兄妹桌上各自擺著一張專屬的兒童版不銹鋼餐盤，還有一副叉子、勺子，沒有筷子，兩個人的餐盤規格稍有不同。

他們吃的是原汁原味、無油無鹽的水煮菜，也可以說是無滋無味的菜，他們在家裡的午餐及晚餐菜色都同樣，對於沒吃過的飯菜一概拒絕。看他們擅長拿叉子取菜送往嘴裡，但是更喜歡直接用手抓取食物送進嘴巴，我看了不覺好笑，這不像是中國少數民族、中東阿拉伯民族吃飯時的手抓飯嗎？想不到美國小孩的吃飯跟世界同步、與國際接軌。

吃過晚飯春媽帶小春出去採購水果及餅乾，我們帶小青到巷子口遊樂場溜滑梯，她喜歡那下滑的感覺，一遍又一遍繞過來爬上去再滑下來。告一段落後我們拉著她的小手走入高中的運動場，在跑道上走半圈小青就不想走了，我們倆抱著她走完一圈，姥姥陪她在旁邊坐下休息，阿公走完八圈才回家，小春已經回家在洗澡了。等小青洗完澡，姥姥就給她換穿從大連帶回來的一件短衫五件連身裙亮相拍照，其中有一件漢服裙子，她可喜歡穿上漂亮的新衣服了，照相時也沒有人教她，小模特兒還會自己雙手交疊放在身前擺姿勢，太可愛、太有範了！春媽說姥姥添購的新衣服每件都那麼好看，小青好開心呀！

第三天早上八點三代人同吃早餐，中式西式早餐都有，中式有海蚵煎、海蚵麵線，西式有水果、鮮奶、烤麵包、雞蛋糕。吃完早飯春媽帶著青春兄妹去莒光湖邊公園玩，十一點半回家吃中飯，飯後又帶孩子去文化局圖書館看書及避暑，然後就近轉到金城鎮社會福利館玩耍，其實我們家裡也有冷氣房可以避暑的，一樓和二樓有三台冷氣機。下午四點我到金城社福館二樓去查班，兩個兄妹和另外兩個小朋友在冷氣房裡面玩得可歡了，我看一下就離開，他們五點回來吃晚飯。

吃完飯六點之前我給社區後面的陳道實醫師送去一盒十六個餃子一盒滷味豬舌頭，也送給王生篤一份。六點半我們去運動場走路一小時回來，布萊恩五點半從高雄搭飛機回金門，七點到家吃過餃子，都和孩子洗完澡了。上次他和博博回來是二〇一五年，臨走前一晚請我去吃牛排，一晃眼已經過了八年。青春兄妹剛剛跟他爸爸分別兩天再度團聚，開心得不得了，叫爸爸叫不停口。晚上他送我一雙球鞋，送小魏姐和溫馨各一套化妝品，真是千里送溫情了。

第四天早上八點半三代同堂六口人同吃早餐，中式西式都有，中式有枸杞小米粥、荷包蛋、茶葉蛋、煎角瓜餅，西式有水果、鮮奶、咖啡、烤麵包、甜甜圈。吃完飯布萊恩和春媽帶著青春兄妹去公園玩，十點半我去莒光湖畔查班，兩兄妹於父母看護下在湖邊玩水，玩得不亦樂乎呢！十一點半一家四口回來吃中飯，飯後又去金城社福館吹冷氣打電動遊戲，直到五點才收隊回家。姥姥立馬把飯菜擺上桌，主食有自己擀的饅頭、自己烙的餅子，阿公開了二罐啤酒四個大人隨意喝點小酒，好酒好菜憑添一點氣氛。經由午飯及晚飯，才知道三個美國人的飲食習慣跟我們大不相同，而且他們吃的飯菜範圍特別少，對於不熟悉的菜色輕易不願意嘗試，我們也只能各隨其便，絲毫不加勉強。

這幾天連著下雨下不停，不是小雨就是中雨，出門要是沒有帶傘準定要給淋濕了。第五天吃完早餐布萊恩和春媽要帶孩子去文化局圖書館的親子圖書室聽老師給小朋友講故事，只好靜靜等待下雨能小一些，兩個大人撐起雨傘帶起兩個小孩出門，中午在外面吃飯。下午就近再到金城社福館玩耍，可是吃了一個閉門羹，原來社福館休館，因此轉到街上逛一逛，晚上五點才收隊回家吃姥姥的飯。

六月十一號一早雨停了，太陽也露臉，吃完早餐春媽和布萊恩領著孩子出門去親子圖書室聽老師講故事，完了中午在外頭吃飯，下午要坐觀光公車遊覽金門風景，晚上六點半直接去水果餐廳赴約，石兆瑨請我們三代同堂吃晚飯。可是，十二點半春媽來信息說，小春身體不舒服，她們吃完午餐就回家，讓他好好睡個午覺。我回說好的，帶小春回來休息吧，我先把房間的冷氣打開了。小春本來是沒有午睡的，小青倒是天天要午休的，只是昨天晚上睡前兄妹倆玩耍時，妹妹一腳踢中哥哥的胸口，疼得小春哀哀叫的，早上小春還在說他的胸口會痛，春媽和姥姥也是挺擔心的。半小時後，一家三口回來就去午休了。

四點半春媽說小春睡不著，精神仍然不濟，便給他量下體溫有點發燒，她說晚上的飯局去不了。我立馬給石董打電話報告說不好意思，大孫子發燒不能出門，女兒女婿需要留下照顧孫子，他說這時候要以孩子健康為主，晚上之約暫時取消。過兩天他要去台灣幾天，等回來之後再行安排，我說給你增添麻煩，非常抱歉，他說不會，他馬上通知餐廳取消晚餐。

晚上九點我問春媽「現在小春身體好了嗎？昨天晚上我就跟小魏姐說，從六月七日起連續四天中午妳們都帶著孩子在大中午頂著大太陽出門，高溫三十幾度下孩子是很容易中暑的，可是妳們好像不很在意。今天小春身體不舒服不知道是什麼原因？什麼毛病？會不會是中暑呢？我很早就跟妳說二樓二個房間有冷氣，都是給妳們使用的，妳原來的房間是新裝的變頻冷氣很省電的，午休的時候，兩個孩子一個有午睡一個沒午睡，就可以分開睡不會妨礙的，妳就是不肯多開一台冷氣」。

春媽說「小春的體溫有點熱，發的是低燒，一般中暑發燒的溫度比較高，不太像他的情況。小春在長牙齒，前兩個月去檢查時牙醫有說，長牙會發低燒，所以有可能是這個原因。我們出門去公園都會搭公車，去文化局半途都會去小七買零食，他們都坐在有冷氣的公車、或在有冷氣的小七吃點心，加上喝很多的水，沒有在大太陽底下待超過十分鐘，中暑的機會應該很低。抱歉，讓阿公擔心了，我和布萊恩今後會更小心的」。

十二號一早陳長慶就來給我報喜，說那篇文章《一家人洗溫泉》今天在「金門日報」見報了。這是二個月前的四月中旬我第一次在東北洗溫泉浴，和媳婦及姑娘一起泡湯，真是老姑娘上花轎—生平第一遭，因此把經過記述一下，一則自己回憶情景，一則和朋友分享。原來在北方和東北，洗溫泉泡澡和搓澡是一種生活模式，澡堂叫做洗浴會所或洗浴中心皆有，有錢的人每周洗一次或二次，沒錢的人每月洗一次或隔月洗一次，泡澡盛行有身體的因素也有文化的因素。泡澡的門票算是大眾化，可是搓澡及敲背是專人伺候，價位大約為門票的二倍以上，這玩意跟按摩一樣，也會令人上癮的。

小春早上身體好一些，問題不大就好，吃完早餐就跟著爸媽出門，他們早上要去坐觀光公車遊覽金門部分風光，中午在外面吃飯，下午繼續安排行程，傍晚時分才打道回府吃姥姥做的飯菜。有千層餅、煎餡餅、烤餡餅、烤肉串十串，完全各取所需，吃飽之後再給孩子們吃布丁、雪糕、水果，這下子吃得可歡了，口口聲聲喊著「姥姥，愛妳」，忙了一個下午的姥姥這下子一點也不累，完全值回票價。

十三日早上七點媳婦下樓做早餐，半小時後我起床就在三樓臥室做運動，一會兒就聽見兩個孩子在二樓臥室裡的跑跳聲、呼喊聲，聲震屋宇，睡飽了電力充沛就好比是鑼鼓喧天。八點我下樓吃飯，小春和小青就趕在我的前腳下樓喊姥姥了，吃完飯春媽帶上三個美國人要去不遠處拜訪同學莊雲翔，待到家庭聚會結束後再轉去中山林讓孩子放開手腳追趕跑跳碰，好好放掉一身過剩的電，在外頭吃中飯，下午再繼續行程，黃昏時刻才回家看阿公。

不承想，十一點半春媽打電話回家求援未接到，回撥過去也未接聽，半小時後春媽來電說明原委。原來是她們從下埔下莊雲翔家離開坐上公車，幾分鐘後在西門里公所下車才發現身上的背包丟了，判斷可能是掉在公車上，因此打電話回家要問金城車站電話號碼用以查詢車上有沒有背包？電話沒有接聽正在苦惱時突然天降神兵，剛好她的外甥許瑞哲騎車停在眼面前，便告以上情，瑞哲二話不說騎車追到車站告訴車站人員後，陪同上車查看沒有發現，他就回頭說明情況。因而判斷可能遺落在下埔下車站，瑞哲立即掉轉車頭而去，不一會把遺失的背包帶回來，算是有驚無險的完璧歸趙，真是一場及時雨來得正是時候！正好用餐時間，春媽便邀請瑞哲就近到拉麵館共進午餐。

下午姥姥燉了一大鍋牛肉，晚飯就是黃麵煮的牛肉麵，貴賓一家四口都愛吃麵，小青吃的是手抓麵。春媽說姥姥做的飯菜又多又好吃，是我們家的大廚，所以刷晚不能再讓大廚辛苦，應該由她包辦才是，今天也由她來倒垃圾。六點我們就帶小青到巷子口遊樂場溜滑梯，她一遍又一遍繞過來爬上去再滑下來，滑了十來趟我們才拉著她的小手走入高中運動場，在跑道上只走一百米小青就不走了，阿公抱起她走完三百米，姥姥陪她在旁邊玩耍，阿公走完十圈才回家。

十四號早上八點吃飯，我再說了一下中午的約會，本來昨晚吃飯時已經跟春媽和布萊恩說好了，今天中午十二點老鎮長石兆瑨請吃水果餐，還是伯玉路上那家餐廳，本來約好十一號晚上吃飯的，由於當天下午小春突然身體不適還發燒，只好臨時取消，另行再約。今天一早都是陰著天，倒也涼快不少，十點春媽帶隊出門，不承想，一小時後下起小雨，再過半小時轉為中雨，這樣子騎機車出門已經不可能了，即使車程只有五分鐘而已，此時春媽說她們已經在餐廳對面的家樂福待命。我開始思考改變交通工具，首選是社區後面診所的王生篤，先要確認他有沒有上班？打電話過去，一說他就答應馬上開車來接送，真是我們的即時救兵。十一點五十我們倆第一個到達餐廳，石董緊接抵達，布萊恩和家人準時到。

原來這家餐廳位置在大馬路退後三十米處，雖然前面並沒有建築物擋住視線，但是開業五年多了，我在這條路上往返數十次，居然從來沒有看過餐廳的店招，真的是有眼無珠了。餐廳的內部擺設特別寬敞有序，室外頗有田園風光，是金門非常罕見的景色。水果餐的特色是每一道菜裡面都有水果搭配，等於是葷素配合，口感清爽不會油膩。有好菜自然也有好酒，那可是主人帶來陳年的進口紅酒，適合男女老少飲用。

席中，春媽有一事請託石叔叔說有沒有認識金門大學的土木系教師？布萊恩是伊利諾州大學土木工程博士，想要跟本地的土木教師認識和交流，說不定將來有機會還可以攜手合作。石董說有的，當場就打電話聯絡洪瑛鈞老師下午二點半到校拜訪，散席後我們先回家安頓好孩子，布萊恩和春媽隨即到金門大學和石董會合，承蒙他介紹二位老師非正式見面交談，半小時後返回家中。

十五日吃過早餐八點多小春和小青就跟著爸媽開心地出門去玩了，十二點才回家吃午飯。昨晚上吃飯的時候，我跟小青說阿公要跟姥姥親一個，說完扭過頭去給坐在右手邊的姥姥左臉頰上親了一口，小青看完哈哈笑跟著說：親一口。然後大夥都笑呵呵的說著親一口，我就轉過頭去給坐在左手邊的小青右臉頰上親一口，她還是笑嘻嘻地。

自從她回來金門一個星期願意給阿公抱給姥姥抱，跟她說親一下，從來都沒有回應，雖然她最擅長拿手在嘴巴上飛吻一下，看樣子她是沒有試驗過親臉頰。要說這小青的社會學習，也就是模仿能力真的非常棒，她看哥哥做什麼新的動作都是專心致志盯住不眨眼，完了她就跟著照做一遍，絲毫不差，小春不但是她的玩伴也是她的小老師，而且會愛護妹妹禮讓妹妹。

春媽早上坐公車帶著一家人到小金門繞一圈，公車開上金門大橋見識一下海上風景以及一衣帶水的廈門風光，沒有下車就原車返回金城車站。下車後碰見小姑姑，相偕就近去租車店看望大姑姑，因為去台北未遇。剛好姐姐阿如來電話詢問現在何處？就開車過來載她們去中山林騎單車，十二點才送她們回家。吃飯時我跟小青說阿公要給姥姥親一個，一親完小青就樂呵呵的鼓掌說親一下，大夥都笑哈哈的鼓掌。我說小青親一下，她也笑呵呵的說親一下，我給她親一下之後，她又說哥哥親一下，我比了一下，她開心的唸著媽媽親一下，我也比了一下，她還高興的說著爸爸親一下，我又比了一下，她哈哈笑著鼓掌。睡過午覺青春兄妹又出門去莒光湖畔公園跟莊雲翔家的小朋友一起玩耍，玩到盡興後在外面吃頓拉麵，七點半才回家洗澡休息。

今天十六號阿三哥又要帶媳婦去一趟廈門辦理四件事情，昨晚已經買好一箱十二瓶「金門紀念酒」，也裝好一小盒丈母娘要用的藥布。準備搭九點的頭班船出發，中午就能回來，所以應該在八點就出門，由於那一箱子的酒太大了，我的機車裝不進去，因此商量兵分兩路，大箱子由媳婦坐公車帶到碼頭，我騎車跟著走。雖然前幾天都是下雨下不停，氣象預報今天也是全天小雨到中雨，不過，我已打定主意自己騎車出發，只要穿上雨衣便能克服下雨天。果然把媳婦送上公車，我隨後跟車一開始都是中雨，走到半路變成小雨，冒雨前行之下，照舊風雨無阻。

不過，昨晚看見新聞報導自今日起廈門舉辦「海峽論壇」一連三天，這個論壇是目前兩岸之間最大的民間交流平台，前往廈門參與盛會的人士絡繹於途，金廈之間小三通的旅客將會達到高峰，我有一些心理準備興許擠不上船位。幸運的是，我們八點半排隊買票只花七分鐘就買到船票，「頭過身就過」上船沒有問題了。

船班進入廈門五通碼頭，完成通關後到櫃檯才十點，找小曾美女代為郵寄一箱酒和一盒藥布到山東，我們倆落得一身輕鬆。坐上公交車直奔農業銀行而去，十一點拿舊卡換新卡，經過三次確認三次簽名後搞定，費時五分鐘而已。完了走路十幾分到郵政銀行提款機取款，可機上顯示不能提款請洽櫃台人員，我一時不解，便請教櫃台，他說這張卡片不是我們郵局的。

我說半個月之前就在你們這裡辦好身分信息更正的，怎麼不是你們的提款卡？他說這卡片上的字是繁體字，而我們的卡片是簡體字啊！我聽完仔細一看果然是繁體字，立馬明白自己是錯把馮京當馬涼了，把台灣的郵政卡拿到大陸用，搞了一場烏龍，當然是此路不同！當我拿出正牌的卡片提款一路綠燈，而且還給我帶來一份驚喜，十幾年沒用過的卡片裡面居然有四千大洋，私房錢真是豐厚！

我們就近走到地鐵呂厝站，用台胞証免費取得一張車票只坐一站到育秀東路站，找到人工服務台領取敬老卡，報出名字隨即卡片到手，一分鐘搞定。我們原路返回呂厝站，十二點再搭公車前往碼頭，敬老卡一刷通過，不用花那一塊錢，四十分鐘後直抵碼頭買一點半船票返程，回到家裡二點半。今天專程到廈門辦理的四件事情跟上一回一樣非常順利，一路順風順水。

在美國孫子和孫女的歡聲笑語下，很快的，青春兄妹回到金門和阿公及姥姥快樂生活十天了。春媽說今天早上都在下雨，她們乖乖待在家裡沒有出門，中午布萊恩出去買一客披薩，那是他的最愛，百吃不厭，一家人也吃不完，剩下的還是留給布萊恩做晚餐了。三點半孩子在小雨之中出門，我並不以為意，但是半小時後媳婦讓我打電話叫春媽回來，不要給孩子受涼才好，我想也對，立馬打電話告訴春媽早點回來以免孩子淋雨受涼，她說好的一會就回家，果然半小時後回來，沒多久，姥姥就喊在客廳玩得興高采烈的兩兄妹準備吃晚飯了。

十七日一早都是陰著天，太陽並不肯露臉，吃完早餐的青春兄妹照舊出門。他們還沒出門前看我在喝茶，小青走過來坐在我對面，我就唱一首台語歌「燒肉粽」給她聽，因為再過五天就是端午節吃粽子的時節了。我唱第一句高音的，燒肉粽，就讓小青吃了一驚，因為是高音的緣故，然後她便專心的聽我唱完整首歌，姥姥還給她錄下這個短片。然後再去後湖海濱公園玩湛藍海水和潔白海沙，一直到十二點半才回家吃午飯。二點後在家午休，四點下樓兩兄妹玩耍，屋外小雨下不停，一小時之後姥姥張口喊吃飯了，三代同堂各就各位，不能坐錯位置的，不然小青就會充當糾察隊長，要求改正座位。

今天十八號是六月第三個星期日，也是中國的父親節，早上九點媳婦就給我發來紅包八十八元賀節，我一看見紅包就秒收，十點我姑娘也發紅包八十八元來賀節，我照樣是秒收不手軟。隨後我們到原來工作單位金門中華電信工會參加端午節包粽子聚會活動，因為前幾天老同事洪綺穎來電話邀請，我已經答應出席，之後楊明舉也來通知。我們前腳剛到達公司春媽後腳一家四口也到，洪綺穎她們有六個夥伴剛開始包粽子了，媳婦和春媽立刻加入行列。原來此次活動大部分都是外包的，材料的採購、製作等前期作業都交給包商，只有包粽子與煮粽子的部分留下來親力親為，這樣節省很多的時間、人力、物力，確實是一個好方法。另外，再訂製一桌四千元的酒席，席開八桌，預訂十一點半開席。

春媽十一點退出工作行列，帶上家人再度前往後湖海濱公園玩海沙及海水，那是孩子們的最愛，昨天玩過仍然意猶未盡。中午的聚餐比原定時間提前十分鐘，一會兒陸續坐滿八桌，將近一百號人，有在職同事，有退休同人，有中華電信工會遠道而來的代表，有本地總工會代表，有本地其他工會代表，還有其他貴賓及金城鎮長李誠智等，共襄盛舉。午餐到一點半慢慢散席，電信工會理事長楊家聲說請離開的朋友順便帶上一份剛剛煮好的粽子，祝闔家平安順利，後會有期。

回到家媳婦看見弟弟來的信息說早上九點半收到一箱酒，沒想到那麼快，這是前天早上阿三哥和媳婦帶到廈門郵過去山東的，這個好，本來我們預估要到後天才會到達，卻是提速提前兩天送到了。下午二點春媽帶孩子從海邊玩水回來午休，四點半阿如開車來接她們到沙美探望嬸婆，趕在布萊恩明天早上要飛台北之後準備先回美國之前，全家去看望老人家，果然嬸婆看見一對會叫「阿祖」的美國孫子，無比開心，坐下十幾分鐘就回頭，五點半到家。

晚上楊哥和忠哥要請小魏和美國人吃晚飯，而且還要開車來家裡接送，真是太貼心、服務到家了。六點忠哥和水哥準時開車來接我們六口人，到了餐廳一看林哥、丕哥、楊哥、楊嫂已經就座，一會兒開始上第一道菜是北京烤鴨，我就知道晚上的菜色一定非常精緻高檔。

當然了，好酒配好菜是必不可少的，喝的是原釀高粱酒。林哥是忠哥的同學也是鐵桿哥們，半年前我們曾經在山外一起喝過酒，非常愉快，一晃眼已經走過疫情最緊張凶險的半年，今天再度重逢，最喜故人無恙，來日再聚把酒言歡。

阿樸去美國二個月，一則看外甥及外甥女，一則打完二針輝瑞疫苗，外甥女小青五個月他就回到台灣，他跟我說小青好凶，我問他怎麼個凶法？他說就是一個哭、大聲哭、不停哭，音量又高又大、沒完沒了，直到她獲得滿足了才會停下來。我說她是屬牛的，正宗的美國牛，如假包換。她回來幾天我們也見識到她在樓下的哭聲驚天動地，尖叫聲如同魔音穿腦，無人能敵，不能打又不能罵，也是無可奈何。還是她爸爸布萊恩一把抱起她到樓上房間裡面靜置，讓她自動消音後才抱她下樓，這一招還挺管用的。

布萊恩今晚酒興不錯，一口杯也能喝上三、四杯，大家用中英文交換聊天，天南海北大半個地球都能談起，真是不亦快哉！八點半二歲的小孫女小青吃飽喝足看著平板，眼睛漸漸張不開了，春媽說她想睡覺了，我們就先跟大家告辭。忠哥說那就拜託水哥再跑一趟送我們安全回家，因為水哥是滴酒不沾安全第一，我們說聲感謝先行告退，改天後會有期。

布萊恩今天十九日早上十點要飛台北，周五回美國工作，昨晚叫好計程車八點來接他去機場，臨出門前他給我們兩個老人家二個紅包，俺們也不推讓就收下了。春媽架好手機要拍一張全家福的照片，我們坐在沙發上阿公抱小春、姥姥抱小青，春媽按下快門後坐到布萊恩的身邊，倒計時十秒鐘拍下美好的回憶。八點之前布萊恩發現一個問題告訴姥姥說，冰箱中瓶子裡的鮮奶是十五號到期今天十九號那就不能喝了。

我一聽也懵了，我每次購買鮮奶都是掐著時間點，在賣場下午三點進貨一兩個小時之內搶購，到晚上大多買不到的，保鮮期是六天，我們只有喝四天的量，不可能過期啊？等到布萊恩出發之後我們又討論了一下，姥姥才告訴我答案是什麼？原來鮮奶的包裝有二種，一種是盒子四百七十克，另一種是瓶子九百五十克，因為盒子經常會發生滲漏，姥姥決定盒子買回來之後改裝到瓶子裏安全又方便，剛好二盒裝進一瓶裡，不承想卻被抓包了，這也算是一個美麗的錯誤吧？

春媽說「布萊恩特別感謝老爸和小魏姐的熱情招待，歡樂的時光總是短暫，他今天先離開，期待將來有機會你們兩個人也能去美國找我們玩。牛奶過期的事是個有趣的故事，布萊恩不懂從紙盒改裝到瓶子裡的奧妙，只有懂得變通、又有智慧的老爸和小魏姐才知道這裡面的大學問，布萊恩得好好學學呀」！

兩兄妹在家午休到四點下樓在客廳玩耍，一小時後姥姥喊吃飯，大家都上桌幹起飯來，六點春媽留在家裡刷碗倒垃圾，姥姥和阿公帶上兩隻小的到運動場去遛一遛，兄妹連跑帶走一圈就到跑道外玩著。這是他們回來十多天第一次同時上運動場競技，五十分鐘後春媽來帶他們回家洗澡，阿公走完十圈也帶著姥姥收隊。

二十號早上七點半春媽早早領著孩子帶了一些食物就往外走，說中午要在外面吃飯，等我下樓吃早餐時找不見青春兄妹，九點我們倆要出去買菜就順路去給她們查崗，先到親子圖書室沒開館，再到金城社福館也不見人影，只好作罷專心買菜回家。十點鐘昌霖過來泡茶，他剛說完許換生的名字不久，住在後門的他正好走過來，三人喝茶聊天那內容就更多了去，一個半小時後散會，士農工商各回各家。中午春媽領著孩子回來午休，還在一樓餐桌上坐著，小青突然哇哇大哭起來，又哭又叫好一會都不肯消停，春媽也拿她沒輒，最後就告訴她要叫爸爸抱她去樓上，誰知她的耳朵伶俐得很，立刻停止哭聲回應說「爸爸已經走了」，說完照樣嚎啕大哭，真是一個鬼靈精。

下午四點多外甥女黃金燕帶兒子張家翔和張博隆來訪，妹妹張嘉甄沒來，認識一下小魏姐、小魏姨，進屋不到十分鐘就告辭回去。五點半春媽帶了孩子回來，姥姥抱起小青說吃飯了，大家便上桌開飯，六點半阿公和姥姥牽著小青的手去門口倒垃圾，鄰居看見小青無不說是真好看，還有人看得出她是混血兒，我接口說道沒錯。

晚上八點半阿樸和欣怡從台灣回家，大前天阿樸說要回來住六天，還會帶一位朋友回來，我問他是男朋友或是女朋友？他也不肯回答，只說青春兄妹都認識，隔天我問小青阿樸的朋友是誰？小青說是欣怡，原來她不但認識還知道名字呢。我問阿樸欣怡姓什麼呢？他說是連欣怡。小春和小青看見他們進屋開心得叫著阿樸、欣怡，完了兩個孩子拿著塑膠撲滿要錢投入，欣怡只有鈔票沒有硬幣，阿公手提包裡有一些硬幣就拿給他們投進去，讓他們開心得不得了！

小少爺和妹妹回到金門二周，我注意觀察他們的飲食狀況有相當大的變化，妹妹小青吃飯胃口很好，能吃又能喝，不成問題；可是哥哥小春第一周的胃口很差，食量不及妹妹的一半。我詢問春媽是為什麼？他說小春的厭食現象是從疫情開始之後發生的，也就是有三年的時間了，所以身體顯得異常瘦削。我說小時候我自己和很多小孩也有厭食現象，家長常用豬胰臟／脾臟單獨煮湯讓孩子喝湯或吃肉，我們不妨也來試試看，結果買四個胰臟也不用花錢，煮好之後小春不吃也不喝，只好叫阿公重溫舊夢了。姥姥費盡唇舌探詢小春愛吃的東西有小蛋糕、蜂蜜蛋糕、布丁、冰淇淋以及乖乖軟糖，因此春媽規定他要吃過飯才能吃喜歡的東西，這下子投其所好終能見效，第二周起他的胃口及食量改善，增加一倍，逐漸恢復正常，這是一項重要的收穫。

二十一日早上我們五個人在家吃早餐，阿樸和欣怡去街上吃金門招牌早餐廣東粥，各隨其便皆大歡喜。飯後各忙各的，阿樸去山外銀行辦事，春媽去看皮膚科，我到市場採買牛肉豬肉，欣怡在家看孩子，媳婦準備中午包餃子先和麵。中午吃飯七個人全員到齊，媳婦做了一桌子好菜，主食是兩盤餃子四十個，四菜一湯是一盤紅燒白鯧魚、一盤蝦仁西蘭花、一盤蔥油豆皮、一盤豬頭肉、一大碗紅蘿蔔豬蹄子湯，喝上兩杯台灣啤酒，合乎好酒好菜的要求。

午休到下午三點半，青春兄妹又下樓蹦蹦跳跳起來，我看見後門的堂妹和妹夫在澆花，就出去和她們打招呼，小青也跟出來，我就一把抱起她來。堂妹和妹夫看見小青不住口的誇獎小女孩太漂亮了，我說這是我小女兒生的美國小孫女剛滿二歲。堂妹說能不能讓我給她拍一張照片？我說好啊！她也喜歡照相，她還會跟妳說ＯＫ，果然用手機照完相小青就說ＯＫ。一到五點姥姥就喊吃飯，我們都各就各位坐好位置吃起來。阿樸和欣怡不上桌，他們要去山外跟同學吃粽子，六點我們下桌他們倆才出發，春媽在家刷碗，我們倆拉著小青的手要去巷子口遊樂場溜滑梯，那是她的最愛。

走到巷子底遇見阿舍夫妻倆，他們一看見小青就誇她好漂亮真好看，她自己也開心的笑呵呵，阿舍還會嘮英文問她叫什麼名字？她卻用中文說我是小青。阿舍開車走之後，我們剛轉回頭就碰見十幾年不見的郭海燕老師，郭老師一見小青也說小女孩好漂亮又可愛，我趕緊跟郭老師打招呼說許久不見了，說這是我的外孫女。然後我們帶她溜滑梯，她跑上滑下的溜了十來遍才肯離開，我們拉她往運動場走去，在巷子轉角處遇到一位老太婆坐著，她的眼力真好，一看小青就說這是外國小孩，我說沒錯她是美國小孩。我們剛進運動場，春媽和小春也來到，走到跑道兩兄妹興奮得又跑又跳了一圈，春媽要他們再走一圈才休息，兩人有伴又走一圈，我們倆走了五圈，他們先回家洗澡，我們繼續走完八圈才收隊。

一到家我就帶上一本新書《大連的小魏傳奇》到後面相隔四排房子的郭老師家裡，老師開門看見我就說你是要送我書嗎？我說是的，我說退休二年多整理書稿出版的新書，請妳參觀指正。我說剛才和我帶小孫女的是我的大連老婆，我接著說許多年以前妳燉的牛肉很好吃，還特地邀請我到妳們家來吃，我真的厚臉皮來吃了一碗，真的太好吃了，我一輩子都忘不掉那碗牛肉和郭老師。我老婆做的北方麵食很正宗，改天我們包餃子和韭菜盒子的時候，我再送來請妳品嘗一下。

二十二號是端午節，早上七點半突然接到媳婦的弟弟魏廷艷從山東給我打來國際電話，頓時心裡有說不出的忐忑不安，這是他第一次打電話給我，感覺不是小事，果然他說了一句「媽媽剛剛走了」。哇！攤上大事了，真是一記晴天霹靂，我立馬將電話交給我媳婦了解細節，第一句話也是這麼說的，媳婦一聽立馬放聲而哭，眼淚嘩嘩直下。

掛斷電話她說當地的習俗是人一旦去世，第二天就下葬，最多三天時間，我們倆開始商量怎麼辦？媳婦說要趕回去看望老娘，我說完全贊同，說走就走，妳馬上訂購最快的機票。一小時後得知老娘送醫院急救，必須做腦部手術，我們立馬訂購下午三點半從廈門飛山東膠東的機票，要在上午十一點出門坐十二點的船班。出發時內弟有好消息通知，說母親經送醫院搶救有效，急診結果是腦部有血塊堵塞，必須開刀用微創手術取出來，排定下午三點動刀。

出門時我心想今天是端午節四天連假的第一天，旅客的方向是由金門前往廈門的多，恐怕會一票難求。果然是這樣子，一到碼頭候船大廳人滿為患，烏泱烏泱的人潮，可是買票的少補票的多，我們補票二百二十號，那是不可能上船的。幸好小女兒春媽跟她姐姐阿如說這情況，阿如說她問她同學想辦法幫忙，一會兒幫我們搶到二張票，順利成行，頭過身就過，只要能上船要搭上班機那就是板上釘釘的事了。

登機下機都是準點，自有內弟來接機，他說老娘手術順利，現在重症監護室／加護病房觀察中，九點先到高密人民醫院，哥哥和姐姐們都在等消息，媳婦獨自進入重症監護室眼淚汪汪的看望手術後的老娘，此時還沒有甦醒，但是安心不少。回到弟弟家裡才有時間和心情吃飯，午餐和晚飯沒吃真的是飢腸轆轆，弟弟做好飯吃已經十一點，擔心又緊張的一天終于可以休息了。

昨晚媳婦睡不安枕，第二天早上六點就起床，專心搞衛生把屋子收拾乾淨亮堂，吃過早餐我去洗澡，八點哥哥和四姐的兒子帥帥到來，媳婦出門去買菜。我和哥哥及外甥喝茶談話，九點過後媳婦與三姐和四姐買好多菜進屋，坐下來吃茶的談話重點是老娘的發病及救治，這個月來獨居老娘從鄉下老家住到城裡四姐家裡，生活都很舒適愉快。但是，昨天清晨帥帥發現老娘出現異常，立馬通知在開車的弟弟，同時實施急救掐姥姥的人中，並且打通120派救護車，在救護車到達之前，姥姥恢復意識了，真是搶救有功。

所以媳婦一進屋瞅見帥帥就說非常感謝他的急救，拿出一個紅包來表示一點心意，他說是應該做的事，不用給他紅包，媳婦好說歹說才勸他收下來。隨後老人家送到醫院急診判斷是腦部血塊堵塞，必須盡快開刀取出來，所幸手術順利，對症下刀，逢凶化吉，留在監護室觀察照顧。

十一點半吃中飯時，在醫院探視的大姐來消息說老娘恢復意識，大家可以放心。中午吃完飯大夥同去醫院關心，媳婦再度單獨進入監護室看望老娘，眼睛可以張開轉動，嘴巴也能張口說話了，謝天謝地，就看何時可以轉到普通病房了。五點各回各家，準備埋鍋造飯，在室外感覺酷熱異常，一看氣象報告，居然高達四十度，買尬的。六點三姐來電話說三姐夫也在高密，媳婦馬上邀請她們一起過來吃飯，三姐夫知道我也在便爽快應允過來和我喝酒，七點就帶著兒媳婦及二個孫女來了，菜都陸續上桌又吃又喝，八點散席，改天再聚。

第三天一大早媳婦做好早餐七點就出門了，我猜想可能是去醫院和哥哥姐姐們會合關心老娘，雖然進不去監護室。果然一會兒她就發信息說在家著急便趕到醫院了，讓我吃完早餐等待消息。十點她買菜回家了，還有大姐二姐哥哥和四姐夫，帶回來很多菜，告訴我一個好消息，老娘下午二點半可以轉到普通病房，顯示手術成功復元良好，大家夥的心情轉為輕鬆愉快。我和哥哥四姐夫喝茶，她們姐妹仨在廚房忙活，準備中午的飯菜。

十一點半開飯，午休到一點半全體出門前往醫院，監護室二點半準時打開，二位護士推出病床由二樓轉往三樓普通病房。可是，病床停在房門口，五六個人拉起病人身體下面那一張薄薄的綠色塑膠布抬進房內的那一張病床上，再抽出那一張塑膠布，費了好大的勁才把病人放穩妥。這跟我在台北住院的換床很不一樣，台北的做法是把裡面的病床推出外頭，將外面的病床和病人推進病房內，一次搞定什麼都不動，簡單又方便。安頓好老娘，三姐和四姐趨前問候完，指著我問她說這是誰？她睜開眼看見我說「是老薛」，我靠近跟她說「媽媽好，越來越好」。二個姐姐很高興的跟著說，越來越好。

五點我們回家休息和做飯，同時查看往南飛的機票，敲定明天早上七點半的班機，四點半出門在小區門口坐車。因為家裡還有阿樸及春媽，先回去安排他們，等八月初春媽回美國，我們就可以回來山東或大連待上幾個月。晚飯要等大家回來，直到八點才開飯，除了大姐二姐在醫院陪伴老娘以外，三姐四姐哥哥弟弟弟媳二姐夫三姐夫四姐夫還有孩子孫子十幾號人吃飯，九點大家夥都轉往醫院，只有我留下看家。

第四天早上四點半我們倆走到小區門口，機場小巴士已經到達，拉我們到藍海酒店等候旅客，五點有十人上車準點發車，四十分鐘抵達膠東機場，再過四十分到達登機口，一路順暢。離開家四天想的是小春和小青，我跟春媽說「姥姥家，青春兄妹福利一百，姥姥不在，小春小青福利減半。幸好只有四天而已，行程順利的話，阿公和姥姥中午一點就能到家。請妳訂一個小型蛋糕，今晚陪姥姥過生日，晚上除了家裡七個人之外，麻煩妳代為邀請阿如和她的家人參加，等我到家再訂餐廳」。

中午準時到家，第一件事便是打電話訂好晚上六點的餐廳，我們七人加上阿如帶二個兒子正好十人一桌，暗合十全十美的寓意，準時開動。大家坐定後媳婦就說「謝謝阿如這次的即時幫忙買到船票，要不然大前天我們根本就上不了船，也趕不上飛機，真的很感謝」。阿如說「不用客氣，恰好找到同學能夠幫忙一下」。

我接著發言說「各位大朋友、小朋友大家好，今天是一個愉快的日子，我們有從台灣回來的家人、也有遠從萬里之外美國回來的家人共聚一堂，三代同堂。剛好過兩天是小魏姐的生日，我們提前為她慶祝一下，順便為我們自己犒賞一下，大家要吃好喝好。晚上沒有什麼菜，只有可樂大餐，大家多喝兩杯可樂」。店裡只有我們一桌，出菜特別快，正合我們的需要，吃完飯菜擺上蛋糕點上蠟燭，春媽放生日快樂歌，大伙跟著唱兩遍，在溫馨的氣氛下小魏姐許願後吹熄蠟燭，切開蛋糕分享，統統有獎一個不落，吃完散席剛好七點。

二十六日早上我們在家吃飯，阿樸和欣怡出去吃，中午七人一塊吃咖哩牛肉飯，喝杯台灣啤酒，算是有酒有菜了。青春兄妹今天都不出門，午休後直到四點半才下樓，五點姥姥就喊大伙吃晚飯了，全員到齊吃的牛肉麵，用的是黃麵而不是麵條。飯後春媽在家刷碗倒垃圾，我們倆拉著小青去巷子口溜滑梯，今天她的興致不高，只溜一趟便不再玩第二趟了，那就轉到運動場放電得了，她既不跑也不跳，而是由姥姥看著在觀眾席上面爬階梯，阿公自己走了十圈。春媽倒完垃圾帶上小春到運動場走第一圈，走到一半眼尖的小青已經看見喊著媽媽，真是厲害，姥姥還看不見遠處的春媽。

七點回家小青先跟阿樸說再見，大家都笑起來，她知道欣怡她們倆晚上要離家了，春媽於是說那我們來拍一張全家福合照吧，小青說ＯＫ。我對阿樸說有空常回家，跟欣怡說招待不週，有空常回來。她們二十號回來住了六天，晚上七點半歸還租車，搭九點班機回台北，後會有期。

二十七號早上三代五口人一起吃早餐，姥姥按照各人的口味分別準備好了，所以我就說姥姥在家，青春兄妹福利一百，姥姥不在，小春小青福利減半。吃完飯春媽帶著孩子出門，中午在外頭吃飯，等晚上才回家吃姥姥的。下午四點小美國人就回來了，一樓有冷氣又寬敞，青春兄妹好一頓的追趕跑跳，歡聲笑語滿屋內，一到五點姥姥喊著上桌，立馬各就各位，吃的牛肉麵也是用黃麵煮的。吃完飯照舊是春媽在家洗碗倒垃圾，我們倆拉著小青去溜滑梯，黃昏時刻好多小朋友圍著滑梯溜的歡，小青不愛玩，我們還是轉到運動場，小青也不走，我們輪流抱她走完一圈，姥姥陪她在旁邊玩耍，阿公走完八圈。七點過後，春媽帶小春也到運動場，小青跑去和哥哥一塊跑和跳，春媽領他們走完完兩圈消耗體力，晚上睡個好覺。

二十八日是個好日子，我媳婦生日的日子，雖然在大前天晚上已經提前慶生，一桌十個人在餐廳吃飯吃蛋糕，以及唱生日快樂歌，早上我仍舊給她祝賀生日快樂收紅包。隨後她收下紅包說「六六大順，謝謝老公」！春媽與孩子都跟著向姥姥祝賀生日快樂，喜得姥姥樂開懷。

早餐還是姥姥按照各人的口味來準備，吃完飯都在一樓坐著玩著，真是各得其所，午飯也是在家吃姥姥的，飯後午休直到四點又開始玩耍，五點準時開飯。今晚沒有收垃圾，六點我們全家一起到巷子口看青春兄妹溜滑梯，沒有其他小朋友在玩，小春和小青第一次同台競技。小青特別來勁，爬上滑下的溜了十幾遍，每一次當她站在頂端要往下滑之前，都會用雙手抓住上頭的橫槓吊起來，將自己的身體拉起來雙腳離地好一會兒，如同大人在吊單槓一般，她的兩隻胳膊實在太有勁了。完了我們轉往運動場，春媽要兩兄妹走完一圈才給糖吃，才能去觀眾席上爬階梯，姥姥和阿公走完八圈一起回家洗澡休息。

二十九號吃早飯時小春還在睡覺，這是第一次晚起，我們吃飯後一個小時小春還沒下樓。小青沒有玩伴也坐不住，要姥姥陪她去溜滑梯，這是第一次上午去，往常都是下午去或是晚飯後去的，半小時之後回家小春才下樓吃早餐。青春兄妹今天都待在家裡玩耍，午餐及晚飯也在家裡吃姥姥的，晚飯後照樣是春媽在家刷碗，我們倆拉著小青的兩隻小手走去溜滑梯，今晚有七、八個小朋友在溜著，小青有點怕生，不敢跟她們玩在一起，自己溜照樣得心應手。有個媽媽一眼瞅見小青就問這是混血兒嗎？姥姥愉快的回應是的，是美國人，那個媽媽高興地告訴其他人說這裡有個外國小孩。

我抬頭看見李再杭校長，打過招呼，他說陪兩個女兒帶上四個孫子來玩，那些小朋友大都是兩三歲，最小的一個還比小青大一個月。那些家長說美國人就是大塊頭，年紀最小卻是塊頭最大。之後我們轉到運動場，小青不愛走路就愛爬觀眾席的階梯，等春媽倒完垃圾帶著小春到運動場來，要求他們走完一圈才給軟糖吃，兩兄妹有說有笑走著跑著，不多久走完領獎，阿公繼續走完八圈也沒有糖吃。

三十日小青蛙不見了！我早上七點起床看見小春的房門打開著，卻沒有看見人，心想兩天未出門的孩子可能要帶出去放電。八點半吃完飯發信息問春媽在哪裡？她回說在後湖海濱公園玩水了，我們十點在銀行辦完事就去查崗，果然看見小青穿上泳衣和小春坐在室外淋浴水龍頭底下享受涼水噴灑的樂趣，她們玩的是淡水而不是海水，在公園裡也不是在沙灘上，春媽站在太陽底下她們的身邊雙手舉著兩把雨傘為她們遮陽，真是太有創意了！全金門找不到第二個媽媽會這麼做了。整個海濱公園樹蔭下有看見兩三個人，太陽底下卻是只有她們仨，那是絕無僅有的，午飯她們不回家吃，我們在陽光下待上十分鐘就撤了。

回程時順路彎進後湖村子裡看一下老同學許丕坦，客廳裡有冷氣夫妻倆照顧小孫子很愜意，皮蛋嫂早上去沙灘挖沙歲／小蛤蠣，送給我們一袋子回家煎炒或煮湯都是好東西，坐了半小時告辭。再彎到另一個同學許寬家裡，剛從台灣回來兩天，看到他的雙親大人九十多歲，身體和精神都很好，令人好欽佩，他們家客廳沒有冷氣，只有兩台電風扇吹著，半個小時後我們告辭回家。

春媽說下午會在社福館待到五點才回來，阿公趕在之前兩三分鐘騎車到達社福館前遇上，兩個小孩都想要我載回家，上回載過小春今天就改成小青，她站上踏板雙手乖乖扶著車把一會兒到家。等春媽回家吃過飯趕在六點之前，我先給郭海燕老師送去一盒六個韭菜盒子一盒十六個餃子，再給陳道實醫師送去三盒各六個韭菜盒子三盒各十六個餃子，請陳醫師他們三位同仁品嘗北方麵食。之後我們照舊拉著小青去溜滑梯走運動場，春媽在家刷碗倒垃圾完事。

七月一號吃完早餐春媽又帶著孩子出門安排活動，中午在外面吃飯，下午才回家。她的家教方式接近我的想法「寓教於樂」，而且做得比我更好，她花在孩子身上的時間及精力，比我當年帶四個孩子至少多十倍以上，自然是特別辛苦，難怪青春兄妹的教養這麼好！

早上十點老同事、好朋友劉海勇來泡茶，隨便聊一聊，坐了一小時回家。下午四點丈母娘辦理出院，住院治療告一段落，回家調養一段時間，住院開刀治療前後共計十天，手術成功復原迅速，超出大家事先的預期。內弟結帳總計小五萬七千元，我媳婦和哥哥及弟弟平攤，一家一萬九千元把剩餘的一千元交給老娘當零花錢用正好，我們也算出了一份心力。而且我在五天前把寫好的那一篇《千里探視丈母娘》用簡體字傳給家人們看過，讓大夥知道老人家這一回生病的治療過程。四個姐姐的五個孩子每個人拿出二千元孝敬姥姥，哥哥和大家商議這一萬元不拿去支付醫療費，留在姥姥手裡使用比較方便，也獲得大家的同意。

五點小春回到家，立馬就能上桌吃姥姥精心準備的可口晚餐，吃完飯我們拉著小青去溜滑梯走運動場，小春還在桌上磨洋工。阿公走了幾圈春媽和小春才來報到，春媽還是用獎勵的方法讓孩子走完一圈可以吃軟糖，阿公仍舊沒份，也要走完八圈才能回家。

七月二日早上起床我照舊做完運動後，隔壁房間兩個小孫子就走進房內，像昨天一樣爬上臥床當成蹦床那般彈跳，他們的蹦床功夫真是有兩把刷子。跳了好一會下樓吃完早餐，春媽就帶著他們出去活動，節目排滿滿，午飯及晚餐都不回家吃。

十點我應約到老同學、老同事徐明才家裡喫茶喝酒，劉海勇已經先我一步就座，桌上有一盒滷味、一盒炸魚片、一盒炸鹹粿、一盤芭樂、一盤豬頭皮，甚是豐盛，每人一杯茶一罐台灣啤酒。三個老同事、老朋友天南海北隨興聊起來，邊吃喝邊聊天，不亦樂乎，人間有味是清歡，不正是如此嗎？明才說我談到人生一站有一站的風景，且行且欣賞，路越走越長遠，說的有理。

我對明才說「今天再次聽你說我是不食人間煙火，我才明白你所說的含義。上一次好像是在我家喝茶時候說過一次，我還以為你是說我身上仙氣飄飄，仙界中人，不明其所以然。直到今天你再度提起不食人間煙火，我終於明白原來你指的是在工作上的升遷狀態，我與世無爭，走自己的路，因此詳細解說我的電信特考過程晚你一步，晚別人二步，所以從無此想。只是我也沒有想到後來我會普考及格，再過幾年又空大畢業，我也不當一回事，還是沒有想過升遷的事。看見別人升遷不順利的痛苦，我很慶幸自己的選擇，而且劉海勇他也沒有升遷的念頭，頂多就是外調而已」。轉眼已過十二點，我先告辭回家吃媳婦的飯菜囉！

我們倆吃完飯倒過垃圾，到運動場走完八圈回家剛好八點，本想打電話詢問春媽在哪家餐廳吃飯？進屋前看見燈光點亮，知道已經回家，一會兒給孩子洗完澡下樓跟姥姥及阿公說晚安了，還要抱一下、kiss一下，春媽說是七點半到家的，在文化局北面的餐廳吃飯，姥姥說回來就好，早點休息。

三號一早醒來我跟媳婦說，今天是個好日子，心想的事兒都能成，她一時還反應不過來，等我再說聽見窗外的喜鵲叫喳喳，她一聽這句通關密語，二話不說立馬掀起枕頭拿出一沓子紅通通的毛爺爺，笑嘻嘻地說這個我喜歡、這是我的最愛。開心就好，雖然只是生活中的一點小確幸而已。當我做完運動下樓時，已經坐在椅子上的小青大聲喊著「阿公，吃飯了」，哈……哈……討人喜歡，真是我們家的開心果。

午休到下午三點，春媽又領著一對子女出門去活動了，晚上不回家吃飯。我們老兩口吃過飯到運動場走完八圈，七點半回到門口就看見屋裡亮著燈，知道孩子回家了，進屋後聽見在樓上洗澡呢，回來就好。一會兒洗完澡下樓來跟姥姥、阿公說晚安，再抱一下親一個，卻不肯上樓休息，跟媽媽說要吃布丁、吃蛋糕。小青吃完一個布丁不夠，還要再吃一個，姥姥以為小青打不開冰箱就跟她說，布丁在冰箱裏面妳自己去開門，誰知小青一隻手就把門打開了，真是厲害！四年前小春也是二歲，對這個布丁也是饞得不行了，但是打不開冰箱門，只能跟在姥姥屁股後面念叨著，吃布丁呀……吃布丁，求著姥姥。沒想到四年後的小青也是二歲，居然就能打開冰箱門，真是長江後浪推前浪，後生可畏啊！

四日姥姥說每天早上小青一下樓就到廚房找她要奶奶喝，姥姥會把冰箱的鮮乳裝在一百二十西西的奶瓶裡交給她，不用再加熱，她拿了奶瓶就躺到沙發上或床墊上，咕嘟……咕嘟不到一分鐘就喝完，然後把奶瓶還給姥姥說「妹妹喝完了」。現在姥姥每天精心伺候兩位小祖宗妥妥的，就怕飯菜不合吃，就怕飯量吃得少，一心要給他們養膘催肥。早上我下樓吃飯，看著小青又要吃布丁，我說可以啊，妳自己去開冰箱，她立馬走到冰箱門的左側一手去推那門，輕易的推開了，好厲害的臂力。春媽吃完早飯又帶著孩子出門活動，中午在外頭吃飯，晚上才回來吃姥姥的南瓜黃麵。

我記得六月二十二日我們飛越二千公里到山東探視住院開刀的丈母娘，夜裡十一點住在弟弟家裡才能吃上午飯加晚飯，第二天早上媳婦起床做早餐才發現新房子居然沒有冰箱，可想而知那會很不方便的，我就開玩笑的跟她說那麼妳就買一台冰箱送給弟弟吧！她笑一笑也不吱聲。不承想當天晚上五點，弟弟就買了一台冰箱進來啟用，這下子居家生活就方便了。

我對媳婦說妳看就是這麼巧！早上我跟妳說弟弟家裡沒有冰箱，讓妳買一台送給他，妳看現在已經送上門，太給力了！第三天下午二點半丈母娘的手術成功由加護病房／重症監護室轉到普通病房，晚上我們就決定撤了，第二天凌晨四點半出門搭車前往機場坐七點半班機飛往廈門再轉金門。所以今天我重提往事，問明弟弟買的冰箱三千四百元，由我轉帳到他帳號裡報銷，他中午收款後回信說謝謝姐夫。

下午四點半春媽回家了，孩子在客廳盡情的追跑歡叫，姥姥準時喊吃飯了，正好大孫子許瑞哲來拿一張單子，阿公就留他一起吃個南瓜麵，順便幫我們推銷晚飯，飯後再泡一壺茶消食，六點他有事離開。我們仍舊拉著小青去溜滑梯再到運動場，等春媽倒完垃圾帶著小春和我們會合，孩子奔著有軟糖的獎賞，歡快地走著跑了一圈，開心的吃著乖乖，阿公走完八圈什麼也沒有。

五號早上我下樓時大家都已經坐上餐桌開飯了，我是最後一個就坐，先到先吃也不必等誰。等小青下桌後，我跟她說妳開冰箱給阿公看，她走到冰箱門的左側右手用力去推那門，一下就推開了，她的臂力真厲害，阿公看完很滿意。兄妹倆在客廳又跑又追玩得很開心，小春從來不會欺負妹妹，反而是小青有時候會欺負哥哥，人家說大欺小不得了，小欺大真偉大，她把哥哥欺負哭了，還會跑到媽媽面前說是哥哥哭哭、哥哥生氣了，好像不是她的錯。媽媽知道是她的緣故，叫她去跟哥哥道歉，她就會走到哥哥面前說，對不起。春媽準備好了就領著他們去廟口遊樂場玩耍，那裏距離巷子口的溜滑梯只有一百米。

十點半我邀請老同事李生耀來喝茶一小時，兩個人純喫茶配油炸的山東大花生，清談輕鬆愉快，我拿出一張廈門敬老卡給他觀看，在廈門坐公車和地鐵都免費。說起緣由是他提起辦卡和使用情形，我在上個月去廈門辦事順便申請，一周後順利拿到手，也該謝謝他。日近中午小青回家興沖沖跑來跟我說聲「嗨……阿公」就上樓去洗澡，我便留生耀一起吃午飯，他說不了，老婆在家做飯他必須回家吃飯，下個月老婆光榮退休，趕在退休之前把休假請完，這個月大都在營休假，我說原來如此，這是她應享的權利。

小青在家午睡，二點之前春媽帶著小春去金寧圖書館參加「注音符號正音班」第一天上課，小學員限額三十名，一個月內每周上四天，每天上二小時。小春自小是雙語教學和爸爸說英文，與媽媽講中文，他的中文發音標準，字正腔圓，小青也學得很好，現在上正音班肯定會很有助益。晚飯後照樣溜滑梯走運動場，在春媽的獎賞軟糖之下，兄妹倆今晚開心地連跑帶走了二圈，阿公沒有獎賞照樣走八圈。

晚上九點我上樓休息時，看見小兄妹房間亮著燈說著話，我就說了一聲「嗨……小春，嗨……小青」，聽見阿公的聲音一會兒兩個人雙雙衝進姥姥的房間來玩，上竄下跳的把臥床當成蹦床跳得可歡了，這是他們倆在美國練就的拿手好戲，阿公和姥姥只能當作誠實的觀眾。小青喜歡模仿小春的一舉一動，專心致志一學就會，她是小春的小跟班和跟屁蟲，小春不但是她的玩伴更是她的小老師。小青高興的時候哈哈大笑，不高興時就哇哇大哭，表情的轉化說變就變，完全表現在她的臉上及聲音。兩個人又是歡笑聲又是尖叫聲不停，差點沒把蹦床跳垮了，玩了半個小時直到春媽喊他們回去睡覺才肯離開。

六日是美國孫子和孫女回來金門一個月的日子，一早吃飯前我先給一對寶貝量一下體重，小春二十一公斤漲了一公斤，小青十四公斤沒有漲，前幾天中午飯後小春是二十二公斤，小青十五公斤，小春身高一百二十公分，小青九十公分，這個成績姥姥還能接受，會繼續給他們好好調配飲食。中午小青在家睡覺，春媽在二點之前帶著小春去正音班上課，四點下課。

我連續四天往我媳婦大連建行的帳戶用台幣匯款人民幣各二萬元，當天下午能到帳，第二天中午便能入帳，就能支領或轉帳。可是第五天阿樸也有一筆二萬元匯入媳婦帳戶，之前他也曾匯入過二次都很順利，可是這一次在前天到帳卻不能在昨天中午入帳因此打電話詢問銀行，對方說需要受款人提供親屬証明或身分證明。昨天我們就把相關証明拍照傳送給溫馨，讓她打印出來今天中午送到銀行審查，誰知銀行卻突然改提要我們出具匯款用途証明，真是令人措手不及。幸好溫馨當場反映說她姥姥開刀住院十天的醫療費用單據是否可行？銀行說可以的，媳婦即刻讓她哥哥拍照傳送過來再轉給溫馨，提交之後立馬過關入帳，溫馨不愧是老爸的左膀右臂，反應靈活。

飯後我們倆照舊帶著小青溜滑梯再到運動場，等春媽領著小春倒完垃圾也來會合，在軟糖的獎賞之下兩兄妹連跑帶走了二圈，隨後小春在跑道上遇見一位獨跑的小朋友，兩個人結伴邊跑邊聊同跑三圈。

春媽就過去和小朋友的家長打招呼，是奶奶帶他來運動場的，名叫唐睿廷，原來是我們家前面第一排老朋友唐敏志的孫子，我家是第三排，他奶奶認識我的，是熟人又是鄰居，旁邊另一位老鄰居是楊添財的太太。家長看他們有緣相會又是同齡，秋天開學都要唸一年級了，相約明天晚上同來跑步。

七號早上起床晚了一點，下樓時孩子們都出門了，姥姥說春媽要去外面吃早餐，中午不回來吃飯，等小春下午下課才回家。正好我們倆趁空去看望一下老大哥鄭明福、叢世娟伉儷，自從四月中旬回來還沒跟鄭大哥見過面呢！十點我們帶上三塊滷好的豬頭肉出發，這是昨天買的一整副豬頭肉，我們留下一塊，十分鐘後到達叢大姐住家，鄭大哥前腳剛到，真是趕了一個巧，我們就在屋前陰影下坐著吹風好涼快，哥倆好天南海北隨興聊著天好輕鬆。門前擺著一些剛摘下來叢姐自己種的青菜，都是要送給我們的，坐了一個小時後告辭，我們便滿載而歸，改天後會有期了。

下午四點老同學許寬來訪，送我二桶健康水，真是太有愛心了，剛開門時見到後門的鄰居許換生，趕緊邀請進來喝茶聊天，三人談了半個多小時後散場，我也回送許寬一盒豬頭肉，聊表謝意，士農工商各回各家。一會兒孩子回家，姥姥準時喊吃飯，一起上桌幹飯，人多吃飯就是香。

飯後我們倆照舊帶著小青溜滑梯，溜著……溜著……小青出了一個點子，要姥姥跟在她後面溜滑梯，不依她還不行，姥姥只好順著她走上去溜一下，這下子把她高興壞了，樂得她哈哈笑。然後喊著姥姥一遍一遍的溜，她自己更得勁了，還會指揮我說，阿公不要看手機。我問她說是不是住在海邊的？管得那麼寬！溜夠了要拉她走去運動場她不肯，還要姥姥揹著她，可把姥姥累得夠嗆！七點正小朋友唐睿廷來到運動場，一分鐘後小春和春媽一起到達，兩個新玩伴相見立馬一起邊跑邊聊，好不愜意哦！我們走完八圈看見睿廷的父母親，才知道小春大他三個月，兩個小夥伴跑了三圈滿頭大汗才停下來喝水。

八日吃過早餐春媽又帶著孩子出門活動，十一點發信息說「我們在圖書館聽故事時，遇到睿廷的媽媽，原來她在圖書館樓上／文化局上班，下午二點圖書館有活動，睿廷也會來」。我說哈……哈……那真是趕巧了，兩個小伙伴還挺有緣的。四點之後我騎車到社福館外面載小春回來，再過去載小青回家，兩個孩子都開心了。我問小春說下午有沒有跟睿廷一起玩？他說是一點點。

飯後照舊帶著小青溜滑梯，她仍舊對我喊著說，阿公不要看手機。我問她是不是住在海邊？管得那麼寬！完了要拉她走去運動場她不肯，一定要姥姥揹著她才肯。七點之前春媽和小春來到運動場，有軟糖的獎勵小春如脫韁之馬獨自跑了一圈，領獎之後一會兒睿廷方才出現。兩個小夥伴一碰面嘰嘰喳喳說個不停，晚上兩人不跑也不走，就在階梯上下爬個不停，我們在遠處只聽見他們的叫喊聲、笑鬧聲，玩得開心就好。我們走完八圈收隊回家洗澡，沒多久她們三人也回來洗澡。

九號吃過早飯春媽又帶著孩子出門活動，上午在圖書館聽老師說故事，下午去後湖海濱公園玩水，在外面吃過晚飯才回家。看到春媽頂著大太陽毫不偷懶的帶孩子出去，用手推車推著小的跟著大的一路步行到車站坐公車，或徒步半小時左右到圖書館、社福館玩耍和學習，這份精神及犧牲，令我不得不佩服。她對孩子付出的心力是我當年對孩子付出的十倍，同時她得到的收穫及回報也是我的十倍，因為她把孩子養得好教得更好！兩個孩子相差四歲，大的四年前回來金門如同小的今年回來也是二歲，我們家的溫馨姑娘當時專程遠從千里之外飛來擁抱小春，當面看見他的漂亮、聰明、可愛，直呼他是「完美小孩」。

只可惜今年沒有開放大陸自由行／個人遊，因此她過不了廈門到金門這一衣帶水的路程，叫她著急得都不行了，卻又無可奈何啊。過完暑假小春回美國要讀小學一年級了，春媽的宗旨是家庭教育排在首要，學前教育排在第二，落實在各種的生活中、機會中，採取的做法是最有效的「寓教於樂」，從遊戲中玩耍中遵守規則、學習技能。實施家教從來不打不罵，小春如果做錯事說錯話，會當面給他指出錯誤所在，要他知錯要他改正要他道歉，不改正不道歉就不能過關不能逃避，直到改正或道歉才能做別的事，小青也是一樣，沒有任何優待，哇哇大哭也不管用。小春上完正音課晚上都要給他復習一遍，然後看著他自己閱讀英文書本朗誦出聲，讀得很不錯。

但是，中午春媽來信息說阿如下午三點半要載她們去小金門玩，不回來吃晚飯，我們七點半去運動場走八圈碰見睿廷和她媽媽，跟他說小春去小金門還沒有回家，他媽說睿廷的爸爸叫唐育璞，比春媽大一歲，從台灣回來金門接手他們家的傢俱行，睿廷走完二圈就回家了，沒有遇見小伙伴有些許失望。我們回家好一會兒，春媽和孩子才回來洗澡休息。

十日早上八點我單獨出門要搭九點的頭班船前往廈門五通碼頭，找櫃台的小曾取回上個月末我姑娘從大連郵來的一些小米及花生，九點五十我一馬當先完成入境通關到達櫃台，請她代購十點半第二班開往金門的船票，並取走我的快遞。小曾聽我說專程來一趟碼頭拿東西，跟我說何必這麼辛苦？大熱天的在太陽底下跑這一趟不划算，只要通知她一聲，她就會安排跑單幫的帶過去，只需付出一點點路費就行了。我想一想她說的也對，不過跑一趟也不費事，因為這些物品佔用她寶貴的櫃台空間，不好意思寄放太久時間，應該盡快拿走才是。

本來七月初就該取走，只是因為剛剛放暑假，是旅遊的尖峰期，旅客烏泱烏泱的，我雅不願意擠在那裏頭，心想退後十天八天再走這一趟。盛暑酷夏之下，在火燒火燎的大熱天出門，尤其是出入國境，真的不是一件輕鬆的事。回到涼爽的家十一點半，春媽帶孩子去後湖海邊玩水，帶些乾糧在外邊野餐，中午一點回家午休，我早上出門孩子還沒下樓，現在回來我先抱他們一下。

晚飯後我們仍舊帶小青去溜滑梯，那裏有十來個小朋友在玩，小青不愛跟別人玩，專挑沒人的地方自己玩，完了姥姥揹起小肥豬到達運動場玩耍。六點四十睿廷和他奶奶進入運動場，看不見新玩伴小春，他也不跑步，就和小青一起玩。七點小春和春媽進場，小春興高采烈地跑完一圈，誰知睿廷也不加入和他跑步，小春便和小青及睿廷三個人在階梯上跑上跑下嬉戲，春媽給他們帶來三個彩色小球，一人一個站在梯子上往下擲，看誰丟得最遠。睿廷說他爸爸叫做唐老鴨，他自己叫糖果，哈……哈……聽他說起父子的綽號挺好玩的。七點半我們走完八圈回家洗澡，半小時後他們才盡興而歸，洗完澡就下樓跟姥姥、阿公說晚安，還要抱一下、親一個才上樓睡覺。

十一號早上春媽去診所，兩兄妹在營休假交給姥姥帶班，我騎車去後湖看許不坦，謝謝他們前幾天送我好多沙蔵/小蛤蠣，順便回送他們一包新疆紅棗，聊表謝意。離開後彎到許寬家裡送還他的兩個空桶，前些天他送過來的兩桶健康水，每桶五千西西，我們家喝水泡茶用的很多，三天就喝光，他又送給我兩桶帶回家，非常感謝。回到家看見春媽在家，一會吃過午飯，燦坤送貨到家了，是一個空氣炸鍋。

原來是端午節，春媽和阿樸及欣怡去採購三樣電器產品，高壓鍋及吸塵器當天就拿回家，但是空氣炸鍋缺貨，訂購之後三周才能送貨，這三樣電器都是好東西，是居家的好幫手，正符合工欲善其事，必先利其器的道理，更是姥姥廚房幹活的一大利多。

中午姥姥陪小青午睡，二點之前春媽騎車載小春去上正音班，四點下課回來之前，小青已經睡醒下樓，兄妹倆玩一會兒就開飯。吃過飯我們倆帶著小青去溜滑梯完了進場，六點五十睿廷和他奶奶入場，五分鐘後小春和春媽到場，三個小朋友在階梯跑上跑下扔球玩耍，好不興高采烈，還跑到後邊觀眾席上丟球。小青在軟糖的獎勵之下走了一圈，睿廷和小春一起跑了一圈，阿公走完八圈便帶姥姥七點半先回家，春媽她們半小時後收隊。八點半兩兄妹洗完澡就下樓跟阿公和姥姥說晚安，還要抱一下、親一個再上樓睡覺。

十二日吃完早餐稍事休息，春媽帶著青春兄妹去巷子口樹蔭底下溜滑梯，回來就能上桌幹飯了。飯後姥姥陪小青午睡，春媽一點半要去牙科診所修理牙齒好幾個小時，讓阿如在二點之前帶小春去上正音班，四點下課後送回家，這是兵分三路，齊頭並進了。

小青下樓不久小春就回來了，兩兄妹玩在一起相安無事，姥姥準備晚餐不必分心，一會兒準時開飯，五點半春媽歷經四個小時的戰役後凱旋榮歸。但是，由於修牙工程浩大，晚飯也不能吃，應該另外準備一些流體的食物。飯後我們帶上小青去溜滑梯之後進場，六點五十睿廷和他奶奶、小春和春媽同時入場，三個小朋友照樣在階梯跑上跑下扔球玩耍。在軟糖的獎勵之下，睿廷、小春、小青一起跑了二圈，阿公走完八圈便帶姥姥七點半收隊，先去買一瓶糙米漿給春媽食用，春媽她們半小時後才回家。

十三號吃過早餐不久，春媽帶著孩子出門，中午不回來吃飯，太陽底下步行真是辛苦母子三人了！下午春媽告訴我說「昨天我裝了三顆牙套、補了一個小蛀牙、植了一顆牙，浩大工程，躺了四個小時，圓滿完成。謝謝阿公、小魏姊和阿如幫忙照顧小春、小青，要不然完成不了這項艱巨的任務」。我認為一家人相互照顧本來就是理所當然，何況各人分攤一點，責任也不重，何須言謝呢？

四點小春下課就搭公車回來，姥姥準時喊著開飯了，飯後我們照舊帶著小青去溜滑梯才進場，七點過後睿廷和他奶奶先到場，隨後小春和春媽入場，三個小朋友照樣在階梯跑上跑下扔球玩耍。在軟糖的獎勵之下，睿廷、小春、小青只跑了一圈，就去享受獎品，七點半阿公走完八圈便帶姥姥回家，春媽她們半小時之後才收隊。

十四日吃完早餐稍事休息，春媽帶著青春兄妹出門，午餐和晚飯都不回來吃，小春正音班下課後要去玩水，也不會去運動場活動了。晚飯過後丟完垃圾我們倆進入運動場走八圈，走到最後一圈看見睿廷同他奶奶進場，只走一圈自己一個人就走上階梯高處休息，沒有玩伴興致有些低落。七點半我們回家接到春媽發來信息說，她們在小金門新建的習山湖公園玩水，約好一台計程車八點半送她們回家，就是上周她們去過一次的公園，我說只要玩得開心就好。八點四十五她們回家，兩兄妹放電很給力，一進屋頭臉都是濕的，不知是汗水還是洗澡的水？春媽讓他們先跟姥姥及阿公說晚安、抱一下，要趕緊上樓洗澡休息，不會再下樓來。不承想，九點阿如的女兒許以潔和她同學來看阿姨和表弟妹，春媽就帶孩子下樓來見面，喝完一杯果汁小潔就回去了。

十五號早上診所林秀玲來信息說，我的抽血報告出來了，有空過去看報告，我心想趁著還沒吃早餐，不如在飯前去看順便量一下血糖，因為上周突然暴漲到156，我懷疑兇手是吃了二塊柿子餅，正好去印證一下。果然一量血糖131，又回到上個月的及格邊緣，量血壓110／70也是挺好的，總算讓我鬆了一口氣。陳道實醫師又叮嚀了一下，除了避開甜食及有糖份的食物外，也要減少澱粉類的食物，米飯及麵食應該減量，其他菜色可以增加，也就是主食減少副食加多。

下午二點半阿如來載小春去跟表哥表姐看電影，春媽隨後帶上小青出去逛街。我四點下樓邀請李生耀來泡茶，他爽快地應允，一會兒他就來到，兩個人喝茶配話，展望人生的未來，回首同事的過往，有些慶幸也有些警惕，在同一個單位工作長達四十多年，能夠愉快又安全的下莊，備感欣慰，人生夫復何求？五點半散會，準備晚餐了。小青和春媽已經回來，立刻上桌開動，吃完小春才回家，姥姥給他留了一些飯菜，肯定不會餓著他。飯後我們拉著小青去溜滑梯再入場，我走完三圈春媽帶著小春進場，小春單獨走完一圈休息一下，八點母子三人先回家，我們倆走完八圈才收隊。坐下休息一會兩個孩子下樓，跟阿公及姥姥說晚安、親一個就上樓睡覺。

十六日早上我下樓比較晚，大家都快吃飽了，我上桌不久兩個孩子就下桌玩起來了，兩個兄妹真是哥倆好，天天玩在一起，妹妹小青是哥哥小春的小跟班，也是小青模仿的對象，小春會愛護妹妹，也會禮讓妹妹，是個小暖男。我想起小春玩的時候總會招呼妹妹說「妹妹，妳來」，小青一聽見呼喚立馬趨前聽候指揮，絕不推拖拉。我吃完下桌喝口水，隨興學小春的口氣說了一句「妹妹，妳來」，想不到小青立馬跑到我跟前講「我在和哥哥玩哪」，那意思是說讓阿公不要再喊她了，聰明的小可愛，這麼討人喜歡哪！難怪說孩子是開心果，或者說是解憂花，確實不錯。

兄妹倆玩了好一會，春媽就帶著他們出門去活動，中午不回來下午才回家，他們的節目還不少呢！五點過後他們回家，洗完手就上桌開飯了，飯後我們倆照樣帶上小青去溜滑梯，一出大門她像往常那般猶如脫韁之馬一口氣跑出五十米開外，害得姥姥趕忙小跑步才能追上她，真是個運動好苗子。

一進遊樂場沒有人在玩她就樂了說，沒有小朋友。她會怕生，不敢跟陌生小孩玩在一起，只能一個人獨自在沒人的角落玩耍。今天沒有別人在，她會玩遍每一樣項目，玩遍了還不過癮，叫姥姥跟在她後面一塊玩，沒跟上就一直喊著姥姥，現在拿姥姥當她的玩伴了，這隻美國牛比那隻小公雞還有個性，玩夠了才肯進場。七點過後小春和春媽到場，兩人走完一圈就休息，半小時後先回家，我走完八圈再跟姥姥一起收隊，孩子洗完澡下樓來說晚安、抱一下，才上樓去睡覺。

十七號早上吃飯時，春媽說她訂好七月二十八日金門飛台北中午十二點半的機票，逗留一周後八月五號晚上八點飛往美國，我說那就好，時間都很寬裕。另外，我說妳這一回修牙齒大工程得花不少錢，老爸給妳贊助一些費用，就遞給她一個紅包，她也高興的收下了。

吃完後我出去買點東西回來，大家都吃飽了，小青一眼看見我進門就喊著說，阿公，錢……錢……，我知道她是要我給她零錢的硬幣養小豬，我就掏出一把硬幣分成二份，兄妹各一份，兩個孩子都開心地去餵豬。他們回來不幾天，春媽就給他們買了二個塑膠撲滿的小豬，從此兄妹倆就愛上養豬了，每次我一回家，總有人對我喊著說，阿公，錢……錢……，我也都會拿出二份零錢給他們。起初各人養各人的小豬，後來小春就叫小青一起養哥哥的小豬，小青也樂意，這下子此消彼長就看出變化了，小青的豬只有二成的量，小春的豬達到八成的量了。

今天早上兩兄妹在營休假，午休到下午四點下樓，娘兒仨出去轉了一小會，準點回來吃晚飯。飯後小青就在喊，阿公，溜滑梯，阿公能不去嗎？姥姥緊跟在小青後面出門，小春也走在一塊，到達遊樂場沒有其他小朋友，兩兄妹這是第二次同台競技，小青特別來勁。玩了半個小時姥姥帶他們回家，她說阿如要開車來接他們去小金門走金門大橋看一看夜景，我說那也不錯啊。送回家之後我們去運動場走八圈，七點過後看見睿廷和奶奶進場，看不見小夥伴他獨自一人就坐在梯子最高處休息，我便告訴他小春晚上又去小金門了。剛回到家許寬送來二桶健康水，非常感謝他，我媳婦拿了一包桂圓乾回送他，請他進來坐一下也不肯，他說還有事就走了。八點小春回家，春媽立刻帶他們上樓去洗澡了。

十八日上午是下雨天涼快了許多，小朋友吃完早飯後卻只能待在家裡玩耍，反正家裡開冷氣也是很舒適。在樓下玩過好一會，孩子就上樓去，春媽下樓我問她怎麼那麼安靜呢？她說交給電子保母可以確保寧靜，現代孩子都是平板兒童／電視兒童，只要打開平板電腦，一定是鴉雀無聲，不吵不鬧。我有時候也看見兩兄妹在樓下一人一台平板，小的看卡通片／動畫片，大的看電動遊戲片／電玩片，全神貫注心無旁騖，我坐在他們身旁喊名字，沒有人會抬起頭來看一眼，真是專心致志，學習楷模。中午雨停了，大夥吃飽就午休，一點半春媽帶小春騎車去上課，四點下課才回來，晚餐準點開飯。

上個月初小春剛回來那幾天，春媽帶孩子上街買東西走到哪裡都受到老闆的歡迎，老闆娘還會拿個棒棒糖送他們。有一次藥局的老闆送給他們軟糖，以前從來沒有吃過，可這一吃就上癮了，把他們的饞蟲勾起來，天天吵著媽媽要吃糖糖，春媽只好去買了一桶乖乖軟糖按數量一個兩個給著吃。吃完一桶還吵著要吃，又去買二包補充包軟糖，可是孩子已經饞得停不下來了，阿公又去買一桶加上二包來滿足他們的喜好。飯後我們照舊帶小青溜滑梯再進場，七點過後小春和春媽也入場，他們走完一圈就撤了，要去總兵署觀賞，半小時後我們走完八圈收隊，小青她們仨直到八點半才回家。

十九號早上八點之前我下樓時，春媽拉著小青的小手也跟在我後面下樓，只見小青走到廚房對姥姥說，姥姥，奶奶。姥姥知道她要什麼，立馬從冰箱拿出鮮乳裝在她的奶瓶裡一百二十西西給她，拿起奶瓶她就躺到地上鋪的墊子上好比吸大菸一般咕嘟……咕嘟……喝起來。這是她每天早上的頭等大事，舒舒服服躺著一兩分鐘一口氣吸完奶，再把奶瓶拿給姥姥。一會兒我們上桌吃飯，她也照樣上桌坐上她的專屬座椅吃起早餐，胃口很好。飯後兄妹倆上樓玩一會兒，春媽就帶他們出門要去沙美新的公園晚耍，中午不回來，下午等小春下課才回家。

十一點叢世娟大姐來訪，原來是順路給我們送來一些她自己種的青菜，非常感謝她，在院子裡把菜拿給媳婦就走了，也沒有進屋來坐一下說說話。晚餐準點開飯，吃完飯不久小青就喊著，姥姥，溜滑梯。這下子她帶頭領著姥姥及阿公出去玩，她可開心了，自己一個人爬上滑下的，等她玩夠了姥姥就揹起她進場。不到七點春媽和小春也入場，兩兄妹就在跑道邊玩耍，不過十分鐘他們就回家了，阿公繼續走完八圈才收隊。

人說會吵的孩子有糖吃，這句話大多數會成立，因為父母想要制止孩子的吵鬧有多種手段，如果針對吵鬧的原因從源頭對症下藥解決那是最佳方案，但是，如果不明究裡、沒有時間、沒有興趣了解緣由的話，打罵或喝斥或者給糖也是一個常用的手段。其實，孩子除了用吵鬧拿到糖吃以外，也常用一種拿或偷的方式達到吃糖的目的。二十日早餐之後，大人忙著各自的事情，兩個孩子在樓下玩得不亦樂乎，大家各安其位相安無事。一會兒春媽上樓忙活去了，小春拉著小青輕聲說要吃糖，小青立馬輕聲細語回應著，只見小春伸手把櫃子上的乖乖桶拿下來，兄妹倆躲到飯桌底下打開桶蓋取出幾個軟糖來分，哥哥還對妹妹豎起食指來噓……一下，然後撕開軟糖包裝紙遞給小青吃，再把桶子蓋好放回原位，這一幕偷糖吃真是天衣無縫，輕車熟路。

哥倆好吃過軟糖，春媽下樓就帶他們出去，中午不回來吃飯，下午等小春下課才回家。孩子一到家正好是開飯時間，飯後小青就等不及了，喊著溜滑梯，姥姥叫阿公穿鞋子出門囉，小春也說要去，走到遊樂場兩兄妹同台競技，那可是玩得不亦樂乎！玩夠了我們要轉去運動場，小春卻要單獨回家，便讓他自行回去，我們去走路好一會，春媽來帶小青回家，七點半我們走完八圈收隊，孩子已經洗完澡了。

二十一號愛吃糖的孩子今天升級了，吃過早飯他們看到春媽在廚房忙活著，哥哥就伸手從櫃子上拿下乖乖桶，打開蓋子拿出幾個軟糖跟妹妹分享，還幫妹妹撕開包裝紙，兄妹倆吃得可香了。吃完了也不把桶子歸位，妹妹就把乖乖桶拉到廚房外，好像是故意要讓春媽看個明白。

今年春天姥姥在大連為兩個孩子挑選衣服時，知道六歲的小春身長一百二十公分身材瘦長、二歲的小青身長九十公分身材壯實，小青就刻意放大到五歲的尺寸，結果他們回來一穿大小都很合適，小青稍微長一些但是撐得很飽滿。上個月剛回來小青只會說中文二個字到三個字，一個月後進步神速，能說六到七個字，她的學習能力及反應能力超乎我們的想像之外，也能達到五歲的程度了，真的是後生可畏。

等到春媽忙完之後就帶他們出去，中午不回家吃飯，下午小春下課後還要去後湖海濱公園玩水，也不回來吃晚飯。

十一點叢世娟大姐繼前天之後來訪，又送給我們一些她自個種的青菜，真的好感謝她，再三敦請她進屋來坐一下喝杯水。她說明天要跟老公帶上兒子孫子去廈門玩兩天，但是她當天晚上要先回來，不在廈門過夜，嘮嗑半小時叢姐才告辭，相約後會有期。飯後我倆走完八圈收隊孩子還沒回來，八點春媽來信息說她們已經回到金城，要在街上逛一逛才回家。九點半他們回來，小春第一個進門，立馬癱在沙發上說，我好累，小青第二個進屋，沒精打采的樣子，等春媽進來立即帶孩子上樓去洗澡。

二十二日早飯過後春媽帶上二對孩子到巷子口溜滑梯，釋放一部份電力，下午和晚上再釋放一部份電力，晚上倒頭就能入睡，省卻多少事。玩夠了回來不久就吃中飯和午休，四點下樓後我跟春媽說待會去莒光樓給孩子拍幾張照片，一則留下美好的回憶，一則預備將來如果我的書拿到大陸用簡體字重新出版的話，有些書本封面要改用青春兄妹的照片。半小時後我們騎機車分兩批送到莒光樓前，全部拍了九張照片，艷陽高照之下，小模特兒有些不適應，只能說意思到了就好。

我媳婦下午做一些麵食要跟親友分享，五點半剛剛出鍋，約好的外甥女黃金燕準時來到，跟她分享一盒六個韭菜盒子一盒十六個餃子，她趁熱拿回家嘗試，這是第一次與她分享。隨後送給她哥哥黃志琳也是一盒六個韭菜盒子一盒十六個餃子，他們夫妻都喜歡麵食。最後是跟後門的許換生分享一盒六個韭菜盒子一盒十六個餃子，皆大歡喜。因為春媽晚上不回來吃飯，媳婦才有時間騰出手做一些麵食來分享。黃金燕拿回家不到五分鐘來信息說，真是太美味了，這餃子的味道和我公公包得好像喔，我公公是山東人，謝謝大舅和小魏姐。我說小魏姐也是山東人，她做的麵食可是正宗的北方口味，都是山東老鄉，手藝肯定差不了。晚上八點，孩子開心地回家，便上樓去洗澡。

二十三號早餐之後春媽說要我騎車送她們就近到湖下的親子館去，我說那還不簡單嗎？距離只有三公里而已。先載她和小青按著電子地圖找到村子裡，原來是在村公所／村委會的二樓，回來又載一趟小春過去會合。我跟春媽說什麼時候妳們要回來再給我電話就行，她說不用了，她們離開後就近坐公車要去小金門溜覽一番，中午在外面吃過飯才回家，我說那都行。中午一點半孩子回來，上樓午休到四點再下樓。吃晚飯時小春說，姥姥妳好棒，可把姥姥開心得樂呵呵的。我跟小青說，姥姥妳好棒、哥哥你好棒，不承想她聽完就對我說，阿公你好棒，呵……呵……這孩子太聰明了，還會舉一反三呢，真是後生可畏！

飯後六點我們倆決定去看一下小金門的習山湖公園，春媽帶孩子去過兩三次了，騎機車走上六公里長的金門大橋，由於橋上風大必須特別小心，汽車不受妨礙但是機車影響很大，冬天吹的北風強勁更不適合機車通行。行前問一下春媽公園的方位，心裡大致有譜，果然通過勝利門之後沿著羅厝往前二公里抵達，道路右側是習山湖左側是公園，這是我生平第一次到達此地。我一看公園連著一灣海水好像後湖海濱公園，記得二十多年前小金門有一處東崗海水浴場，大概就是這地方了。停留半個小時正要離開時，巧遇東林的老大哥鄭興國，打過招呼之後我請問他此地是不是以前的海水浴場？他說沒錯，這裡就是東崗，除了修建一些公園遊樂設施之外，還是海水浴場的所在，交談一會我們便告辭返回大金門，回到家七點。

二十四日吃完早餐不多久春媽又帶隊出門，午餐和晚飯都不回來，我們兩個老人家吃飯都沒有什麼胃口，隨便對付一口得了。午休到三點半下樓媳婦開始忙活起來，跟叢世娟大姐約好五點做一些韭菜盒子送過去分享，四點的時候許寬送來一桶健康水就走，非常感謝他的仁義。五點我們準時到達叢姐門口，遇見一位老人家騎著機車從旁邊出來，我們相互點頭打招呼，不承想他一口喊出我的名字來，我趕緊下車摘下全罩式的安全帽，露出我的真面目，仔細打量對方，我說我是，但是不認識對方呀！然後他又說你老婆是大連來的，會做北方麵食，我馬上聯想起一個人來，我說你是陳義乞老師，我在二十多年前於我的二哥陳世宗家裡見過你一面，你今年高壽多少了？

他說沒錯，我今年九十歲，世宗是你的二哥？那時候古地城隍廟改建，你有來捐款。我說你是叢姐的乾爹，我們有聽她提起過你，今天就是給她送一些麵食來的，媳婦聽到這裡反應真快說，拿幾個韭菜盒子趁熱給陳老師分享一下，陳老師說拿兩個就好，媳婦拿出四個來說，多拿兩個吧。陳老師離開後，我們叫開叢姐家大門，先跟她通報了這一段，她聽完開心得笑呵呵。剛出鍋的韭菜盒子還有十個呢，另外未煮的餃子也有五十個，想吃幾個就煮幾個，然後叢姐又給我們好多她自己種的青菜，裝滿三個袋子，喝完冰水嘮嗑好一會，六點就告辭回家。八點當我們走完八圈離開運動場，一出來就聽見春媽在喊阿公，原來她們剛剛回來，兩個孩子開心地喊著姥姥、阿公，我們就一起回到我們舒適涼快的家。

二十五號早上八點半我們吃完早餐，我騎車先載送春媽和小青到金寧圖書館，後續載上小春前去會合，要參加小春正音班的成果展及結業式。九點主持人宣布開始，介紹金寧鄉公所在寒暑假舉辦注音符號正音班深受歡迎，往年一班招收三十位學前兒童，報名踴躍，今年增加為二班六十名，也是很快報名額滿。最後有請鄉長楊忠俊及鄉代會主席黃文欣致詞後，給五十多位結業小朋友頒發結業証書並逐一合照，還邀請家長及家人上台合照。主持人點名到最後一位是小春時，特別提到他是一位混血兒，從美國回來的，頓時受到在場眾多家長的注視。

二位任教老師致詞時，提起開這個班在於協助小朋友入讀小學時能夠避免輸在起跑線上，當學會了認識注音符號的發音後，就要多加練習閱讀書籍才不會遺忘掉，祝福小朋友入學以後學習輕鬆愉快。完了小朋友分成貓咪班及水果班上台表演一起唱跳的節目，小春分在水果班，他在全體成員中的身高及體型並無特別之處，可見得現在的小朋友成長和營養都很不錯，有幾個小女生個子比他高一點點，不是很多很多。小青看見哥哥在台上唱跳，她自己也在台下跟著唱跳，很會融入情境之中，十一點節目結束散會，期待後會有期，我分兩趟把孩子接回家。

杜蘇芮颱風預定明天深夜、後天清晨通過金門，小三通明後天的船班宣布停航，台金班機照常起飛。春媽下午二點去看牙齒拆線以及裝牙套一個小時完工，本月十二號下午去拔牙修牙花了四個小時，工程浩大，手術後十天的飲食大受影響，今天漸漸收尾了。飯後小青就在喊著溜滑梯，小春也要去，祖孫四個人去玩了個把小時，七點春媽便來帶回去洗澡。阿公帶上姥姥去運動場走完八圈，回到家他們都洗完澡等著說晚安了。

二十六日一早給小春量體重二十一公斤、身高一百二十公分，小青十四公斤、九十公分，與二十天前量的結果一樣。吃過早餐忙活完了春媽又帶著兄妹倆出去活動，說是趁著颱風今晚登陸之前帶他們出去放電，這樣也好，中午在外面吃飯。十點叢世娟大姐來訪，又送給我們一盒大紅袍茶葉，真是太感謝了，好東西總愛跟我們分享，這一次坐下喝茶嘮嗑一個小時，天南海北談話多開心，說到底同是東北老鄉，親不親故鄉人，談一談家鄉人事物，算是聊解鄉愁。本想留她一起吃午飯，但是她說要回去吃共餐的飯，那就不適合強留她了，等到下回再聚一聚。

中午一點飯後媳婦說要趕在康是美促銷活動在明天截止之前，搶先採購一些用品，兩人騎車出門立馬感受到氣候的變化，氣壓低呼吸難受、迎面吹來的熱風灼人，這是典型的颱風天氣，我知道這是杜蘇芮颱風的外環氣流已經到達。另外，看見路上每一個路口都有警察佇立，人車稀少，是在列隊歡迎我們嗎？等到進入店內，除了三位店員在理貨外，沒有其他顧客了，店員開口就說一點半要實施萬安防空演習，路上人車禁止行走，商店暫時關門停止營業，演習半小時。果然不一會警鐘鳴……嗚……長鳴起來，瞬間道路淨空不見一人一車，放眼望去真是，千山鳥飛絕，萬徑人蹤滅。這樣正好，我們倆就來一場關門大血拚，絕不手軟，當我們把店裡琳瑯滿目的貨品挑選夠了，正好警報解除，一聲長鳴響起，我倆就班師回朝。

三點半孩子回家就在樓下玩耍，一會兒姥姥下樓準備晚飯了，五點準時吃飯，吃完春媽說要帶他們出去溜滑梯，我心想去放電很好。這一回出去玩了一個多小時，將近八點才回來，好像兩兄妹放電不夠多，進屋之後又在樓下好一陣子追趕跑跳，真是一對精力充沛的哥倆好。

二十七號早上看見新聞金門宣布颱風來臨，上午上班下午停班停課，也就是放了半天的颱風假。吃完早餐春媽看著窗外艷陽高照、晴空萬里，笑著說這樣子像是颱風天嗎？雖然沒有強風暴雨的洗禮，但是低氣壓帶著灼熱的風卻是典型的颱風天氣呀！我吃完飯突然看見廚房多擺了一台新的電鍋，旁邊那一台舊的電鍋還很好用，就說沒有汰換的必要吧？媳婦說那是春媽昨天晚上買回來的，喔……原來是春媽添購的，難不成是她準備要帶回美國去嗎？然後她又帶著孩子在颱風天照舊出門去活動，當真是風雨無阻，不過，今天還沒有下雨，中午要在外面吃飯，她們喜歡把便利店當成小吃店，吃完了一點才回家午休。

下午金門宣布明天停班停課，這下子又放一天颱風假，真是風雨送溫情。這一次杜蘇芮颱風很不夠意思，本來跟我們約好二十六日凌晨抵達台灣、二十七日凌晨到達金門，我們都已經準備好一切迎賓禮節了，可是左等不來右等也不到，竟然在半路上玩起太空漫步，害我二十七號晚上在金門吃飯還等不到她的影子，真是拿我窮開心！往西小三通船班昨天起停航三天，往東台金航班今天停飛，至於明天飛不飛也沒有看見消息。春媽明天中午的班機，就全看杜蘇芮的臉色了，可是迎接不來颱風，卻看到明天的航班停飛。不得已，春媽只好向後搶票，好不容易搶到二天後下午三點半的機票，算得上很走運了。

二十八日很不夠意思的杜蘇芮颱風終於在今天早晨蒞臨金門了，七點開始下雨、八點颳風這是宣示著開路先鋒到達了，颱風中心隨後登陸，預計五個小時後脫離本地，下一站則由泉州市晉江接待了，十點正式登陸晉江。兩個寶貝飯後上樓去玩，今天只能在營休假、不得外出。吃過午飯，歷經五個小時風吹雨打，總算看到窗外風停雨收，風平浪靜，颱風應該是脫離金門了。午休過後姥姥下樓幹活，寶貝兄妹玩得那個不亦樂乎，五點準時幹飯，今晚小春要跟阿公比賽吃飯速度，果然趕在我前面率先吃完，搶得第一名，瞧他那個開心的模樣！

我轉過頭問小青說「妹妹吃完了沒有」？她很老實的回答「沒有」。

晚飯後精力充沛、活潑好動的青春兄妹宅在家裡一整天怎麼說都呆不住了，喊著媽媽和姥姥要去溜滑梯，颱風過境留下的景象肯定是滿目瘡痍，甚至是寸步難行。但是不管姥姥如何勸說，小兄妹一直喊不停，就是要出去釋放過剩的電力，媽媽也只好跟著出門。果然巷道上滿滿的樹葉子，可是一走近遊樂場就傻眼了，十平方米左右的場子橫七豎八地躺滿了樹枝和樹幹，人根本無法進去走動，一側的樹枝倒下和樹幹折斷全都躺到場子中間，不留一點空隙。姥姥就帶他們到百米外的廟口那個大的遊樂場，但是小春可以玩，小青太小還不能玩，只能胡亂耍一耍就回家了。

二十九號颱風過境社會一片疲軟，適逢周末雙休日，人人在家打掃家園；政府機關在執行災後復原工作，首先是道路的暢通，其次是樹倒的清除，水電的恢復供應，通信的修復正常，在在都需要人力物力及時間的投入。社會及市面逐漸復甦，大約需要一兩天的時間，幸好這次颱風的破壞力不算很大，說得上是點到為止。

今天的早餐和午飯，小春都要跟阿公比賽吃飯速度，看看誰先吃完誰是第一名，自從昨晚他搶到第一名，今天還是意猶未盡，要跟阿公試比快，結果還是由他拔得頭籌，長江後浪推前浪，前浪躺在沙灘上。在昨天之前他吃飯總是磨洋工，而且胃口不好，一邊吃一邊玩，一頓飯都要個把小時，如今食欲增加很大，吃飯速度也加快了。我又問小青說「妹妹吃完了沒有」？她突然很快的把盤子裡的麵條及菜統統抓到桌子上擺著，然後舉起空盤子高興的回答說「妹妹吃完了」。

這一招頓時讓我們三個大人笑起來，好像桌子上的飯菜就不算是她的份，不得不佩服她的腦袋瓜真是太聰明了，我對她說妳這是要笑死美國人了！

颱風過後細雨綿綿，小青出不得門，只能乖乖宅在家裡，午休後揉一揉眼睛下樓坐在春媽的懷裡發呆。吃過晚飯，還是一人抱著一台平板消磨時光。小春看卡通片是全神貫注、鴉雀無聲，幾十分鐘都目不轉睛，小青就不一樣了，專注兩三分鐘之後，就要去換片子，換來換去的。

我坐到他們中間看手機，小青不看平板就來滑我的手機說要看妹妹，就是要看她自己的照片及短片，我只好滿足她的要求，她看的樂不可支，真是一個活寶貝。完了她又說要看阿樸，我知道她要看她大舅阿樸，跟他視訊通話，這些日子以來她有過幾次想念住在台北的阿樸，就會對我說看阿樸，讓我打電話給他。當時七點半阿樸正在吃一大碗麵，小青樂呵呵的跟阿樸見面說話，阿樸身邊還有欣怡也在一起吃麵，小青挨個點名喊著阿樸、欣怡，大家相見多麼開心，我跟小青說讓阿樸吃飯，再見了。

三十日早上春媽說，我們每天能三代同堂一起吃早餐，真的好幸福！我說是啊，只要有姥姥在家，不但是早餐準備好好的，每日三餐也都是妥妥的，如果光是阿公在家，肯定沒有這麼好的福利。妳們萬里歸來團聚，回到自己的家，給我們帶來歡聲笑語，同享天倫之樂，這便是最珍貴的親情，無可替代的。而且我把妳們回來這五十多天生活的點點滴滴用文字記錄下來，長達三萬二千字的《小少爺帶妹妹回金門》，中午就可以列印出來。

下午春媽帶著兩個孩子就要飛往台北，一周後飛回美國自己家裡，這一趟回來金門和阿公及姥姥住的時間最長，六月六日回來七月三十日離開，總共住了五十四天，兩個美國孫子一回來，家裡立馬充滿歡聲笑語熱鬧非凡。我們深深知道春媽在美國一個人帶著二個孩子，一個二歲一個六歲真的是非常辛苦，吃喝拉撒一手全包，老公在上班，家裡再無別人可以搭把手幫個忙的，而且美國是孩子的天堂，不能打也不能罵，只能用哄的用勸導的，要費多大的勁才能達到管教的效果啊！娘家遠在萬里之外，如同天邊海角，實在是愛莫能助。

回來五十多天春媽從來不曾罵過或打過孩子，只能明白告訴他們這是錯的，這是不可以的，要他們知錯認錯，要他們道歉為止。她回來之前，從視頻中可以看到她辛苦的身影，我推測她的身體和健康遭受極大的耗損，五月中旬我們倆在金門家裡準備接待她們回來的種種工作，宗旨就是讓她趁此機會回來度假休養身體，一切家務都不要她插手，一日三餐交由姥姥安排妥當，她只管專心帶孩子和安排學習的事情就好，讓她們三位嬌客生活舒適和愉快。如今一切都在預期之中完成，總算能夠盡上一份心力，沒有失職。

下午二點半阿如開車和小潔來送春媽到飛機場，人員和行李上車後，我們倆騎車跟進，十分鐘抵達機場。不一會兒辦好報到劃位及托運行李，送她們三人進安檢口，我們就撤了，三點半的班機一切都很順當，一小時之後降落，台北那邊自然有阿樸他們接機了。

2023／07／30

第六十四回　小孫女帶哥哥回金門

美國孫子再度回國

小兄妹飛越萬里，回金門看望阿公，
姥姥伺候開心果，無微不至天倫樂。

2024／07／27

二〇二四年五月十九日早上十一點突然收到春媽來信息說「我們在機場等候登機了」。我吃了一驚說「哇塞！青春兄妹怎麼提前放暑假呢？不是五月二十三十號才放假的嗎」？姥姥說「是呀，怎麼提前給我們一個驚喜？哈……哈……沒想到小青她們，比預計時間提前好幾天就坐上大飛機回台灣了」。我隨後估算了一下，春媽的班機應該是我們這邊中午十二點起飛，飛行十七個小時，大約是明天清晨五點降落桃園機場，通關之後八點到達台北的住處。

翌日早上六點春媽說「小春的學校五月三十日是最後一天上課，所以我們是請假提早回台灣，這樣機票便宜些，然後小春也能在嘉義上久一點的小學。我們現在到桃園機場後，還要換台幣和買手機號，這些都很花時間，等弄完後再坐計程車去龜山阿樸家裡，然後週末之前下去嘉義。我們一家四口的暑假行程大概是這樣，五月二十日清晨五點抵達台灣住哥哥家裡，五月二十七日春哥去嘉義上課一個月，六月七日布萊恩先回美國，六月二十八日春哥上課完，七月六日布萊恩去日本出差一周，可能跟著去或不去，七月十四日布萊恩回美國，七月十五日我們回金門二周，七月三十日回台灣，八月五日回美國。如果沒有日本行的話，七月初回金門，七月中回台灣，一樣都是在金門待二周」。

我說「龜山的房子，阿樸不是租出去了嗎」？春媽說「以前是，但不曉得從哪時開始沒租了」。我說「喔……妳們可能會去日本一周。現在桃園機場嗎」？春媽說「對，我們在吃早餐。七月份的機票我再看看，飛日本的價錢如何？給孩子們去日本長長見識也是好，只是帶他們飛行是件苦差事，我好好慎重考慮一下」。我說「飛日本是不用倒時差，可是回金門多住一周也不錯啊！幼童階段學習第二文化是效果最好時期，長見識應該是十歲之後就可以安排」。春媽說「阿公說得對」。

第三天上午我說「春媽為什麼金門只住二周？因為住在阿樸那裡本來就熟悉環境，台灣當然比金門好玩了，而且她哥哥和弟弟都有私家車，不用叫阿公買車了」。春媽說「龜山家我們有四年沒回來了，附近很多地方都變了，其實我們沒有很熟悉附近環境。為了方便你和姥姥在金門走跳，阿公可以考慮考慮買車代步，小春小青將來長大了，我讓他們去考駕照，載你倆出去玩」。我說「去年妳們住民宿只有一個房間，那實在太狹窄了，所以住金門家裡就很舒服了」。春媽說「金門家裡又大又舒服，根本就是在住豪宅呀」！

下午我看見他門在家裡的照片，正在看電視。姥姥說「二頭春妹好像挺疲憊，還沒睡醒的樣子」。春媽說「他們昨晚半夜關燈上床睡覺，早上七點起床。白天帶他們去活動活動，下午三點試著睡午覺，小青睡了小春還在努力進入夢鄉。打算五、六點挖他們起床吃晚餐，然後半夜再讓他們睡覺。這樣三天後時差就能調好，第一周身體會很累，第二周身體才能慢慢試應。小朋友們調時差頭昏腦脹，心情不美麗，亂發脾氣，唉……撐過第一周後希望會好很多」。我說大頭春哥和二頭春妹你們辛苦了。

五月二十五日上午我去廈門碼頭取回五件快遞，主要是姥姥給小青買的愛莎玩偶以及給小春買的滑板車。下午四點阿樸來微信說春哥春妹到達嘉義租屋處了，春哥後天要開始上課一個月，春妹說要看阿公，可是找不到人。

二十七號看照片上小青街上好像很不高興的樣子？春媽說「小青來台灣之後就一直都很不開心呀，調時差很累可是她不會講，就通通用發脾氣來表達」。姥姥說「小青剛好也是在叛逆時期，再加上氣候、環境改變，對她也是很大挑戰，經常發脾氣，應該是身體不舒服，春媽可是得更加辛苦了」。

我說青春小兄妹倆真的是太辛苦了，但是春媽更辛苦吧？所以我下午想到把小青提前帶回金門跟姥姥和阿公玩是不是比較好呢？小青回來跟姥姥溜滑梯她應該會喜歡吧？等到六月七日布萊恩回美國之後，讓小青先回來金門，春媽就少帶一個呀！春媽說「理論上是很棒，但實際上行不通。小青離不開哥哥，上次小春去露營，她天天抱著玩具聽他哥哥的聲音（有錄哥哥的聲音），哥哥不在家就會一直問哥哥什麼時候回家」？

姥姥說「阿公的這個主意不錯，讓小青提早回金門陪我們，也可以讓春媽休息一下，要不春媽太辛苦啦！這個好辦，小青有特權，可以跟姥姥大呼小叫，姥姥……妳來！誰讓姥姥就這麼愛青春兄妹呢」！溫馨也說「是的，這樣姐姐能減輕一半負擔」。姥姥說「要是能提早回來，這樣小青可以陪我們一個多月，要不飛十七個小時辛苦回來一趟，只跟我們玩兩個星期，感覺不盡興」。我說「對呀！這樣子一舉三得，小青回金門玩得開心，和我們多玩一個月，讓春媽減少一半的負擔」。

春媽說「我問過小青讓她先回金門跟姥姥溜滑梯，她說不要」。我說「春媽說的對，小青離不開哥哥，小春也離不開妹妹的，她們兩個天天玩在一起三年了，要是讓她們分開二十天各自生活，搞不好兄妹的感情會出現一點點裂痕，那多麼可惜啊！所以我看還是不要拆散她們兄妹的紐帶。雖然我們可以跟小青玩得很開心，可以分攤春媽一半的負擔，但是可能會割裂她們兄妹那麼密切的感情紐帶，那樣子還不如不要分開他們兄妹」。姥姥說「是呀，還是春媽考慮周全」。春媽說「謝謝阿公設想週到，青春兄妹倆在一起時最開心」。

春媽說「週六的時候，阿樸跑了一趟嘉義，因為租屋合同是他簽的，所以他得過來和屋主、還有我們會合。屋主在跟我們講解屋子狀況的時候，阿樸幫忙帶小春和小青。忙完後，他問我最後一次聯絡你是什麼時候？我說大概兩三天前。然後他有點不放心，因為好像有幾天沒有你的消息了。於是我們一起打微信給你，但你沒有接」。

六月一日早上十一點春媽說「謝謝阿公，我們一早從嘉義搭火車來高雄給青春兩兄妹放電了」。我說「好啊！春哥第一周上課辛苦了，他學習愉快嗎」？春媽說「他真的滿讓人驚訝的，陌生的環境、同學和老師，他一點都沒有適應問題，每天去吃去玩，回家也開開心心的，真是讓人省心不少」。我說「春哥實在是太棒了，和阿公一樣」。春媽說「哈……哈……對呀」。我媳婦說「馬不停蹄，只要有時間又跑到高雄。這歸功於春媽夫妻倆人，只要有時間就會帶青春兄妹，出去適應新環境，所以他們兄妹兩個到陌生的城市，都不會膽怯」。

二號早上九點春媽說「阿公在兒童節扮演聖誕老公公的角色，給大小兒童分送驚喜呀，有阿公真好」。我說「妳們下午回嘉義嗎」？春媽說「對，我們在高雄住了一晚，下午的火車回嘉義。剛好阿如和小潔從北部要去台南，大概五點會和我們在嘉義見上一面，然後她們再繼續去台南」。我說「妳們這是南北大會師了」。春媽說「布萊恩週三北上，週五晚上飛機回美國。阿樸和欣怡週四過來找我們，剛好端午節連假，可以一起玩好幾天」。我說「這下子小青可高興了，可以看阿樸、看欣怡」。我媳婦說「青春兄妹從小被父母帶著到處遊玩，從落地台灣一直沒消停。兄妹兩人，玩的還很開心」。

六日中午我問阿樸「春媽不是說你今天要去看小青嗎」？他說「是的，今天去中南部出差，順便去找她們，接著後天又是端午節三天連假」。晚上六點他發來春哥和春妹吃飯的照片，我隨即用視頻和他們會面，他們正在餐廳吃飯，除了春媽一家三口還有阿樸及欣怡，青春兄妹一邊吃飯一邊喝飲料還一邊看平板電腦，桌面上一人一台，真是愉快的晚餐。掛斷之後我問阿樸「春媽說她們租的一棟房子有四個房間，那是幾層樓」？他說「是租透天獨棟的房子，三層樓四個房間，二樓有三間，三樓有一間」。

十八號早上十點半春媽說「我們六月二十八日學校最後一天上課，次日跟房東交屋然後回龜山家裡，大概會買七月一號或二號的機票回金門，到時見哦」！我說「歡迎、歡迎，歡迎春媽和春哥春妹回來玩」。越兩天中午收到小春和小青由嘉義於四天前寄來的明信片，小春寫著大大的字「愛你，小春」，寫給阿公和姥姥，把我們倆高興壞了！春媽說「明信片先到，真人三人組大約是七月二日飛回去陪阿公和姥姥」。我說歡迎春媽和青春兄妹回家。

這幾天都在關注著小春六月二十八日在嘉義小學的上課一個月要結業了，壓根忘了我媳婦的生日就在今天。直到早上十點半看到我姑娘來信息說道「生日快樂吃蛋糕，她大姐喜提一歲」，我趕緊給媳婦發去一個紅包，祝福她生日快樂，她一看見紅包就眉開眼笑的秒收了，我再到她身旁給她一個熱情的擁抱，可把她樂得開花了！媳婦說「可愛老公：我們第一年相識，我過生日你轉發一個，有生以來過生日收到的第一次紅包，你當時說以後每年過生日都不會缺席，當時好感動，有人疼有人愛的感覺非常幸福！感謝老公堅守自己當年的諾言」。我回說「是呀！我一直都沒有忘記六月二十八號這日子，就因為小春的結業日是落在這一天，把姥姥給蓋過去了，幸好有我姑娘的提醒，沒有失誤掉」。

七月四日是美國囝阿樸的生日，下午四點半正好是春媽帶孩子回來的日子，阿樸要送她們去台北飛機場，然後五點半阿如會去金門機場接機。今天家裡的冰箱大爆滿，豬肉、牛肉、雞肉、蔬菜水果裝滿滿，專等青春兄妹回來大吃大喝。

晚上六點半大孫子許瑞哲開車送她們回來了，我要留瑞哲一起吃晚飯，他說還有事情先走了。七歲的哥哥小春最先下車進屋，我說歡迎小春回來，阿公抱抱，他笑嘻嘻地一下子衝到我的身上來，我趕緊張開雙臂緊緊抱住他，祖孫兩個人都樂開懷了。抱了一會兒，我說給姥姥抱抱，小春說好，姥姥就接過手抱著他。我打算照樣來抱一下三歲的妹妹小青的，可是春媽抱小青下車，她還是一臉的睡眼惺忪，直到春媽把她抱進屋裡才放下她。

她一眼看見磅秤就靠近去玩，姥姥站在旁邊，就讓小青站上去秤一下體重，十六公斤，挺有重量的，小春看到也想秤一下，二十三公斤，長得很好。我再用卷尺給他們量一下身高，小春一百二十五公分，小青九十五公分，個頭也好。然後阿公拿出一個紅包給小青，姥姥拿一個紅包給小春，我也拿一個給春媽；隨後我再拿出另外二個紅包，說這是溫馨要送給你們的，兩兄妹高興的收下紅包說，謝謝溫馨。春媽說回金門的第一天，好多紅包呀！之後我坐在沙發跟他們倆合照，姥姥也坐下跟我們一起合照。拍照完了小春也拿出二個紅包來，說要給姥姥和阿公，我們都開心地收下了，說謝謝小春。

七點我們上桌吃晚飯，都是他們愛吃的菜，小春吃得津津有味，小青卻沒什麼胃口，只吃了一個餃子、一塊牛肉、一片紅蘿蔔、一個西蘭花，就要下桌去玩。春媽說小青在飛機上很吵，怕她吵到別的旅客，只好讓她吃夠喝夠，所以她現在不會餓了。小青的愛莎玩偶拿起來玩一會兒就放手，倒是對小春的滑板車有興趣，一腳踏上去滑行，直線前進之後，頂到頭就下車把滑板車整個抱起來調轉方向，再繼續滑行，剛開始她還不會調頭。我們吃飽飯就看著她溜滑板車，春媽去洗碗筷，姥姥跟我說我們給小春和小青兄妹買吃的喝的，玩的用的都很齊全了，但是還少一樣，就是沒有買乖乖軟糖。

我說是呀，獨漏這一樣，我出去買回來，說完我立馬跑到超商把軟糖買回來。果不其然，小春立刻打開桶子抓起一把來吃，還不忘拿幾個給他妹妹分享，真是一個小暖男，好哥哥。我出去一趟買軟糖來回不過十分鐘，卻驚訝的發現小青溜滑板居然會調頭了，頂到頭直接調轉手把就將方向轉了一百八十度過來，不用再把滑板車整個抱起來轉向，這個妹妹真是太聰明了！當他們洗完澡要上樓睡覺時，先來跟姥姥親一個說晚安，再跟阿公親一下說晚安，小青還特別跟我說「阿公晚安，不要吵我」。小孫女回來第一天就給我下馬威，我什麼時候吵過她了？這叫什麼跟什麼？真是笑死美國人了。

五號早上七點多我先吃完早餐，春媽三人還沒下樓，八點多春媽和小春下樓吃飯，九點過後小青才下樓吃早餐，春媽說兩個孩子夜裡睡得香睡得沉，都是一覺到天亮。姥姥精心準備的早餐，青春兄妹都能喜歡吃，等到吃飽飯在樓下玩了好一會，十點春媽就帶他們在太陽底下走路出去要到圖書館玩耍，中午在外面吃飯不回來午休，下午再轉到社福館去。十一點半阿公和姥姥到圖書館探班，小青和春媽在一塊玩，小春和其他小朋友坐在電視機前看卡通片／動畫片，館內都很安靜涼快。姥姥就跟春媽坐下輕聲交談，阿公坐在一旁滑手機，一個小時後我們就告辭回家吃午飯。

下午五點之前我騎車到社福館去接小春，剛好他們走出來了，我載上小春先彎去唐睿庭家的傢俱行看他，我們一走進店裡看見他奶奶和他爸爸，一年不見她們都開心地喊著「小春」，我跟她們說小春昨晚回來，先來看一看睿庭。他爸爸說睿庭在下面不遠同學家裡玩，我帶你們去找他，相距不遠處看見睿庭跟一個同伴在玩水槍，兩個小朋友見面，客氣又害羞地望一眼，還不能開心的玩在一起，我就跟他們說再見，要載小春回家吃晚飯了。春媽說回到金門的第一天，歡聲笑語不斷，謝謝阿公和姥姥給我們一個溫暖的家落腳。

下午陳道實醫師來電話說他愛人來金門，晚上六點一家人一起吃個便飯，邀請我和媳婦到診所來會合，共進晚餐，我欣然應允了。我們倆準時到診所會面，就近到餐廳吃飯，有王哥、陳醫師伉儷、秀玲姐伉儷、我們兩口子七個人，點了一桌子的菜，有人喝高粱酒、有人喝啤酒、有人喝飲料，各隨其便。八點半酒足飯飽散場，各回各家，相約後會有期。

六日早上八點多小春還沒下樓之前，我們四個人都吃完早餐，九點多小春下樓吃飽了，春媽急著在十點趕到圖書館參加活動。小青坐上她的專用娃娃車讓媽媽推著走，我騎上機車載上小春到圖書館放下後，再回過頭來帶上小青去，這樣子能節省一半時間，剛好趕上活動。中午她們也是不回家吃飯，晚上待到下班才來家。

十一點我們去後面診所看陳道實醫師，媳婦的右手掌被蟲子叮了一個星期還會發硬，陳醫師說好像手掌內有異物存在，擦上藥膏看能不能溶解掉？我量了一下飯後血糖163還好，血壓132／79挺好的。

下午五點珠山的水電師傅薛明盛來了，二樓另一個馬桶漏水，請他來更換零部件，十分鐘搞定，立馬滴水不漏。我問他多少錢？他說六百，我拿出一張千元鈔給他，說不用找了，他說不用那麼多，我說不要客氣。上一次三月二十五日是第一次請他來更換燈管及馬桶漏水，完了我問他多少錢？他說五百，我也是拿一張千元票給他，大家都是自己人，愉快就好。

下午四點春媽說她們已經回家走在半路上，不幾分鐘她們就來家了，我問她今天怎麼會提早下班呢？她說孩子想要回家了，我說這樣子也好。六點吃完飯，阿公和姥姥帶著小青溜滑板車去小公園玩，小春陪媽媽在家裡刷碗。小青獨自跑上跑下溜滑梯玩得可歡了，當她站到滑梯頂端時，我告訴她抓著頂端的橫槓給我看看，只見她輕鬆地抓緊橫槓，雙腳屈膝就把自己的身體吊起來，猶如我們在吊單槓的姿勢一般容易。我記得去年她兩歲在溜滑梯時就有這個動作，我當時看見驚奇不已，驚訝於她的臂力這麼強勁，不愧是個女漢子！

半小時後我們轉到運動場，小青在跑道上溜著滑板車好不順暢，不一會春媽帶著小春也來到，小春獨自在跑道上跑了兩圈。不久我們看見唐睿庭他奶奶也走進運動場，春媽和她打過招呼，她說昨晚帶睿庭來運動場想和小春一起玩，誰知從七點等到八點不見，睿庭才失望的回家。我說昨天下午我和小春去看睿庭時說晚上會去運動場玩的，回來就告訴春媽，可是臨時有朋友請我和媳婦出去吃晚飯，春媽在家獨自照顧兩個孩子吃飯，她就走不開了，不好意思讓睿庭沒有跟小春一起玩耍。

七號美國小少爺及小孫女難得沒有出門去打卡，在營休假，乖乖待在家裡陪姥姥和阿公吹冷氣避暑，整個屋裡氣氛頓時熱鬧異常。我吃完早餐習慣在一樓走路二十分鐘，而學習能力超強的小青看見我走路的路徑之後，她先是跟在我後面走兩圈，之後超車在我前面跑起來帶路，看到我跟在她後面可把她開心得哈哈笑不停，跑了十來圈才願意停下來休息。

我走完去泡茶，她又跑來問東問西，真是一個好奇寶寶，我告訴她這一杯是水那一杯是茶，她還要我抱著她辨識一遍才肯下來。等到姥姥在飯桌上做南瓜饅頭時，她也跟著姥姥和春媽動手和麵加上鮮奶，在兩種模具上鋪好麵糰做成模型，一會兒姥姥把饅頭蒸好了，剛出鍋金黃色的南瓜饅頭令人食指大動，拿到鼻子前一聞到奶香的味道更是誘發食欲，小青一口氣吃了一大一小兩個饅頭，大快朵頤！

春媽說這一趟自五月二十日降落台灣之後，小春適應很正常，小青就適應不好，因為長途飛行十六個小時很漫長，落地後又要調時差一個星期，日夜顛倒，體能狀況就降低許多，因此小青水土不服，上吐下瀉的。到嘉義上課一個月，小春的學習很順利愉快，小青的身體不舒服照舊拉肚子，後來臉上和身上又長出紅疹子來，一天到晚哀哀叫。一直到大前天晚上踏上金門心情飛揚起來，前天和昨天的吃喝拉撒睡回復正常，沒有水土不服的問題了，臉上恢復粉嫩粉嫩的像個蘋果一般，真是人見人愛。

晚上六點石兆瑨請我們倆一起吃飯，我說美國孫子回來，我媳婦在家準備晚餐走不開，我一個人參加就好。守時是我當客人的一條準則，而且還會儘量提早十分鐘或五分鐘到，今天也是，騎車到達餐廳門口一看時間提前六分鐘，真不錯。可是走進餐廳一看，主人和四位客人已經就座，我還是最後一個到場的，我坐下一看來賓有林芳旋、董水輪、黃世雄伉儷，賓主總共六人，晚上吃的是水果餐，很有特色的餐飲，只喝果汁不喝酒。六位全是熟人，大家談話無拘無束，天南海北隨興而談，用餐愉快輕鬆，八點散席，相約後會有期。

八日早上做飯的人依舊早起，其餘吃飯的人都晚起，九點陸續吃完早餐，我散步完了泡茶，小兄妹倆在客廳吹冷氣溜滑板車，開心還不累。剛開始小春在前面溜著，小青跟在後面追著，各得其樂而且相安無事，真是一個哥倆好，歡聲笑語滿屋宇，可是溜過十幾趟，小青要換過來小春又不肯。小青因此放聲大吼大叫起來，特別是她的拿手好戲高聲尖叫，引得春媽趕忙出來調解，小春也招架不住，願意妥協。讓小青站在滑板車前段，小春站在後段一起溜著，這下子各得其所，兄妹倆又一塊玩得呵呵笑不停，真是寶一對。到了十一點春媽又帶上他們在大太陽底下出門去打卡，先到街上逛一逛，再坐車到後湖海濱公園的岸上玩水，下午四點半約好計程車接回家。

春媽帶著青春兄妹天天出門去活動，阿公看在眼裡實在有些於心不忍，目前正逢酷暑，烈日當空，艷陽高照之下，在室外行走或者活動，對於大人都是一件特別辛苦的事情，何況是七歲以下的兩個小孩子。小春也跟春媽說他不想出門，小青倒是沒有拒絕，我看春媽安排的妥妥的，也不好勸阻她。等到下午她們回家時，小春一副四肢無力的樣子，因為他沒有午休，而小青還是電力旺盛，她在外面仍舊照常午睡。她每次一回家就高興的喊著「家裡好舒服哦」！然後一下子撲在沙發上趴著，放鬆手腳四肢，享受著冷氣所帶來的舒適感。

吃過晚飯，阿公和姥姥帶上小青及滑板車去巷子底小公園溜滑梯，小春陪媽媽在家裡丟垃圾。七點我們轉到運動場，在唐睿庭家門口看見他和奶奶也要去運動場，我就打電話告訴春媽讓她帶小春出來玩。不一會小春來到運動場，和同齡的睿庭睽違一年之後首度會師，兩個人一起跑了一圈，再和小青在跑道上又跑又跳地玩得好不開心。等我走完八圈將近一個小時，看見這兩個小男孩全身溼透了，頭髮和臉上都是汗水滾滾而落，上衣濕答答，可是臉上那個開心卻是無與倫比，童年玩伴的可貴就是如此天真無邪。我們帶著小青先回來吃冰淇淋，要不然她也累垮了，一會兒春媽才帶小春回家洗澡。

昨晚美國小孫女及和小少爺放電放過頭了，今天九號起床很晚公休在家待著，吃過早飯兩兄妹玩著滑板車，小春在前面滑小青在後面追著跑，追趕跑跳好不盡興。一樓的客廳長六米寬六米，一馬平川，開啟冷氣之下，兩個小兄妹怎麼蹦跳都很舒適愉快，客廳到廚房直線距離十米，作為滑板車直線活動長度足足有餘，兄妹倆正好大展身手，不亦樂乎！吃完中飯，春媽帶著兩兄妹上樓午休，這下子不用頂著大太陽出門可好了，直到四點才下樓繼續追趕跑跳碰的活動。

下午四點半我邀請李生耀來家喝茶，難得他立馬回應說好，一會兒蒞臨寒舍泡茶開講，談得最多的還是個人養生之道的心得交換，古稀之人最看重的就是身體健康，能夠一年一年如此維持下去，那就心滿意足了。喝茶中間小青跑進來和阿公說好，也會跟爺爺說哈囉，去年夏天兩歲回來的時候她也曾經見過爺爺一次，生耀說含飴弄孫，真是人生一大樂事，這個孫女長高了，也長漂亮了，小青聽見誇獎她樂得她笑嘻嘻的。兩人喝茶一小時後散會，改天再敘。

晚飯後照舊兵分兩路，阿公和姥姥帶上小青及滑板車去溜滑梯，小春陪媽媽在家裡洗碗丟垃圾。七點我們剛剛走進運動場，就聽見唐睿庭和他奶奶在喊小春和我們了，我說小春還在家裡，我打電話告訴他趕快出來和睿庭玩。小青和睿庭玩得很盡興，不一會她口渴得受不了，就說「睿庭，我好渴哦」。可是睿庭沒有水也沒有飲料，沒有辦法做什麼回應，姥姥一聽她這麼說才發現我們都沒有帶水出來，真的無可奈何，春媽帶的手提包裡面會有開水。

幸好一會兒小春就和春媽來到運動場，解了小青的口渴之急，兩個小男孩一見面就開始在走道上溜著滑板車一個跑一個追。小青看阿公在跑道上走路，從我後面追著我跑，跑了半圈就超過我，把她高興得停不下來，跑完一圈還不肯休息，又在我的面前領跑了一圈，真是太來勁了！等我走完八圈休息時，看那三個孩子都是滿頭大汗，還在走道上跑跳不停，睿庭有時候溜著滑板車有時候推著滑板車，司令台前的走道有一百多米長，足夠他們練習身手的。我們帶小青說先回家吃冰淇淋，小青高興得很，可是走不動要姥姥抱，但是小青重十六公斤，還是阿公來抱她吧，回到家她一個人吃一個冰淇淋，可把她樂壞了！

十日早上七點大連的朋友張瓊惠來信息說正在路上，中午抵達廈門然後下午轉到金門，為了陪大寶劉宇恆明天去金門高中報到，再確定是在金門或是在昆山唸高中？我說非常歡迎，如果有什麼需要協助的地方，等妳到達之後再說，我的女兒帶著二個美國孫子回來一周了，她也是一個陪讀媽媽。

昨晚兩個小兄妹沒少放電，經過一夜睡飽以後今天起床仍舊精神奕奕，吃喝玩耍沒有一樣落下。到了十一點春媽又帶上他們在大太陽底下出門去打卡，先到街上逛一逛，再約好計程車送到後湖海濱公園去下海趕潮，下午四點半約好計程車接回家。母子三人出門，小青坐上她的專屬坐騎娃娃車，由春媽一路推著走，小春想要搶坐娃娃車，妹妹可是寸步不讓，哥哥也只能在媽媽身後當個小跟班邁開小腿走路。

瓊惠下午二點在廈門坐船三點到金門出海關，就趕到銀行辦理事情，接著還要填寫許多資料走不開，來信息說今天沒空來訪。我回說沒有事，妳有一大堆事情先忙妳的，我們都在家裡，等妳有空的時候再過來坐一坐。

吃過晚飯後阿公和姥姥帶上小青及滑板車去溜滑梯半小時，由於昨天小青口渴沒有水喝，姥姥就帶上一個小提包，裝上小青的專用水杯，以備無患。七點之前我們三人剛走進運動場，突然看見小春和春媽比我們先到了，原來是今天周三不收垃圾，不用等候垃圾車的時間。一會兒唐睿庭和他奶奶也走進來了，三個小伙伴立馬圍著滑板車你追我趕起來，歡聲笑語不時響起來，玩得可歡了。當我走完八圈準備回家時，小青也想回家休息，可是她說走不動了要阿公抱她，我把她抱回家吹著冷氣太舒服了，姥姥又趕緊拿出冰淇淋讓她獨自品嘗一個，叫她心花朵朵開了。半個小時後小春才回來洗澡，兩兄妹洗好趕緊下樓跟姥姥及阿公抱一下說聲晚安，就著急忙慌的上樓，享受一天唯一的一次觀賞卡通片／動畫片時光，一人一台平板電腦各人看各人的影片。

十一號早上八點半張瓊惠帶著大寶劉宇恆來到家裡，坐下談話一會兒，她要趕在九點之前到銀行辦理事情，讓大寶和我們交流一下。一個小時後她返回來和我媳婦及春媽繼續交談，十一點她們娘兒倆轉到金門高中去聽取新生說明會。瓊惠是六月十九日晚上帶著二寶劉宇赫首次到我們家拜訪，在金門待兩天後轉往廈門再飛回大連。

午飯後我們都待在一樓吹冷氣消暑，實在是一件舒服的事，小青一會兒找出一個小皮球來，丟給姥姥，拿到球之後的姥姥就丟回給小青，這下子她就來勁了，笑著喊著，樂呵呵的。惹得一旁的小春按捺不住，也搶著抓球和丟球，一大倆小就此丟來丟去，又拉來一個桶子擺在三人中間，有時也能丟進桶子裡，引來開懷大笑。春媽聽得笑聲，就站在一旁充當啦啦隊長，還給她們拍照、錄影，真是老少咸宜的時光。那個小皮球被她們仨玩得像是足球，也像手球，還像籃球呢，笑聲、叫聲、歡呼聲，不絕於耳。遠在大連的溫馨看見小青的活動紀錄和照片，昨天還跟我說小青是一個運動達人，我說一點沒錯，她的運動細胞特別發達，今天玩小球那個歡呀，無人能跟她比啊！足足玩夠半個多小時，她才肯上樓去午休。

晚飯之後我們仍舊兵分兩路，春媽和小春在家等候垃圾車，我們帶上小青溜滑梯半小時，六點半轉入運動場。小青要跟著我在跑道上走路，她伸出左手抓住我的右手食指一起走，好動的她不是靜靜地跟著我走，而是走兩步跳一步，就這樣蹦蹦跳跳走完一圈，才放開我的手自己在走道上溜滑板車。不久，唐睿庭和她奶奶進場就跑來和小青一起玩，一會兒小春和春媽進來運動場，兩個小男孩就玩得更歡了。當我走完八圈要回家休息時，小青說她好累，她要回家吃冰淇淋，還要阿公抱她回去。我一邊抱著她走一邊說她，阿公抱著一隻小肥豬，她問我說小肥豬是什麼？我說妳去問姥姥吧！回到家一坐下，姥姥就把冰淇淋拿出來，她用叉子一口一口挖著吃，太滿意了。

平常吃飯時小青坐在我左手邊，我跟她說阿公吃妳的菜，她樂意的說好，我對她說阿公喝妳的汽水，她也高興的說好。但是，晚上我們從運動場回家，她吃冰淇淋，我喝檸檬水，我再跟她說阿公吃妳的冰淇淋，她從來就不鬆口也不答應，裝做好像都沒有聽到一樣，我知道她不肯讓我吃上一口，我就說出她的心意是，想都不要想。小春半小時後回家，上樓洗完澡又下樓來跟阿公和姥姥抱一下說聲晚安，就急忙上樓去看他喜歡的平板，小青有樣學樣，也照這個程序走了一趟。

十二日早上吃飯比較晚，青春兄妹在一樓玩了好一會，將近十一點春媽就把他們帶出去打卡了，先去圖書館，再到外面吃午飯，下午轉到社福館，五點下班才回家吃姥姥的。吃過晚飯還是兵分兩路，我倆帶著小青去溜滑梯，不到七點轉到運動場，巧遇春媽帶著小春也到達門口。進場後我們倆在跑道上走路，兩兄妹在走道上玩耍，遲遲看不見唐睿庭和他奶奶入場，這下子少了一個玩伴，熱鬧氣氛頓時減少一半。等我們走完八圈休息時，兄妹倆也喊著要回家了，小青只惦記著冰淇淋，也不用阿公抱她了。回家吃過冰淇淋洗完澡，兄妹下樓來和姥姥及阿公說聲晚安抱一下，就急匆匆的趕著上樓去看他們所喜歡的平板。

十三號早上飯後青春兄妹在一樓玩到十一點，春媽帶著他們照舊出門，無懼於室外的艷陽高照，熱氣蒸騰，今天要去台開的風獅爺一條街玩一天，下午五點才回家吃晚飯。我們隨後出去採購牛肉，姥姥要給兩兄妹做一些好吃的牛肉湯，增加一點營養。正好碰到吳星輝老師，打過招呼他說要去佛堂看鍾昌霖老師，因為鍾老師眼睛不舒服要上眼藥水不能開車，他過去充當一下代駕。我記在心裡，等到下午四點半我就去佛堂看望鍾老師，正好吳老師在彈著鋼琴，悠揚的琴聲飄蕩正是，此曲只應天上有，人間能得幾回聞？鍾老師招呼我坐下喝茶，指定我來擔任泡茶手，我也就恭敬不如從命，坐了半小時我才告辭回家。

六月末中午幾個老朋友在徐明才家裡喝茶吃酒，他弟弟徐明漢去餐廳外帶了一桌子的飯菜回來，還有劉海勇、李生耀、鄭通野及我，吃喝聊天非常愉快。今天晚上六點半鄭通野邀請原班人馬到餐廳再度聚一聚，雖然少了徐明漢及李生耀兩名大將，照樣氣氛熱烈又愉快，八點半散場，大家相約後會有期。酒席中，明才提到那天在他家裡吃的韭菜盒子確實好吃，令人回味無窮。我說自從那一天之後，我也隔三差五的早上到東門市場購買小韭菜，可是至今十多天來就是買不到一把。因為包韭菜盒子必須使用小韭菜比較香，採用大韭菜沒有什麼香味，那種口感相差甚遠。我多年來從旁觀察別人做飯菜的一點心得，那就是要做出一口好吃的飯菜必須具備兩項要件，一是材料二是火侯，缺一不可，阿通師是廚師，你說是不是這樣？通野說的確是這樣子。

小春和小青昨夜咳嗽沒有睡好，十四日早上直到十點才下樓吃飯，還好，吃過飯都沒有再咳嗽了。小青吃飽坐在沙發時我問她，小肥豬是什麼？本想逗她玩一玩，因為前些天問她這一句話，她只會跟著唸一遍而已，不會回答。不成想，今天她一聽我問起來，立馬有一點不好意思的回答說，小肥豬就是我啦！把一旁的姥姥笑得前仰後合的說，妳咋這麼好玩又好笑呢？記得大前天晚上從運動場回家，我一邊抱著她走一邊說她，阿公抱著一隻小肥豬，她問我說小肥豬是什麼？我說妳去問姥姥吧！沒想到她今天就告訴我答案了。

這兩兄妹自從十天前回到金門就是我們家的開心果，更是我們的解憂花，給我們帶來無限的歡樂和笑聲，聽他們的童言童語，充滿赤子之心，真叫出人意表，甚至令人噴飯。前幾天我們要去超市採購日用品，出門前姥姥問小春要不要買什麼餅乾或蛋糕呢？小春反問姥姥說，「妳是老闆嗎」？讓姥姥一時之間不知道如何回答才好。要不然就是小青給我派公差奶聲奶氣的說，阿公買奶奶、阿公買糖糖、阿公買汽水，我一聽趕緊出去採購齊全，一樣也不能少。今天回來看見妹妹一腳踏上滑板車一腳踩在地上向前滑出去，卻是一動不動，任憑她再怎麼使勁也不能往前一步。姥姥站在旁邊還幫她加油鼓勵說「衝啊」！小青說「我衝不動呀」！我一看原來是哥哥一腳踩住後端的剎車，難怪妹妹滑不出去，等到小春鬆開腳，小青立馬飛奔而去。十一點春媽又頂著太陽帶隊出門，前進圖書館，消磨好時光。

下午五點過後張瓊惠和大寶來坐，她說孩子現在定下來了，要在金門高中上學，她會過來陪讀一年或半載，想把戶籍遷到我們家裡獨立設戶，讓我擔任孩子的聯絡人，是否方便幫忙？我說落戶口和聯絡人我都可以幫忙，不成問題的。一會兒青春兄妹也回家了，我們就一起吃晚飯，每人一碗牛肉麵，牛肉是姥姥燉的，麵用的是黃麵。大寶今年十五歲個性靦腆，講話輕聲細語音量偏低，身高一米八，體重只有五十公斤偏瘦。他說金門高中今年招收十一名大陸新生，今天完成報到的有十人。

他這高中三年除了用功讀書之外，還必須加強運動、鍛鍊身體、增加體重，至少以六十公斤為目標，運動項目應當加入適當重量訓練如舉重、俯臥撐／伏地挺身。瓊惠說明天中午她們母子倆就要分道揚鑣，中午大寶坐船到廈門，搭動車到上海再轉往昆山，下午她飛往高雄，再轉車回到台南，一個月之後兩人才回來金門會合安排就學及住宿，陪讀媽媽真是辛苦呀！

六點半瓊惠離開之後，我們照舊帶小青溜滑梯，小春也跟著一塊走，不到半小時我們就轉往運動場，春媽丟完垃圾也和我們一道進場。小青跟著春媽走完兩圈，也在走道上玩耍，小春等不到唐睿庭入場，意興闌珊，兄妹倆沒有什麼聲浪，就要媽媽提前帶回家。她們回家之後我們才看見睿庭奶奶進來，我們說小春等不到睿庭就先回去了，他奶奶說周末和周日她不用帶睿庭，所以孫子就沒有來玩了。我說原來如此，難怪昨晚也沒有看見睿庭。

十五號早上十點張瓊惠帶著大寶來寄放一袋東西，隨即出去買孩子的校服，一個小時後帶回校服放著，然後送大寶到碼頭坐船去廈門，下午她再搭機飛高雄，自十日下午到金門，停留五天，行程都很緊湊。十一點春媽帶著兄妹倆要去台開的風獅爺一條街看電影，下午五點才收隊回家吃飯。

晚上六點半楊添福與黃萬祿聯合宴請台灣來的朋友謝柏青伉儷吃飯，楊哥伉儷、萬祿伉儷及女兒出席，本地作陪的朋友有七人。一桌坐滿十四位，大家都是熟人，喝酒談話無拘無束，大家共進晚餐，氣氛輕鬆愉快，用餐二個小時散席，貴賓明天中午回程，後會有期。本來萬祿邀請我和老婆參加，我告訴他老婆要在家裡照顧三個美國客人吃飯不能出席，剛好家裡炸了一些地瓜丸子，我就帶上十丸跟大家分享，正好作為飯前菜讓各位品嘗一下，每個人吃過都說好吃。

十六日早上我起了個大早七點就趕到金門醫院排隊等候掛號，我的前面有五十人後面也有五十人，半個小時後先抽號碼牌，八點開始掛號。我要掛胸腔外科，可是今天沒有看診，只能改掛內科四診，九點看診。我把六月二十六號的健康檢查報告交上，說是體檢醫師要我看一下胸腔外科，確認肺癌因子數值超標的狀況。大夫說肺癌因子標準值是2.3以下，體檢結果是6.3，有一些超標，問我有沒有抽菸、有沒有家族史？我答說這兩項都沒有，大夫說那麼問題不大，身體的其他狀況也會造成這項數值的升高。

大夫說要進一步確認肺癌的方法，是做一個低劑量的核磁共振ＣＴ，因為高劑量的ＣＴ輻射量是Ｘ光的三百倍，輕易不要照射，但是，低劑量的ＣＴ健保不給付，必須自付一次五千元，而低劑量的ＣＴ輻射量是Ｘ光的五十倍，可以考慮看要做或是不做？我回說暫時保留不做。大夫又說現有的Ｘ光檔案是十多年前拍的，可以現在拍一張來查看，我去拍完回來，大夫看完說肺部沒有什麼問題，如果將來身體發生心悸、暴瘦、咳嗽不斷的的症狀，就要回到醫院確認一下是不是肺癌，我說好的，然後就撤了。

十一點回到家跟姥姥及春媽會報一下看診的狀況及結果，問題不大，這樣子大家都鬆了一口氣。過了一會兒姥姥要做南瓜饅頭，就叫上小春和小青一起動手，姥姥和好麵，再揉成一條一條的麵糰交給兩兄妹，他們把麵糰放進模具裡面，再用手將麵糰壓實填滿後取出來，看見各形各式的饅頭模型，他們開心的笑著喊著，不但有參與感還有成就感呢，等於上了一堂勞作課！做好二十幾個饅頭交給姥姥下鍋去蒸，十幾分鐘後金黃色的南瓜饅頭就出鍋了，趁熱吃上一個香噴噴的饅頭真叫人心滿意足。七號那天早上小青和姥姥學習做南瓜饅頭很開心，今天多了小春的加入學習，他也是非常的興奮，歡呼聲不斷。

下午三點吳振城來喝茶，正好回送他幾個南瓜饅頭，因為這一顆南瓜就是他送給我們的，坐了一個小時，他帶我去看他的開心農場，我以為是在他們村莊的外面，原來並不是，就在他們家老房子門口，一步之遙，真是盡得地利之便了。俗話說，丑妻近地家裡寶，指的是這兩樣東西是興旺家庭的寶物。我一看那田地的面積說大概是五百到一千栽之間，也就是說二百平方公尺左右，他說沒錯是八百栽，你的眼光挺準的，我說小時候也種過田，幾塊薄田就是三百、五百或一千栽，別人家有三千、五千栽。

可是我們進一步探討，丑妻，並非專指醜陋的老婆，以為物極必反，要練神功必先自宮，都是大錯特錯。醜妻其實只是夠不上美妻的地步而已，因為人們崇尚美貌，可是仙女美女都是稀缺品種，如果非美妻不娶的話，天下有一半男人會娶不上妻子，所以用這句話來勸導男子，退而求其次，娶一個不夠美麗的妻子足矣！因此醜妻只是夠不上美麗，卻不是醜陋的意思，文字有窮辭意無限，我們不能宥於文字的表面意義。

晚飯後還是兵分兩路，我們倆帶著小青去溜滑梯，半小時後我們轉往運動場，半路上小青溜著滑板車，突然停下來，要姥姥踩住後端的煞車，她用力的往前衝卻衝不出去，姥姥已經明白她的用意了，還給她吆喝助威說「衝啊」！她自己說「我衝不動呀」！這下子可把我們兩個人都笑壞了，小青的聰明和機靈，是個十足的人精，沒想到今天露了這一手，更是一個戲精，富有表演的天賦，太會搞笑了！等到姥姥鬆開腳，小青立馬飛馳出去。

七點轉到運動場，一進場就看見唐睿庭跑過來跟小青打招呼，兩個小伙伴就在走道上玩起來，睿庭他奶奶看到小青開心地喊著洋妞。他奶奶說昨晚睿庭來運動場等不到小春一起玩，早早就回家了。十分鐘之後小春和春媽也來到，這下子三個小玩伴在走道上追趕跑跳，可撒歡了。等我走完八圈休息時，小青汗如雨下，她的辮子都濕透了，她說要跟姥姥回家吃冰淇淋，當我們回家吹空調吃冰淇淋，小青那個美呀！一會兒小春回來，那個汗流浹背，滿頭大汗淋漓啊！兩個人洗完澡下樓來跟阿公和姥姥說晚安抱一下，就急匆匆上樓看平板了。

十七號早上八點我空腹到陳道實醫師的「愛私醫診所」做膽囊超音波，顯示器能看見幾顆膽結石，其中兩顆稍大，沒有膽砂，整體問題不大，只要定期做追蹤即可。距離二〇一二年兩度急性膽囊炎發作已經過去十二年，因為我當年決定不要摘除膽囊，從此還要繼續跟膽結石做好和平共處的努力，調整合適的生活作息及飲食習慣。

十一點過後春媽才帶著兩兄妹出去逛街，穿梭大街小巷，直到下午四點才收隊回家。五點半吃晚飯，吃完了照舊兵分兩路，我們和小青帶上她的滑板車先去溜滑梯，春媽和小春在家刷碗。溜滑梯的時候姥姥成了小青的助教，要給小青配合這配合那的，這小美國人真是太有範了。當我們轉往運動場，我在路上對姥姥說起小青，這孩子真好玩。不承想，她立馬跟著阿公說了一句，這孩子真好玩。她真是太機靈了，而且反應迅速到位，往往出人意表之外。半路上小青溜著滑板車又要停下來，今天改成要阿公踩住她的煞車，她用力的往前衝卻衝不出去，姥姥照樣給她吆喝助威說「衝啊」！她仍舊說「我衝不動呀」！這個戲精可把我們兩個人都笑壞了，直到阿公鬆開腳，小青立馬快速衝出去。

當我們七點剛剛走進運動場，迎面而來的卻是小春和唐睿庭，這可是第一次小春趕到我們前面到達運動場，原來是今天周三不收垃圾，春媽不用等候垃圾車，所以來得早了。這下子三個小伙伴在走道上和觀眾台上下追著跑，笑聲飛揚。當我們倆走到一半四圈時，小青跑來跟姥姥說要回家吃冰淇淋，姥姥二話不說就抱起她先回家了。小青洗完澡，還特意對姥姥說，謝謝姥姥給我們換床單。真是一個人精，沒有人教她怎麼說，她居然能說出大人的口吻來，把姥姥高興得都不行了。

十八日早上十一點過後春媽才帶著青春兄妹出門，要去風獅爺一條街的金獅歡樂城玩耍，下午五點之後回家。到家不久我們吃晚飯，照樣的飯後我們和小青帶上滑板車先去溜滑梯再轉到運動場，七點我們在運動場門口遇見唐睿庭和他奶奶，一道進門之後兩個小伙伴就你追我跑起來，歡笑聲此起彼落。十分鐘之後春媽和小春進場，三個玩伴蹦蹦跳跳那就更歡了，本來是睿庭他奶奶叫她洋妞，今晚她在跑道上跑來跑去看見他奶奶反而自己先喊著洋妞、洋妞，聽到他奶奶跟著喊洋妞，她就一頭衝過去，他奶奶開心的抱起她，隨即驚呼一聲說好重哦！記得去年石兆瑨抱她的時候，也是驚訝地說像秤陀一樣好重哦！等我走完八圈休息，小青就喊著要跟我們先回家吃冰淇淋，我們便拉著她的小手走回去。

十九號早上春媽說今天要在營休假，春青兄妹不出門，九點我們四個人都吃完早飯，就是不見小青下來吃飯，直到十一點她才下樓吃早餐，躲在她的臥房裡吹冷氣可舒服了。吃完飯兄妹倆還是在一樓玩著滑板車，現在他們對於滑板車真是易如反掌了，要調頭只需抓起把手想朝哪邊就朝哪邊去，不用搬來搬去的。甚至拿它當作吸塵器一般，倒轉翹起來推著走，確實很有創意。晚飯後我們照舊和小青帶上滑板車先去溜滑梯，七點再轉到運動場，但是沒有看見唐睿庭和他奶奶，十分鐘之後春媽帶著小春也到場，兩兄妹一個溜滑板車一個在後追趕著，嘻笑聲不絕於耳。等我們走完休息，小青就跑過來說要回家吃冰淇淋，姥姥說好的，她又說走不動了要姥姥抱著她，姥姥還是二話不說把她抱起來就走。

二十日早上八點多春媽顧不上吃早餐，就把春哥春妹帶出門，要坐公車到山外，再轉車去參觀金湖花蛤季活動，在太陽底下考驗一天，真是太拚了！春媽雙肩上揹著一大袋的隨身物品，有吃的喝的還有用的，手上還拎著一小袋的東西，中午在外面隨便吃一點東西，待到下午幾點再回家，我們都贊成她們的安排，歡喜就好。

十點我邀請鄭通野、李生耀來喝茶聊天閒話家常，天南海北隨興而談，酷熱的夏天裡，躲在屋子裡吹冷氣避暑，誰說不好呢？十一點半純喫茶散會，士農工商各自回家，大家相約後會有期。

晚飯後我們倆到運動場走完八圈回家將近八點了，青春兄妹都還沒回來，洗完澡下樓吹著冷氣滑手機打發時間。一直到九點春媽終於帶著孩子回家，小春首先進門就喊著好累哦！小青隨後進屋開心叫著姥姥，一點也不顯疲憊，春媽進來說小青中午有午睡，體力和精神都很好，小春沒有午休扛不住了。她要帶他們上樓洗澡趕緊休息了，先來跟姥姥及阿公說聲晚安抱一下，他們今天出門十二個小時去放電，當然是夠辛苦的！

二十一號早上九點半歐開言及鍾昌霖相偕來坐，老朋友相聚一堂共話桑麻，我們一邊喝茶一邊笑談人生，真是輕鬆愉快，泡了二遍茶葉，十一點茶會結束，大家相約後會有期，常來常往。

晚上六點大孫子許瑞哲要請阿姨和表弟表妹與阿公姥姥去西餐廳吃飯，難得小老闆有時間和我們一起吃飯。當我們準時到達餐廳時，瑞哲的弟弟許舜淮已經在門口等候了，我們進店坐下點餐一會兒瑞哲也到來，他說現在他兼做不動產仲介，剛好今天談了一個不小的案子，待會兒吃完飯他還得先離開去繼續洽談。我們七個人用餐一個小時散場，我們倆先行回家去運動場走路，春媽帶小春和小青到莒光湖畔親子共融公園放電。

九點我騎車去公園找孩子，在浯江老人會門口那個遊樂場沒有人哪，我向著莒光湖心放眼望去，看見燈光底下有些許人影晃動，也能聽見小孩的嘻笑聲，我便循著聲音靠近過去。原來湖心旁邊新建了許多設施，水泥砌成的溜滑梯又高又長，有彈跳床還有溜索等等，整個公園範圍比遊樂場大好倍，地上是草皮和鬆軟的泥土，沒有安全的顧慮，家長在旁邊看著孩子玩耍又安全又放心。

像我們家巷子底的遊樂場長寬各八米，這邊的遊樂場頂多是長寬各十米，遠遠趕不上這個共融公園的面積，設施也少了許多。燈光下好多小朋友玩過溜滑梯、彈跳床之後都集中在溜索排隊，一個一個坐上溜索滑過去，一趟一趟排隊的滑，興奮的尖叫和歡呼不已。十點的時候春媽宣布結束活動，她帶著小春去吃冰，吃完走路回家，我載著小青回家吃冰淇淋。

二十二日早上飯後大家都呆在一樓吹冷氣消暑，多麼逍遙自在，兩兄妹除了各自溜滑板車之外，有時也會兩個人共乘一車，小青雙腳站在前段，小春一腳站在後段一腳踩在地上滑著前行，相安無事自得其樂。十一點我問春媽中午有沒有活動？她說沒有，我說那麼我們回去珠山一趟看望一下我的大嫂，她說好啊！我說妳打電話叫計程車來接送，我騎車出發，說走就走，讓媳婦煮了一盒十八個自已親手包的餃子帶過去。

不到十分鐘我們就到達大嫂家裡，她沒有在前廳而是一個人在後廳看電視，看見兩個漂亮的阿兜仔進門，她可開心得很。我們就在客廳門口拍下幾張照片，再坐下來陪她聊天，她的談話還是很風趣又幽默，引得媳婦和春媽呵呵笑不停，她又招呼小美國人吃零食喝飲料，完全沒有年齡上的距離。停留半小時，我們仍然呼叫計程車來接，我照舊騎車返回。

回家後我把早上的活動記錄下來傳給春媽看，她看過之後說「我發現阿公只要有出門，文章就會出現很多活靈活現的敘述，把在外遊歷的事寫得絲絲入扣，精彩好看。想來阿公也是行萬里路的表率，把在外的一切化做寫作的靈感，你應該常常出門的。偶爾去不一樣的地方走走，上沒去過的館子吃吃，豐富你的人生，也讓你的讀者豐富他們的閱歷」。我說這個只是生活小品文，不算大作。

晚飯後我們照舊帶著小青和滑板車去溜滑梯，七點轉到運動場，就在門口碰見昨天晚上給她拍照的姨婆，這位姨婆是唐睿庭他奶奶的朋友，經常結伴在場內走路，常常喊小青是洋妞。可是她遠遠看見姨婆就大聲喊著洋妞，因為她分不清洋妞是自己還以為是別人呢！喊的那位姨婆哈哈笑，說我不是洋妞我是姨婆啦！進場之後小青滿場跑來跑去，一會兒小春和春媽進來，兄妹倆溜著滑板車玩得可歡了，可是睿庭和他奶奶晚上沒有來運動。我走完休息，小青就跑來說要回家吃冰淇淋，姥姥怎麼捨得說不呢？拉著她的小手就往回走，小春還在走道上玩著籃球呢！

二十三號中午春媽去牙科診所做最後一道植牙工程，七月九日已經做過一次，這是繼去年未完的三合一大工程，終於大功告成，把門牙補齊了。下午二點她又頂著烈日曝曬，騎車帶上兩兄妹就近去湖下村裡的親子館玩耍，四點半打烊的時候回來。吃過晚飯我們又帶小青和滑板車出去溜滑梯，七點要轉到運動場的時候，姥姥提議回去帶上小春一起到莒光湖公園放電，騎摩托車分兩次載上四個人過去，我覺得很好就回家和春媽商量。可是春媽說小春今天很累沒有精神去玩了，讓我們三個人去親子共融公園，我們一趟車很快就到地點，華燈初上時刻小朋友三三兩兩不太多。

小青一下車撒開腿就奔往溜滑梯，她可是輕車熟路的，左邊是兩座單人的滑梯，右邊則是一座多人的滑梯，她自己跑上溜下好幾趟，還要喊著姥姥跟在她後面一起滑，姥姥想要不上都不行。等她滑過癮了，再到彈跳床去蹦蹦跳跳好一會，這也是她的拿手好戲，完了還到溜索去滑，沒有人排隊，她可以一遍又一遍滑下去再拉上來。她坐在墊子上滑下去，姥姥再把溜索拉上來讓她坐好往下滑，足足滑了十幾趟老開心了，她滑夠了不想玩別的項目，只會念叨著回家吃冰淇淋，剛好玩過半小時我們就撤了。

二十四日「凱米颱風」侵襲台灣，各縣市紛紛宣布停班停課，俗稱放颱風假。雖然沒有經過金門，低氣壓仍然籠罩天空令人呼吸不舒服，本地還是照常上班上課，可是台金航班大都停飛了，小三通的金廈船班今天起停航兩天。一時之間不禁聯想到去年此時，春媽要飛台北的日子剛好撞上颱風來襲，航班停飛，因此行程延後了兩天，幸好沒有耽誤到返回美國的班機。所以期望也不要延誤到三天後她們飛往台北的航班才好，能夠行程順利，旅途平安。

早上十一點我們約好計程車去沙美探望我的嬸嬸，三大兩小全家總動員，我單獨騎著我的風火輪出發，請姥姥煮了一盒二十個她親手包的餃子帶過去給嬸嬸分享。汽車先走機車隨後，半路上我跟在汽車右側，小青在後車座看見阿公就跟我揮手，我也伸出左手揮一揮，然後就超車絕塵而去，小青睜大眼睛搜索道路找不見我，對姥姥說阿公騎摩托車太快了，哈……哈……又來管我了。大夥下車後，小春一馬當先手拿著一個紅包進入院子遞給阿祖，還說了一句，阿祖，妳好。他阿祖看見美國重孫子，笑開了嘴說好、好，但是沒有收下紅包，小春便一直拿在手裡。小青隨後進到院子裡，手提著一盒餃子也說，阿祖，妳好。她阿祖照樣是樂呵呵的說好、好，就把她的盒子接過去了。

然後大家進入客廳坐下談話，我把小春的紅包放到桌子上，嬸嬸五年前見過小春，說他長高了，第一次看到小青，說她長得真好看，五官很像媽媽。春媽問候了一下她的表弟工作和生活情況，她嬸婆說四個孫子老大不小都還沒有娶妻生子，春媽說不著急，只是緣分沒到而已。坐了半個小時我們起身告辭，先在客廳門口拍幾張照片紀念，再坐原來計程車返回，我仍然騎車回家。

晚飯後我們又和小青帶上滑板車出去溜滑梯，這一小段路只要走一百步，可是姥姥臨時改變主意，要走出社區到重劃區那個小公園讓小青玩玩看，走了一千步到達。因為怕小青不肯走路，叫她雙腳站在滑板車上，姥姥一手拉著手把往前走，節省她的腳力。雖然小公園有兩三百平方公尺，可是溜滑梯設施還不到六十平方公尺。小青玩得不盡興，便在公園溜滑板車，裡裡外外滑個過癮，半個小時後就喊著要回家吃冰淇淋，姥姥還是讓她兩腳站在滑板車上拉著車走回家，我又走了一千步。

二十五號早上看新聞說金門縣宣布停班停課一天，台灣繼續停班停課，原來「凱米颱風」行進路線有所改變，暴風圈的邊緣掠過金門，真的是掃到颱風尾。讓上班族憑空撿到一天的颱風假，享受一下意外的小確幸，在家休養生息，皆大歡喜。一早的天氣是也無風雨也無晴，沒過多久，開始下起不大不小的雨，這一場颱風雨來得正是時候。

昨天晚上睡前想要看一下健保卡，突然發現兩張健保卡不翼而飛了，我每次看完健保回家一定先把健保卡擺在客廳右手邊的矮櫃上，跟鑰匙放在一起，還有一小塊磨指甲的塑膠卡片。結果看見鑰匙卻看不見健保卡和磨指甲片，我就納悶了，怎麼會不見呢？我跟姥姥一說，她也察看了矮櫃，也檢查了我的長褲口袋，統統沒有，問我會不會放在機車的車箱裡？我們倆到院子裡打開車箱查看也是沒有，只好按下不表，且待明天早上尋找吧！

今早起床第一件事就是思考這健保卡到底跑到哪裡去了？我的固定習慣幾十年來不變，從來沒有發生過找不到鑰匙或健保卡的情形，所以我深信不會是遺失掉，應該是被誰移動了，那麼最有可能的就是兩個小孫子和孫女了。當我下樓後在客廳四周觀察一遍沒有發現，吃飯時春媽和孩子沒有下來，我就跟姥姥說可能是兩個孩子移動的，而且很可能是藏在那一張玩具堆積如山的茶几上，她也不置可否。

一會兒春媽先下樓，我便告訴她找不見健保卡的事情，猜想可能是孩子動的手。她說早前已經告訴孩子不能動阿公的鑰匙，但是沒有說不能動健保卡，她便到茶几上翻出一張健保卡來笑著說找到了，遞給我之後又找到第二張健保卡，姥姥笑著說阿公是我們家的柯南，太給力了！姥姥吃完飯就過去整理茶几上的玩具，不多久，她也找到那一塊磨指甲片給我，果然不出山人所料。

透過後門的玻璃門可以看清外面巷道的天色如何，自從早上開始下起颱風雨，大雨小雨就是一直下不停，我坐在泡茶室獨自喝茶，觀賞著巷道過往的行人，也能自得其樂。喝到一半小青走進來說，阿公喝茶，我說是呀，妳要不要喝一口？她說好，我就把她抱起來坐在我的大腿上，挑選一杯溫的茶水讓她喝一口，她還會品一下再吞下去，前些天她也曾經喝過，所以不陌生，喝完一口又說還要喝，我再把茶杯端給她喝一口，她下去後跑去告訴春媽說，我喝茶，真是好玩的洋妞。

下雨天宅神天，兩兄妹宅在家裡各種玩具玩遍了，最愛的就是滑板車，沒有一天不滑的，有時候兩人妳搶我奪的，妹妹槍不到就哇哇大哭，哥哥有時候就帶上她一起滑，小青雙腳站立滑板車前段雙手扶著手把，小春兩手扶住手把一腳站立後段一腳踩在地上向前滑行，這樣子各得其所還相安無事。吃過晚飯看見外面滴滴答答下著雨，小青也不說溜滑梯了，回來二十幾天，今天是小青唯一沒有出門溜滑梯的一天。精力充沛的她就拿滑板車出氣，她獨自滑行的時候橫衝直撞，撞到人的身上也撞到門上，她技術嫻熟明明能夠控制速度不會撞上的，今天卻是故意撞得門板砰砰響，春媽終於出聲制止她，叫她不要撞到門，她立馬控制好，再沒有一次撞上門。

二十六日金門縣宣布今天繼續停班停課一天，雖然昨天晚上凱米颱風已經登陸福建省莆田，但是西南氣流依然旺盛，雨勢從昨晚到今早仍未停歇。台灣已經解除陸上及海上警報，陸續恢復正常生產生活秩序，台中到台北仍然停班停課，台南到高雄恢復上班上課，上班族能多賺到一天颱風假就是一個小確幸了。

十一點春媽給孩子穿上雨衣後照樣冒雨出門，要坐公車去風獅爺一條街的金獅歡樂城釋放電力，可是公車停駛只能搭計程車了。要不然小兄妹呆在家裡有時哥倆好，有時一個動手一個動口哇哇大哭，出門後兄妹倆反而一片和諧，這大概也是春媽要天天帶他們出門的因素了。我比較了一下兩兄妹這兩年回來生活上的區別，去年他們的飲食特別單調及挑剔，午餐和晚餐只吃水煮菜，固定豆腐、紅蘿蔔、西蘭花，其他蔬菜一概不吃，豬肉、牛肉吃一點點，有刺的魚肉不吃，單吃無刺的鮭魚。小春食欲不振又偏食，吃一頓飯至少一個小時，怎麼哄他都不肯嘗試別的菜色，小青還好不拒絕姥姥給她餵食少量的新鮮菜色，飯量比她哥哥還要大，能吃就是福。

今年兩人的食欲和食量大幅提升，小春比妹妹吃的多也吃的快，菜色也是多樣化，好養多了，姥姥用心在每天三餐的調配上花費不少心思，看見成果自己也很滿意。兩個孩子早上一下樓都會喊著說，姥姥早上好、阿公早上好，非常有家教有禮貌，討人喜歡。小春每天早上坐上餐桌時，總會對姥姥說這些都是我愛吃的早餐，一杯冰牛奶、一顆煎蛋、幾片甜甜圈或蜂蜜蛋糕，一家五口共享早餐氣氛多麼愉快。

此外，兄妹倆的相處也有一些區別，去年小春處處疼愛妹妹禮讓妹妹，雖然小青喜歡和哥哥在一起玩總愛搶哥哥的玩具，也會舉起小手打哥哥。但是小春從不罵她也不打她，真是打不還手，罵不還口，最多說妹妹不要啦，甚至自己氣得捶打沙發的扶手，也不會打妹妹，真是一個暖心的哥哥。不過，小青不會見好就收，只會得寸進尺，予取予求。今年的妹妹作風還是一樣，要搶小春的玩具和滑板車，還會推他打他，可是哥哥反應不大一樣，有時候照樣克制，不打不罵，有時候就會還手打小青，妹妹吃痛就哇哇大哭大鬧，惹得春媽出面調解才會消停。其實我們知道兄弟姐妹在童年的吵鬧那都不是事，吵得越深長大後的感情越厚，因為血濃於水，各人體內流著相同的血嘛！

晚上六點春媽帶著孩子在微風細雨中回到家，青春兄妹在他們喜歡的場地裡盡情放電，加上沒有午休，回來時已經沒有什麼電量了。不過，姥姥做好的可口飯菜立馬上桌讓他們填飽肚子補充能量，飯後小青也知道下雨天不能出去溜滑梯，還說溜滑梯濕了。便乖乖地在家裡溜滑板車，直線一趟過去一趟過來，現在她調頭的方式是用摔的，提起手把來一個一百八十度轉彎就調個頭了。溜完十幾趟過癮了，放下車子就朝姥姥要冰淇淋吃，她沒有一天會忘記冰淇淋的美味可口，前些日子吃一個太多了，最近幾天都是只吃半個，食量控制得很好。

今年姥姥從大連回來之前特意給兩兄妹每個人買幾件短衫短褲，給小春買一台滑板車，給小青買一個美國卡通人物愛莎玩偶。不承想，小青拿愛莎玩過一會就扔到一旁去，要去槍哥哥的滑板車，當她搶到手就說「這是我的」，搶不到就大哭大鬧。春媽只得出面充當和事佬，說滑板車是小春的，勸哥哥讓一下給妹妹玩一會，小春才肯放手讓出。

回顧小孫子和孫女回來住在一起的時候，阿公費心把他們每天的生活點滴記錄下來，等將來他們長大以後翻看一定會莞爾一笑的。兩個孩子長得好看聰明又好玩，走在街上走在運動場總是人見人愛，他們也會開心的跟別人微笑或點頭回應。性格上小春稍微內向，小青稍微外向，個性活潑反應敏捷，往往會出人意表之外，但是又討人喜歡。小春去年用彩筆畫畫的圖案令人非常驚艷，春媽把他用小紙張畫出來的圖畫都保存起來，今年他不用彩筆改用鉛筆，圖畫呈現出甚高的意境。看他拼積木出來的造型，幾乎是專業型的水平，好比是土木工程師，對稱和統一的要素充分顯現，這個腦袋瓜真是神奇。

小青喜歡跟哥哥玩，也喜歡跟著哥哥學習，尤其是操作型的手藝，認真的觀看，靈巧的表現，學什麼像什麼。她的說話又是羚羊掛角，無跡可尋的，早上一下樓或午休下樓，先撲倒在沙發上然後說「我很累」，我問她剛睡飽妳累什麼？春媽和姥姥勸她吃飯時喝水不要喝可樂，就愛說「我不能」、「我都不要」，不知道說的是啥？兩兄妹午餐和晚餐都要喝一瓶三百八十西西可樂。從外面烈日炙烤下回到家，一推門進入客廳就會開心的說「家裡好舒服哦」！然後趴在沙發上休息。有時坐在餐椅上哭著，姥姥勸她別哭先吃飯，她回說「我在哭哭」、「我在發脾氣」，童言童語，真的是笑死美國人了！回來的第一晚跟我說晚安時講「阿公晚安，不要吵我」，真把人笑死了。

她去年是兩歲，是六歲小春的跟屁蟲，只要哥哥說，妹妹，妳來。她立馬跑到小春面前聽候命令，絕無推遲。有一天我就故意模仿小春的語氣說，妹妹，妳來。她不來我又喊第二次，然後她來了就對我說，我在和哥哥玩啦！她的意思是說，阿公，你不要再喊我了。但是，今年的小青不再是靜靜聽命令的跟屁蟲，總愛搶哥哥的玩具，搶不過時要打哥哥，還要跟哥哥吵架。這時候她不再管小春叫哥哥了，而是大喊小春的英文名字，Sage，好像要開戰之前先來一個先禮後兵，真想不到小美國人也會來這一招。

二十七號雖然颱風已經過境，但是陰雨綿綿天氣沒有放晴，青春兄妹今天要飛台北，但願一路順風、也要一路平安，他們的班機是中午一點半起飛，約好計程車十二點來家裡接送，我騎車跟隨前往飛機場，回程的時候可以載姥姥回家。半道上我追上汽車右側，小青在後車座又看見阿公揮揮手，我也跟她揮一下手，便超車飛馳而去，小青就對姥姥說阿公騎摩托車太快了。一點之前辦好行李托運、出境安檢，和小春及小青相約明年暑假再見，我們就撤了。台北松山機場的接機，就交給阿樸和欣怡了。

青春兄妹連續兩年回到金門看望姥姥和阿公，我們倆就是全力準備好好接待她們一家三口的起居生活，能夠達舒適和滿意的程度，今天回頭一看我們的任務圓滿成功，可以說跟去年一樣的高水準款待。這裡面的最大功臣當然是姥姥，阿公只是充當跑腿，小兄妹的吃喝拉撒睡全由姥姥一手包辦，後勤工作妥妥帖帖，舒舒服服的，給春媽節省下很大的時間及精力，可以全心安排兩個孩子室內室外的活動。第一在環境方面，去年她們回來之前一口氣在三層樓加裝三台分離式空調，二樓和三樓的臥室有空調，一樓的客廳也裝上空調，正好給青春兩兄妹當成遊樂場，一馬平川，任憑你倆大展身手。第二姥姥在飲食上精心調配，美味可口還有營養攝取，都能達到盡善盡美，我得代表小兄妹贈送一份獎金感謝姥姥的用心和辛苦。我曾經說過，青春兄妹回來金門，姥姥在家，福利一百，姥姥不在，福利減半。

中午春媽帶著小春和小青就要飛往台北，八月五日飛回美國自己家裡，今年這一趟回來金門和阿公及姥姥住的時間減半，自七月四日回來七月二十七日離開，住了二十三天，去年是五十四天，美國小少爺帶著妹妹一回來，家裡頓時響起歡聲笑語、歡快無比。共同生活了個把月真是捨不得他們走，卻又不能不讓他們走，只能說離別是下一次重逢的開始，盼望明年再飛回來團聚。我把她們回來這二十多天生活的點點滴滴用文字記錄下來，寫成二萬字的《小孫女帶哥哥回金門》，用電子檔傳給春媽觀賞。

2024／07／27

國家圖書館出版品預行編目

金門情深又深 / 方亞先著. -- [金門縣金城鎮] :
薛芳千, 2024.12
面；　公分
ISBN 978-626-01-3567-6(平裝)

863.55　　　　113018757

金門情深又深

作　　者／方亞先
出版策畫／薛芳千
製作銷售／秀威資訊科技股份有限公司
114 台北市內湖區瑞光路76巷69號2樓
電話：+886-2-2796-3638
傳真：+886-2-2796-1377
網路訂購／秀威書店：https://store.showwe.tw
博客來網路書店：https://www.books.com.tw
三民網路書店：https://www.m.sanmin.com.tw
讀冊生活：https://www.taaze.tw

出版日期／2024年12月
定　　價／550元